문라이트
마일

DENNIS LEHANE

데니스 루헤인 | 조영학 옮김

MOONLIGHT MILE

문라이트
마일

황금가지

MOONLIGHT MILE
by Dennis Lehane

Copyright © 2010 by Dennis Lehane
All rights reserved.

Korean Translation Copyright © 2013 by Minumin

This Korean edition is published by arrangement with
Dennis Lehane c/o Ann Rittenberg Literary Agency, Inc., New York through KCC.

이 책의 한국어판 저작권은 KCC를 통해
Ann Rittenberg Literary Agency, Inc.와 독점 계약한 ㈜민음인에 있습니다.
저작권법에 의해 한국 내에서 보호를 받는 저작물이므로 무단 전재와 무단 복제를 금합니다.

| 차례 |

1부 **최악의 칭찬** ·· 9

2부 **모르도바의 리듬 앤 블루스** ····························· 111

3부 **벨라루스 십자가** ··· 249

내가 사는 이유는 오직 당신 곁에 눕기 위해서이나,
이렇듯 달빛 비치는 길 위를 헤매기만 한답니다.

믹 재거/키스 리처즈 「문라이트 마일」

1부
최악의 칭찬

1장

   12월 초 어느 맑은 날 오후, 밖은 이상고온이었다. 브랜든 트레스콧은 케이프코드 채텀바스인 호텔 스파를 빠져나와 택시를 잡았다. 일련의 음주운전으로 매사추세츠 주에서 30개월 면허정지를 당한 덕에 요즘엔 언제나 택시 신세였다. 상급법원의 판사 모친과 지역 방송계의 거물 부친을 둔, 스물다섯 살의 부잣집 아들내미 브랜든. 그는 그냥 철부지 부잣집 도련님 정도가 아니라 완전히 개망나니였다. 주 정부가 결국 면허정지를 시킬 때만 해도 이미 네 번째 음주운전 적발이었다. 앞선 두 번은 운전 부주의로 처벌이 감해졌고 세 번째는 경고였으나, 네 번째는 동승자에게 상해를 입히고 말았다. 브랜든은 상처 하나 없이 차에서 빠져나왔다.
   겨울 기온이 4도 내외에 머물렀기에, 브랜든은 흰색 비단 티셔츠 위에 장인의 솜씨가 빛나는 900달러짜리 후드를 걸쳐 입고

600달러짜리 선글라스를 착용했다. 평퍼짐한 추리닝 바지는 양 옆이 조금씩 터진 종류였다. 물론 어느 아홉 살짜리 인도네시아 소년이 기아임금에 시달리며 꿰매 넣은 것이리라. 브랜든은 겨울 에도 조리를 신고 다녔다. 금발의 서퍼처럼 제멋대로 기른 머리가 두 눈 위로 흘러내렸다.

어느 날 밤, 폭스우스에서 크라운로열에 흠씬 취한 채 여자 친구까지 태우고 닷지바이퍼를 몰 때의 일이다. 사귄 지 불과 2주밖에 되지 않았으나 그녀가 다시 누군가의 애인이 될 것 같지는 않다. 그 사고로 자동차 지붕에 두개골을 짓눌린 덕에 지금 식물인간으로 지내고 있기 때문이다. 애시튼 메일리스, 두 팔과 다리가 움직일 때 그녀가 시도한 마지막 행동은, 카지노 주차장에서 브랜든의 자동차 키를 빼앗으려 한 것이었다. 증인들에 의하면, 브랜든은 여자의 배려에 열쇠 대신 불붙은 담배꽁초를 던져주는 식으로 응대했다.

브랜든이 평생 처음 접했음 직한 법정 싸움에서, 애시튼의 부모는(부자는 아니나 정치적 인맥은 상당했다.) 브랜든이 대가를 치르도록 가능한 모든 수단을 동원했다. 그에 따라 서포크카운티 지방검사는 음주운전 및 중과실치상으로 브랜든을 기소했다. 공판 내내 충격과 도덕적 분노에 휩싸인 표정이라 누구라도 그가 개인적 책임을 통감하고 있다고 느꼈을 것이다. 결국 브랜든은 4개월 동안의 가택연금 형에 처해졌다. 무지무지 호화로운 집에서.

차후의 민사재판에서는, 부잣집 아들내미 브랜든에게 재산이 전혀 없다는 사실이 확인되었다. 신탁재산, 자동차, 집은커녕 그의 이름으로 된 재산 자체가 없었다. 심지어 아이패드 하나 없었다.

기이하게도 자동차 사고 바로 전날 보유재산을 모두 부모에게 양도했기 때문이다. 그 기막힌 '양도' 때문에 아무도 브랜든의 남은 재산을 찾아낼 수는 없었다. 민사소송 판사가 메일리스 가족에게 7500만 불의 피해보상을 하라고 선고했을 때 브랜든 트레스콧은 빈 주머니를 털어 보이며 어깨를 으쓱할 뿐이었다.

내게는 브랜든이 소유했지만 지금은 법적으로 용익권(用益權)이 제한된 모든 재산의 목록이 있다. 법원의 판단에 따르면, 상기 항목의 용익권은 명목상은 물론 실질적인 소유권까지를 포함했다. 트레스콧 가족은 '소유권'에 대한 법원의 정의에 반발했으나, 신문매체가 맹비난하고 여론 또한 배가 산으로 올라갈 만큼 비등했기에 그들도 결국 굴복하고 합의서에 사인할 수밖에 없었다.

다음날, 레이튼과 수잔 트레스콧은 아들에게 하위치포트의 콘도미니엄을 사주는 식으로 메일리스 가족은 물론 목소리 큰 시민들에게 기막힌 '빅엿'을 선사했다. 메일리스의 변호사들이 합의서에 미래 수입이나 재산을 포함하지 않은 탓이었다. 그리하여 어느 12월 오후 일찍부터 나는 하위치포트까지 브랜든을 따라나서야 했다.

콘도에서는 곰팡이와 김빠진 맥주, 잔반이 싱크대 식기마다 덕지덕지 붙어 썩는 냄새가 났다. 내가 그런 것까지 아는 이유는 이미 두 번이나 브랜든의 콘도에 침투해, 도청장치를 심고 컴퓨터 비밀번호를 쓸어내는 등, 남의 뒤를 캐기 좋아하는 고객들이 거액을 걸고 요구하는 일들을 했기 때문이다. 얼마 되지 않은 서류들도 샅샅이 뒤졌으나 우리가 모르는 은행계좌나 보고가 누락된 증권거래는 찾지 못했다. 컴퓨터를 해킹해도 결과는 거의 마찬가지였다. 기껏해야 옛날 동창들한테 보내는 욕설 편지와 오타 투성이의 터무니없는 잡문들 정도였다. 그는 수많은 포르노 사이트와 도박 사이트를 드나들었고 자신에 대한 기사도 빠짐없이 읽었다.

그가 택시에서 내렸을 때, 나는 글러브박스에서 디지털레코드를 꺼냈다. 그의 집에 침투해 컴퓨터를 해킹하던 날, 미디어콘솔과 침실에 각각 소금 알갱이 크기의 음향송신장치를 붙여두었다. 샤워를 준비하면서 내는 작은 신음소리들, 샤워 소리, 수건으로 닦고 새 옷으로 갈아입는 소리, 술을 따르고 평면 TV를 켠 다음 얼빠진 리얼리티쇼 채널에 맞추고 긴 의자에 앉아 몸을 긁어대는 소리.

나는 잠들지 않기 위해 두 번 뺨을 때리고 자동차 시트에 펼쳐놓은 신문을 뒤적였다. 또다시 실업 사태가 예고된다는 기사를 시작으로, 랜돌프의 화재에서 주인들을 구한 개가 엉덩이 수술을 받고 뒷다리 모두 개 휠체어에 묶이는 처지가 되었다거나, 우리의 러시아 조폭 두목께서 애마 포르쉐를 티니안 해변의 만조에 빠뜨린 후 음주운전으로 기소되었으며, 내가 예전에 보다가 잠들어버렸던 경기의 우승자는 브룬스 팀이었고, 목두께 70센티미터의 메이저리그 삼루수는 스테로이드 복용에 대한 질문에 신경질적인 반응을 보인다는 등의 내용이 이어졌다.

휴대폰이 울리고 브랜든이 누군가와 통화를 시작했다. 물론 그 친구야 '브로'라 불렀겠으나 내 귀에는 분명 '브라'로 들렸다. 사실 통화 내용이라고 해봐야 「WoW(월드오브워크래프트)」와 PS2의 「폴아웃4」, 가수 릴 웨인과 T.I., 그리고 체육관에서 본 어느 아가씨 얘기 정도였다. 체육관 페이스북에서 보니 그녀가 공원 맞은편에 살며 또 위핏(Wii Fit, 닌텐도의 헬스 트레이닝 게임기-옮긴이) 운동을 즐겨한다는 등…… 문득 차창 밖을 내다보며 갑자기 너무 늙었다는 생각을 했다. 최근에 특히 증세가 빈번했으나 이런 식의 비참한 기분은 아니었건만. 요즘 이십대들이 그런 식으로 이십대를 보낸다면, 그들의 이십대는 정말로 행복할 것 같았다. 물론 삼십대도. 나는 시트를 뒤로 젖히고 눈을 감았다. 한참 후 브랜든과 브라의 통화가 끝났다.

"좋아, 브라, 잘 지내."

"너도 잘 지내. 정말로."

"이봐, 브라."

"응?"

"아냐, 깜빡 잊었다. 요즘 완전히 맛이 갔다니까."

"뭐가?"

"자꾸 깜빡깜빡하거든."

"아."

"끊어."

"그래."

둘은 전화를 끊었다.

차라리 내 머리를 날려버리고만 싶었다. 물론 참아야 할 이유 20~30가지를 순식간에 떠올리기는 했지만 브랜든과 '브라' 사이의 대화를 더 들을 자신은 솔직히 없었다.

도미니크는 완전히 다른 경우에 속했다. 열흘 전 페이스북을 통해 브랜든의 인생에 끼어든 퀸카 창녀다. 첫날 밤, 두 사람은 두 시간 동안 IM 채팅을 하고 그 이후 세 번 스카이프로 화상통화를 했다. 아직 옷을 벗지는 않았으나 (a) 그녀가 그와 자기로 결심하고 (b) 그가 일을 성사시키기 위해 상당한 돈을 투자할 경우 어떤 일이 벌어질지에 대해선 대충 그림이 그려졌다. 이틀 전, 두 사람은 휴대폰 전화번호를 교환했다. 그리고…… 맙소사, 브라 통화를 끝낸 지 30초도 되지 않아 그녀가 전화를 걸었다.

브랜든: 여보세요. (기이하게도 사람들은 꾸준히 그와 연락했다.)

도미니크: 나예요.

브랜든: 오, 이런. 맙소사. 이 근처?

도미니크: 곧 도착해요.

브랜든: 에, 여기로 와.

도미니크: 화상통화 잊었어요? 방호복 차림으로 잘 생각 없다고 했잖아요.

브랜든: 그러니까 나하고 잘 생각을 하긴 하는 건가. 누구랑 잘지 결정하는 창녀는 처음이로군.

도미니크: 나 같은 미인은 처음 아니고?

브랜든: 그건 그렇지만…… 이봐, 당신은 내 엄마 나이야. 망할, 그래도 당신만큼 화끈한 여자는……

도미니크: 오, 그거 칭찬인 거죠? 우선 몇 가지 정리부터 해요. 난 창녀가 아니에요. 엄연히 성 해소 조달업자라고요.

브랜든: 그건 또 무슨 개소리?

도미니크: 개소리든 아니든, 나를 만나려면 증권이든 수표든 현찰로 바꿔 와요.

브랜든: 언제?

도미니크: 지금.

브랜든: 지금 당장?

도미니크: 지금 당장. 오늘 오후에만 읍내에 있을 거니까. 그리고 호텔은 싫으니 다른 곳을 알아봐요. 물론 오래 기다릴 생각은 없어요.

브랜든: 진짜 기막힌 호텔인데도?

도미니크: 전화 끊어요.

브랜든: 전화는 또 왜……

그녀가 전화를 끊었다.

브랜든이 욕설을 내뱉더니 리모컨을 벽에 집어던지고 뭔가를 걷어찼다.

"어떻게 맨날 바가지 씌우는 창녀만 걸리냐? 그거 아냐, *브라*? 그년한테 10달러만 주고 내 물건을 빨게 하는 거다. 그리고 베가스로 튀자고."

그렇다. 그는 실제로 자신을 '브라'라고 불렀다.

전화벨이 울렸다. 리모컨과 함께 휴대폰도 던져버렸던지 벨소리가 밀려서 들렸다. 전화기를 집기 위해 바스락거리며 방을 가로지르는 소리가 들렸다. 그가 다다를 때쯤 벨소리가 끊어졌다.

"씨발!" 큰 소리였다.

차창을 열고 있었다면 육성으로도 들었을 것이다.

30초도 채 되지 않아 그가 다시 혼잣말을 했다.

"이봐요, *브라*, 내가 개지랄한 건 압니다. 약속하죠. 그년이 다시 전화하게 해 주쇼, 예? 그럼 교회에 나가 바구니에 지폐 한 다발 넣어드리다. 회개도 조금 하고. 그냥 여자한테 통화하게만 해 주쇼, 브라."

그렇다. 그에겐 하느님까지도 '브라'였다.

그것도 두 번씩이나.

벨소리가 거의 시작도 하기 전에 그가 플립을 열었다.

"예?"

"마지막 기회예요."

"알아."

"주소 말해 봐요."

"니미, 난……"

"전화 끊을……"

"말보로 가, 7—73. 다트머스와 엑서터 사이."

"어느 방?"

"그런 거 없어. 내가 다 쓰니까."

"90분 안에 만나요."

"이 부근엔 택시도 없어. 게다가 곧 러시아워라고."

"그럼 비행기 타요. 90분 후에 봐요. 91분? 나도 출발할게요."

차는 2009년 형 애스턴 마틴 DB9였다. 소매가 20만 달러. 브랜든이 타운하우스 두 곳 건너의 차고에서 차를 꺼냈을 때 나도 옆 좌석에 둔 목록을 확인했다. 도로에 진입하기 위해 교통이 뜸해지기를 기다리는 동안 사진도 다섯 장 찍었다.

그는 은하수 탐사선이라도 발진시키는 듯 가속페달을 밟아댔다. 애써 쫓을 생각은 없었다. 차선을 이리저리 들쑤시는 꼬락서

니로 보아, 아무리 눈치가 고깃덩어리 같은 자라도 미행을 눈치 챌 수밖에 없다. 어쨌거나 미행할 필요도 없었다. 그가 가는 곳은 물론 지름길도 알고 있기 때문이다.

그는 전화 통화한 지 89분 후에 도착했다. 그리고 계단을 달려 올라가 열쇠로 문을 열었다. 나는 그 장면도 필름에 담았다. 그가 실내 계단을 오르는 동안 나도 열다섯 걸음 뒤에서 따라갔다. 근 2분간이나 눈치 채지 못한 건 그만큼 들떠 있기 때문일 것이다. 브랜든이 돌아본 건 이층 부엌에서 냉장고를 열 때였다. 내가 SLR 셔터를 몇 번 누르자 그가 등 뒤의 키 큰 윈도까지 뒷걸음질 쳤다.

"망할, 당신 누구야?"

"누군지 알아서 뭐 하게?"

"파파라치냐?"

"어떤 파파라치가 할 일 없이 네 놈을 따라다니겠나?"

나는 몇 장을 더 찍었다.

그는 상체를 젖힌 채 찬찬히 나를 살폈다. 이방인이 부엌까지 침투한 데 대한 두려움은 이제 그 두려움의 크기를 재는 쪽으로 전환되었다. 그가 금발머리를 갸웃했다.

"덩치가 크지도 않군. 당신 정도면 얼마든지 몰아낼 수 있어."

나는 먼저 카메라부터 내렸다.

"그래, 별로 크지 않아. 하지만 쫓아내는 게 쉽지는 않을 게야. 자, 내 눈을 똑바로 봐." 그가 시키는 대로 했다. "무슨 말인지 알 겠나?"

그가 반쯤 고개를 끄덕였다.

나는 카메라를 어깨에 메고 그에게 손을 흔들어주었다.

"어차피 떠날 생각이었다. 이봐, 데이트 잘 해. 더 이상 사람 머리통 부술 생각은 말고."

"그 사진으로 뭘 하려는 거지?"

"그러게, 별로 쓸모도 없겠어."

그 말에는 나마저 가슴이 아렸다.

그는 당혹스러운 표정이었는데 그로서는 흔한 경우였다.

"메일리스 가족이 시킨 거로군, 맞지?"

내 가슴이 아주 조금 더 아팠다. 내가 한숨을 내쉬었다.

"그건 아니야. 난 두하멜 스탠디포드 일을 한다."

"로펌?"

내가 고개를 저었다.

"보안. 수사."

그가 나를 노려보았는데, 입은 벌어지고 눈은 새우 눈을 했다.

"네 부모가 의뢰한 거야, 멍청아. 브랜든, 네놈이 또 얼간이 짓을 할까봐. 당연하잖아. 네놈이 얼간이니까. 오늘의 이 사소한 사고만으로도 네 부모가 기우가 아닌 게 증명된 거야."

"얼간이 아냐. 이래봬도 보스턴 대학을 나왔다."

문득 대응할 말 대신 탈진감이 전신을 흔들었다.

요즘 사는 게 이렇다. 빌어먹을.

나는 부엌을 빠져나와 계단 중간쯤에서 멈춰 섰다.

"행운을 빈다, 브랜든. 어쨌든 도미니크는 오지 않아." 그리고 계단 위를 향해 돌아서서 난간에 팔꿈치를 기댔다. "아, 그래, 사실 이름도 도미니크가 아니다."

쪽쪽 천박한 키스 같은 조리 소리가 들리더니 그가 부엌을 가로질러 머리 위 문간에 모습을 드러냈다.
"당신이 그걸 어떻게 알지?"
"내 부하니까 알지, 얼간아."

2장

 브랜든과 헤어진 후 노스엔드의 넵튠 굴 요리 전문점에서 도미니크를 만났다.
 내가 자리에 앉자 그녀가 먼저 입을 열었다. 두 눈이 평소보다 더 커 보였다.
 "재미있었어. 그 집에서 있었던 얘기 좀 해봐."
 "주문부터 하면 안 될까?"
 "마실 것은 벌써 주문했어. 어서 얘기나 해."
 그녀에게 그간의 얘기를 들려주었다. 음료가 배달되고 우리는 메뉴를 뒤져 랍스터롤을 선택했다. 그녀는 라이트 맥주, 나는 탄산수를 마셨다. 오후니까 맥주보다 탄산수가 신상에 좋을 것이다. 그래도 여전히 마음 한구석은 밀고자라도 된 기분이었다. 뭘 밀고했는지는 잘 모르겠지만 어쨌든 기분은 그랬다.

브랜든과의 조우를 설명하자 그녀가 박수를 치며 물었다.

"정말 얼간이라고 불렀어?"

"얼간이뿐인가? 그밖에도 여러 가지로 불렀지만 대부분 찬사는 아니었지."

랍스터롤이 나왔다. 나는 정장 재킷을 벗어 개켜 왼쪽 의자 팔걸이에 걸쳤다.

"난 그렇게 못 입어. 세상에, 정장에 재킷까지."

그녀가 한숨을 내쉬었다.

"그래, 그래. 옛날 같지 않아. 그래도 지금 고생이 정장 때문은 아니야. 머리 손질이지."

나는 랍스터롤을 한 입 물었다. 보스턴 최고의 랍스터롤이다. 논쟁의 여지는 있겠지만, 그 말은 곧 세계 최고의 랍스터롤이라는 뜻도 된다.

그녀가 내 정장 소매를 매만졌다. 그리고 음식을 한 입 물고 옷 품평을 재개했다.

"그래도 좋은 정장이잖아. 아주 좋아. 타이도 멋있고. 엄마가 골라준 거야?"

"아니, 집사람."

"맞아, 결혼했지. 안됐다." 그녀가 말했다.

"안됐다니?"

"에, 자기가 안될 거야 없겠지."

"그럼 내 아내가 안된 거야?"

"그럴지도. 어쨌든 옛날엔 자기가 훨씬 더…… 음, 활기찼어. 그때 기억나, 패트릭?"

"그래."

"그래?"

"직접 겪을 때보다 기억이 훨씬 재미있어 보이는 법이잖아."

"모르겠어. 내 기억엔 자기가 정말 끝내줬으니까."

그녀가 한쪽 눈썹을 치켜뜨고 맥주를 조금 홀짝였다.

나는 물을 홀짝였다. 아니 사실은 잔을 모두 비우고 식탁에 두고 간 값비싼 청색 병의 물로 다시 채웠다. 전에도 그런 생각을 했지만, 위스키나 진이 아니라, 물 또는 와인 병을 테이블에 놓아두도록 사회적으로 용인하는 이유가 도대체 뭘까?

"거짓말을 썩 잘 한 건 아니었어."

"내가 거짓말을 한 줄도 몰랐는데?"

"믿어도 돼. 사실이니까."

아름다운 여자가 한 남자의 마음을 순식간에 해파리로 만드는 능력은 신기하기만 하다. 단지 아름답다는 이유만으로.

나는 정장 재킷 주머니에서 봉투를 꺼내 테이블 너머로 밀어주었다.

"수당. 두하멜 스탠디포드가 세금을 먼저 뗐어."

"고맙기도 해라." 그녀가 봉투를 손가방에 넣었다.

"고마운 건지는 모르겠지만 어쨌든 규칙이니까."

"자기는 규칙 같은 거 몰랐어." 그녀가 말했다.

"세상은 변해."

그녀는 그 말을 곱씹어보고는 눈빛을 흐렸다. 그러니까, 더 슬픈 표정이었다. 하지만 곧바로 밝은 표정을 짓더니 손가방에서 수표를 다시 꺼내 테이블 위에 놓았다.

"나한테 생각이 있어."

"아냐, 그러지 마."

"들어봐. 동전을 던지자. 그래서 앞면이 나오면…… 자기가 점심 사."

"원래 내가 사는 거야."

"뒷면이면……" 그녀는 손톱으로 맥주잔을 때렸다. "뒷면이면……이 수표를 현찰로 바꾼 다음에 밀레니엄으로 걸어가 방을 잡고 오후 내내 침대스프링의 구조적 통합성을 훼손하는 거야."

나는 다시 물 한 잔을 마셨다.

"동전 없어."

그녀가 인상을 찌푸렸다.

"나도 없는데."

"오, 이런."

그녀가 웨이터를 불렀다.

"이봐요. 동전 하나 빌릴 수 있어요? 금방 돌려줄게."

그가 25센트 동전을 그녀에게 주었다. 나이가 두 배나 많은 여자이건만 웨이터의 손이 파르르 떨렸다. 그녀라면 가능했다. 어느 연령대 어느 사내든 마음을 흔들어놓는 여자.

웨이터가 떠나자 그녀가 속삭였다.

"귀여운 총각이야."

"수컷치고는."

"자, 불러봐."

그녀가 동전을 엄지손톱에 올려놓고는 검지 끝에 대고 퉁길 준비를 했다.

"안 할 거야." 내가 우겼다.

"안 돼, 어서 불러."

"일하러 가야 해."

"땡땡이 쳐. 그 사람들도 모를 거야."

"내가 알아."

"쫀쫀하기는…… 원래 안 그랬잖아."

그녀가 투덜대며 엄지를 튕기자 도전이 천장을 향해 실컷 공중제비를 돌다가 테이블 위로 자맥질을 쳤다. 동전은 수표 위에 떨어졌다. 내 물과 그녀의 맥주 한가운데였다.

웨이터가 지나갈 때 나는 동전을 돌려주고 계산서를 요구했다. 그가 계산서를 준비하는 동안 우리는 아무 말도 하지 않았다. 그녀는 맥주를 마저 비우고 나도 생수를 비웠다. 웨이터가 내 신용카드를 긁고 돌아왔을 때는 넉넉한 팁까지 계산해 건네주었다.

나는 테이블 너머로 그녀의 커다란 황갈색 눈을 보았다. 그녀의 입술이 벌어졌다. 자세히 보면 윗니의 왼쪽 앞니 뿌리가 살짝 깨졌다.

"어쨌든 하지, 뭐." 내가 말했다.

"호텔 방."

"그래."

"침대스프링."

"응."

"시트가 완전히 구겨져 다림질도 못하게 만들자."

"너무 큰 기대는 하지 말자고."

그녀가 휴대폰을 꺼내 호텔에 전화했다. 잠시 후 그녀가 말했다.

"방이 있대."
"예약해."
"너무 퇴폐적 아닐까?"
"자기 생각이었어."
"지금 가능하면 예약할게요." 아내가 전화기에 대고 말하고 다시 아찔한 시선을 보냈다. 열여섯 살 시절로 돌아가 허락 없이 아버지 차를 빌리는 기분이었다. 그녀가 턱으로 전화기를 가리켰다. "성은 켄지. 케이크 할 때 '케.' 이름은 앤지."

호텔방.
"앤지로 부를까? 아니면 도미니크?"
"자기가 좋아하는 쪽으로."
"둘 다 좋아."
"그럼 둘 다 불러."
"이봐."
"응?"
"어떻게 해야 다림질도 못하게 시트를 구겨버릴 수 있지?"
"좋은 지적이야. 내 말 이해한 거야?"
"이해했어."

10층 아래에서 러시아워의 경적소리가 아득히 들려왔다. 앤지가 손으로 머리를 괴더니 나를 보았다.
"미친 짓이었어."
"그래."

"우리가 이럴 형편이 돼?"

그녀도 대답을 알고 있지만 어쨌든 대답은 내가 했다.

"아마 아닐걸?"

"망할."

그녀가 새하얀 극세사 시트를 내려다보았다.

내가 그녀의 어깨를 건드렸다.

"가끔은 사는 시늉이라도 해야지. 두하멜 스탠디포드도 이 일을 끝내면 영구직을 제공하겠다고 약속했잖아."

그녀가 나를 보고 다시 시트를 보았다.

"약속이 계약은 아니야."

"그건 알아."

"그 사람들이 그 놈의 영구직을 당신한테 흔들어댄 지가……"

"그것도 알아."

"……너무 심해. 사람들이 그러는 게 아니야."

"알아. 하지만 난들 어쩌겠어?"

그녀가 인상을 찌푸렸다.

"정말로 제안하지 않으면 어쩌지?"

내가 어깻짓을 했다.

"글쎄."

"돈도 다 떨어졌어."

"알아."

"보험료도 내야 하고."

"알아."

"그 말밖에 몰라? '알아'?"

나도 모르게 이를 부드득 갈았다.

"나도 노력 중이야, 앤지. 영구직을 얻고 보험료를 내고 유급휴가를 받기 위해, 별로 좋아하지도 않는 회사에서 맘에 들지 않는 일을 하고 있잖아. 자기만큼이나 맘에 들지 않지만 이러다 보면 나아지겠지 하면서 눈치 보는 것 말고는 나도 도리가 없어. 당신이 학교를 졸업하고 다시 일을 얻을 때까지 만이라도."

우리는 각자 한숨을 내쉬었다. 둘 다 얼굴은 벌겋게 달아올랐고 방은 다소 답답했다.

"그냥 그렇다는 얘기야." 그녀의 목소리가 한층 누그러졌다.

1분 정도 창밖을 내다보는데 지난 2년간의 칠흑 같은 공포와 스트레스가 머리를 두드리고 심장을 옥죄는 기분이었다.

마침내 내가 입을 열었다.

"내가 가진 최고의 옵션이 그거야. 두하멜 스탠디포드가 계속 변죽만 울리면, 그땐…… 그땐 지금 일을 재고해 봐야겠지. 아무튼, 그러지 않기를 기대해 보자고."

"알았어."

그녀가 말했지만, 길고도 느린 한숨이 곧바로 뒤를 이었다.

"이렇게 생각하자고. 우리가 빚이 너무 많고 재정도 파탄이 나서 호텔방에 날려버린 보너스 정도는 티도 안 난다고 말이야."

내가 말했다.

그녀가 손바닥으로 가볍게 내 가슴을 때렸다.

"오, 말은 정말 청산유수라니까."

"내가 한 이빨 하잖아. 몰랐어?"

"알아모십죠." 그녀가 다리를 걸어왔다.

"흥." 내가 콧방귀를 뀌었다.

밖에서는 경적소리가 점점 커져갔다. 나는 꽉 막힌 도로를 떠올렸다. 아무것도 움직이지 않았다. 움직일 기색도 없었다.

"지금 떠나지 않으면 한 시간 후에나 떠나야 해. 어느 쪽이나 도착하는 시간은 같아."

내가 말했다.

"무슨 생각하는데?"

"아주 아주 창피한 일들."

그녀가 내 위로 올라왔다.

"7시 30분까지는 베이비시터가 있기로 했어."

"시간이야 빵빵하지."

그녀의 이마가 내 이마에 닿았다. 나는 그녀에게 키스했다. 몇 년 전만 해도 당연하게 여겼던 그런 종류의 키스. 깊고도 여유로운 키스. 입술을 뗐을 때 그녀가 숨을 마시고 다시 고개를 숙였다. 우리는 다시 키스했다.

"앞으로 열 번은 더 하자……"

"오케이."

"그리고 한 시간 전에 했던 것도 더 하고."

"그건 재미있었지?"

"그 다음엔 뜨거운 물에 샤워도 느긋하게……"

"좋으실 대로."

"그리고 집에 가서 딸을 만나는 거야."

"좋지."

3장

전화벨이 울렸다. 새벽 3시.
"내가 누군지 아시겠어요?" 여자 목소리.
"예?"
아직 비몽사몽간이었다.
발신자를 확인해 보니 '미확인 번호'였다.
"그 애를 전에도 찾았어요. 그러니 다시 찾아줘요."
"누굽니까?"
여자의 목소리가 전화선을 타고 흘러나왔다.
"나한테 빚진 게 있지 않아요?"
"술 취한 여자로군. 전화 끊겠소."
"나한테 빚졌어요." 여자가 먼저 전화를 끊었다.

아침, 전화를 받은 게 꿈속 같았다. 그렇지 않다 해도 어젯밤인지 그제인지조차 헷갈렸다. 내일이면 모든 것을 잊으리라. 지하철로 걸으면서는 던킨 커피를 마셨다. 하늘은 낮고 잔뜩 찌푸렸으며 구름은 넝마처럼 거친 모양새였다. 바짝 마른 낙엽들이 배수구마다 꿈틀거리며 첫눈에 덮이기를 기다렸다. 크레센트 애비뉴를 따라 가로수들도 모두 헐벗고 항구는 물론 그 너머 주차장까지 유매스역(JFK/UMss Station)처럼 북적였다.

그럼에도 불구하고 계단 위에 나타난 얼굴을 못 알아볼 수는 없었다. 다시는 보고 싶지 않았던 얼굴. 내 행운이 빠져나가기 시작할 때 그 삶에 뛰어든 지치고 비참한 여인. 내가 다가가자 그녀가 어색한 미소와 함께 손을 내밀었다.

베아트리체 맥크레디.

"잘 지냈어요, 패트릭?"

계단 위는 바람이 더 예리했다. 그녀는 겨우 얇은 청재킷 차림에 옷깃을 귓불까지 끌어올리고 몸을 잔뜩 웅크렸다.

"안녕, 베아."

"어젯밤에는 미안했어요. 난……"

그녀가 무기력하게 어깻짓을 하고 한동안 통근자들을 바라보았다.

"괜찮아요."

사람들이 회전문으로 향하며 떠미는 통에 베아트리체와 나는 한쪽으로 물러섰다. 대형 지하철 지도가 그려진 흰색 벽 바로 옆이다.

"좋아 보이네요." 그녀가 말했다.

"베아도 좋아 보여요."

"거짓말, 고마워요." 그녀의 대답이었다.

"거짓말 아닙니다." 내가 다시 거짓말을 했다.

재빨리 계산해 보니 그녀도 벌써 오십 줄이었다. 요즈음 오십은 사십대 초반과 진배없다지만 그녀의 경우는 60대 초반처럼 보였다. 한 때 딸기 같았던 머리는 하얗게 세고 얼굴의 주름살도 자갈을 감출 정도로 깊었다. 전체적으로 비누로 만든 벽에 매달린 사람처럼 불안해 보이기도 했다.

오래 전, 아주 아주 오래 전, 그녀의 조카가 납치당한 적이 있었다. 나는 아이를 찾아, 베아트리체와 그녀의 시누이 헬렌이 함께 사는 집에 돌려주었다. 헬렌은 좋은 엄마는 못 되었다.

"아이들은 어때요?"

"아이들? 하나밖에 없잖아요." 그녀가 대답했다.

망할.

나는 기억을 뒤졌다. 독자. 당시에 대여섯, 아니면 일곱. 마크. 아니, 매트. 아니, 마틴. 그래, 마틴이 분명해.

다시 주사위를 굴려 그 이름을 말할까 했지만 이미 정적이 너무 길어졌다.

"매트는 벌써 열여덟이에요. 마뉴먼트 고등학교 졸업반이죠."

그녀가 내게 시선을 고정한 채 덧붙였다.

마뉴먼트 고등학교는 아이들이 조개껍질을 세는 식으로 산수를 공부하는 부류의 학교였다.

"오, 다닐 만 하다던가요?" 내가 물었다.

"매트는…… 어떨 때는, 가끔…… 지도가 필요하긴 해요. 그래도 못하는 애들이 더 많은걸요."

"잘 됐네요."

나는 그 말을 하자마자 후회했다. 그야말로 기계적인 대답이 아닌가.

그녀의 녹색 눈이 잠시 반짝였다. 내가 남편을 감옥으로 보낸 후 인생이 얼마나 엿 같아졌는지 절절이 늘어놓을까 오금이 저렸다. 남편은 라이오넬, 좋은 사람이었다. 비록 동기는 선했다지만 그가 개입한 범죄가 피범벅이되면서 무기력하게 망가지고 말았었다. 나도 그를 좋아했다. 하지만 나쁜 사람들을 더 좋아할 수밖에 없었다는 사실이 아만다 맥크레디 사건의 혹독한 아이러니였다. 좋은 사람들보다 훨씬, 훨씬 더. 그 중 예외가 베아트리체였다. 그 아수라장에서 유일하게 죄 없는 선수가 그녀와 아만다였다.

그녀가 내 뒤에 숨은 또 다른 나를 찾기라도 하듯 나를 노려보았다. 보다 가치 있고 보다 나 같은 나.

알파벳 재킷 차림의 십대 소년들이 떼를 지어 회전문을 뚫고 나왔다. 학교 운동선수들로 모리시 불레바드를 따라 10분 거리의 보스턴칼리지 고등학교로 가는 중이었다.

"당신이 찾아냈을 때 아만다가 음…… 네 살이었나요?"

베아트리체가 물었다.

"예."

"지금은 열여섯이에요. 열일곱에 가까운. 저 애들 나이죠."

그녀가 턱으로 운동선수들을 가리켰다. 아이들은 모리시 불레바드를 향해 계단을 내려가고 있었다.

"열여섯이라." 내가 중얼거렸다.

"그게 믿겨져요? 도대체 어디로 가는 거죠? 시간 말이에요."

"누군가의 가스탱크로 들어갈 겁니다."

"말도 안 돼."

다른 선수들과 범생처럼 보이는 아이들도 몰려나왔다.

"아만다가 또 사라졌다고 했던가요?"

"예."

"가출?"

"헬렌이 엄마라면 그것도 가능은 하겠죠."

"달리 생각할 이유가 있다는 말이군요. 아마도 더 끔찍한."

"에, 예를 들어, 헬렌은 그 애의 실종이든 가출이든 인정하지 않아요."

"경찰에 신고는 했겠죠?"

그녀가 끄덕였다.

"물론이에요. 경찰이 아만다 얘기를 물었을 때 헬렌은 아무 이상 없다고 대답했고 수사는 그것으로 끝이에요."

"왜 끝이죠?"

"왜요? 1998년도에 아만다를 납치한 건 공무원이었어요. 헬렌의 변호사는 경찰, 경찰조합, 도시 모두를 걸고 들어가 300만 달러를 따냈죠. 그래서 100만은 자기 호주머니로, 200만은 아만다 신탁자금으로 들어갔어요. 이제 경찰들은 헬렌, 아만다라면 학을 떼요. 헬렌이 노려보면서 '내 아이는 무사하니, 당장 꺼져요.'라고 하는데 뭐라고 하겠어요?"

"신문에도 얘기해 봤습니까?"

"물론. 그 사람들도 손댈 생각은 없더군요." 그녀의 대답이었다.

"그건 또 왜죠?"

그녀가 어깨를 으쓱였다.

"글쎄요, 더 큰 먹이가 있겠죠."

그건 말이 되지 않았다. 뭔지는 몰라도 내게 숨기는 게 있었다.

"나한테 뭘 바라는 겁니까, 베아?"

"모르겠네요. 패트릭이 뭘 할 수 있죠?" 그녀가 되물었다.

부드러운 바람이 그녀의 흰머리를 흩날렸다. 남편이 총을 맞고 병원에 누워 있는 동안 이런저런 범죄로 기소되었다는 사실 때문에 나를 비난하는 것만은 분명했다. 그는 어느 목요일 오후 남부보스턴의 술집에서 나를 만나기 위해 집을 나섰다가 곧바로 병원, 유치장, 교도소로 끌려간 뒤 다시는 돌아오지 못했다.

베아트리체는 계속 나를 바라보기만 했다. 초등학교 때 수녀 선생님들이 나를 보던 바로 그 눈빛이었다. 그때도 싫어했지만 지금도 마찬가지다.

"베아? 여동생이 부모 노릇을 못한다는 생각에 조카를 납치한 건 나도 유감입니다."

"생각?"

"어쨌든 납치한 건 사실 아닙니까?"

"그 애를 위해서였어요."

"오케이, 애들한테 뭐가 좋은지 아무 상관없는 사람들한테 결정하게 하시죠. 왜 아닙니까? 개떡 같은 부모를 만난 아이들을 모두 가까운 지하철역에 줄을 세워요. 그럼 당신네들이 '네버네버랜드'로 보내 영원히 행복하게 살게 해 주지 그래요?"

"얘기 다 했어요?"

매년 뱃속에 쌓인 분노가 아예 살갗을 뚫고 나오려는 듯 들끓었다.

"아니, 아직요. 아만다 일을 처리한 것 때문에 몇 년간 허벌나게 고생만 했습니다. 그건 내 직업이에요. 그 일로 먹고 산단 말입니다."

"안됐군요. 모두 오해 때문이에요."

"당신이 나를 고용했어요. 이렇게 말했죠. '조카애를 찾아줘요.' 그래서 찾았습니다. 그랬더니 10년 동안 당신은 내게 비난의 눈빛만 보내더군요. 난 내 일을 한 겁니다."

"그래서 많은 사람들이 다쳤죠."

"내가 한 게 아니에요. 난 그저 그 애를 찾아 돌려줬을 뿐이죠."

"그렇게 생각하고 사는가 보죠?"

나는 벽에 기대 길고도 답답한 한숨을 토해내고는 코트에 손을 넣어 교통카드를 꺼냈다. 이제 지하철을 타야겠다.

"일하러 가야 합니다. 만나서 반갑지만 도와드릴 수가 없군요."

"돈 때문인가요?" 그녀가 물었다.

"뭐요?"

"그 애를 찾아낸 후 의뢰비를 지불하지 않았어요. 하지만……"

"아니, 아닙니다. 돈하고는 상관없어요." 내가 말했다.

"그럼 왜 그러죠?"

"이보세요, 나도 이 사회의 누구만큼이나 경제 사정이 좋지 못합니다. 돈 때문은 아니지만 돈 안 되는 일을 받을 능력도 없어요. 게다가 지금 정규직을 따내기 위한 면담이 있어 가봐야 합니다. 어쨌든 부업은 날 샌 거죠. 알겠습니까?"

"헬렌한테 새 애인이 생겼는데 당연히 전과자예요. 이유가 뭔지 아세요?"

나는 맥없이 고개를 젓고 손짓으로 그녀를 떨쳐내려 했다.

"성범죄."

12년 전, 아만다 맥크레디가 심촌 라이오넬과 몇몇 깡패 경찰들에게 납치당했었다. 그들은 아이의 몸값이나 상해에는 전혀 관심이 없었다. 그저 코가 삐뚤어지도록 술을 마시고, 섹스샵에서 장난감을 골라주는 엄마한테서 아이를 빼앗아 정 반대 성향의 집에 맡기는 것뿐이었다. 내가 찾아냈을 때 아만다는 그녀를 사랑하는 부부와 살고 있었다. 그들은 아이에게 건강과 안정, 행복을 주고자 했지만, 결국 감옥에 갇히는 신세가 되고 아만다는 헬렌의 집으로 돌아왔다. 내 손에 의해.

"나한테 빚졌어요, 패트릭."

"뭐라고요?"

"빚졌다고 했어요."

나는 다시 분노가 치솟았다. 머릿속에서 재깍거리던 소리도 쿵쿵 뛰기 시작했다. 나는 분명 할 바를 했다. 그건 의심의 여지가 없다. 하지만 내 머릿속을 지배한 건 반박이 아니라 분노였다. 모호하고 비논리적이면서 지난 12년 동안 점점 더 깊어지기만 했던 분노. 나는 두 손을 주머니에 넣었다. 그렇지 않으면 벽에 그린 지하철 지도를 주먹으로 때릴 것만 같았다.

"누구한테도 빚진 것 없어요. 당신, 헬렌, 라이오넬 누구든."

"아만다는요? 그 애한테도 빚이 없나요? 조금도?"

그녀는 엄지와 검지를 내밀어 살짝 붙여보았다.

"없어요. 잘 가요, 베아트리체."

나는 회전문을 향해 걷기 시작했다.

"그 사람 소식은 묻지도 않는군요."

나는 걸음을 멈추고 양손을 주머니 더 깊이 밀어 넣었다. 그리고 한숨을 내쉬며 그녀를 돌아보았다.

그녀가 무게중심을 오른쪽으로 옮겨 섰다.

"라이오넬. 지금쯤 나왔어야 해요. 당신도 알잖아요. 평범한 사람이니까. 우리가 유죄를 인정했을 때 변호사가 그러더군요. 12년 형을 선고받겠지만 6년만 복역할 거라고. 예, 판결은 그렇게 났고 틀린 말은 아니었어요." 그녀가 내게 한 걸음 다가서더니 다시 두 걸음 물러났다. 사람들이 그 사이로 쏟아져 들어오고 몇 사람은 우리를 흘겨보기도 했다. "그 안에서 많이 맞았어요. 더 몹쓸 짓도 당했지만 그 얘기는 하지 않았어요. 그런 데 있을 사람이 아니었으니까. 알잖아요, 얼마나 좋은 사람인지." 그녀가 한 걸음 더 물러섰다. "싸움에 휘말렸어요. 누군가 남편이 원치 않는 걸 빼앗으려 했는데 라이오넬도 힘이 장사라 그자가 부상을 당했죠. 그래서 12년 형을 모두 살게 된 거예요. 그런데도 스파이가 되지 않으면 더 살게 될 수도 있다네요. 그 안에서 마약을 거래하는 어떤 깡패를 잡는데 FBI를 도와야 한대요. 라이오넬이 돕지 않으면 형량을 뺑튀기하겠다고 협박하고 있어요. 그렇게 되면 6년 후에나 나오겠죠?" 그녀가 입을 일그러뜨리며 쓰디쓴 미소를 지었다. 무기력한 표정도 함께. "더 이상 아무것도 모르겠어요? 패트릭은 알아요? 난 몰라요."

나로서는 숨을 곳이 없었다. 최선을 다해 그녀의 눈을 노려보았으나 결국 검은 고무바닥으로 고개를 떨어뜨릴 수밖에 없었다.

또 다른 학생 무리가 큰 소리로 웃으며 그녀의 뒤를 지나갔다. 모든 것을 잊게 해 주는 웃음. 베아트리체는 그들을 지켜보았다. 그들의 행복에 더욱 위축된 모습이었다. 산들바람에 계단 아래로 날려갈 만큼이나 가벼워 보이기까지 했다.

내가 두 손을 들어보였다.

"더 이상 개인 일은 하지 않아요."

그녀가 내 왼손을 보며 고개를 끄덕였다.

"결혼…… 했나요?"

나는 그녀의 방향으로 한 걸음 내디뎠다.

"예. 이봐요, 베아……"

그녀가 한 손을 들었다.

"애들은?"

나는 움찔했다. 대답은 하지 않았다. 갑자기 단어가 생각나지 않은 것이다.

"대답할 필요 없어요. 미안해요, 정말로. 오지 말았어야 했는데. 모르겠어요. 그냥 단지…… 단지……" 그녀가 잠시 오른쪽으로 시선을 돌렸다. "분명, 패트릭은 잘할 거예요."

"응?"

"좋은 아빠가 될 거예요. 항상 그럴 거라고 생각했죠."

그녀가 어색한 미소를 지었다.

그녀는 역을 빠져나가 군중들 사이로 사라졌다. 나는 회전문을 지나고 계단 밑 지하철 플랫폼으로 내려섰다. 그곳에서는 모리시 불레바드로 이어지는 주차장이 보였다. 사람들이 계단통에서 아스팔트로 내려서고 있었다. 다시 베아트리체를 보았지만 정말로 찰나였다. 그녀는 곧바로 시야에서 사라졌다. 지하철역은 대개 고등학교 학생들로 북적였는데 대부분 그녀보다 키가 컸다.

4장

　목적지는 적색 라인으로 네 정거장에 불과했다. 하지만 수백 명의 사람들과 함께 깡통 안에 처박혀 흔들리다 보면 정장은 금세 누더기가 되고 만다. 사우스 역을 빠져나온 다음 두 팔과 다리를 털어 정장과 외투의 구김을 펴려 했지만 물론 소용이 없었다. 두하멜 스탠디포드 글로벌의 사무실이 있는 곳은 투인터내셔널 빌딩 28층으로 빙산처럼 매끄럽고 냉담한 고층건물이다.
　두하멜 스탠디포드는 트위터를 하지 않는다. 블로그도 없고, 검색창에 '비밀수사 위대한 보스턴'이라 입력해도 구글 크롬 우측에 팝업창이 생기지도 않는다. 옐로페이지 및 《보안 솔루션》 잡지 표지에도 실리지 않으며, 새벽 2시, 홈쇼핑 광고 사이에 일감 좀 달라고 애원하지도 않는다. 실제로 그들의 광고비는 매년 '0'에 가까웠다. 당연히 보스턴 사람들도 대부분 그들의 존재조차 알지 못한다.

그럼에도 그들은 170년 동안이나 성업 중이다.

회사는 투인터내셔널의 28층 절반을 차지했다. 동쪽 윈도 밖으로 부두가 내려다보이고 북쪽으로는 도시를 굽어보는 위치였다. 차양이 설치된 윈도는 없었다. 문과 칸막이는 모두 간유리로 되어 있었는데, 성에 무늬가 얼마나 생생한지 한여름에도 코트를 걸치고 싶을 정도였다. 유리문의 명판 서체는 문고리보다 작았다.

두하멜 스탠디포드

매사추세츠 서포크카운티

1840년 설립

나는 문 너머로 신호를 받은 후 백설처럼 하얀 전실(前室)로 들어갔다. 벽에 붙은 장식이라고는 정사각형과 직사각형의 간유리들뿐이었는데 가로, 세로 30센티미터보다 큰 것은 없고 대부분이 20×25센티미터 사이였다. 그런 방에 앉거나 서 있으면 감시당하는 느낌에 온몸이 스멀거릴 수밖에 없다.

넓은 전실에 하나밖에 없는 책상에 남자가 앉아 있었는데, 그가 그곳에 앉기 전을 기억하는 사람이 모두 죽었을 만큼 나이가 많았다. 이름은 버트런드 윌브래험. 실제로 조로한 쉰다섯에서 정정한 여든까지 나이를 짐작하기도 불가능했다. 피부는 아버지가 지하 화장실에 두었던 갈색 비누와 비슷했고, 얼굴의 털이라고는 아주 가늘고 검은 눈썹이 전부였다. 하루 종일 수염도 자라지 않는 영감이었다. 두하멜 스탠디포드의 남자 직원들과 하도급자들은 정장과 타이를 매도록 되어 있었다. 정장과 타이의 스타일은 자율이지만(그래도 파스텔 톤과 꽃무늬에는 눈살을 찌푸린다.) 셔츠는 반드시 흰색이어야 했다. 완전한 흰색. 아주 미미한 무늬도 금물. 그런데도 버트런드 월브래험은 항상 옅은 회색 셔츠 차림이었다. 정장과 타이는 눈에 띄지 않을 정도로 짙은 회색에서 짙은 검정색, 그리고 짙은 감색으로 변했으나 규범 파괴의 셔츠만은 혁신을 포기할 수 없다는 듯 항상 똑같았다.

나를 끔찍하게 좋아하는 것 같지는 않았으나 다행히 그가 끔찍이 좋아하는 사람은 아무도 없었다. 그날 아침 나를 불러들이자마자 그가 깨끗한 책상에서 핑크색의 작은 전화 메모지를 들어 보였다.

"덴트 씨께서 당신이 오는 대로 사무실에 알려달라셨소."

"왔습니다."

"제때 오신 거요."

월브래험이 손가락을 떼니 핑크색 메모지가 덩실덩실 춤을 추며 휴지통으로 들어갔다.

그는 나를 이끌고 일련의 문들을 통과했다. 담홍빛이 감도는 회색 카펫의 복도를 반쯤 지나자, 나 같은 하청업자들이 출근 근무를 할 때 사용하는 사무실이 나왔다. 오늘 아침에 비어 있는 걸 보니 내게 거주권이 있다는 뜻이었다. 나는 방안에 들어가 오늘이 끝날 때쯤 이곳이 내 정식 사무실이 된다는 환각을 잠깐 만끽했다. 나는 잡념을 떨치고 책상에 가방 두 개를 내려놓았다. 운동 가방에는 카메라 등, 트레스콧 일을 했을 때의 감시 장비 대부분이 들어 있었다. 랩톱 가방엔 랩톱컴퓨터와 딸 사진 한 장이 들었다. 나는 총을 풀어 책상서랍에 넣었다. 이곳 용무가 끝날 때까지는 그 안에 둘 생각이다. 솔직히 총을 들고 다니는 건 양배추 먹는 것만큼이나 끔찍한 일이다.

나는 유리 칸막이에서 나와 제레미 덴트의 사무실까지 담홍회색의 복도를 따라 걸었다. 덴트는 노사관계 분야의 부사장으로 2년 전 처음 내게 일을 맡겼다. 이전에는 나도 혼자서 일했다. 바솔로뮤 성당 종루에 작은 무료 사무실이 있었는데, 드루먼드 교구신부와 나와의 순전한 불법거래였다. 그러나 보스턴 대교구가 병든 성직자들의 아동성폭행을 수십 년간 감추려한 데 대해 응보를 받기 시작했을 때쯤 느닷없이 감찰관이 들이닥치는 바람에 한 때 그곳의 주인이었으나 카터 정부 이래로 한 번도 본 적이 없는 종을 따라 성당 종루 사무실도 완전히 증발해 버렸다.

덴트는 그 흔한 버지니아 사관학교 출신으로 웨스트포인트의 자기 반에서 3등으로 졸업했다. 그리고 베트남, 국방대학원에 이어 군대에서의 초고속 승진을 이어가다가 80년대 중반 당직사령으로 근무 중 고향으로 돌아와 전역했다. 서른여섯의 나이에 중령 계급으로 모든 것을 등졌다는 얘기인데 사실 어딘가 석연치 않았다. 그 후 보스턴에서 가문의 옛 친구들과 우연히 만났을 때 (조상들이 함께 메이플라워 호 뱃전에 이름을 새겼다나 뭐라나.) 그들이 회사 설립을 거론했다. 상황이 긴박해질 때까지 패거리 중 거의 아무도 언급하지 않았던 그런 종류의 회사였다.

25년 후, 덴트가 파트너가 되었을 때쯤엔 도버에 식민지 풍의 하얀 저택을, 바인야드해븐에는 여름별장을 마련했다. 아름다운 아내와의 슬하에 튼튼한 아들, 날씬한 두 딸이 있으며, 방과 후

시간을 애버크롬비 광고에 푹 빠져 지낼 법한 손주도 넷이나 되었다. 하지만 그에게도 뒷덜미에 박힌 못처럼 근무 외 시간까지 쫓아다니는 고통이 있었다. 매력적이기는 하나 마냥 편할 수 없는 상대인 것도 그 때문이다. 스스로에게도 편할 수 없는 사람이니 왜 아니겠는가.

"어서 오게, 패트릭."

비서가 나를 데려가자 그가 인사부터 챙겼다.

나는 사무실 안으로 들어가 악수를 했다. 그의 오른쪽 어깨너머로 커스텀하우스가 보이고 왼 팔꿈치 아래로는 로건 도로가 불쑥 삐져나왔다.

"앉아, 앉아, 어서."

내가 자리에 앉자 그도 모퉁이의 사무용의자에 앉아 1분 정도 도시를 내다보았다.

"레이튼과 수전 트레스콧이 어젯밤에 전화했어. 자네가 브랜든 건을 처리했다더군. 모두 털어놓게 만들었다고?"

내가 고개를 끄덕였다.

"누워서 떡 먹기였죠."

그는 물 잔을 들고 한 모금 마시는 것으로 대답을 대신했다.

"아들놈을 유럽으로 보낼 생각이라더군."

"그 정도는 보호관찰관도 반대하지 않을 겁니다."

그가 양 눈썹을 치켜떴다.

"나도 그렇게 말했지만 그 친구 모친도 판사야. 이번에도 크게 놀랐을 거야. 자식교육이란, 원…… 망칠 방법은 수백만 가지인데 제대로 가르칠 방법은 단 세 가지뿐이지. 그것도 엄마나 가능한 얘기라네. 아비로서 늘 느끼는 바이지만, 최선의 바람이랴 자식이 불알만 주먹만 한 환관이 되었으면 좋겠어. 아, 주스 마실 텐가? 나도 더 이상 커피를 안 마시거든."

그는 물 잔을 마저 비우고 책상 끄트머리 너머로 두 발을 내밀었다.

"좋죠."

그가 평면 TV 아래 설치된 바로 건너가 크랜베리 주스 병을 꺼내고 얼음 몇 조각을 챙긴 다음 주스 두 잔을 들고 돌아왔다. 우리는 무거운 워터포드 크리스털 잔을 쨍 소리가 나게 건배를 했다. 그리고 그는 자기 의자에 돌아와 앉더니 발꿈치는 책상 위에 시선은 도시에 두었다.

"그래, 이곳에서 자네 위치 때문에 고민이 많지?"

나는 눈썹을 살짝 치켜뜨는 것으로 대답했다. 관심은 있지만 그렇다고 궁해 죽을 정도는 아니라는 뜻을 전하고 싶었다.

"지금껏 의뢰를 멋지게 해결해 줬네. 그래서 트레스콧 사건을 처리한 후 자네의 정식 채용을 고려해 보겠다고 얘기했었지."

"예, 기억합니다."

그가 미소를 지으며 다시 한 잔을 마셨다.

"그 일이 어떻게 됐다고 생각하나?"

"브랜든 트레스콧 사건 말입니까?"

그가 끄덕였다.

"더할 나위 없이 잘 됐죠. 그러니까, 그 아이가 스트리퍼로 위장한 타블로이드 신문기자한테 고해성사 하기 전에 우리가 먼저 상황을 파악했으니까요. 트레스콧 부부도 이미 재산을 다시 빼돌리기 시작했겠죠."

그가 키득거렸다.

"어제 저녁 다섯 시쯤에 시작했지."

"그럼, 끝난 것 아닌가요? 만사 오케이?"

그가 끄덕였다.

"그랬지. 자넨 그들의 돈을 구했고 우리 체면을 살렸어."

나는 '하지만'을 기다렸다.

"하지만 자네가 브랜든을 협박하고 욕을 했다며? 그것까지 부모한테 이른 모양이야."

"기억이 맞는다면 얼간이라고 했을 겁니다."

그가 책상에 놓인 종잇조각을 집어 들었다.

"머저리, 개자식도 있었어. 게다가 사람들 골통을 부순다는 식의 조롱도 했고."

"그 놈은 여자를 휠체어에 태웠습니다. 평생 동안."

내가 따졌다.

그가 어깻짓을 했다.

"여자나 여자 가족 걱정하라고 돈 받은 게 아니야. 우리 의뢰인들을 빈털터리로 만들지 못하게 하라고 받는 거지. 피해자? 우리 관심 밖이라고."

"그렇다고 한 적 없습니다."

"지금 그랬어. '그 놈은 여자를 휠체어에 태웠다'고 했잖나."

"그 때문에 그 자를 해코지한 건 아닙니다. 말씀하셨듯, 일이니까요. 전 일을 했을 뿐이고요."

"하지만 그를 모욕했어, 패트릭."

나는 그의 말을 또박또박 되뇌었다.

"예. 그를. 모욕했죠."

"그래. 문제는 그 친구 부모가 우리 사무실 조명을 계속 켜두는 데 큰 도움을 주고 있단 말이지."

나는 잔을 책상에 내려놓았다.

"그 사람들한테 우리 모두가 아는 사실을 주지시켜준 것뿐입니다. 기술적으로 말해서, 아들은 분명 준 얼간이입니다. 요컨대 아들을 보호하는 데 필요한 모든 정보를 넘긴 셈이죠. 그래야 하반신마비 딸을 가진 탐욕스러운 부모가 그의 20만 달러짜리 자동차에 손을 대지 못할 것 아닙니까?"

그가 잠시 두 눈을 크게 떴다.

"그게 그렇게 비싸? 애스턴 마틴이?"

내가 고개를 끄덕였다.

"영국 차 한 대가 20만 달러라니." 그가 휘파람을 불었다.

우리는 잠시 조용히 앉아 있었다. 그리고 마침내 나는 잔을 내려놓았다.

"그래서, 정식 채용은 없는 거군요, 그렇죠?"

그가 천천히 고개를 저었다.

"그건 아니야. 패트릭, 자넨 아직 이곳 문화를 이해 못해. 분명 훌륭한 수사관이지만 그 어깨에 박힌 말뚝이……"

"말뚝이라뇨?"

그가 키득거리며 가볍게 내 잔에 건배했다.

"자네는 멋진 정장을 입었다고 생각하겠지만 내가 보는 건 계급적 분노뿐이야. 그게 온통 자네를 휘감고 있지. 그런데 우리 고객들도 그걸 본다네. 자네가 왜 아직 빅D를 만나지 못했는지 아나?"

빅D는 일흔 살의 CEO, 모건 두하멜의 별명이다. 두하멜 가의 마지막 핏줄이지만(딸 넷은 모두 결혼해 남편의 성을 취했다.) 그래도 스탠디포드 가문보다는 오래 살아남은 셈이었다. 스탠디포드 가문은 50년대 중반 이후로 종적을 감추었다. 현재 모건 두하멜의 사무실은 몇몇 과거의 파트너 사무실과 함께 두하멜 스탠디포드 본관에 남아 있다. 비컨힐 기슭의 아콘 가에서 살짝 숨은 초콜릿색의 활모양 건물인데, 후손과 신흥부자들은 인터내셔널 건물을 찾는 반면 구닥다리 큰손들은 그곳을 선호했다.

"빅D께서 한낱 하청업자한테 관심이나 있겠습니까?"

그가 고개를 저었다.

"회사에 대해서라면 백과사전이나 다름없는 분이시네. 고용인, 고용인들의 가족과 친척, 하도급자들까지 모두. 자네와 무기상과의 관계에 대해 말씀해 주신 분도 두하멜 씨셨어. 영감이 놓치는 건 절대 없다네."

그가 눈썹을 찡긋해 보였다.

"그러니까 나를 알고 있군요."

"음흠. 그리고 맘에 들어 하지. 자넬 정식 채용하고 싶어 해. 나도 마찬가지고. 파트너 트랙에 넣는 거지. 다만 그 전에 정말로 자네 태도를 바꿔야 하네. 자신을 판단하는 기분을 느끼게 하는 친구와 대화하겠다는 의뢰인이 얼마나 되겠나?"

"판단할 생각……"

"작년 일 기억나? 브랜치 페더레이티드 CEO가 휴스턴에서 직접 이곳으로 찾아왔었지. 특별히 자네를 치하하기 위해. 파트너도 치하해 본 적 없는 사람이 하도급자가 고마워 비행기를 타고 날아온 거야. 기억나나?"

잊기 쉬운 사건은 아니었다. 그 사건의 보너스만으로 지난 해 우리가족의 보험료를 다 지불했으니까. 브랜치 페더레이티드는 몇 백 개의 회사를 소유했으며 그중 가장 잘 나가는 곳이 다운이스트 제재 가공회사(DLI)였다. DLI는 전국 최대의 임시지주(支柱) 제조업체로 메인의 뱅거와 세바고레이크를 기반으로 사업을 했다. 내 일은 페리 파이퍼라는 기막힌 두운의 이름을 지닌 여자에게 접근하는 것이었다. 브랜치 페더레이티드는 그녀가 경쟁사에 거래 비밀을 팔아넘겼다고 의심하고 있었다. 적어도 우리가 듣기로는 그랬다. 한 달 동안 페리 파이퍼와 일한 결과 그녀가 회사의 비리를 증명하기 위해 증거를 모으고 있는 것만은 분명했다. 공장의 오염도 측정 장비를 조작했다는 얘기였다. 내가 접근할 때쯤 그녀는 브랜치 페더레이티드가 대기정화법과 허위진술방지법을 모두 의도적으로 위반했다는 명백한 증거를 확보한 상태였다. 브랜치 페더레이티드가 매니저들에게 지시해 여덟 개 주에서 오염 측정치를 하향조정하고, 네 개 주의 보건부에 위증했으며, 모든 공장의 자체 품질보장 실험 결과도 예외 없이 조작했음을 증명할 수 있었다.

페리 파이퍼도 감시당한다는 사실을 알기에 건물에서 뭔가를 빼내거나 집에 있는 컴퓨터로 전송할 수가 없었다. 하지만 그녀의 술친구이자 하급 마케팅회계 매니저인 패트릭 켄달은 가능했다. 두 달 후, 그녀가 남부 포틀랜드의 칠리 주점에서 도움을 요청했을 때 나는 주저없이 동의했다. 우리는 마가리타로 공모를 건배하고 트리플디퍼를 새로 주문했다. 그리고 다음날 그녀를 곧바로 브랜치 페더레이티드 보안팀에게 넘겼다.

그녀는 계약 위반, 신뢰관계 위반, 기밀유지 서약 위반으로 고발당해 중절도로 기소 및 유죄 선고를 받았다. 집도 잃고 가택구금 중엔 남편도 달아났다. 딸은 사립학교에서 쫓겨났으며 아들도 대학을 중퇴할 수밖에 없었다. 최근 소식에 따르면, 페리 파이퍼는 낮에는 루이스턴의 중고차 거래소에서 전화상담을 하고 밤에는 오번 인근의 대형 할인매장에서 바닥청소를 했다.

그녀는 나를 술친구이자 무해한 수다상대이며, 정치적 동맹으로 여겼다. 그들이 수갑을 채웠을 때 분명 내 얼굴에서 기막힌 이중성을 보았을 것이다. 그녀가 두 눈을 크게 뜨고 입술을 말아 '오'를 그려냈다.

"와우, 패트릭, 연기 진짜 대박이다."

그녀가 끌려가기 전에 한 말이었다.

내 평생 최악의 찬사였다.

그래서 그녀의 얼치기 사장이 개인적으로 감사하기 위해 수직안정판에 '7 HANDICAP'과 성조기를 그린 걸프스트림을 타고 보스턴으로 날아온 것이다. 나는 그 남자의 젖가슴이 흔들릴 정도로 굳게 악수를 했다. 질문에도 대답하고 심지어 술도 한 잔 했다. 이른바 내게 요구한 임무를 모두 처리한 것이다. 브랜치 페더레이티드와 다운이스트 제재는 북미, 멕시코, 캐나다 등지의 건설현장에 건축용 임시지주를 계속 선적할 수 있었다. 공장이 돌아가는 지역에서는 지하수와 표토(表土)가 반경 30킬로미터 내에 사는 사람들의 저녁 밥상을 오염시켰다. 미팅이 끝났을 때 나는 집으로 돌아와 마룩스 현탁액에 잔탁 150을 섞어 복용해야 했다.

"그 양반한테는 이루 말할 데 없이 공손했습니다."
내가 말했다.
"오른쪽 콧구멍에 물집이 잡힌 처제 년을 대할 때 나도 그런 식으로 공손했지."
"높으신 분치고 말씀이 험하신 것 아닙니까?" 내가 항변했다.
"니미럴, 잘 본 거야. 하지만 말야, 패트릭, 난 그래도 닫힌 문 안에서만 그래. 그게 차이야. 내가 속한 방을 위해 성격을 죽인단 말일세. 자넨 안 그래." 그가 책상 주변을 어슬렁거렸다. "그래, 우린 DLC의 내부고발자를 죽였고 브랜치 페더레이티드는 통 크게 보상을 해 주었네. 하지만 다음은 어쩌지? 다음엔 누가 그들 일을 맡게 될까? 적어도 우리는 아니란 말이야."

나는 아무 말도 하지 않았다. 경관 하나는 끝내줬다. 회색과 청색에 갇힌 하늘. 공기를 진줏빛으로 물들인 얇고 차가운 안개 장막. 도시 중심가 너머로 검은색의 헐벗은 숲도 기가 막혔다.

제레미 덴트가 돌아 나와 자기 책상에 기대 발목을 꼬았다.
"트레스콧 사건에 대해 479번 양식은 작성했나?"
"아뇨."
"에, 임시 사무실에 가서 작성하라고. 비용 내역도 기록하고 또 692번도 잊지 말게나. 장비과의 반스가 자네가 사용한 장비들을 확인해 줄 걸세. 뭘 갖고 다니지? 캐논과 소니?"

내가 고개를 끄덕였다.

"그 애 집에선 타란티 도청장치도 사용했죠."
"고장이 잦다고 하던데?"
내가 고개를 저었다.
"감쪽같이 해치웠는걸요."
그는 잔을 비우고 나를 빤히 바라보았다.
"이봐, 자네한테 새로운 사건을 주겠어. 아무도 엿 먹이지 않고 사건을 해결한다면 정식으로 채용하겠네, 오케이? 자네 부인께 내가 약속했다고 전하라고."
내가 끄덕였다. 가슴에 커다란 구멍 하나가 생겼다.

비어 있는 사무실로 돌아온 후 선택 가능성을 따져보았다.
그리 많지 않았다. 사건 하나를 맡고 있지만 돈벌이와는 거리가 멀었다. 운송회사를 운영 중인 옛 친구 마이크 콜레트가 어떤 직원이 횡령하는지 알아봐 달라고 부탁했다. 며칠 동안 야간감독관과 단거리 운전사 한두 명으로 범위를 좁혀 보고서까지 썼는데, 좀 더 파고 들어보니 처음에 생각했던 것과 달리 그런 일을 저지를 사람으로 보이지 않았다. 그래서 현재는 외상매입 매니저에게 관심을 돌린 참이었다. 사장이 절대적으로 신뢰한다는 여자였다.
그 일에는 다섯 시간, 기껏해야 여섯 시간 정도 추가할 수 있겠다.
오늘 일과가 끝나면 나는 두하멜 스탠디포드에서 나가 다음 전화, 다음 시험을 기다려야 한다. 그 동안 우편함에는 매일 청구서가 쌓이고 냉장고는 비어가고 선반이 다시 채워지는 기적은 일어나지 않으리라. 건강 종합보험도 이달 말에 내야 하는데 돈이 없다.

나는 의자에 털썩 기댔다. 어른이 된 걸 축하한다, 패트릭.

다섯 개의 파일을 갱신하고 브랜든 트레스콧 보고서도 세 장이나 써야 하지만 나는 대신 전화기를 들고 리치 콜건의 번호를 돌렸다. 미국에서 가장 백인다운 흑인.

그가 전화를 받았다.

"트리뷴, 메트로데스크입니다."

"목소리가 전혀 흑인답지 않아요."

"내 동족한테는 목소리가 없다. 백인 인종주의자들에게 채찍에 잠시 빼앗긴 자랑스럽고 위대한 유산만이 있을 뿐이지."

"마이클 잭슨도 우리한테 빼앗긴 목소리라고 하실 건가요?"

"아니, 하지만 자네 같은 날건달하고 그런 문제를 논하는 건 여전히 불법이야."

"이젠 독일인 같네요." 내가 비아냥거렸다.

"아버지가 프랑스 인종주의자니까 그럴 만도 하지. 그건 그렇고…… 무슨 일인데?"

"아만다 맥크레디 기억해요? 어린 아이였는데……"

"실종됐었지. 5년 전이던가?"

"12년."

"망할, 세월이라니. 우리가 지금 몇 살이야?"

"대학에 다닐 때 데이브 클락 파이브와 버디 홀리처럼 말하는 노땅들에 대해 우리가 어떻게 생각했는지는 기억해요?"

"응?"

"우리가 프린스와 니르바나 얘기를 하면 요즘 아이들이 그렇게 느낀대요."

"말도 안 돼."

"믿어요. 어쨌든 아만다 맥크레디."

"그래, 그래. 네가 경찰 가족과 있는 아이를 찾아 데려왔지. 그 때문에 경찰 모두가 널 싫어하잖아. 짭새 때문에 도움이 필요한 거야?"

"아뇨."

"필요 없다고?"

"에, 필요해요. 하지만 아만다 맥크레디와 관련된 도움입니다. 또 실종이래요."

"설마."

"설마 아니에요. 이번에도 외숙모가 그러더군요. 아무도 개의치 않는다고. 경찰도 리치 같은 언론도."

"믿기 어렵군. 24시간 뉴스채널이 있는데? 요즘엔 뭐든지 얘기를 만들 수 있다고."

"패리스 힐튼도 그렇게 터진 거군요."

"패리스 힐튼은 별개야. 요점은…… 실종 12년 후 다시 사라진 소녀라면 수많은 경찰이 다칠 수 있는데다, 가뜩이나 불경기에 시(市)에서도 수백만 달러를 날릴 일이라고. 망할, 그런 게 뉴스야, 이 흰둥이 놈아."

"내 생각도 그래요. 어쨌든 이번엔 흑인처럼 말하기는 했네요."

"인종주의자 놈. 외숙모 이름이 뭐였냐?"

"베아트리체 맥크레디."

"베아트리체? 설마 천사는 아니겠지?"

20분 후 그가 전화했다.
"간단하네."
"어떻게 됐는데요?"
"담당형사와 통화했어. 처크 히치콕 형사라는데 외숙모 주장도 조사하고 엄마 집을 쑤셔도 보고 여자애랑 대화도 했다는 거야."
"여자애? 아만다?"
"그래. 모두 날조야."
"도대체 무슨 이유로……?"
"오, 베아트리체, 그 여자, 선수야. 아만다 엄마 알지? 뭐더라…… 헬렌? 헬렌도 그 여자한테 한두 가지 금지명령까지 얻어 냈다더군. 애가 죽은 이후로 여자가 완전히……"
"잠깐, 누구 아이가요?"
"베아트리체 맥크레디."
"죽지 않았어요. 지금 마뉴먼트 고등학교에 다니는데?"
"아니, 마뉴먼트에 없어. 죽었으니까. 작년에 그 애랑 친구 몇이 차를 몰았대. 운전할 나이도 아니고 술 마실 나이도 아니었지만 자식들이 둘 다 한 거야. 성 마가렛 병원이 있던 언덕 기슭 알지? 거기서 신호등을 무시하고 밟았다는군. 스토턴 가에서 버스에 받혀 팬케이크가 됐어. 두 아이가 죽고 두 아이가 맛이 갔는데 걷는 것도 틀렸다더라고. 죽은 애 하나가 매튜 맥크레디야. 지금 웹사이트에서 확인하니까 작년 6월 15일이군. 링크 보내줘?"

5장

JFK/유매스 역을 나와 집으로 향하는데 머리가 계속 윙윙거렸다. 나는 전화를 끊고 리치가 보내준 링크를 클릭했다. 사실이었다……. 지난 6월 마리화나와 재규어에 흠뻑 취해 훔친 차를 몰고 다니다, 언덕 아래로 날아가 버린 네 명의 아이들. 버스 운전사는 경적을 울릴 시간도 없었다. 하반신 마비, 해럴드 엔달리스, 15세. 사지마비, 스튜어트 버필드, 15세. 카니 응급실 도착 후 사망, 마크 맥그래스, 16세. 현장 즉사, 매튜 맥크레디, 16세. 지하철 계단을 내려가 크레센트 애비뉴의 집으로 향하는 동안 내가 열여섯에 저질렀던 온갖 어리석은 짓들에 대해 생각해 보았다. 열일곱이 되기 전에 죽을 수도 있었던, 아니 죽지 않은 게 신기한 여남은의 기적들.

크레센트 거리 남쪽의 첫 번째 집 두 채는 케이프코드 특유의 작고 하얀 건물이다. 지금은 최근 대륙을 휩쓴 모기지 위기 덕분에 빈집들만 남았는데, 두 번째 건물 앞에서 노숙자 한 명이 내게 접근했다.

"이봐, 친구, 내 말 좀 들어봐요. 구걸하자는 건 아니요."

작고 튼튼하고 턱수염을 기른 자였다. 야구모자, 면 후드, 다 해진 청바지가 오물로 덕지덕지했다. 지독한 악취로 보아 마지막으로 목욕을 한 것도 한참 전인 듯했다. 그나마 눈빛은 맑았고 사악하거나 마약에 취한 것 같지는 않았다.

나는 걸음을 멈추었다.

"무슨 일이죠?"

"난 거지가 아닙니다. 그 점부터 확실히 하고 싶군요."

그가 내 억측을 떨쳐내기라도 하듯 두 손을 들어보였다.

"그래요."

"거지 아니에요."

"알겠습니다."

"그런데 아이가 하나 있는데 일자리가 없어요. 여편네는 아프고 어린 아들한테는 약이 필요하답니다. 망할, 그러니까 7달러만 있으면……"

그의 팔이 움직이는 순간을 보지도 못했건만 내 어깨에서 랩톱 가방을 낚아채더니 가까운 폐가 뒤쪽을 향해 줄행랑치기 시작했다. 가방에는 사건기록, 랩톱컴퓨터, 그리고 딸 사진이 들어 있었다.

"이런 개자식!"

욕설을 내뱉었으나 그 대상이 나 자신인지 날치기인지는 분명치 않았다. 놈이 그렇게 팔이 길 줄 누가 알았겠는가?

나는 건물 옆을 따라 놈을 추적했다. 무릎 높이의 잡초덤불과 우그러진 맥주 깡통, 스티로폼 계란판, 깨진 병들이 널브러진 곳, 아무래도 무단거주자들의 거처로 보였으나 내가 어렸을 때만 해도 코완 가족, 그 다음엔 어시니 가족의 집이었다. 그 후 어느 베트남 가족이 들어와 집을 완전히 뜯어고쳤다. 아버지가 직장을 잃고, 곧이어 어머니도 쫓겨나기 직전만 해도 부엌을 리모델링하고 있었다.

지금도 그곳엔 뒷벽이 없었다. 다만 외벽에 못으로 박은 비닐 범포 일부가 오후의 산들바람에 펄럭일 뿐이었다. 뒷마당에 다다르자 몇 걸음 앞에 날치기 거지 놈이 보였다. 철망 때문에 속도를 줄이는 참이었다. 순간 왼쪽에서 무언가 움직였다. 범포가 갈라지더니 검은 머리 사내가 기다란 파이프로 내 옆얼굴을 후려친 것이다. 나는 비닐 위로 쓰러졌다. 그 안은 아직 공사가 덜 끝난 부엌이었다.

얼마나 오래 쓰러져 있었는지는 모르겠다. 깨어나 보니 맥 빠진 바람 뒤로 부엌이 흔들렸다. 부엌 싱크대 아래와 벽 뒤쪽의 구리가 완전히 뜯겨나간 게 먼저 눈에 들어왔다. 다행히 턱은 부러지지 않은 듯했으나 얼굴 왼쪽은 불에 덴 듯 얼얼하고 피가 꾸준히 흘러내렸다. 무릎을 대고 일어서려는데 두개골에서 지뢰가 터졌다. 바로 코앞이 아니라면 모든 게 검은 장막 뒤로 사라지고 바닥이 흔들렸다.

누군가 나를 일으키더니 벽으로 밀어붙였다. 그리고 다른 사람의 웃음소리가 들렸고, 아주 먼 곳에서 세 번째 남자가 말했다.

"여기로 데려와."

"걷지 못할 거야."

"부축하면 되잖아."

누군가 내 목덜미를 움켜잡더니 과거 거실이었음 직한 공간으로 끌고 갔다. 검은 장막이 눈에서 걷히며 소형난로와 뜯겨나간 벽로 선반이 보였다. 아마도 땔감으로 썼으리라. 전에도 한 번 와 본 적이 있었다. 열여섯 살 무리들이 브라이언 코원을 따라 그의 아버지 술 저장고를 털었다. 그때는 거리에 면한 윈도 아래 긴 의자가 있었으나 지금은 정원 벤치가 그 자리를 차지했다. 그리고 그 위에 한 남자가 앉아 나를 보았다. 나는 그의 맞은편 긴 의자 위로 던져졌다. 레드 롭스터 식당 뒷마당 쓰레기통처럼 악취가 진동하는 쥐새끼 인상이었다.

"토할 것 같나?"

"나도 궁금해 하던 참이다." 내가 대답했다.

"파이프로 때리라고는 안 했다. 그냥 넘어뜨리라고만 했는데 저 놈이 조금 흥분한 모양이야."

이제 파이프 든 놈이 보였다. 카키색 카고바지에 러닝셔츠만 걸친 라틴계였다. 그가 어깻짓을 하며 파이프로 자기 손바닥을 톡톡 내리쳤다.

"앗, 실수!"

"그 놈의 실수를 기어이 갚아주마."

"병신, 당신은 기억도 못해. 한 방 더 갈겨줄 거니까."

논리적으로 싸우기가 어려웠다. 나는 쫄따구한테 신경을 끄고 벤치의 두목에게 집중했다. 날치기답게 깡마른 체구에 야비하고 몽롱한 눈빛을 기대했건만 그자는 황색과 녹색의 체크무늬 셔츠 위에 검은색 울스웨터와 햇볕에 바랜 코르덴 양복을 차려입었다. 신발도 흑색과 금색의 체크무늬 패턴 캔버스 운동화였다. 붉은 머리는 다소 긴 편이라 바람에 나부꼈다. 조폭이 아니라 고등학교 과학 선생 분위기였다.

"당신한테 거친 친구들도 있고 현재 심각한 경제난이라는 건 알고 있어. 겁먹지 않는 사람이라는 것도 알고."

처음 듣는 소리다. 지금 허벌나게 떨고 있지 않는가! 잔뜩 겁에 질린 채, 눈앞에 있는 두 놈에 대해 모든 것을 기억하려 애썼다. 저 라틴 놈의 파이프를 빼앗아 엉덩이에 박아줄 방법들도 궁리하고는 있지만, 그래도 혼이 나갈 정도로 무서운 건 마찬가지였다.

"우리가 살려주면 당신은 본능적으로 우리를 추적하려 들 거야. 그게 체질이니까."

그가 풍선껌을 벗겨 입에 던져 넣었다.

살려준다면.

"타데오, 얼굴부터 닦게 수건 줘." 과학 선생이 눈썹을 찡긋해 보였다. "그래, 이름을 불렀지. 왠지 아냐, 패트릭? 당신이 우리를 추적하지 않을 테니까. 왜 추적 안 하는지 알아?"

고개를 흔들기엔 너무 통증이 심해 그냥 대답하기로 했다.

"몰라."

"우리는 졸라 나쁜 놈들이고 당신은 졸라 말랑말랑한 친구거든. 옛날엔 달랐는지 모르지만 지금은 옛날이 아냐. 요즘 당신 사업이 개판이라고 들었는데 골 때릴 듯싶은 일들은 다 퇴짜를 놓기 때문이라며? 수없이 총 맞고 골로 갈 뻔했으니 그럴 만도 해.

더 이상 우리 수준으로 놀 배짱이 없다는 말이겠지. 당신은 이 세계와 안 어울려. 뭐, 사실 원하지도 않겠지만."

타데오가 부엌에서 돌아와 종이 타월 두 장을 내 손에 넘겼다. 나는 일부러 종이를 떨어뜨린 다음 몸을 숙였다. 그가 가볍게 키득거리며 파이프 끝으로 내 목 옆을 쓸어내렸다.

나는 그의 손에서 파이프를 낚아채며 동시에 정강이를 힘껏 걷어찼다. 타데오가 뒤로 자빠지고 나는 긴 의자에서 빠져나왔다. 과학 선생이 "어이!"라고 외치며 내게 총을 겨누었다. 나는 얼어붙었다. 타데오가 엉덩이를 질질 끌며 벽으로 기어갔다가 성한 다리를 축으로 몸을 일으켰다. 나는 파이프를 들고는 미동도 하지 않았다. 내가 팔을 내리자 과학 선생도 내가 파이프를 포기하려는 줄 알고 총구를 낮추었다. 나는 가벼운 고갯짓으로 동의를 표했다. 그리고 손목을 꺾었다. 파이프는 방을 가로 질러 날아가 정확히 타데오의 미간을 때렸다. 그는 비명을 내뱉으며 벽에 부딪고 튕겨 나왔다. 코 위가 찢어져 피가 두 눈을 덮었다. 그가 방 한가운데로 두 걸음 다가왔다가 옆으로 세 걸음 더 이동했다. 마침내는 몇 걸음 더 걸어가 벽에 부딪치더니 두 손을 벽에 대고 숨을 헐떡였다.

"앗, 실수." 내가 말했다.

과학 선생이 총구를 내 목에 박았다.

"앉아."

이제 세 번째 친구가 들어왔다. 키가 2미터 가까이에 체중도 110킬로그램은 됨직한 거한이었다. 호흡이 곤란한지 심하게 헐떡였다.

"타데오는 이층으로 데려가라. 욕실에 처넣고 찬물 샤워를 시켜봐. 뇌진탕이 있는지도 확인하고."

붉은 머리였다.

"뇌진탕은 어떻게 알지?" 덩치가 물었다.

"눈을 봐. 씨발, 나도 몰라. 열까지 세게 하든지."

"열을 셀 줄 안대?" 내가 이죽거렸다.

"아가리 닥치라고 했다."

"아니, 죽치고 앉아 있으라고 했지. 게다가 당신도 선택권이 별로 없잖아."

덩치가 타데오를 방에서 끌고 나갔다. 타데오는 흡사 꿈꾸는 개처럼 자꾸만 허공을 깨물려고 했다.

나는 바닥에서 종이 타월을 집어 깨끗한 쪽을 내 얼굴에 댔다. 붉은 피가 심리검사에 쓰는 잉크 반점처럼 묻어나왔다.

"아무래도 꿰매야겠군."

과학 선생이 상체를 기울이며 총으로 내 배를 겨누었다. 대범한 얼굴에 머리 색 주근깨들이 가볍게 덮여 있었다. 미소는 따뜻하고 진솔해, 정말로 도움이 필요한 누군가를 연기하는 지방 극단 배우 같았다.

"그래, 여기서 살아서 나갈 것 같나?"

"얘기했잖아. 너희들의 옵션 시계는 이제 바닥을 치고 있다. 그 친구가 가방을 들치기할 때 거리에 사람들이 있었다. 누군가 벌써 경찰을 불렀을 거야. 옆집은 비어 있지만 네 뒤쪽 집은 사람이 살지. 타데오 놈이 나한테 파이프를 휘두르는 장면을 누군가 목격했을 가능성도 얼마든지 있다. 네놈을 고용한 자가 누군지, 나한테 뭘 알아내려는지 몰라도, 서두르는 게 좋을 거라는 얘기야."

과학 선생이 어리석을 것 같지는 않았다. 나를 죽이려 했다면 미완의 부엌 바닥에 무릎을 꿇고 있을 때 뒤통수에 두 발이면 족했을 것이다.

그가 쪼그리고 앉아 내 얼굴을 빤히 보았다. 총이 그의 허벅지 사이에서 덜렁거렸다.

"헬렌 맥크레디한테서 손 떼. 그 여자나 딸 주변에서 알짱대면서 뭐든 캐려 든다면 당신 인생을 확실하게 박살 내주지."

"오케이."

내가 담담하게 대답했다. 사실, 아무 감정도 없었다.

"패트릭, 당신도 자식이 있잖아. 와이프와 멋진 인생도 있고. 그곳으로 돌아가 나오지 말라고. 그럼 우리도 오늘 일은 다 잊을 수 있다."

그가 일어나 뒤로 물러나고 나도 몸을 일으켰다. 나는 부엌으로 들어가 바닥에서 키친타월 롤을 하나 찾아 한 뭉치를 뜯어내 얼굴에 댔다. 그는 문간에 서서 나를 지켜보았다. 총은 허리춤에 가 있었다. 내 총은 두하멜 스탠디포드의 책상에 두고 왔지만, 어차피 타데오가 파이프로 머리를 때린 후에는 별 소용도 없었을 것이다. 차이가 있다면 랩톱도 뺏기고 랩톱 가방도 뺏기고 총까지 빼앗기는 정도?

나는 그를 건너다보았다.

"응급실에 가서 얼굴 좀 꿰매야겠어. 하지만 걱정 안 해도 된다. 사적인 감정은 없으니까."

"이런...... 정말 약속한 건가?" 그가 비아냥거렸다.

"내 삶도 협박했지만 그것도 뭐, 그냥 넘어가지."
"오, 세상에, 황공해서 어쩐대?"
그가 껌으로 풍선을 만들었다가 터뜨렸다.
"하지만 랩톱을 훔쳐갔는데, 솔직히 새 컴퓨터를 살 능력이 없다. 그건 돌려주면 안 되겠나?"
그가 고개를 저었다.
"주운 사람이 임자."
"내 말은, 그럼 난 쫄딱 망하지만……. 좋다, 그것도 꿍하게 맘에 담을 생각 없다. 사업이라는 게 다 그런 거니까, 그렇지?"
"사업이 아니라면, 적절한 단어가 생각날 때까지 그런 걸로 해두자고."
나는 종이 타월을 얼굴에서 떼어냈다. 엉망이었다. 나는 타월을 접어 다시 얼굴에 대고, 문간에 서 있는 붉은 머리 과학 선생을 보았다.
"고마워."
나는 붉은 종이 뭉치를 바닥에 떨어뜨리고 새 뭉치를 뜯은 다음 건물을 빠져나왔다.

6장

 자리에 앉아 식사를 하는데 앤지가 테이블 너머로 계속 나를 노려보았다. 내 얼굴을 살피고, 보건센터에 다녀온 얘기를 듣고 오늘 밤에 내가 죽지 않을 것임을 확인한 다음부터는 내내 저렇게 분노를 갈무리한 표정이었다.

"그래, 처음부터 다시 봐. 베아트리체 맥크레디가 JFK 역에서 자기를 기다렸다고 했지?"

그녀가 상추 몇 조각을 포크로 찔렀다.

"예, 마님."

"그 여자 말이, 음탕한 시누이가 다시 딸을 잃어버렸다고?"

"헬렌이 음탕해? 그건 몰랐어." 내가 말했다.

아내가 미소 지었다. 멋진 미소가 아니라 그 반대였다.

"아빠?"

내가 딸 가브리엘라를 건너다보았다.

"응, 왜?"

"음탕한 게 뭐야?"

"음란하다는 뜻인데, 음흉하다고도 한단다."

"음란한 건 또 뭐야?"

"그건 더럽다 하고 비슷한 말인데 몸보다는 마음 얘기야. 거기 당근은 왜 빼놓은 거지?"

"아빠 얼굴이 이상해."

"아빠는 목요일마다 이만 한 붕대를 감는단다."

"뻥이야."

가브리엘라의 눈이 커지고 심각해졌다. 엄마의 커다란 갈색 눈을 닮은 아이. 올리브 빛 피부와 커다란 입, 검은 머리도 닮았다. 나를 닮은 건 곱슬머리와 얇은 코. 그리고 바보짓과 말장난을 좋아하는 성격 정도였다

"당근은 왜 안 먹는 거지?"

"당근 싫어."

"지난주엔 먹었어."

"아냐."

"맞아."

앤지가 포크를 내려놓았다.

"그거 하지 마. 둘 다. 절대 안 돼."

"뻥이야."

"아냐."

"뻥이야."

"아냐. 사진도 있다, 뭐."

"뻥이야."

"아냐. 카메라를 가져올 거다."

앤지가 와인 잔을 잡더니 딸 만큼 커다란 눈으로 나를 노려보았다.

"제발, 응? 날 위해서."

나는 가브리엘라를 돌아보았다.

"당근 먹어야 해."

"알았어."

딸은 포크로 당근 하나를 찍어 입에 넣고 씹기 시작했다. 그리고 표정이 조금씩 밝아졌다.

나는 그녀에게 눈썹을 치켜떴다.

"맛있다."

"그렇지?"

아이는 다른 당근도 찍어 순식간에 먹어치웠다.

"몇 년 동안 지켜봤지만 도대체 요령이 뭔지 모르겠어."

"고대 중국 마술. 아무튼 무슨 얘기를 들었는지 모르겠지만, 입 왼쪽을 사용하지 못하니까 먹는 게 장난이 아냐."

나는 아주 아주 천천히 작은 닭가슴 살을 씹었다.

"웃기는 게 뭔지 알아?"

앤지가 전혀 웃기지 않은 목소리로 물었다.

"몰라." 내가 대답했다.

"납치당하고 폭행당하는 사립탐정이 거의 없다는 사실."

"그래도 요즘 확률이 증가하고 있다는 소문은 있어."

그녀가 인상을 찡그렸다. 우리 둘 다 딜레마에 빠져 있음을 느낄 수 있었다. 오늘의 폭력에 어떻게 대처해야 할지 난감해서다. 폭력이라면 누구보다 전문가였던 때도 있었다. 그 시절이라면 그녀도 체육관으로 가는 길에 얼음주머니를 던지며, 귀가할 때쯤 내가 업무에 복귀해 있으리라 기대했을 터이나 기껏 옛 이야기일 뿐이었다. 오늘의 가벼운 유혈사태만으로 보호막 속에 숨어버렸으니 말이다. 그녀의 껍질은 조용한 분노와 조심스러운 거리두기로 만들어지고, 내 막은 농담과 냉소로 무장했다. 둘 다 분노 조절에 실패한 코미디언이라도 된 기분이었다.

"끔찍해 보여." 그녀가 말했다. 의외로 부드러운 목소리였다.

"보기보다 기껏 네다섯 배 정도만 나빠. 정말이야. 난 괜찮아."

"진통제 덕분이야."

"맥주도."

"둘을 섞으면 안 되는 거 아냐?"

"상투적인 지식에 굴복하지 않겠어. 난 내 삶의 주인으로서, 절대 고통을 느끼고 싶지 않다고 결정했어."

"그래서 효과가 어때?"

나는 내 맥주로 그녀에게 건배했다.

"미션 완료."

"아빠?"

"응, 왜?"

"난 나무가 좋아."

"나도 나무가 좋아."

"키가 크잖아."

"그래, 키가 크지."
"아빠는 나무를 모두 좋아해?"
"모두 다."
"작은 나무도?"
"그럼, 당연하지."
"왜?"

딸이 손바닥을 하늘로 향한 채 두 손을 내밀어보였다. 엄청 중요한 의문이 아주 많이 생겼다는 신호였다. 그리고 다행스럽게도 끝이 없는 질문일 수도 있으리라.

앤지가 나를 흘겨보았다. 일상으로의 복귀를 축하해.

지난 3년간, 낮에는 일을 하면서 보냈다. 일거리가 없을 때면 최소한 일감을 구걸이라도 했다. 앤지가 수업을 받기에 일주일에 3일 밤은 딸을 돌보았다. 하지만 크리스마스 휴가도 다가오고 앤지는 다음 주에 기말고사를 볼 것이다. 신년이 시작되면 그녀는 블루스카이 교육센터에서 인턴으로 근무를 시작하게 된다. 다운증후군에 걸린 10대 아이들을 전문으로 교육하는 비영리기관이다. 그 일이 끝나는 5월이면 응용사회학 박사학위를 받는다. 하지만 그때까지 우리 가족 수입원은 나 혼자뿐이다. 친구 몇 명이 교외로 이사할 것을 제안하기도 했다. 집세가 싸고 학교가 안전하며 재산세와 보험료도 낮은 곳.

앤지와 나는 함께 도시에서 자랐다. 피켓 울타리와 복층 건물에 익숙하고 보풀카펫과 TV 종합격투기에 익숙했다. 말인즉슨, 아직 그 정도는 아니라는 뜻이다. 한 때 고급차가 있었으나 가브리엘라의 교육보험 때문에 팔아치웠다. 지금은 지프 한 대가 집 앞에 서 있는데 몇 주 동안씩 꼼짝도 않을 때도 있다. 나는 지하철을 선호한다. 도시 한구석의 구덩이로 내려가면 다른 쪽에서 뿅 하고 올라오는 데다, 경적을 울릴 필요도 없다. 잔디를 깎고 나무 울타리를 다듬은 후에 깎은 잔디나 잘려진 나뭇가지들을 긁어내는 일은 정말 질색이다. 상가에 가거나 체인식 레스토랑에서 식사하는 것도 싫다. 사실 일반적으로든 구체적으로든 목가적 이상에 대한 흥미는 나와는 거리가 먼 얘기다.

나는 착암기 소리와 밤하늘을 울리는 사이렌을 좋아하고, 24시간 운영하는 식당, 그라피티, 마분지 컵에 따라주는 커피, 맨홀 뚜껑으로 새어나오는 증기, 자갈 길, 타블로이드 신문, 시트고 사인, 혹한의 밤 누군가 "택시이이이!"라고 외치는 소리, 부랑자, 길거리 그림, 아일랜드식 주점, 살이라는 이름의 사내가 좋다.

이 중 대부분은 교외에 없는 종류들이다. 최소한 내게 익숙한 수준은 아니다. 물론 앤지에게는 더욱 그렇다.

그래서 우리는 아이를 도시에서 키우기로 했고 버젓한 동네에 작은 집을 마련했다. 작은 마당이 있고 놀이터가 가까운 곳이다. (아주 위험한 공사현장도 가깝지만 그건 다른 문제다.) 우리는 대부분의 동네사람들과 알고지내며 가브리엘라는 벌써 적색선 지하철 역 이름을 다섯 개나 차례대로 외웠다. 딸 바보 아빠를 엄청난 자부심으로 채운 위업이다.

"잠들었어?"

내가 거실로 나오자 앤지가 교재를 읽다 말고 고개를 들었다. 지금은 스웨터와 내 티셔츠로 갈아입은 터였다. 홀드스테이 밴드의 「긍정적으로 버티기(Stay Positive)」 순회공연에서 산 흰색 셔츠인데, 크게 헐렁한 걸 보니 아무래도 식사를 제대로 않는 모양이었다.

"수다쟁이 따님이 나무 얘기할 때는 숨도 안 쉬네……."

앤지가 긴 의자 쿠션에 머리를 털썩 기댔다.

"아으으! 갑자기 웬 나무 타령이래?"

"……그러다가 금세 곯아떨어지셨어."

나도 긴 의자에 앉아 아내의 손을 잡고 입을 맞추었다.

"두들겨 맞은 것 말고 오늘 다른 일은 없어?" 그녀가 물었다

"두하멜 스탠디포드?"

"응."

나는 심호흡을 했다.

"채용되지 못했어."

"망할!"

그녀가 너무 크게 소리친 탓에 나는 한 손을 들어야 했다. 그녀가 딸의 방을 돌아보곤 진력을 냈다.

"브랜든 트레스콧한테 욕한 것 때문이래. 내가 거칠기 때문에 연금 혜택 수혜자가 되려면 태도를 좀 고쳐야 한다더군."

"그럼 이제 어떻게 하지?"

이번엔 조금 더 부드러웠으나 충격보다는 절망 쪽이었다.

"나도 모르겠어."

우리는 잠시 조용히 앉아 있었다. 할 말도 없었다. 두려움, 근심의 무게 따위에 점점 더 마비되는 느낌이었다.

"학교를 그만 둘래."

"안 돼, 절대."

"아니, 그만 둘 거야. 그래서 다시……"

"이제 다 끝났어. 다음 주 기말시험, 인턴. 그리고 여름이면 당신이 베이컨을 사올 수 있어. 그때……"

"일자리를 얻을 경우의 얘기야."

"……그때면 나도 프리랜스로 뛸 여력이 생겨. 결승선에 거의 다 와서 짐을 쌀 수는 없어. 당신이 반에서 수석이니까 일자리 얻는 것쯤은 문제도 아니야. 어떻게든 견뎌봅시다."

내가 자신 있게 미소를 지어보였다. 물론 자신이 있는 건 아니었다.

그녀가 등을 기대며 다시 내 얼굴을 살폈다.

"좋아, 날 욕해." 내가 화제를 돌렸다.

"뭣 때문에?" 그녀가 시치미를 뗐다.

"결혼했을 때 이 일을 집어치운다고 약속했어."

"그랬지."

"더 이상의 폭력도 더 이상의……"

"패트릭, 그냥 무슨 일인지 말해."

그녀가 두 손으로 내 손을 잡았다.

나는 그렇게 했다. 얘기를 마치자 앤지가 말했다.

"그러니까 결론은, 두하멜 스탠디포드 자리를 놓쳤을 뿐 아니라, 세계 최악의 엄마가 또다시 아이를 잃어버리고, 자기는 돕지 않겠다고 했지만 누군가 자기를 납치해서 협박하고 죽도록 두들겨 패기까지 했다는 거군. 덕분에 병원 보험혜택도 못 보고 진짜 좋은 랩톱까지 잃어버렸어."

"알잖아. 나도 엄청 좋아한 물건이야. 당신 와인 잔보다 가벼운데다, 켤 때마다 미소 띤 얼굴이 팝업으로 뛰어나와 '안녕' 하고 인사까지 했어."

"그래서 화났어?"

"그래, 화났어."

"그래도 랩톱 잃어버렸다고 십자군 모드로 바꿀 생각은 없는 거지, 응?"

"내가 미소 띤 얼굴에 대해 얘기했지?"

"미소 띤 얼굴 있는 컴퓨터를 사면 돼."

"무슨 돈으로."

그 질문엔 아무 대답이 없었다.

우리는 잠시 침묵을 지켰다. 그녀는 두 다리를 내 무릎에 얹고 있었다. 딸의 방문을 살짝 열어두었기에 정적을 뚫고 아이의 숨소리가 들렸다. 끄트머리에 작은 기적소리를 매단 숨소리. 종종 그렇지만 그 숨소리를 들으면 딸아이가 얼마나 약하며, 또 그 아이를 너무도 사랑한다는 이유로 우리 또한 너무도 미력할 수밖에 없다는 기분을 떨칠 수가 없었다. 언젠가 아이에게 문제가 생긴다 해도 그 일을 막기엔 나 자신이 너무도 무기력하다는 불안감이 내 삶을 장악해, 이따금 세 번째 팔처럼 가슴 한가운데에서 자라날 것만 같았다.

"자기가 총 맞은 날 기억해?" 앤지가 물었다.

링 안으로 또 다른 화두를 던진 것이다.

나는 내 손을 앞뒤로 뒤집어보았다.

"단편적으로. 소음은 기억나."

그녀가 미소 지었다. 두 눈에도 웃음기가 돌아오고 있었다.
"설마? 거긴 정말 아수라장이었어. 총소리에 유탄까지, 맙소사."
"그래." 내가 나지막이 한숨을 내뱉었다.
"자기 피. 피가 사방 벽에 튀었어. 응급요원들이 도착했을 땐 의식을 잃은 후였는데 난 그저 바라보기만 했지. 자기 피. 그 피가 곧 자기인데도…… 자기 몸에 있는 게 아니라, 바닥과 벽에 흩어져 있는 거야. 그냥 창백한 것도 아니고 눈처럼 옅은 청색으로 말이야. 그리고 분명 그곳에 누워 있었지만…… 알아? 자기는 거기 없었어. 벌써 부지런히 하늘나라로 가고 있는 것 같았거든."

나는 두 눈을 감고 손을 들었다. 내가 그 날 얘기를 싫어하는 건 그녀도 알고 있었다.

"알아, 알아. 다만 왜 우리가 거친 일에서 손을 떼었는지 상기하고 싶은 거야. 단지 자기가 총을 맞아서가 아니라 우리 자신이 중독되었기 때문이었어. 우리는 그 일을 사랑했어. 지금도 사랑하고." 그녀가 자기 머리를 헤집었다. "난 하루에 세 번 『달님, 안녕』을 읽어주고 이유식 컵에 대해 15분씩 말다툼하려고 이 지구에 태어난 게 아니야."

"알아." 내가 대답했다.

맞는 말이었다. 앤지야 말로 그 누구보다 집 지키는 엄마 역이 어울리지 않는 여자다. 제대로 하지 못해서가 아니라(오히려 훌륭한 엄마였다.) 그 역할로 자신을 옭아맬 의사가 없다는 뜻이다. 하지만 그녀가 복학하고 돈에 쪼들리면서 몇 달간 탁아소 비용을 줄일 필요가 있었다. 그래서 그녀는 밤에 학교 일을 하고 낮에는 딸을 돌봤다. 그리고 그렇게 어영부영 살다보니, 누군가의 말처럼 여기까지 오고 말았다.

"저런 것 때문에 미치고 말 거야."

그녀는 거실 바닥의 색칠책과 장난감들을 돌아보았다.

"이해해."

"정말로 미치고 환장하고 펄쩍 뛰겠다니까."

"그거 공식 병명으로 괜찮겠다. 당신은 그런 머리가 비상해."

그녀가 나를 보며 두 눈을 굴렸다.

"자기는 좋은 사람이야. 하지만 아기는? 좋은 엄마인 척을 기가 막히게 잘하는지 모르겠지만 어차피 척에 불과해."

"모든 부모가 다 그렇지 않나?"

그녀가 인상을 찌푸리고 고개를 갸웃한 채 나를 보았다.

"사실, 누가 제 정신으로 나무 얘기를 열네 번이나 하고 싶겠어? 응? 그것도 하루만이라면 또 몰라. 저 꼬마아가씨? 물론 사랑하지만 저 애는 무정부주의자야. 내키는 대로 일어나고, 새벽 7시에 일어나 하늘을 날아다니는 게 당연한 줄 알아. 이유 없이 비명을 지르고 매초마다 어떤 음식을 먹고 어떤 음식을 거부할지 결정해. 그래, 최소한 앞으로 14년 동안은 끔찍한 오물에 두 손과 얼굴을 처박으면서 우리 엉덩이에 매달려 있을 거야. 운이 좋아 대학에라도 달아나면 몰라도 우리 손으로 떼어낼 방법은 없다고."

"하지만 옛날처럼 살면 우린 벌써 죽었을 거야."

앤지가 지적했다.

"그건 그래."

"그래도 너무 그리워. 우리를 죽이려는 옛날 생활이."

"나도. 하지만 오늘 깨달은 사실 하나는 내가 겁쟁이가 되었다는 거야."

그녀가 미소 지었다.

"자기가, 응?"

내가 끄덕이자 그녀가 고개를 갸웃했다.

"처음부터 그렇게 거칠지는 않았어."

"알아. 그러니, 내가 지금 얼마나 찌질해졌겠어?"

"빌어먹을, 이따금 자기가 사랑스러워 미치고 펄쩍 뛰겠다니까."

"나도 사랑해."

그녀가 두 다리로 내 허벅지를 문대기 시작했다.

"그래도 정말 랩톱을 돌려받고 싶은 거지?"

"그래."

"정말 돌려받을 생각이고, 응?"

"그런 생각도 해봤어."

그녀가 끄덕였다.

"대신 조건이 있어."

그녀가 허락해 주리라고는 기대하지 못했다. 그것도 이렇게 빨리. 나는 벌떡 일어나 앉았다. 그리고 아일랜드산 사냥개처럼 귀도 쫑긋거리고 눈도 초롱초롱 떴다.

"뭐든지 말해 봐."

"부바를 데려가."

이 일에 부바가 이상적인 파트너라는 이유는, 단지 그가 금고 문처럼 단단하고 두려움과는 일면식도 없기 때문만은 아니다. (실제로, 그는 두려움이 어떤 감정인지 묻기도 했다. 심지어 감정이입이라는 개념에 당혹스러워도 했다.) 그가 이 일에 특히 이상적인 이유는, 지난 몇 년간 사업을 다변화하여 지하의료업까지 손을 뻗었기 때문이었다. 처음엔 단순 투자부터였으나 최근에는 면허를 잃은 의사에게 자금을 투자해 총상, 검상, 두부손상, 골절 등의 부상에도 병원에 갈 수 없는 사람들을 위한 병원을 개업했다. 그런 환자들은 당연히 마약을 필요로 하고 부바는 불법적인 '합법' 의약품의 보급원을 찾아냈다. 해답은 캐나다에 있었다. 비록 9/11 이후로 국경 경비가 강화되었다고는 하나 부바는 30갤런들이 알약 가방 십여 개를 매달 제공받았다. 지금껏 보급품을 잃어버린 적도 없었다. 보험회사가 마약 처방을 거부하거나, 제약회사가 동네의 노동자, 저임금 계급의 호주머니 사정을 무시한 채 약값을 매길 경우, 환자들은 소문을 듣고 바텐더, 꽃장수, 간이식당 운전사, 구멍가게 점원들로 이루어진 부바의 네트워크를 찾았다. 의료보장 시스템에서 밀려나거나 그 언저리에 사는 사람들은 누구나 그런 식으로 부바에게 신세를 졌다. 물론 그가 로빈 후드는 아니다. 챙길 몫은 챙겼으니까. 하지만 그렇다고 제약회사와도 거리가 멀다. 그가 챙기는 이익이라곤, 날강도 같은 1000퍼센트가 아니라, 기껏 15~20퍼센트에 불과했다.

부바의 노숙자 식솔들을 이용하자, 내 랩톱을 훔쳐간 자의 인상착의와 맞아 떨어지는 친구를 찾는 데는 20분 정도가 걸렸다.

"웹스터 말인가?"

필즈 코너 무료급식소의 접시닦이가 되물었다.

"90년대 TV에 나왔다는 땅딸보 검둥이? 우리가 그 놈은 찾아

최악의 칭찬 79

서 뭘 하게?"

접시닭이가 인상을 찌푸렸다.

"아니, 90년대 TV가 아니지. 지금은 2010년대야. 바보 아냐? 아무튼 웹스터는 백인이야. 덩치는 작고 턱수염을 길렀지."

"우리가 찾는 게 그 웹스터요." 내가 말했다.

"이름인지 성인지는 모르지만 시드니 인근에서 좀도둑질을 하고⋯⋯"

"아니, 오늘 그곳에서 토꼈어요."

다시 인상. 접시닭이치고는 성질깨나 더러운 영감이었다.

"사빈힐 애비뉴 옆에 있는 시드니?"

"아니, 반대편. 크레센트 옆."

"망할, 쥐뿔도 모르면서 깝치기는⋯⋯ 그냥 아가리 닥치고 있으라고, 응?"

"그래, 그냥 아가리 닥치고 있어." 부바가 영감을 거들었다.

그를 걷어차기엔 거리가 멀었다. 그래서 난 입을 다물었다.

"그 새끼는 시드니 끝에서 죽 때려. 베이 가와 만나는 데 있잖아? 노란 집 이층. 거기 창문 하나에 에어컨 실외기가 매달려 있는데, 레이건 대통령 때 작동을 멈춘 거라 당장이라도 누군가의 대가리 위로 떨어지고 말 거야."

"고맙소." 내가 인사했다.

"90년대 TV 땅딸보 검둥이? 이봐, 내가 쉰아홉 살만 아니라도 자네 정도는 저 똥 속에 처박아 버렸을 거야."

그가 부바에게 으르렁댔다.

7장

 시드니 가와 사빈힐 애비뉴가 교차하는 지점은 베이 가다. 지하철 터널 위에 위치한 탓에 5분 간격으로 기차가 통과할 때마다 동네 전체가 들썩거렸다. 지금까지 부바와 나도 이런 식의 진동을 다섯 번 겪었다. 우리는 30분가량 부바의 캐딜락 에스컬레이드에 앉아 있었다.
 부바는 여전히 앉아 기다리는 역할은 젬병이다. 공동 가정, 고아원, 감옥 등 그가 평생의 절반을 집이라 부른 곳들을 연상하게 했기 때문인데, 그 바람에 벌써부터 GPS를 만지작거리며 놀고 있었다. 이곳저곳 아무 주소나 눌러 텍사스 아마릴로에 고자 거리가 있는지 확인하거나, 토론토 관광객들이 로고프스키 애비뉴를 어슬렁거리는지 찾아보는 식이었다. 그리고 가볼 생각도 없는 도시의 존재하지 않는 동네를 찾는 재미가 소진되자 이번에는 위성

라디오를 갖고 놀았다. 하지만 30초 이상 방송국 하나 찾지 못하면서는 한숨과 콧방귀를 섞어 내뿜더니 채널을 돌렸고 한참 후엔 아예 시트 아래서 폴란드산 감자 보드카 병을 꺼내 꿀꺽꿀꺽 들이켰다.

내게도 병을 권했으나 난 사양했다. 그가 어깻짓을 하고 다시 마셨다.

"그냥 까부수고 들어가자, 응?"

"안에 있는지 없는지도 모르잖아."

"그래도 그냥 하자."

"우리가 안에 있는 동안 놈이 들어오면 문이 뜯긴 걸 보고 토낄 거야. 그럼 어쩌게?"

"창문에서 쏴버리지."

나는 부바를 건너다보았다. 부바는 웹스터의 거주지로 추정되는 3층 건물의 이층을 올려다보던 참이었다. 사용이 금지된 폐가. 부바의 일그러진 동안(童顔)은 차분했으나 폭력을 생각할 때면 늘 그런 표정이었다.

"쏠 사람 없어. 주먹질도 안 할 거고."

"네 거 훔쳤다며?"

"악의는 아니었어."

"네 거 훔쳤잖아."

"악의가 아니라니까."

"그래, 어쨌든 네 물건 훔쳐갔다. 당연히 본때를 보여야지."

"뭣 때문에? 내 가방 훔치려는 노숙자들은 얼마든지 있어. 그럴 때마다 집으로 쳐들어가 본때를 보여주라고?"

"당근. 그리고 '노숙'자 같은 개소리 집어치워. 저 안에 사는 새끼 아니야?"

그가 한 모금 들이켜고는 술병으로 거리 맞은편의 폐건물을 가리켰다.

"무단 거주야."

"그래도 집이잖아. 씨발, 집 있는 놈을 왜 노숙자라고 부르는데?"

부바가 따졌다. 순전히 부바 차원에서 정확한 지적이었다.

사빈힐 애비뉴 반대편에 도노반 주점 문이 열려 있었다. 내가 부바를 손가락으로 찌른 후 맞은편을 가리켰다. 웹스터가 우리 쪽으로 다가오고 있었다.

"노숙자인지는 몰라도 술집에 드나드는 놈이야. 나보다 형편이 좋은 놈이라고. 어쩌면 플라즈마 TV도 있고 목요일마다 브라질 처녀가 와서 이것저것 빨고 닦아줄지도 모르지."

웹스터가 SUV를 지나칠 때쯤 부바가 자기 쪽 문을 열었다. 웹스터는 멈칫하더니 순간 탈출 기회를 엿보았다. 부바가 그를 막아섰다. 나는 반대편에서 돌아나갔다.

"저 애 기억하냐?" 부바가 물었다.

웹스터는 반쯤 웅크린 자세를 취했다가 나를 알아보고 새우눈을 했다.

"이봐, 건드릴 생각은 없다."

"아니, 난 있어."

부바가 웹스터의 머리통을 후려 갈겼다.

"아야!" 웹스터가 비명을 질렀다.

"한 대 더 맞을래?"

"웹스터, 내 가방 어디 있지?" 내가 물었다.

"가방이라니?"

"그런 식으로 나올 거냐?" 내가 되물었다.

웹스터가 부바를 보았다.

"내 가방 어디 있나?" 내가 다시 물었다.

"돌려줬어."

"누구한테?"

"맥스."

"맥스가 누구지?"

"그 친구. 당신 가방 빼앗아오라고 돈 준 사람."

"붉은 머리 신사?" 내가 되물었다.

"아니, 그 양반, 검은 머리였는데?"

부바가 웹스터의 머리를 한 번 더 갈겼다.

"씨발, 왜 자꾸 때리고 지랄이야!"

부바가 어깻짓을 했다.

"성격이 급한 친구다." 내가 말했다.

"난 아무 짓도 안 했다."

"안 했다고?" 내가 내 얼굴을 가리켰다.

"그 새끼들이 그럴 줄은 몰랐다. 그냥 당신 가방을 훔쳐오라고 했단 말이야."

"빨강 머리는 어디 있지?" 내가 물었다.

"빨강 머리는 모른다니까."

"좋아, 그럼 맥스 어디 있나?"

"몰라."

"가방을 빼앗은 곳인가? 내가 당신을 쫓아간 그 집으로 가져가지는 않았겠지?"

"아니, 차고였다."

"어떤 차고?"

"응? 자동차 따위를 고치는 곳 같았어. 앞마당에 팔 물건도 몇 개 있었다."

"어디지?"

"도트 애비뉴. 프리포트 직전 오른쪽."

"거기 알아. 캐슬 정비소인가 뭔가 있다." 부바였다.

"케슬. 'C'가 아니라 'K'야." 웹스터가 정정해 주었다.

부바가 이번에는 정수리를 때렸다.

"아야, 씨발."

"가방에서 꺼낸 건 없나? 아무것도?" 내가 물었다.

"망할, 없다. 맥스가 하지 말래서 못 했어."

"그래도 들여다는 봤겠지?"

"그래. 아니! (눈을 굴리고는) 망할, 보기는 했어."

"그 안에 어린 여자애 사진이 있었다."

"그래, 나도 봤다."

"다시 넣었나?"

"그래, 맹세한다."

"가방을 찾았는데 사진이 없으면 당신한테 돌아오겠다, 웹스터. 그때는 오늘처럼 가볍지는 않을 거야."

"니미, 이게 가벼워?" 웹스터가 울상을 했다.

부바가 네 번째로 머리통을 때렸다.
"그래, 더 이상 가벼울 수 없을 만큼."

케슬 자동차 정비소는 동네 사람들이 호치민 길이라고 부르는 구역, 버거킹 맞은편에 있으며, 도체스터 애비뉴에서도 베트남, 캄보디아, 라오스 이민자들이 정착한 7블록 구역이다. 주차장엔 차가 여섯 대 있었는데 모두 상태가 의심스러웠다. 차창에는 노란색 페인트로 '문의 환영'이라고 적혀 있었다. 차고문은 닫히고 조명도 모두 꺼졌으나 뒤쪽에서 덜컹거리는 소음이 들려왔다. 차고 문 왼쪽에 암녹색의 쪽문이 달렸다. 나는 옆으로 물러나 부바를 보았다.

"왜?"
"잠겼잖아."
"너 이제 자물쇠 안 따냐?"
"따기야 하지. 하지만 도구는 안 가지고 다녀. 짭새들이 싫어하거든."

그가 인상을 찡그리고는 주머니에서 작은 가죽케이스를 꺼내 그 안에서 이쑤시개 같은 도구를 하나 골랐다.

"네가 할 수 있는 일이 남아 있기는 하냐?"
"황새치 요리를 잘하지." 내가 대답했다.

그가 가볍게 고개를 저었다.

"두 번 다 너무 퍽퍽했어."
"난 퍽퍽한 생선 안 만든다."

그가 자물쇠를 땄다.

"그럼 너 닮은 놈인가 보지. 최근에 네 집에 갔을 때 그 놈이 두 번 연속 그거만 내오더라."

"웃겨." 내가 투덜댔다.

뒤쪽 사무실에서는 찌든 열기, 가열된 모터오일, 케케묵은 마리화나와 맨솔 담배 냄새가 났다. 그 뒤에 네 명이 있었는데 둘은 구면이었다. 숨을 몰아쉬던 뚱땡이와 타데오. 타데오는 코와 이마에 기이한 붕대를 감았다. 거기에 비하면 내 붕대는 양반에 속했다. 뚱땡이는 방 왼쪽 끝에 서 있었고 타데오는 바로 우리 앞, 계란 색의 철제 책상에 몸을 반쯤 가린 위치였다. 세 번째는 정비공 복장으로, 우리가 들어갔을 때 마리화나를 건네는 참이었다. 아직 술 마실 나이도 안 된 아이였다. 부바가 내 뒤를 따라 들어오자 두려움이 아이의 얼굴을 가득 채웠다. 터무니없는 객기만 부리지 않는다면(그런 경우가 종종 있다.) 별로 문제가 되지 못할 놈이었다.

네 번째는 우리 위치에서 조금 오른쪽이고 책상에 앉아 있었다. 머리는 검고 피부가 땀으로 번들거렸는데 우리가 보는 동안에도 땀샘마다 땀방울이 삐져나왔다. 관상동맥에 걸린 삼십대 초반? 뉴펀들랜드 특유의 성깔이 그의 혈관을 태우고 있었다. 지금은 책상 밑에서 왼쪽 무릎을 착암기처럼 떨고 오른손으로는 책상을 봉고처럼 꾸준히 두드려댔다. 내 랩톱은 그 앞에 있었다. 그가 움푹 들어간 눈을 반짝이며 우리를 바라보았다.

"어느 쪽이야?"

뚱땡이가 나를 가리켰다.

"타데오 면상을 짓이긴 새끼입니다."

"저 개자식, 저것 때문에 온 거야. 분명해."

타데오가 나를 보며 으르렁댔다. 하지만 애써 부바를 외면한 데다 목소리도 어딘가 잔뜩 움츠린 모양새였다.

내 랩톱을 차지한 마약쟁이가 나를 향해 활짝 웃어보이곤 코로 숨을 빨아들이고 윙크까지 했다.

"이 똥통에선 그나마 내가 IT 전문가인데 좋은 노트북이네."

내가 책상을 보았다.

"내 거야."

그가 크게 당혹스러운 표정을 지어보였다.

"응? 이거 내 건데?"

"웃기는군. 생김새는 딱 내 건데."

"그런 걸 모델이라고 하는 거야. 다 달라 보이면 만들기가 어렵지 않겠어, 안 그래?"

그의 두 눈이 구덩이 안에서 폭 하고 튀어나올 듯했다.

"그래. 씨발, 졸라 무식한 새끼네." 타데오였다.

"그냥 자기 컴퓨터를 찾고 있는 계집애라고 생각해라."

내가 말했다.

"이 문제에 대해선 확실하게 알아들었을 거라고 들었는데? 우린 다시 보지 말았어야 할 사람들이야. 그래야 다치는 사람도 쪽 팔릴 사람도 없지. 그런데 우리를 기어이 당신 인생에 끌어들이겠다고? 그게 얼마나 나쁜 건지 몰라서 그런 거겠지?"

그가 내 랩톱을 접어 오른쪽 서랍에 넣었다.

"이봐, 노트북 새로 살 돈이 없어서 그럴 뿐이야."

그가 책상 위로 상체를 내밀었다. 내골격 전체가 살갗을 뚫고 나올 것만 같았다.

"니미, 그럼 보험회사에 전화하면 되잖아."

"보험 안 들었다."

"근데, 저 새낀 뭐야?" 그가 부바를 보았다. 그리고 부하들의 위치를 확인하고 다시 나를 보았다. "넌 가라. 여기 일은 잊고 집에 돌아가 그냥 여편네 궁둥이나 두드리며 살아."

"갈 거다. 노트북만 돌려주면. 가방 안에 든 내 딸 사진도. 가방은 가져도 좋다."

타데오가 책상 뒤에서 완전히 빠져나왔다. 뚱땡이는 벽에 기댄 채 숨을 헐떡였다. 정비공도 숨을 몰아쉬며 미친 듯이 눈을 깜빡였다.

"씨발, 당근 내 거지. 이 사무실도 저 천장도 내 거고, 네 똥구멍도 내 거니까 조금만 기다려, 니미."

"이봐, 그런데 당신 주인이 누구지?" 내가 물었다.

"어쭈, 이제 취조까지 해?" 그는 마치 비디오 오디션이라도 보듯 내게 두 팔을 거칠게 내밀더니 이번에는 미친 듯이 뒤통수를 긁었다. 이윽고 그가 나를 향해 손을 저었다. "까불다 다치지 말고 집에나 가라, 응? 씨발, 한 마디만 더 하게 만들면 넌 이 자리에서……"

부바의 총격에 그의 몸이 한 바퀴 돌았다. 맥스는 날카로운 비명과 함께 의자에 푹 고꾸라졌다. 그리고 의자는 벽에 부딪치며 맥스를 바닥에 내동댕이쳤는데 그는 그 자리에 누운 채 허리춤 근처에서 피를 쏟아냈다.

"개자식이 어디서 '씨발' 타령이야."

부바가 총을 내렸다. 요즘 그가 선호하는 무기다. 슈타이어, 9밀리미터. 호주제. 추물.

"오, 망할! 오, 이런 세상에!" 타데오가 탄성을 터뜨렸다.

부바가 그에게 슈타이어를 겨누고 다시 뚱땡이를 겨누었다. 타데오는 두 손을 머리 위로 올렸다. 뚱땡이도 마찬가지였다. 그 둘은 제 자리에서 부들부들 떨며 다음 지시만 기다렸다.

부바는 꼬마는 아예 신경도 쓰지 않았다. 꼬마는 후다닥 무릎을 꿇더니 바닥에 머리를 처박고 "제발, 제발."만 조아렸다.

"오, 이런 정말 쏜 거야? 너무 빡빡한 거 아냐, 응?"

"탱자탱자 놀릴 거면 아예 데려오질 말았어야지. 어쩌다가 이런 범생이가 된 거냐, 패트릭?"

부바가 인상을 찌푸렸다.

나는 맥스를 자세히 살폈다. 그가 헉 하고 숨을 내뱉곤 이마를 시멘트 바닥에 대고 주먹으로 바닥을 두드려댔다.

"완전히 맛이 갔네." 내가 말했다.

"많이 봐준 거야." 부바의 대답이었다.

"엉덩이 한쪽이 날아갔어."

"하나는 남았잖아."

맥스가 몸을 떨기 시작하더니, 곧바로 경련을 일으켰다. 타데오가 한 발짝 그에게 다가섰지만 부바가 타데오를 향해 두 걸음 접근해 슈타이어로 가슴을 겨누었다.

"땅딸보라는 이유만으로도 네놈을 죽일 이유는 충분하다."

부바가 위협했다.

"아, 알겠습니다." 타데오가 두 손을 번쩍 들었다.

맥스가 몸을 똑바로 뒤집었다. 쉭 하고 주전자 김새는 소리에 이어, 헉 하고 숨을 삼키는 소리가 들렸다.

"그 화장품 때문에도, 저놈이 네 친구라는 이유만으로도 죽일 수 있다."

타데오는 내린 손으로 얼굴을 가리고 바들바들 떨었다. 두 눈은 질끈 감았다.

"친구 아니에요. 저 개자식, 맨날 내 몸무게 갖고 놀렸거든요."

뚱땡이였다.

부바가 눈썹을 치켜떴다.

"살이야 조금 뺄 수 있지만 그렇다고 네가 괴물 범고래는 아니다. 이봐, 그냥 빵하고 치즈만 조금 줄여봐."

"황제다이어트를 해볼까 생각 중이긴 해요."

"나도 그거 해봤다."

"그래요?"

"그런데 2주 동안 술을 끊어야 해. 장장 2주 동안."

부바가 인상을 찡그렸다.

뚱땡이가 고개를 끄덕였다.

"내 말이요. 여편네한테도 그렇게 얘기했죠."

맥스가 책상을 걷어찼다. 그리고 뒤통수로 바닥을 마구 박다가 이윽고 조용해졌다.

"죽은 거냐?" 부바가 물었다.

"아니, 어쨌든 병원에 안 가면 그렇게 될 거야."

부바가 명함을 꺼내며 뚱땡이한테 물었다.

"넌 이름이 뭐냐?"

"어거스틴."

"이런…… 설마?"

"에…… 왜요?"

부바가 나를 건너다보고 어깨를 으쓱한 다음 다시 어거스틴을 보았다. 그가 명함을 주었다.

"이 친구한테 연락해. 내 밑에 있는데 네 친구를 고쳐줄 거다. 치료비는 무료지만 약값은 조금 들어."

"그럼 고맙죠."

부바가 나를 보며 눈을 굴리고 한숨을 내뱉었다.

"컴퓨터 집어라."

나는 랩톱을 꺼내고 타데오를 불렀다.

"타데오."

타데오가 얼굴에서 떨리는 두 손을 내렸다.

"주인이 누구라고?"

타데오가 몇 번 눈을 끔벅였다.

"에? 어…… 맥스 친구예요. 케니."

"케니? 이런, 나를 침대에서 끌어내서 기껏 케니 대신 쫄따구나 쏘게 만든 거야? 쪽팔려 죽겠군."

나는 부바를 무시했다.

"그 집에 있던 빨강머리?"

"에, 케니 헨드릭스. 여자를 알고 있는데, 옛날에 그 여자 딸이 실종되었을 때 당신이 찾아줬다고……"

헬렌. 멍청한 짓거리 언저리엔 언제나 그 여자가 끼어 있다.

"케니." 부바가 씁쓸한 한숨과 함께 이름을 되뇌었다.

"가방은 어디 있지?" 내가 물었다.

"다른 서랍……" 타데오가 대답했다.

"지금 의사한테 전화해도 되나요?"

어거스틴이 부바에게 물었다.

"항상 어거스틴이냐? 거스라고 불린 적은 없고?"

부바도 물었다.

"없어요." 뚱땡이가 대답했다.

어거스틴이 휴대폰을 열고 번호를 눌렀다. 나는 책상 서랍에서 가방을 찾았다. 사건파일에 가브리엘라의 사진도 들어 있었다. 어거스틴이 의사에게 친구가 출혈이 심하다고 전했다. 나는 랩톱을 가방에 넣고 문으로 걸어갔다. 부바는 무기를 주머니에 넣고 나를 따라 차고에서 나왔다.

8장

꿈속에서 아만다 맥크레디는 열 살, 아니면 일곱 살이었다. 그녀는 돌계단이 딸린 노란 방갈로 현관에 앉아 있다. 하얀 불도그가 발밑에서 코를 곤다. 보도와 거리 사이에 길게 늘어선 잔디밭에선 키 큰 고목들이 불쑥불쑥 자라나기도 했다. 위치는 남쪽인데 대충 찰스턴일 듯싶다. 나무들마다 수염틸란드시아가 주렁주렁 매달리고 건물지붕은 양철이다.

아만다 뒤에는 잭과 트리시아 도일이 고리버들 팔걸이의자에 앉아 있다. 그 사이에 체스테이블이 놓여 있다. 두 사람은 전혀 나이를 먹지 않았다.

내가 집배원 복장으로 통행로를 올라가자 개가 고개를 들고 검고 슬픈 눈으로 지켜본다. 왼쪽 귀에 코와 똑같이 검은 반점이 박혀 있다. 개가 코를 킁킁거리다가 등 뒤로 굴렀다.

잭과 트리시아 도일이 체스게임을 두다 말고 나를 바라본다.
"우편물 배달하러 온 겁니다. 집배원이거든요."
그들은 바라보기만 하고 대답은 없다.
나는 아만다에게 편지를 넘기고 팁을 기다린다. 아만다가 봉투를 뒤지며 하나씩 옆으로 집어던진다. 우편물은 덤불 위에 떨어져 노란 액체로 변한다.
그녀가 나를 올려다본다. 팁은 보이지 않는다.
"쓸 만한 게 하나도 없잖아."

다음날 아침, 베개에서 고개를 드는 것도 고역이었다. 힘을 주자 왼쪽 관자놀이 뼈가 우두둑 소리를 냈다. 턱뼈도 아프고 두개골은 욱신거렸다. 잠들어 있는 동안 누군가 두개골 주름마다 고추와 유리조각을 심어놓은 게 분명했다.
그뿐이 아니었다. 몸을 굴려 일어나 앉는데 수족과 관절 어느 것 하나 성한 데가 없었다. 호흡도 힘들었다. 샤워를 하면 물이 뜨겁고 비누는 따끔거렸다. 샴푸로 머리를 문지르다가 자칫 머리 왼쪽을 건드렸는데 그 끔찍한 고통에 하마터면 무릎까지 꿇을 뻔했다.
수건으로 몸을 닦으며 거울을 보았다. 눈을 포함해 얼굴의 좌상 부위가 보라색 대리석이고 보라색이 아닌 곳은 검은 봉합선뿐이었다. 머리카락도 희끗거렸는데, 심지어 가슴 털까지도 회색이었다. 마지막 봤을 때만해도 멀쩡했건만. 나는 조심스럽게 머리를 빗었다. 그리고 돌아서서 면도기를 잡으려는데 퉁퉁 불어터진 무릎이 비명을 질렀다. 그저 가볍게 무게 중심을 옮겼을 뿐인데도 무릎관절을 장도리 발톱으로 찍은 것만 같았다.

아, 옛날이여!

부엌에 들어서자 아내와 딸이 눈을 동그랗게 뜨고 두 손으로 자신의 뺨을 때리며 비명을 질렀다. 기가 막힌 타이밍이었다. 두 사람이 미리 짰음을 알기에 나는 양 엄지를 세워보이곤 커피 한 잔을 따랐다. 두 사람이 서로 주먹을 부딪쳤다. 앤지가 다시 아침 신문을 펼쳐들었다.

"작년 크리스마스 때 선물한 랩톱 가방 같지 않은데?"

나는 식탁에 앉으며 의자 뒤에 가방을 걸쳤다.

"똑같아."

"내용물은?" 그녀가 《헤럴드》를 넘겼다.

"전부 회수." 내가 대답했다.

그녀가 다행이라는 눈빛을 보냈다. 다행이면서도 어쩐지 다소 질투 어린 시선. 그녀가 딸을 보았다. 가브리엘라는 한창 자기 식탁 매트 무늬에 빠져 있었다.

"혹시, 에…… 그러니까 부수적인 피해 같은 건 없었어?"

"신사 한 분이 당분간 감자부대 레이스 참가는 어려울 거야. 아니면, 뭐…… 걷는 것도 조금."

내가 커피를 홀짝였다.

"이유가?"

"부바가 기다리기 지루했던 모양이야."

그 이름이 나오자 가브리엘라가 고개를 들었다. 아이의 얼굴 가득 엄마와 똑같은 미소가 번졌다. 너무나 따뜻해 온몸에 전율을 일으키는 미소.

"부바 아찌? 부바 아찌 봤어?" 아이가 물었다.
"그래 봤어. 너하고 루블 아저씨한테 안부 전했단다."
"가서 데려올게."
아이는 번개처럼 의자에서 내려와 방을 빠져나갔다. 다음에 들리는 소리는 침실 바닥의 장난감들을 뒤지는 소리였다.
루블 아저씨는 가브리엘라보다 더 큰 박제 동물로 부바의 두 돌 선물이다. 우리가 보기에는 침팬지와 오랑우탄의 잡종처럼 보였지만 우리가 알지 못하는 어떤 영장류를 나타내고 있을 수도 있다. 연녹색 턱시도에 노란 넥타이, 노란 테니스화 차림의 박제 동물에 가브리엘라가 루블 아저씨라는 이름을 붙였는데, '부바'라고 부르려 했을 거라는 생각은 미처 하지 못했었다. 아무튼 두 살짜리 아이의 발음으로 추론해 낸 이름은 루블이었다.
"루블 아찌. 나와, 빨랑." 가브리엘라가 침실에서 외쳤다.
앤지가 신문을 내리고 내 손을 어루만졌다. 이틀째의 몰골에 살짝 충격을 받은 모양이었다. 어제 보건소에서 돌아왔을 때보다 훨씬 형편없다는 얘기는 할 필요도 없었다.
"보복 걱정해야 하는 거야?"
당연한 질문이다. 폭력이 개입되었으면 당연히 보복을 감안해야 한다. 누군가를 다치게 했을 경우 대부분 복수를 꿈꾸기 때문이다.
"그렇지는 않을 거야. 그자들이야 나를 상대하려 들겠지. 부바가 아니라. 게다가 내가 가져온 거라곤 원래 내 것뿐이니까."
"그쪽에서는 당신 물건이 아니라고 생각했을 거야."
"인정."

우리는 둘 다 심각한 표정을 지었다.

"나한테 작고 예쁜 베레타가 있어. 주머니에 딱 들어맞는 거야."

그녀가 말했다.

"쏴본 지 오래 됐잖아."

그녀가 고개를 저었다.

"가끔 머리를 식히러 나갈 때……"

"응?"

"……프리포트 사격장에 들러."

내가 미소를 지었다.

"정말?"

"오, 정말이야. 요가로 스트레스를 푸는 여자들도 있다지만 난 탄창 한두 개 비우는 게 더 좋아."

"에, 우리 가족에선 그나마 나은 총잡이이긴 해."

"그나마?" 그녀가 다시 신문을 펼쳤다.

"좋아. 유일한 총잡이."

가브리엘라가 루블 아저씨의 연녹색 팔을 질질 끌고 돌아왔다. 아이는 루블을 옆 의자에 앉히고 자기도 자리를 잡았다.

"부바 아찌가 루블 아찌한테 잘 자 뽀뽀해 줬어?"

아이가 물었다.

"그래."

산타클로스, 부활절 토끼, 이빨 요정의 선례가 있던 터라 아이에게 거짓말하는 것도 크게 부담스럽지는 않았다.

"나한테도 잘 자 뽀뽀했어?"

"그래, 물론이지."

"나도 기억나. 아찌가 얘기도 해 줬다."

아마도 거짓말은 일찍부터 시작된 모양이다. 그리고 우리는 창작이라고 부른다.

"무슨 얘기?"

"나무 얘기."

"오, 그렇겠지."

"루블 아찌가 아이스크림 더 많이 먹어야 한다는 얘기도 했어."

"초콜릿은?" 앤지가 물었다.

"초콜릿? ……맞아, 그 얘기도 했을 거야."

가브리엘라가 잠시 고민하다가 대답했다.

"했을 거라고?" 나는 키득거리다가 앤지를 보았다. "다 당신 닮아서 그래."

그때 앤지가 신문을 내렸는데, 갑자기 창백해졌다. 표정도 멍했다.

"엄마? 왜 그래?" 심지어 딸아이까지 눈치 챌 정도였다.

앤지가 딸에게 가벼운 미소를 짓고 신문을 내게 넘겼다.

"아무것도 아니야, 아가. 조금 피곤해서 그래."

"너무 많이 읽어서 그래." 아이의 대답이었다.

"읽는 건 많을수록 좋은 거야."

내가 말했다. 나는 신문을 보고 다시 앤지를 향해 난감한 표정을 지었다.

"오른쪽 하단." 그녀가 말했다.

범죄 기사였다. 사건 사고 마지막 페이지에 수록되는 매우 선정적인 기사로, 오늘 제목은 '자동차 절도로 살해당한 메인의 여성'이었다. 나는 제목만 보고 신문을 내려놓았다. 앤지가 식탁 너머 따뜻한 손을 내밀어 내 팔을 쓰다듬어주었다.

두 자녀를 둔 여성이 화요일 아침 일찍 자동차 절도 현장에서 총에 맞고 쓰러졌다. 오번의 BJ 할인매장에 출근하러 갈 때였다. 용의자는 피해자 페리 파이퍼(34세, 루이스턴)가 2008년식 혼다 어코드에 시동을 걸 때 접근했으며 증인들은 다투는 소리에 이어 총성이 들렸다고 전했다. 용의자 테일러 비긴스(22세, 오번)는 2킬로미터 밖에서 경찰 추적에 체포되었으며 저항은 없었다. 파이퍼 부인은 구조 헬리콥터로 메인 메디컬센터로 급송했으나, 병원 대변인 파멜라 듄은 그녀가 새벽 6시 34분에 사망진단을 받았다고 발표하였다. 파이퍼 부인의 슬하에는 1남 1녀가 있다.

"자기 잘못이 아냐." 앤지가 위로했다.
"모르겠어, 그것도. 아무것도 모르겠어."
"패트릭."
"아무것도 모르겠어." 내가 되뇌었다.

메인 오번까지는 자동차로 세 시간 거리였다. 그 동안 내 변호사 체스위크 하트만이 모든 준비를 했다. 나는 뒤프렌느, 배럿 & 맥그래스 법률사무소에 도착해, 주니어파트너 제임스 메이필드의 안내로 어느 사무실에 들어갔다. 제임스 메이필드는 회사의 변호

업무 대부분을 처리하는 인물이었다.

제임스 메이필드는 희끗거리는 머리, 비슷한 색의 콧수염이 매력적인 흑인으로 키도 체격도 상당했다. 악수는 당당했으며 분위기와 태도 또한 자연스럽고 진솔해 보였다.

"만나주셔서 감사합니다, 메이필드 씨."

"이왕이면 감독이라고 불러주시죠, 켄지 씨."

"감독?"

"이 동네에서 야구, 농구, 골프, 럭비, 축구 감독을 겸하고 있거든요. 사람들도 감독이라고 부른답니다."

"당연히 그래야죠. 진짜 감독님이시니." 내가 말했다.

"체스위크 하트만 정도의 변호사가 전화해서 내 소송에, 그것도 무료변론으로 참여하겠다면 나야 황공하죠."

"아, 예."

"그분 말씀이 절대 약속을 어기지 않는 남자라던데?"

"괜한 말씀이십니다."

"어쨌든 그 약속을 문서로 남기고 싶군요."

"이해합니다. 저한테 펜이 있습니다." 내가 대답했다.

메이필드 감독은 책상 너머로 서류 뭉치를 밀어주었다. 나는 사인을 시작했고 그가 전화를 집었다.

"들어와 재니스. 스탬프 갖고."

내가 서류 한 장을 사인하면 재니스가 공증하는 식이었다. 일이 끝났을 때 그녀가 공증한 서류는 모두 열네 장이었다. 본질적으로 계약은 아주 간단했다. 테일러 비긴스 대신 뒤프렌느, 배럿 & 맥그래스 회사의 수사관으로 일하는 데 동의함. 그 범주에서 비긴스 씨가 내게 말하는 내용은 모두 변호사—외뢰인 의무에 묶인다. 대화 내용을 타인과 공유할 경우 나를 기소할 수 있다 운운.

나는 메이필드 감독과 법원으로 차를 몰았다. 하늘은 강한 북동풍이 불기 전 특유의 칙칙한 청색을 드러냈으나 아직 바람은 온순했다. 읍내에서는 굴뚝 냄새와 젖은 아스팔트 냄새가 났다.

법원 내에 보호감찰소가 있었다. 메이필드 감독과 나는 철창을 사이에 두고 테일러를 만났다. 간수들이 우리를 위해 나무벤치를 준비해 두었다.

"요, 감독님."

테일러 비긴스가 인사했다. 스물두 살보다도 어려 보였다. XL 규격의 흰색 셔츠를 테이블보처럼 뒤집어쓴 건장한 흑인 청년. 혁대를 압수당한 덕에 흘러내리는 청바지를 사각팬티 주름위로 자꾸 끌어올렸다.

"비긴스는 코치로 나를 도왔죠. 야구와 럭비에서."

메이필드 감독이 내게 소개했다.

"누구예요?"

메이필드가 내 소개를 해주었다.

"이 분이 밖에 나가 떠들고 다니지 못한다고요?"

"한 마디도."

"만일 입 뻥긋할 경우엔 땅 속에 처박아요?"

"손전등도 없이."

비긴스는 잠시 감방을 둘러보았다. 양손 엄지는 혁대 고리에 끼웠다.

"좋아요, 뭘 알고 싶은 겁니까?"

"그 여자를 죽이라는 청부를 받았나?" 내가 물었다.

"이런, 뭐라고요?"

"들었잖아."

비긴스가 고개를 갸웃했다.

"그러니까, 내가 돈 받고 이 지랄을 했다는 말이에요?"

"그래."

"대가리가 제대로라면 누가 이런 짓을 합니까? 난 엄청 취해 있었어요. 3일 동안 죽어라 빨아댔으니까."

"빨아?"

"그래요. 히로뽕, 필로폰, 가루…… 꼴리는 대로 부르시든가."

"오, 미안. 그런데 왜 여자를 쏘려 한 거지?"

"쏘려고 한 게 아니라니까. 귀가 먹은 거요? 여자가 열쇠를 내놓지 않으려 했어요. 내 팔을 잡기에…… 빵! 그랬더니, 팔을 놓더군요. 그냥 차를 빼앗을 생각이었어요. 에드워드라는 친구가 있는데 차를 팔아주거든요. 그게 다란 말입니다."

그가 철창 너머 나를 노려보았다. 이미 두려움이라는 이름의 어두운 복도를 따라 내려가던 터라, 살갗은 땀으로 번들거리고 눈은 머리보다 커졌으며 입으로는 짧고도 절박한 호흡을 연신 내뱉었다.

"차근차근 설명해 봐." 내가 말했다.

그는 내가 해고라도 한 듯, 크게 상처받은 표정이었다. 물론 현재의 상황이 믿을 수 없을 것이다.

"이봐, 비긴스. 여기 감독님 말고 우리나라 최고의 형사변호사

한 분을 네 사건에 끌어들였다. 형량을 반으로 줄일 수 있는 분이야, 알겠나?"

비긴스가 한참 후 고개를 끄덕였다.

"그러니, 내 질문에 대답해. 아니면 그 분도 보내버릴 테니까."

그는 두 팔로 배를 감싸고 몇 차례 씩씩거리다가 잠시 후 답답한 뱃속이 풀렸는지 허리를 펴고 나를 돌아보았다.

"설명할 것도 없어요. 쉽게 처분할 수 있는 차가 필요했죠. 혼다나 도요타 같은. 그런 차 부속 덕분에 몇 년 동안 짭짤했거든요. 98년 식이든 03년이든 상관없어요. 호환 하나는 끝내줬으니까. 나는 주차장에 있었죠. 검은 후드에 이 청바지 차림이었는데 아무도 보는 사람은 없었어요. 여자가 나와서 어코드로 가기에, 나도 달려가 시꺼먼 얼굴과 시꺼먼 권총을 들이댄 겁니다. 그 정도면 충분하다고 생각했는데 여자가 개소리를 하면서 열쇠를 놓지 않잖아요. 죽어라 매달리는 거예요. 그러다가 손이 미끄러지며 내 팔을 건드렸고 아까 말한 대로 '빵!'한 거죠. 여자는 쓰러지고 나도 더럽게 쫄았죠. 하지만 약이 필요했기에 열쇠를 집은 다음 차를 몰고 빠져 나왔는데, 씨발, 주차장 경보가 울고 경광등이 번쩍거리지 뭡니까? 결국 2킬로미터도 못 가서 짭새들한테 걸린 거죠. (어깻짓) 그게 다예요. 미친년이 열쇠만 포기했어도……"

그가 갑자기 무슨 생각을 했는지 고개를 떨어뜨렸다. 그가 고개를 들었을 때 눈물이 얼굴을 흘러내렸다.

나는 애써 눈물을 외면했다.

"여자가 개소리를 했다고 했는데, 뭐라고 한 거지?"

"아무것도 아니에요."

나는 철창으로 다가가 그의 얼굴을 노려보았다.

"뭐라고 했나?"

"차가 필요하다고 했어요. 정말로 필요하다고. 무슨 차가 목숨보다 소중하다는 거죠?"

그가 다시 고개를 숙이고 몇 차례 머리를 조아렸다.

"새벽 3시에 버스가 다니던가, 비긴스?"

그가 고개를 저었다.

"네가 죽인 여자? 직장이 두 곳이었다. 하나는 루이스턴, 하나는 오번. 루이스턴의 근무가 끝나는 시간이 오번의 근무시간 30분 전이야. 이제 알겠나?"

그가 고개를 끄덕였다. 눈물이 시냇물처럼 흐르고 어깨도 들썩였다.

"페리 파이퍼. 그 여자 이름이다." 내가 말했다.

그는 고개를 숙인 채였다.

나는 메이필드 감독에게 돌아섰다.

"끝났습니다."

메이필드 감독이 몇 분간 의뢰인과 대화하는 동안 나는 문 옆에 서 있었다. 두 사람의 언성이 높아지는가 싶더니 이윽고 감독이 벤치의 서류가방을 들고 다가왔다.

문이 열리는데 비긴스가 소리쳤다.

"그냥 별 볼일 없는 자동차였단 말입니다."

"그녀한테는 아니야."

"비긴스가 좋은 아이였다는 개소리는 하지 않겠습니다. 언제나 신경질적이고 큰 그림을 볼 때는 늘 근시안이었죠. 성격도 불같아서 뭔가를 원하면 당장 손에 넣어야 직성이 풀렸지만…… 그래도 살인자와는 거리가 멀었답니다." 메이필드 감독이 크라이슬러 300 창밖으로 손을 저으며 말했다. 우리는 흰 첨탑의 교회, 넓고 푸른 공원, 여인숙들이 즐비한 거리들을 통과 중이었다. "이 화려한 도시의 이면을 봐요. 그럼 수많은 균열과 만납니다. 두 자리 수에 이르는 실업률에 고용주의 착취. 사회보장? (웃음) 개뿔도 없어요. 보험? 우리 선조들이 당연히 여겼던 노동에 대한 보상, 사회 안전망, 공정임금은 물론, 그 모든 것을 상징하는 금시계도 주변에서 모두 사라져버린 거요."

"보스턴도 마찬가지입니다."

"물론 어디나 마찬가지겠죠."

우리는 한동안 아무 말도 하지 않았다. 구치소에 있는 동안 파란 하늘도 회색으로 변했고 기온도 10도 이상 떨어져 바람이 마치 젖은 양철처럼 느껴졌다. 분명…… 눈이 내릴 모양이다.

"비긴스는 콜비 대학에 갈 꿈이 있었죠. 전문대학에서 1년 동안 공부해서 어느 정도 성적만 유지하면 내년 야구팀에 자리를 내주겠다고 약속했거든요. 그래서 정신도 차렸어요……. 정말로. 그래서 낮에는 학교에 다니고 밤에는 일했는데……"

그가 나를 보며 눈썹을 쫑긋해 보였다.

"그래서요?"

"회사에서 사람들을 모두 해고했습니다. 한 달 후 복직을 제안하기는 했죠. 저쪽에 있는 저 통조림 공장." 작은 다리를 건너가면서 그가 앤드로스코긴 강둑을 따라 이어진 베이지색 벽돌건물을 가리켰다. "다만 미숙련공에 한해서였어요. 숙련공들은 그대로 내팽개치고 미숙련공들한테도 이전 시급의 절반만 주겠다고 한 겁니다. 수당도 보험도 아무것도 없이. 원하기만 하면 초과근무는 얼마든지 허락하겠다고는 했는데 1.5배 초과수당 같은 노동조건들을 포기하는 게 조건이었죠. 어쨌든 그 애는 복직을 받아들였습니다. 아니면 집세와 수업료를 충당할 재간이 없으니까. 그래서 매주 74시간을 일하고 학교에도 나가죠. 자, 그럼 저 애가 졸음을 몰아내기 위해 어떻게 했겠습니까?"

"마약."

그가 로펌 주차장으로 들어서면서 고개를 끄덕였다.

"통조림 공장만 그렇겠습니까? 이 동네는 물론 주 전체의 사업체들이 다 그런 식입니다. 그럼 필로폰 사업은? 당연히 대박 나는 거죠."

우리는 차에서 내려 추운 주차장에 섰다. 내가 감사 인사를 하자 그가 어깻짓으로 사양했다. 칭찬보다는 비판이 훨씬 편안한 사내였다.

"예, 추악한 일을 저질렀습니다. 그래도 마약에 손대기 전까지만 해도 추악한 놈은 아니었어요." 내가 고개를 끄덕였다. "그의 죄를 정당화하자는 건 아니지만 들여다볼 구석은 있다는 말입니다."

우리는 악수를 했다.

"그래도 감독님이 돌봐주시니 다행이군요."

그가 다시 칭찬을 떨쳐냈다.

"망할 놈의 차 때문에."

"망할 놈의 차 때문에."

나는 내 차를 타고 그곳을 떠났다.

나는 뭐든 요기를 위해 매사추세츠 주경계 바로 위쪽 휴게소에 차를 세운 후, 먹을 것을 들고 앞좌석에 앉아 랩톱 컴퓨터를 열었다. 키보드를 두드리자 컴퓨터가 대기모드에서 빠져나왔다. 가벼운 통증이 두개골을 휩쓸고 지나갔다. 인텔서치 ABS 홈페이지를 찾아 아이디와 비밀번호를 넣고 개인 검색기록 페이지에 접속하자, 작은 녹색 상자가 나를 기다렸다. 이름이나 별명을 입력하는 창이었다. 나는 '이름'을 클릭했다.

앤지가 알면 나를 죽이려 들 것이다. 이런 식의 일탈행위는 하지 않기로 했다. 랩톱을 되찾았다. 랩톱 가방과 딸 사진도 돌려받았다. 페리 파이퍼에 대한 해답도 구했다. 따라서 모두 끝난 일이니 이쯤에서 빠져나와야 했다.

루이스턴의 칠리 주점과 오번의 TGI 프라이데이에서 페리와 술을 마신 적이 있었다. 1년도 채 되지 않은 때였다. 우리는 어린 시절 얘기를 하고 스포츠팀에 대한 토론도 벌이고, 서로의 정치적 견해를 공격했으며, 좋아하는 영화를 인용했다. 그녀의 내부자 고발과 새벽 3시 주차장에서 어떤 멍청한 아편쟁이한테 총상을 당한 건 아무 관계가 없다. 정말 관계가 없다.

하지만 모두 관련이 있었다.

그래서가 아니잖아. 넌 그냥 화가 난 거야. 그런데 화가 나면 물불을 안 가리는 놈이라고.

나는 의자에 등을 기대고 눈을 감았다. 베아트리체 맥크레디의 얼굴이 보였다. 늙고 고통스럽고 어쩌면 미치기까지 한 얼굴.

다른 목소리가 경고했다.

포기해.

그 목소리는 내 딸 목소리만큼이나 불편했다.

그냥 놔둬.

나는 눈을 떴다. 다들 옳은 말이다.

아침 꿈에 아만다가 나타났다. 그녀는 봉투를 모두 덤불숲 속에 던졌다.

모두 관계가 있어.

아니, 없어.

내가 꿈속에서 뭐라고 했더라?

그저 우편배달부입니다.

나는 컴퓨터를 끄기 위해 상체를 숙였지만 결국 입력창에 타이핑을 하고 말았다.

케네스 헨드릭스

나는 입력키를 누르고 다시 등을 기댔다.

2부

모르도바의
리듬 앤 블루스

9장

케네스 제임스 헨드릭스에게는 별명이 몇 가지 있다. 케이제이, 케이보이, 리처드 제임스 스타크, 에드워드 토신, 케니 B 등. 1969년 미주리 워렌스버그에서 태어났으며, 부친은 항공정비공으로 화이트맨 공군기지의 340 폭격비행단 소속이었다. 케네스는 그곳에서 빌록시, 탬파, 몽고메리, 그레이트폴스 등 미국 전역을 돌아다녔다. 처음 소년범으로 체포된 곳은 알라스카 킹 솔로몬이고 두 번째는 캘리포니아 롬폭이었다. 열여덟 살, 롬폭에서 폭행죄로 체포되었을 때는 성인범이었으나 피해자인 아버지가 고발을 취하하는 것으로 끝이 났다. 성인범으로서의 두 번째 체포는 이틀 후였으며, 역시 폭행에 피해자도 동일했다. 이번에는 아버지도 물러나지 않았다. 아들이 그의 귀를 자르려 했기 때문일 것이다. 케니가 귀를 반 정도 잘라낼 때쯤 아버지의 비명소리에 이웃사람이 신고를 했다. 케니는 폭행죄로 18개월 복역에 3년의 집행유예 선고를 받았다. 아버지는 그가 감옥에 있는 동안 사망했다. 다음에 체포된 곳은 새크라멘토였는데, 남창들이 즐겨 찾는 지역에서 어슬렁거린 게 이유였다. 6개월 후 세 번째 폭행죄로 체포되었을 때도 사크라멘토였다. I-80 인근의 컴온 여인숙에서 한 남자를 흠씬 두들겨 패준 덕이었다. 피해자는 교회집사이자 유명한 정치자금 모집책인지라, 어떻게 모텔방에 벌거벗은 채 남창과 함께 있게 되었는지 설명하느니 차라리 고발을 취소해 버렸다. 어쨌든 캘리포니아 주는 케니의 집행유예를 철회했다. 체포 당시 알코올과 코카인에 취해 있었다는 이유였다.

1994년 감옥에서 나오자마자 케니는 목 뿌리에 무장친위대 문신을 새겼다. 교도소 내의 절대적 백인조직 아리안 브라더스의 새 친구들에 대한 경의의 표시였다. 그때부터 본격적으로 범죄 장사에 뛰어들었는데 그 후 몇 년간의 체포는 모두 신분도용 혐의였다. 퍼스널컴퓨터의 성능이 진보할수록 케니도 점점 교활해져 갔으나 그렇다고 과거의 방식을 완전히 버린 것도 아니었다. 1999년에는 매사추세츠 피바디에서 미성년자 성폭행으로 체포되었다. 피해자는 겁탈이 실제로 행해진 밤 시간에 따라 열여섯이거나 열일곱이 되었다. 케니의 변호사는 그 문제를 집요하게 물고 늘어졌다. 검사의 판단은, 피해자를 증인석에 세울 경우 이미 망가진 명예마저 갈가리 찢기고 만다는 쪽이었다. 케니는 유죄를 인정하고 성인 성폭행으로 기소되었다. 주 정부는 성폭행을 심각한 범죄로 판단해 그를 2년형에 처했으나, 1991년 새크라멘토 마약 두 줄을 코로 흡입하고 버드와이저 6개들이를 마신 죄로 복역한 기간보다 적었다. 마지막 체포는 2007년이었다. 그는 위조신문으로 5만 달러 가치의 TV들을 인계받다가 걸렸다. 계획은 올리 오스포츠바 체인의 주인 올리버 오린이라는 사람의 법인카드를 도용해 지불한 금액보다 적은 500달러에 뒷문으로 팔아넘기는 것이었다. 올리버 오린…… 대단한 거물이다. 눈 하나 깜짝 않고 플라스마 TV를 50만 달러어치 사들일 사람이 있다면 바로 올리버 오린 같은 사내일 것이다. 케니는 전과 때문에 기소되어 5년 형을 받고 3년 가까이 복역했다. 그 이후 기소는 없었다.

"그래도 멋진 남자야." 앤지가 말했다.

"매력이 없진 않겠지."

"그냥 안락한 가정이 없어서 그래. 따뜻한 포옹하고."

"역기도 필요해."

"에, 물론, 우린 야만인이 아니니까."

우리는 소호용 책상이 있는 여분의 침실 겸 벽장에 들어와 있었다. 9시가 조금 넘은 시간이었다. 가브리엘라는 여덟 시쯤 졸다가 잠이 들고 그 이후로 우리는 케니 헨드릭스의 역사를 파들어 가고 있었다.

"그런데 이 자가 헬렌의 남친이라고?"

"그래."

"오, 기가 막힐 노릇이로군."

그녀는 등을 기대고 눈썹 위로 입김을 쏘아 올렸다. 뚜껑이 열리기 직전이라는 표시다.

"아편쟁이 헬렌이 좋은 엄마가 되리라는 기대는 없었지만 제 아이를 이렇게까지 방치할 줄은 몰랐네."

"근데 말이야. 헬렌은 아편이 아니라 필로폰을 하는 것 같더라고. 그러니까 정확하게 말한다면 아편쟁이보다는 히로뽕쟁이가 맞을 거야."

앤지가 나를 어둡게 쏘아보았는데 그런 시선은 몇 달 만에 처음이었다. 여흥은 끝났다는 뜻이다. 우리 관계 속에서 공히 언급하지 않은 응어리는, 처음 아만다 맥크레디가 실종되었을 때 우리가 취했던 행동들이었다. 앤지는 당시 법과 네 살배기의 안녕 사이에서 고민했다. 그녀의 반응은 이렇게 요약될 수 있겠다. 법? 개나 주라지.

그와 반대로 나는 순리를 쫓아 주 정부를 통해 무심한 엄마에게 아이를 돌려주게 했다. 우리는 그 때문에 헤어져 거의 1년을 말 한 마디 않고 흘러 보냈다. 시간이야 어차피 상대적이라지만 그 해는 나한테 족히 15년은 되는 듯 길게 느껴졌다. 우리는 화해한 후부터 불과 3일 전까지만 해도 집안에서 한 번도 아만다나 헬렌 맥크레디 이름을 꺼내본 적이 없다. 그리고 지난 3일간 내내 우리 중 누군가는 둘 중 누군가의 이름을 입에 올렸는데 흡사 수류탄의 안전핀을 뽑아버린 기분이었다.

12년 전 내 판단은 틀렸다. 4400일이 지나는 동안 난 매일 그 사실을 확신했다.

하지만 동시에 내 판단은 옳았다. 아만다를 납치범들에게 남겨두었다면, 아무리 잘 돌봐준다 해도 납치범들일 뿐이다. 그녀를 되찾은 후 4400일 동안 이 이론 역시 사실임을 확신했다. 그럼 뭐가 남는 거지?

지금도 내가 잘못했다고 믿는 아내.

"이 케니라는 자, 어디 사는지 알아?"

그녀가 내 랩톱을 두드리며 물었다.

"최근의 주소는 알아."

그녀가 양손으로 길고 검은 머리를 헤집었다.

"안 되겠어. 현관으로 나가자."

"오케이."

우리는 코트를 걸치고 뒤쪽 현관으로 나가 조심스레 문을 닫았다. 앤지가 바비큐 그릴 뚜껑을 열었다. 담뱃갑과 라이터를 보관하는 곳이다. 하루에 두 개비만 피운다고 맹세했지만 이따금 담뱃갑이 약속보다 훨씬 가벼워진 날이 있는 것도 사실이다. 지금까지 가브리엘라에게는 흡연의 증거를 들키지 않았으나 세월은 흐르고 아이도 자랄 것이다. 하지만 아내가 악습에서 벗어나기를 바라는 만큼, 대개의 경우 나는 악습에서 자유로운 사람들을 견딜 수가 없다. 그들은 자기보존을 위한 자아도취적 본성과 도덕적 우월성을 혼동한다. 더욱이 소속 공동체의 삶을 빨아내기도 한다. 앤지도 내가 금연을 원한다는 사실을 알고 있다. 그녀도 금연하고 싶어 하지만 아직은 담배를 끊지 못했다. 나로서는 그저 감내하고 모르는 척할 따름이다.

"베아트리체가 미치지 않았다면 아만다는 정말로 실종되고 우리한테는 두 번째 기회가 생긴 거야."

앤지가 말했다.

"아니, 그건 아니야." 내가 항변했다.

"내가 무슨 말 하려는 건지도 모르잖아."

"아니, 알아. 우리가 아만다 맥크레디를 찾아내면 이번에야말로 과거의 죄를 보상할 수 있다고 말하려는 거잖아."

그녀가 멋쩍은 미소를 지으며 난간 너머 담배연기를 뿜어냈다.

"그럼 무슨 말 하려는지 안 거야."

나는 간접흡연의 해악을 무릅쓰고 아내의 쇄골에 키스했다.

"나는 구원을 믿지 않아."

"성선설을 믿지 않는 줄 알았는데?"

"그것도 안 믿고."

"그럼, 뭘 믿을 건데?"

"당신. 딸. 지금."

"이봐요, 균형감각 좀 챙기시죠."

"당신, 정체가 뭐야? 내 센세이(선생)?"

"하이." 그녀가 가볍게 절을 해보였다. "아무튼 난 진심이야. 당신은 여기 앉아서 페리 파이퍼에게 어떤 일이 있었는지, 아니면 브랜든 트레스콧 같은 개새끼들의 책임을 어떻게 면죄해 주나 고민할 수 있어. 그도 저도 아니면 뭐든 착한 일을 할 수도 있을 테고."

"그래서, 이 일은 착한 일이다?"

"이런, 바로 맞혔어. 케니 헨드릭스 같은 자가 아만다 맥크레디 주변에 있다는 게 믿겨져?"

"아니, 하지만 그런 이유만으로 사람들의 삶에 간섭할 수는 없어."

"그럼 또 뭐가 필요한데?"

내가 키득거렸다.

그녀는 웃지 않았다.

"아만다가 실종됐어."

"그래서 나보고 케니와 헬렌을 추적하라고?"

그녀가 고개를 저었다.

"우리가 추적하는 거야. 우리가 다시 아만다를 찾아내는 거고. 나한테 시간이 많지는 않겠지만."

"있기는 해?"

"오케이, 없어. 그래도 컴퓨터 기술은 죽여."

"컴퓨터 기술이 죽인다고?"

"옛날 얘기하는 거야."

"옛날은 나도 기억나. 그때는 돈 좀 만졌는데."

그녀가 두 손바닥을 내 가슴에 대고 까치발로 서서 내게 키스했다.

"우리도 더 예뻤어. 당신 머리숱도 더 많았고…… 비난하자는 건 아니지만, 요즘 딴 살림 차린 건 아니지?"

"나쁜 년. 내가 사랑은 하지만 당신은 나쁜 년이야."

그녀가 특유의 목쉰 웃음을 터뜨렸다. 내 피를 전율케 하는 웃음소리.

"그래서 사랑하는 거잖아."

30분 후, 베아트리체 맥크레디는 거실 탁자에 앉아 커피를 마셨다. 전날만큼 낙담하지도 넋을 잃지도 않았지만 그렇다고 멀쩡하다는 뜻은 아니다.

"매트에 대해 거짓말 한 건 미안해요." 그녀가 말했다.

나는 한 손을 들었다.

"맙소사, 베아, 사과를 듣자는 게 아닙니다."

"그 애는 그러니까…… 극복이 불가능한 건 알고 있지만, 그래도 정신을 차리고 하루하루를 살아야 하는 업 같은 거예요. 이해하죠?"

"내 전 남편은 살해당했어요. 그렇다고 아주머니의 슬픔을 안다고는 못하겠지만, 이따금 슬퍼하지 않는다고 죄가 되는 건 아니라는 사실을 배웠어요."

앤지였다.

베아트리체가 미미하게 고개를 끄덕이고 우리의 작은 거실을 둘러보았다.

"난…… 그래요, 고마워요. 이 집도 딸이 있죠?"

"예. 이름이 개비예요. 가브리엘라."

"오, 예쁜 이름이에요. 엄마 닮았어요?"

앤지가 나를 보며 확인을 구해 내가 고개를 끄덕여주었다.

"예, 아빠보다는 날 닮았어요. 이 애가 개비예요."

그녀가 찬장 위에 올려놓은 딸 사진을 가리켰다.

베아트리체도 사진을 보고 마침내 미소를 지었다.

"무척 쾌활해 보여요."

"정말이에요. 못 말리는 두 살이라고 하던가요?"

베아트리체가 상체를 내밀었다.

"오, 알아요, 알아. 18개월에서 시작해 세 살 반까지 이어지죠."

앤지가 힘차게 고개를 끄덕였다.

"예, 괴물이 따로 없더라고요. 그러니까, 세상에, 그 애는……"

"무시무시하죠? 그래도 금방 자랄 거예요."

베아트리체는 아들에 대한 일화를 얘기하려는 듯 보였으나 곧바로 자제하고 야릇한 미소와 함께 탁자를 내려다보며 몸을 조금 앞뒤로 흔들었다.

앤지가 나를 보았다. 나도 그녀를 보았다. 어떻게 말을 해야 할지 난감했다.

"경찰 말이 아주머니 주장을 조사했는데 아만다가 집에 있었다네요."

먼저 입을 연 사람은 앤지였다.

베아트리체가 고개를 저었다.

"이사하고 나서 아만다는 매일 나한테 전화했어요. 2주 전, 추수감사절 직후까지 한 번도 거른 적이 없는데 그 이후로 소식을 듣지 못했죠."

"이사해요? 다른 마을로?"

베아트리체가 끄덕였다.

"4개월쯤 전에. 폭스보로에 헬렌의 집이 있거든요. 방 셋짜리인데."

폭스보로는 남쪽으로 30킬로미터 떨어진 교외다. 벨몬트 언덕 같지는 않아도 도체스터의 성 바솔로뮤 교구에서 계단으로 한참을 올라가야 한다.

"요즘엔 헬렌이 어떤 일을 하죠?"

베아트리체가 웃었다.

"일? 마지막으로 들었을 때 동네 뉴스토어에서 로또 기계를 맡았는데 그것도 한참 전 얘기예요. 당연한 얘기지만 거기서도 해고됐겠죠. 보스턴 가스에서도 하루 만에 쫓겨난 년이니까……. 세상에 공익사업에서 쫓겨나는 사람이 어디 있대요?"
"그래서, 일도 별로 하지도 않는데 어떻게……"
"집을 갖고 있느냐고요? 그러게나 말이에요."
그녀가 어깨를 으쓱했다.
"시를 상대로 한 소송에서 얻은 것도 없지 않나요?"
그녀가 고개를 끄덕였다.
"모두 아만다 신탁자금으로 갔어요. 헬렌은 건드리지 못해요."
"좋아요. 그 집의 납세신고서를 확인해 보죠."
"베아에 대한 금지명령은 어떻게 된 겁니까?"
내가 최대한 조심스럽게 물었다.
베아트리체가 나를 건너다보았다.
"헬렌이 요령을 알아요. 십대 때부터 법망을 요리조리 피해온 년이니까. 2년 전 아만다가 아팠죠. 독감이었어요. 그때 헬렌한테 새 남자가 생겼어요. 공짜 술을 주던 바텐더인데 덕분에 아만다를 소홀히 했죠. 콜롬비아 로드의 옛집에 살 때라 나도 열쇠가 있었고 그래서 직접 아만다를 돌보기 시작했어요. 그렇지 않았으면 아이는 폐렴에 걸렸겠죠."
앤지가 가브리엘라의 사진을 보고 다시 베아트리체를 보았다.
"그러다가 헬렌한테 들킨 거군요. 금지 명령도 그렇고."
베아트리체가 손가락으로 커피 잔의 가장자리를 쓰다듬었다.
"예. 나도 평소보다 술을 많이 마시긴 했어요. 이따금 멍청해져서는 술에 취해 여기저기 전화를 걸거든요. (나를 보며) 그날 패트릭한테도 전화했죠? 헬렌한테도 몇 번 전화했어요. 마지막 통화 이후에 그년이 또 금지명령을 청구하더군요. 그게 3주 전이었어요."

"이유가 뭡니까? '괴롭힌다'는 말을 쓰고 싶지는 않지만……"

그녀가 미소 지었다.

"상관없어요. 가끔 헬렌 년을 괴롭히고 싶은 게 사실이니까. 아만다와도 통화했었어요. 좋은 아이예요. 까다롭기도 하고. 나이보다 조숙하지만 착한 애죠."

나는 그 집에 돌려준 네 살배기 아이를 떠올렸다. 이제 아이는 '까다로운 데다 나이보다 조숙한' 아이가 되어 있었다.

"아만다가 나한테 옛집의 우편물 확인을 부탁했어요. 우체국에서 종종 회송하지 않는 게 있거든요. 그래서 가끔 들렀는데 대부분 광고지였죠……. 하나만 빼고."

그녀가 가방을 뒤지더니 내게 미색 종이 한 장을 내밀었다. 매사추세츠 출생증명서. 서폭카운티. 크리스티나 안드레아 잉글리시. 생년월일, 08/04/93.

나는 서류를 앤지에게 건넸다.

"비슷한 나이네." 그녀가 말했다.

내가 끄덕였다.

"크리스티나 잉글리시가 한 살 더 많아."

우리는 같은 생각을 했다. 앤지가 그녀의 랩톱 옆에 출생증명서를 놓고 부지런히 키보드를 두드려댔다.

"이걸 찾았다고 했을 때 아만다 반응이 어땠습니까?"

내가 베아트리체한테 물었다.

"더 이상 전화가 없었어요. 그러곤 사라졌죠."

"그래서 헬렌한테 전화하기 시작했군요."

"그리고 대답을 요구했죠. 예, 맞아요."

"잘 하셨어요. 나도 함께 있었으면 좋았을 텐데."

앤지가 말했다.

"얼마나 많이 한 거죠?" 내가 물었다.

"아주 많이요. 신경질적인 메시지도 몇 번 남겼고요."

"헬렌이 메시지를 저장해 법정 증거로 내놓았겠죠?" 앤지였다.

베아트리체가 끄덕였다.

"그래요."

"그런데 아만다가 폭스보로 집에 없다고 확신합니까?"

"그건 분명해요."

"왜죠?"

"3일 동안 잠복근무를 했으니까."

내가 씩 웃었다.

"'잠복근무'라. 금지명령을 어기고 말입니까? 맙소사, 정말 못 말릴 분이네요."

그녀가 어깻짓을 했다.

"경찰이 어떤 년과 얘기했는지 모르겠지만 아만다는 아니에요."

앤지가 잠시 컴퓨터에서 눈을 떼었다. 손가락은 여전히 키보드 위를 날아다녔다.

"크리스티나 잉글리시의 초등학교 기록이 없어요. 사회보장도 병원기록도 모두."

"무슨 뜻이죠?" 베아트리체가 물었다.

"크리스티나 잉글리시가 주 밖으로 이사했거나, 아니면……"

"찾았다. 사망일. 09/16/93." 앤지가 말했다.

"……죽은 거죠." 내가 마무리를 지었다.

"자동차 추돌. 코네티컷, 월링포드. 부모도 동일 일자 사망."

베아트리체가 당혹한 표정으로 우리를 보았다.

"아만다는 크리스티나 잉글리시의 신분을 취할 생각이었어요. 그런데 베아트리체가 끼어든 거죠. 파일에는 매사추세츠 사망증명서가 없어요. 코네티컷 증명서인지는 좀 더 파봐야 알겠지만 누군가 크리스티나 잉글리시 흉내를 낼 가능성은 충분해요. 주 정부도 알아채지 못할 거예요. 그럼 사회보장카드도 얻고 이력서도 위조하고, 언제든 원하기만 한다면, 존재하지 않는 직장에서의 상해를 위장해 장애보험금까지 타먹을 수 있죠."

앤지의 설명이었다.

"30일 내에 복수의 신용카드로 수백 만 달러를 갈취하고 갚지 않을 수도 있어요. 어차피 존재하지 않으니까."

내가 덧붙였다.

"결국 아만다는 헬렌과 케니의 사기에 개입했거나……" 앤지.

"아니면 신분을 위조하려 한 겁니다." 나.

"그렇게 되면 내년에 시에서 지급하는 200만 달러를 받지 못하게 돼요."

"좋은 지적입니다." 내가 말했다.

"새 신분을 취한다고 진짜 신분을 상실하는 건 아니잖아."

앤지가 지적했다.

"그런데 내가 출생신고서를 가로채는 바람에 아만다가 신분위조를 할 수 없게 된 건가요? 그렇죠?"

"에, 크리스티나 잉글리시 신분은 물 건너 간 셈이죠."

내가 말했다.

"하지만?"

"그건 컴퓨터 게임의 아바타 같은 거예요. 정말로 똑똑하다면 신분을 여러 개 가질 수 있죠. 아만다가 그렇게 영리한가요?"

"이 세상 누구보다." 베아트리체의 대답이었다.

우리는 잠시 침묵을 지켰다. 문득 베아트리체를 보니, 그녀는 가브리엘라의 사진을 보고 있었다. 지난여름에 찍은 사진인데 가브리엘라는 낙엽 더미에 앉아 마치 트로피 조각상처럼 두 팔을 하늘로 뻗고 있었다. 아이의 백만 볼트짜리 미소가 낙엽더미만큼이나 컸다. 이 지구상에 저런 사진 수백만 장이 벽난로와 찬장, 식탁과 TV 위를 장식하고 있을 것이다. 베아트리체는 사진 속에 빠져들 것처럼 보고 있었다.

"멋진 나이에요. 네 살, 다섯 살. 모든 게 놀랍고 변화무쌍하죠."

그녀가 중얼거리듯 말했다.

나는 아내와 눈을 맞출 수가 없었다.

"한 번 알아보겠습니다." 내가 말했다.

앤지가 서폭카운티보다 더 큰 미소로 답했다.

베아트리체가 두 손을 내밀어 내가 잡아주었다. 커피 잔을 잡던 손이라 따뜻했다.

"다시 찾아줄 거죠?"

"한 번 알아보겠다고 했습니다."

나를 보는 그녀의 시선이 집요했다.

"다시 찾아줄 거예요."
나는 아무 말도 하지 않았다. 대답은 앤지한테서 나왔다.
"그럴게요, 베아트리체. 무슨 일이 있어도."

그녀가 떠난 후 우리는 거실에 앉아 있었다. 나는 베아트리체와 아만다가 함께 찍은 사진을 무릎에 놓고 보았다. 1년 전 어느 행사장에서 찍은 사진인데 두 사람은 나무 패널 벽 앞에 서 있었다. 아만다를 보는 베아트리체의 눈에서 사랑이 플래시 불빛처럼 쏟아져 나왔다. 아만다는 카메라를 똑바로 보았지만, 미소도 눈빛도 딱딱했다. 턱도 살짝 오른쪽으로 뒤틀렸다. 어릴 적의 금발은 이제 체리브라운 색의 긴 생머리로 바뀌었다. 작고 날씬한 체격이었으며, 회색 뉴베리 만화 티셔츠, 짙은 감색의 레드삭스 보온 재킷, 암청색 청바지 차림이었다. 가볍게 굽은 코는 후춧가루 같은 주근깨로 덮였다. 눈은 녹색이고 아주 작았다. 입술도 얇고 광대뼈는 뾰족했으며 턱은 사각 모양이었다. 시선이 어찌나 복잡한지 그 사진만으로는 아만다를 제대로 평가하기가 어려웠다. 어쩌면 15분 안에 표정이 서른 번 이상 바뀔지도 모르겠다. 미인은 절대 아니나 매혹적인 것만은 분명했다.
"휴, 이 아이는 더 이상 아이가 아니야."
"그래." 나는 잠시 두 눈을 감았다.
"어쩌겠어, 헬렌이 엄마인 마당에? 아만다가 스무 살까지 재활원 신세를 지지 않으면 그야말로 기적일 거야."
"그런데 내가 왜 다시 이 짓을 하는 거지?" 내가 물었다.
"당신이 잘 하니까."

"지금은 그렇지도 못해." 내가 대답했다.

그녀가 내 귓불에 키스했다.

"당신 딸이 어느 편인지 물었을 때 당당하게 대답하고는 싶은 거지?"

"그러고야 싶지. 당연히. 하지만 나이, 체력 등등…… 이건 현실이야, 앤지. 떨어져 나가지 않을 현실."

내가 항변했다.

"그래, 맞아. 언젠가는. 하지만 당신이 서 있는 지금 여기? 그건 영원해." 그녀가 긴 의자에서 돌아서서는 두 발을 끌어당기고 발목을 교차했다. "2, 3일간 당신하고 함께 일할래. 재미있겠어."

"재미? 하지만 아기는 어떻게……?"

"여름에 내가 페기네 괴물을 봐줬잖아. 이틀 정도 당신하고 노는 동안 개비를 봐줄 거야."

괴물은 앤지의 친구 페기 로즈의 아들이다. 가빈 로즈는 다섯 살이지만 내가 아는 한 절대 잠들지도 않고 쉴 새 없이 뭔가를 깨뜨렸다. 이유 없이 소리를 지르는 데도 능한데, 어쨌거나 아이 부모는 그런 것도 귀엽단다. 작년 페기의 둘째가 태어났는데 요행히도 그날 시어머니가 세상을 떠났다. 앤지와 내가 괴물과 함께 인간 역사상 가장 길고 험난한 5일을 보낸 건 그 때문이다.

"그래, 빚을 진 건 분명해."

내가 동의했다. 그녀가 시계를 확인했다.

"당근. 지금은 너무 늦었으니 아침에 전화해 볼래. 오후면 결정이 날 거야. 당신한테 파트너가 생길지 두고 보라고."

"고맙기는 하지만, 그런다고 돈이 더 들어오지는 않아. 우리한테 필요한 게 돈인데. 안 되면 낮에 노동일이라도 찾아보지 뭐. 먹고 살 방법이야 없겠어? 뭐든? 부두가 좋을까? 보스턴 남항에 선박에서 자동차를 내리는 일이 있을 텐데. 그리고……" 나는 입을 다물었다. 내 목소리에 담긴 절박함을 더 이상 듣기가 어려웠다. 나는 긴 의자에 기대 창문을 때리는 축축한 눈을 내다보았다. 눈은 가로등 아래에서 소용돌이 치고 전선을 따라 크게 휩쓸렸다. 나는 아내를 돌아보았다. "파산할 수도 있어."

"이틀 정도면 끝나. 길어봐야 일주일. 그리고 그 사이에 두하멜 스탠디포드가 전화해 사건을 의뢰하면, 그때 손 떼면 돼. 하지만 당장은 아만다를 찾아보는 거야."

"무료급식소 신세를 질 수도 있어."

"그럼 공밥 좀 먹지 뭐." 앤지의 대답이었다.

10장

 3주 전까지만 해도 아만다 맥크레디는 캐롤라인 하워드 길먼 여고에 다녔다. 길먼 여고는 케임브리지포트의 메모리얼 드라이브 인근의 골목길로, MIT에서 찰스 강을 따라 노 몇 번 저으면 다다르는 거리다. 처음에는 상류사회의 여식들을 위한 고등학교로 개교했는데 1843년의 개교선언문에는 이렇게 적혀 있었다.
 '대격변기의 필요에 따라 캐롤라인 하워드 길먼 여자 고등학교는 귀하의 딸을 완벽한 자태의 숙녀로 교육할 것입니다. 신랑은 결혼식에서 신부의 손을 잡아주며, 비할 데 없는 혈통과 교양을 갖춘 신부를 선물한 데 대해 귀하께 감사의 악수를 청할 것입니다.'
 1843년 이후 길먼 여고에도 다소 변화가 있었다. 여전히 부유층에 집중되기는 했지만, 교양보다는 교양부족으로 더 유명해졌다. 만일 돈과 연줄이 있어서 윈저나 세인트폴에 보냈는데 그 아이가 심각한 학습부진을 보이거나, 더 나아가 품행에 문제까지 있다면, 부모들은 아이를 길먼으로 옮겼다.

"아무리 좋은 말이라도, '치유' 학교로 규정되고 싶지는 않습니다. 그보다는 그 전 단계의 마지막 보루라고 여기고 싶군요. 상당수의 여학생들이 아이비리그나 세븐시스터스에 진학을 한답니다. 아이들의 여행이 다른 학교에 비할 때 다소 비전통적으로 보일 수 있으나, 우리도 성과가 있기에 상당한 후원을 받고 있고, 또 그로써 어려운 환경의 총명한 여학생들을 입학시킬 수 있답니다."

메이 응이엠 교장선생이 나를 교장실로 안내하며 한 얘기였다.

"아만다 맥크레디의 경우겠죠?"

메이 응이엠이 고개를 끄덕이고 나를 안으로 들게 했다. 30대 중반의 키가 작은 여성으로 푸른빛이 돌 정도로 새까만 긴 생머리를 했다. 움직임이 얼마나 유연한지 그녀가 밟는 바닥이 내 발밑의 마룻바닥보다 부드럽고 매끄러운 것만 같았다. 의상은 검은 치마 위에 한쪽 어깨를 드러낸 블라우스였다. 그녀가 내게 의자를 권하고 자기 책상 안으로 들어갔다. 어젯밤 집에서 베아트리체가 전화로 약속을 잡을 때에는 교장도 망설였겠지만, 경험으로 보아 베아트리체한테 주저 따위가 먹힐 리 없었다.

"베아트리체가 아만다의 엄마였어야 했어요. 정말 천사시더군요."

메이 응이엠이 말했다.

"예, 알고 있습니다."

"결례하고 싶지는 않지만, 업무를 하면서 이 대화를 이어가야 할 것 같네요."

 메이 응이엠이 컴퓨터 모니터를 보더니 인상을 찌푸리며 키보드를 두 번 두드렸다.

 "예, 상관없습니다." 내가 말했다.

 "2주 전에 아만다 어머니가 전화해서 학교를 그만 두어야겠다고 했어요. 아버지를 보러 간다면서."

 "아만다가 아버지를 아는지 몰랐네요."

 메이의 검은 눈이 잠시 모니터를 떠났는데, 어두운 미소가 얼굴을 가렸다.

 "몰라요. 헬렌의 이야기는 거짓말이었어요. 하지만 부모가 아이에게 폭력성을 드러내지 않는 한(우린 그런 성향을 기록하고 있어요.) 우리로서야 믿는 수밖에 도리가 없답니다."

 "아만다가 가출했다고 생각하십니까?"

 교장은 가만히 생각해 보다 고개를 저었다.

 "가출할 애가 아니에요. 그보다는 상을 타고 또 타고, 장학금을 받고 일류대학에 들어가 크게 출세할 아이죠."

 "학교에서는 잘한 모양이군요."

 "성적이라면 그래요."

 "그밖에는?"

 그녀가 다시 모니터를 보며 한 손으로 문장 몇 개를 빠르게 타이핑해냈다.

 "뭘 알고 싶으신 거죠?"

 "뭐든지요."

 "너무 막연해요."

"듣자 하니 현실적인 아이 같더군요."
"매우 현실적이었죠."
"합리적이었나요?"
"너무나."
"취미는요?"
"예?"
"취미 말입니다. 내내 합리적인 것 외에 그 애가 좋아하는 일들도 있었겠죠."

그녀는 엔터키를 때리고 잠시 물러나 앉았더니, 잠시 후 펜으로 책상을 두드리며 천장을 올려다보았다.

"개를 좋아했어요."
"개?"
"어떤 종, 어떤 모양이든 상관없었어요. 이스트 케임브리지의 동물보호연합에도 자원했는데 봉사 행위는 졸업의 선결과제죠."
"학교생활은 어땠죠? 출신부터가 다르잖습니까. 이곳 여학생들이야 아빠의 렉서스를 몰겠지만, 그 애는 아빠 버스 통행권도 받지 못했으니까."

그녀가 끄덕였다.

"신입생 때 기억이 나는데, 몇몇 애들이 괴롭히기는 했어요. 보석이나 옷 같은 걸로 모욕을 주었죠."
"옷이라."
"오해는 말아요. 특별히 처지는 옷은 아니었으니까. 하지만 대개 갭이나 에어로포스텔이었죠. 노드스트롬이나 바니스가 아니라. 선글라스는 편의점에서 파는 폴라로이드였고요. 급우 애들은 마우이 짐, D&G였죠. 아만다의 가방은 올드 네이비……"

"다른 학생들은 구찌였겠군요."

그녀가 미소를 지으며 고개를 저었다.

"그보다는 펜디나 마크 제이콥스 쪽이에요. 아니면 쥬시 꾸뛰르. 구찌는 조금 구닥다리 취급이었죠."

"이런 졸지에 구닥다리가 되었네요."

다시 미소.

"바로 그거예요. 우리는 그 문제에 대해 농담이라도 해요. 바보 같은 짓이니까. 하지만 열다섯, 열여섯 살짜리 여학생들은?"

"죽느냐 사느냐."

"맞아요."

나는 가브리엘라 생각을 했다. 이런 세상에서 아이를 키워야 한다니.

"하지만 왕따는 그냥 끝났어요."

"그냥 끝났다?"

그녀가 고갯짓했다.

"아만다는 남이 어떤 생각을 하든 전혀 개의치 않는 보기 드문 아이였죠. 칭찬을 하든 비판을 하든, 그 애의 반응은 늘 똑같았어요. 아마도 전혀 반응이 없자 다른 애들도 아만다한테 물감 던지는 일에 물렸을 거예요." 종이 울리자 그녀가 잠시 창밖을 내다보았다 십여 명의 여학생들이 창밖을 지나갔다. "그러고 보니 처음에 실언을 했네요."

"그게 뭐죠?"

"아만다가 가출하지 않을 거라고 했죠? 예, 실제로 가출하지는 않을 거라고 믿어요. 하지만…… 에, 어떤 점에선 늘 달아나려던 것 같네요. 이 학교에 온 것도 그 때문이고, A 학점으로 도배를 한 것도 그래서였죠. 그 애는 매일 매일 자신과 자기 엄마와의 거리를 조금씩 넓히고 있었어요. 아만다가 혼자 힘으로 이 학교에 입학했다는 사실 아세요?"

내가 고개를 저었다.

"신청서를 작성하고 장학금 신청서도 제출하고 심지어 희귀하면서도 다소 모호한 정부보조금까지 응모했어요. 7학년 때 이미 사전과제 모두를 시작했는데도 그 애 엄마는 눈치도 못 챘어요."

"헬렌의 비문으로 쓰면 좋겠군요. '헬렌, 아무것도 모른 채 떠나다.'"

헬렌의 이름에 교장이 가볍게 눈을 굴렸다.

"처음 아만다와 함께 찾아왔을 때 헬렌은 정말로 화를 냈어요. 자기 딸이 장학금으로 꽤나 명성 있는 대학 예비교에 다니게 되었는데도 내 집무실을 둘러보더니 '난 공립학교만으로도 충분했어요.'라고 하지 뭐예요?"

"예, 헬렌은 보스턴 공립학교의 상징이었죠. 정말입니다."

메이 응이엠이 미소 지었다.

"재정지원, 장학금…… 제대로만 신청한다면 거의 모든 것을 부담할 수 있어요. 수업료, 교재비 모두. 아만다는 그걸 해냈죠. 하지만 기숙사, 식비 같은 생활비는 달라요. 아만다는 매 학기 그 비용을 현찰로 지불했죠. 언젠가는 그 중 40달러를 동전으로 지불했는데 도넛가게에서 모은 팁이었다더군요. 교직생활을 하는 동안 부모한테 물려받은 것 없이 그렇게 열심히 공부하면서도 결코 포기하지 않는 학생은 거의 본 적이 없답니다."

"하지만 탈선이 있었죠? 아주 최근에?"

"저로서도 이해하기 힘든 부분이었죠. 그 애는 하버드에 갈 수 있어요. 전액 장학금으로. 예일이든 브라운이든, 고르기만 하면 되는데…… 이제 정말 빨리 돌아와야 해요. 그래서 3주 동안 못 본 시험을 보고 숙제를 내고, 학점을 무결점 이상으로 돌려놓지 않으면…… 그럼 어디로 가죠? ……그 앤 달아나지 않았어요."

그녀가 다시 고개를 저었다.

"에, 불행한 노릇이군요."

교장이 고개를 끄덕였다.

"그녀가 납치당했다고 확신하기 때문이겠죠? 또다시?"

"예, 그렇습니다. 또다시."

그때 그녀의 컴퓨터에서 수신 메일을 알리는 딩동 소리가 들렸다. 그녀는 힐긋 모니터를 보더니 미미하게 고개를 젓고 나를 돌아보았다.

"전 도체스터에서 자랐어요. 사빈힐과 필즈코너 사이였죠."

"제가 자란 곳과 멀지 않습니다."

그녀가 키보드를 두 번 두드리고 물러나 앉았다.

"알아요. 선생님이 그 애를 처음 찾았을 때 마운트홀리요크 3학년이었죠. 사실 그 사건에 흠뻑 빠져서 매일 저녁 여섯 시 뉴스를 보기 위해 기숙사로 달려오곤 했답니다. 우리 모두 그 애가 죽었다고 생각했거든요. 그 기나긴 겨울과 봄까지 내내."

"기억합니다." 내가 대답했다.

차라리 잊을 수 있다면 좋으련만.

"그런데, 와우…… 선생님이 찾아내신 거예요. 그 오랜 시간이 지난 후에. 그리고 선생님이 아이를 집에 데려다주셨죠."
"그래서 어떻게 생각하십니까?"
"그 일에 대해서요?"
"예."
"옳은 일을 하신 거예요."
"오." 나는 거의 감사의 미소를 지었다.
그녀가 내 눈을 마주 보았다.
"그래도 선생님 판단은 틀렸어요."

아만다의 로커에서 교재들을 보았다. 교재는 제일 큰 책에서 작은 책 순으로 쌓아 두었고 정확히 선반 끄트머리에 가지런히 열까지 맞추었다. 레드삭스 셔츠가 문의 옷걸이에 걸려 있었는데, 군청색에 붉은색으로 가장자리를 두르고 등에는 붉은색 19번을 새겼다. 그밖에는 아무것도 없었다. 문에 붙여둔 사진도, 벽 그림도, 립글로스나 팔찌 등도 없었다.
"개와 레드삭스를 좋아하는군요." 내가 말했다.
"레드삭스는 왜요?"
"나한테 있는 사진에도 삭스 보온재킷을 입었더군요."
"이 셔츠 입은 건 자주 봤어요. 이따금 티셔츠도 입고 그 보온재킷도 입었었죠. 아세요? 저도 팬이랍니다. 2군 시스템과 테오의 최근 트레이드에 대한 논리와 억지 등등에 대해서 끝까지 논쟁할 수도 있어요."
내가 미소 지었다.

"저도요."

"하지만 아만다요? 불가능해요. 대여섯 번 대화를 유도해 봤지만, 어느 날 그 애의 눈을 들여다보고는 선발 선수 이름도 대지 못한다는 사실을 깨달았죠. 웨이크필드가 그 팀에서 몇 시즌을 뛰었는지, 심지어 이번 주에 1위 팀과 얼마나 게임 차가 많이 나는지도 모르던 걸요."

"그러니까 사이비 팬인가요?"

"더 심해요. 패션 팬이니까. 색 있는 옷을 입는 걸 좋아하죠. 그뿐이에요."

"이교도로군." 내가 중얼거렸다.

"그 애는 완벽한 학생이었어요. 아니, 완벽 그 이상이었죠. 순서를 무시하고 발표한 적도 없고 예습을 빼먹은 적도 없어요. 수업 중에 트위터나 문자 메시지를 하지도 않았고 블랙베리로 게임도 하지 않았죠."

타일러 선생은 유럽사를 가르쳤다. 나이는 스물여덟가량, 엷은 금발을 짧게 잘랐는데 흩어진 올은 하나도 없었다. 인상은 보살 핌을 받는 데 익숙한 사람 같았다.

"블랙베리가 있었나요?"

그녀가 잠시 기억을 더듬었다.

"그러고 보니 아니네요. 아만다는 낡은 보통 휴대폰이었어요. 이곳 여학생들이 블랙베리를 얼마나 많이 들고 다니는지 알면 놀랄 거예요. 신입생 포함해서. 재규어도 많답니다. 고등학교는 이제 완전히 새로운 세계예요. 모르셨죠?"

그녀는 우리가 무슨 음모라도 꾸미는 듯 상체를 내밀었다.

나는 표정을 바꾸지 않았다. 고등학교가 그렇게 달라졌는지는 모르겠다. 액세서리만 바뀐 게 아니란 말인가?

"그럼 아만다는······"

"'와아안벽' 했죠. 결석도 없고 질문에 꼬박꼬박 대답했는데 거의 대부분 정확했어요. 수업이 끝나면 집에 돌아가 예습을 하고······ 더 뭐가 필요하죠?"

"친구는요?"

"소피뿐이었어요."

"소피?" 내가 되물었다.

"소피 코를리스. 아빠가 이 지역 헬스 강사예요. 아시죠? 브라이언 코를리스라고, 이따금 5번 뉴스채널에 나와 상담도 하는데?"

나는 고개를 저었다.

"내가 보는 건 「데일리쇼」뿐입니다."

"그럼 어떻게 뉴스를 보죠?"

"신문."

"아, 그렇군요. 어쨌든, 그를 모르는 사람은 거의 없어요."

그녀가 갑자기 두 눈을 반짝이며 강조했다.

"아, 예, 그럼 딸은 어떤가요?"

"소피. 아만다와는 쌍둥이 같았어요."

"닮았나요?"

스테파니 타일러가 고개를 갸웃했다.

"아뇨, 그런데도 두 사람을 구분하기가 쉽지 않더라고요. 이상

하지 않나요? 아만다가 키가 작고 피부색이 엷은 반면에 소피는 짙은 피부에 키도 훨씬 컸는데 계속 그 차이를 의식해야 했거든요."

"둘이 가까웠습니까?"

"입학 첫 학기 첫날부터요."

"이유가 뭡니까?"

"둘 다 인습을 싫어했어요. 소피의 경우엔 본성이라기보다는 겉모습이었지만. 그러니까…… 아만다가 주변인인 이유는 다른 세상을 모르기 때문이고 그래서 다른 아이들이 존중했죠. 하지만 소피는 주변인이 되기로 선택한 거예요. 덕분에 아이들은 소피를……"

"가식적이라고 여겼겠군요." 내가 말했다.

"예, 어느 정도는요."

"그래, 다른 학생들이 아만다를 존중했다고요?"

타일러 선생이 고개를 끄덕였다.

"좋아하기도 했나요?"

"싫어하는 애는 없었어요."

"그런데?"

"실제로 아만다를 아는 아이도 없었죠. 소피 말고는. 내가 아는 한은 그래요. 그 애는 외딴 섬이었어요."

"대단한 학생이었죠. 정말로 100만분의 1? 우리가 아이들에게 바라는 모든 걸 그 아이한테서 본 걸요. 공손하고 수업태도 최고에다가 질문은 채찍처럼 날카롭기까지 했답니다. 한 번도 어긋난

행동을 하거나 사람을 곤란하게 만든 적이 없어요."

톰 다날. 거시경제학을 가르친다지만 럭비 코치처럼 생긴 사람이다.

"그 소리는 계속 듣네요. 완벽한 학생." 내가 말했다.

"맞습니다. 하지만 어떤 미친 애가 그걸 원하겠습니까?"

그가 되물었다.

"톰."

메이 응이엠 교장이 그를 나무랐으나 그가 한 손을 들었다.

"아니, 아니, 정말입니다. 아만다, 물론 좋습니다. 대단했죠. 때로는 명랑하고 행실도 발랐고요. 하지만 정작 그곳엔 아무도 없었다는 말 아시죠? 그게 그 아이예요. 작년에 미시경제를 가르쳤고 올해는 거시를 맡았는데, 예, 두 수업 모두 최고의 학생이었죠. 그런데요? 수업 외의 모습에 대해서는 드릴 말씀이 없습니다. 단 한 마디도. 사적인 질문을 하면 교묘하게 화살을 상대방한테 돌려요. 예를 들어, 요즘 어떻게 지내느냐고 물으면, '잘 지내요, 선생님은요?' 이런 식이거든요. 예, 그 아이는 늘 잘 지내고 언제나 만족하는 것 같았습니다. 정말로요. 하지만 눈을 보세요. 그럼 그 애가 우리 행동을 관찰하고 있다는 인상을 받을 겁니다. 예, 그 애는 사람들을 연구하고 사람처럼 걷고 얘기하는 법을 배웠습니다. 하지만 여전히 외부에서 들여다보는 기분이었죠."

"아만다가 외계인이라는 말씀인가요?"

"누구보다 외로운 사람이라는 말입니다."

"그 아이 친구는 어떤가요?"

내 질문에 그가 실소를 흘렸다.

"소피요? 친구는 사실 과한 표현입니다."

응이엠 교장을 돌아보자 그녀가 가볍게 어깻짓을 했다.

"다른 선생님 말씀으로는 아만다와 소피가 항상 붙어 다녔다더군요."

"그렇지 않다는 말씀이 아닙니다. 두 사람의 관계를 '친구'라고 보기 어렵다는 얘기였죠. 그보다는 「위험한 독신녀」에 가까웠죠."

"누구 쪽에서요?"

"소피. 예, 다날 선생님 말씀 때문이 아니라 소피는 분명 아만다를 우상화했어요. 아만다는 안중에도 없는 것 같았지만."

메이 응이엠이 고개를 끄덕이며 대답했다.

"그리고 아만다가 무시할수록 소피는 더욱더 그녀를 우러러봤죠."

"그게 사실이라면, 여쭤볼 게 하나 더 있습니다."

톰이 끄덕였다.

"소피가 어디 있느냐? 맞죠?"

내가 응이엠 교장을 건너다보았다.

"그만 됐어요."

내 눈이 커졌다.

"언제죠?"

"학기 초에."

"그런데 관계가 있다는 생각은 안 하시는 건가요?"

"소피 코를리스는 졸업반 진학을 포기한 거고, 아만다 맥크레디는 추수 감사절 이후에 출석하지 않았는데요?"

나는 텅 빈 교실을 둘러보았다. 이들한테 실망감을 드러내고 싶지는 않았다.

"제가 얘기할 분이 또 있습니까?"

나는 학생회관에서 아만다와 소피의 급우 일곱 명을 만났다. 응이엠 교장과 내가 중앙에 자리를 잡고 여학생들은 우리 앞에 반원 모양으로 앉았다.

"저기요, 아만다는 짱이에요." 레일리 무어였다.

"저기 어디?" 내가 물었다.

키득키득. 낄낄낄.

"어, 그러니까, 저기요……"

눈 굴림. 키득거림.

"그러니까, 짱인 거냐? '저기'인 거냐?"

아이들의 썰렁한 눈빛. 싸늘한 냉기.

"근데요, 그 애한테 얘기하잖아요? 그럼, 듣는 것 같기는 해요. 근데요, 뭐든 대답을 기다려요. 어떤 킹카한테 빠졌는지, 아이패드에 어떤 어플 쓰는지 같은 거 말이에요. 근데요, 그럼 졸라 기다려야 하거든요."

옆에 있는 학생(코랄? 크리스탈?)이 눈을 굴렸다.

"저기요, 근데요."

"졸라, 거든요."

다른 여학생의 지적에 모두 고개를 끄덕여 동의를 표했다.

"그 애 친구 소피는 어떠니?" 내가 물었다.

"우에에에엑!"

"그 왕재수 싸가지?"

"으, 소름 돋아."

"킹왕짱 스토커."

"어떠냐고 물었다."

"페이스북에서 너한테 친구 신청했다며? 대박!"

"우에에에엑!"

"소피에 대해 얘기해 주련?"

딸이 태어난 후 샷건을 살 생각도 했었다. 동네 열네 살짜리 잠재적 구혼자들을 몰아내고 싶었기 때문이다. 그런데 지금 이 여학생들의 수다를 듣고, 가브리엘라가 언젠가 저들과 똑같이 저런 진부하고 무식한 표현들을 남발한다고 생각하니 아무래도 샷건이 필요하겠다는 생각이 들었다. 이번엔 내 머리를 날려버리기 위해서다.

문명 발생 후 5000년, 알렉산드리아 도서관이 문을 열고 2300년, 전 세계의 지적 보고에 접근을 용이하게 만든 가볍고 얇은 컴퓨터가 발명된 지 100여 년……. 그런데 이 방의 여학생들을 보니, 불의 발명 이후 우리가 일군 진보라고는 지구상에 없는 외계어를 수입해 학교마다 뿌려놓은 것뿐이었다.

"그러니까 너희들 중 아무도 두 아이를 잘 알지 못하는구나." 일곱 개의 멍한 시선. "그래, 그렇다는 뜻으로 알겠다."

세상에서 제일 긴 침묵을 깨뜨린 건 약간의 불안감 정도였다.

"그 남자애 기억나니? 조 조나스 닮은 애?"

마침내 브루클린이 입을 열었다.

"맞아. 졸라 킹카였는데."

"그 남자애?"

"조 조나스. 대박."

"근데, 걔 대박 이상하지 않았냐, 응?"

"응."

"그래."

나는 그 얘기를 꺼낸 학생에게 초점을 맞췄다.

"그 남자…… 아만다의 남자친구였나?"

브루클린이 어깻짓을 했다.

"몰라요."

"그럼 네가 아는 건 뭐지?"

그 말에 여학생이 화를 냈다. 아니, 어쩌면 그냥 햇빛 때문일 수도 있겠다.

"몰라요. 사우스쇼어에서 같이 있는 걸 본 적이 있어요."

"사우스쇼어 플라자? 쇼핑몰?"

"어, 예." 그녀가 내 아둔함에 눈을 흘겼다.

"예, 근데요, 나하고 티샤, 레일리가 디젤에서 나오다 부딪쳤거든요. 근데요, 그 둘이 아무것도 안 산 거 있죠."

"그래, 아무것도 사지 않은 다음엔?" 내가 재촉했다.

그녀가 자기 손톱을 내려다보더니 다리를 꼬고 한숨을 내쉬었다.

"그밖에는?" 내가 여학생 모두에게 물었다.

묵묵부답. 이젠 멍한 표정도 짓지 않았다. 그저 손톱이나 구두, 아니면 창문에 비친 모습을 연구하기로 한 아이들 같았다.

"에, 다들 고맙다. 큰 도움이 되었구나."

"별로요." 그 중 둘이 대답했다.

현관계단에서 나는 응이엠 교장과 명함과 악수를 교환했다. 차고 부드러운 손이었다.

"고맙습니다. 큰 도움이었어요."

"도움이 되었다니 다행이에요. 행운을 빕니다."

나는 계단을 내려가기 시작했다.

"켄지 선생님."

내가 그녀를 돌아보았다. 태양이 구름 사이로 빠져나와 강한 빛을 뿜어댔다. 어젯밤 내린 눈이 시냇물을 이루고 배수로를 따라 하수구를 향해 질주했다.

응이엠 교장이 손으로 두 눈을 가렸다.

"놓친 시험이랑, 빼먹은 숙제들이요. 아이를 빨리만 찾아주시면 학적부에 누가 없도록 방법을 마련해 볼게요. 그 앤 장학금을 받고 명문대학에 가야 해요. 약속드려요."

"저도 빨리 찾아야 합니다."

그녀가 끄덕였다.

"그래서 빨리 찾을 겁니다."

"그러시리라 믿어요."

우리는 짧은 고갯짓으로 상황의 심각성을 공유했다. 그리고 그 과정에서 뭔가 다른 감정을 느꼈다. 아련하면서도 따뜻한 갈망 같은…… 애써 따지거나 분석할 필요 없는 그런 느낌이었다.

그녀가 돌아서서 학교로 들어가고 두터운 녹색 문도 닫혔다. 나는 거리를 따라 내 지프가 있는 곳으로 걸어갔다. 리모컨을 눌러 잠금장치를 푸는데 차 뒤에서 한 소녀가 나왔다.

지금 막 면담을 끝낸 일곱 학생 중 하나였다. 검은 눈은 그림자와 곱슬머리에 가리고 피부는 스티로폼만큼이나 새하얗다. 방안에 있던 학생 중에서도 유일하게 아무 말도 하지 않았건만.

"아만다를 찾으면 어떻게 할 거예요?"

"집에 데려다줘야지."

"어느 집이죠?"

"혼자 밖에서 지낼 수는 없다."

"어쩌면 혼자가 아닐 수도 있어요. 그렇게 나쁘지 않을지도 모르고."

"세상은 때때로 아주 흉측하단다."

"그 애가 사는 집, 본 적 있어요?" 그녀가 담뱃불을 붙였다.

내가 고개를 저었다.

"그럼 시간 좀 쪼개 전자레인지부터 확인해 보세요."

"전자레인지?"

그녀가 담배연기를 내뱉으며 다시 그 단어를 반복했다.

"예, 전자 — 레인 — 지."

나는 그녀의 검은 눈을 들여다보았다. 훨씬 더 검은 그림자로 에워싸인 눈.

"아만다가 친구를 집에 데려갈 아이 같지는 않은데?"

"그 집에 데려간 게 아만다라고 얘기한 적 없어요."

그 말을 이해하는 데 몇 분이 걸렸다.

"그럼, 소피하고 간 거냐?"

그녀는 아무 말도 하지 않고 윗입술 끄트머리를 씹기만 했다.

"좋아. 그럼 소피가 아직 그곳에 있냐?"

"어쩌면요." 그녀의 대답이었다.

"아만다는? 그 애는 어디 있지?"

"솔직히 나도 몰라요. 정말로."

"내가 그 애를 찾기를 원치 않으면서 왜 나한테 얘기하는 거지?"

그녀는 팔짱을 하고 왼손으로 오른쪽 팔꿈치를 받친 다음 다시 한 모금을 빨아들였다. 팔 안쪽에 희미한 분홍빛 상처가 철도 침목처럼 드러났다.

"아만다와 소피에 대한 소문을 들었어요. 추수감사절에 다섯 사람이 어떤 방으로 들어갔다는 얘기였죠. 여기까지는 이해하세요?"

"그래, 이해할 것 같다."

"그 방에서 두 사람이 죽었죠. 하지만 밖으로 나온 건 넷이었어요."

내가 키득거렸다.

"그 담배 말고 또 피우는 게 있는 거냐?"

"그냥 내 말을 기억이나 하세요."

"왜, 더 난해한 얘기라도 하려고?"

그녀가 어깻짓을 하고 손톱을 깨물었다.

"갈래요."

그녀가 나를 지나갈 때 내가 물었다.

"왜 나한테 얘기하는 거지?"

"지포가 내 친구니까요. 작년요? 그때는 친구 이상이었죠. 내 생애 최초의 친구 이상."

"지포가 누구지?" 내가 다시 물었다.

순간 무색무취의 표정이 걷히더니 아이는 아홉 살짜리처럼 보였다. 쇼핑몰에서 부모에게 버림받은 아홉 살 소녀.

"지금 장난하세요?"

"아니."

"맙소사, 아저씨 정말 아무것도 모르는군요."

그녀가 탄성을 질렀다. 갈라진 목소리.

"지포가 누구지?"

그녀가 담배를 거리에 내던졌다.

"종이 울려서 교실로 돌아가야 해요. 운전 조심하세요."

그녀가 돌아서 걷기 시작했다. 녹은 눈은 계속해서 배수로를 질주하고 하늘은 석판처럼 딱딱해졌다. 그녀가 웅이엠 교장과 같은 문으로 사라진 후에야 이름을 묻지 않았다는 사실을 깨달았다. 문은 닫혔다. 그래서 나는 지프에 타고 강을 건너 돌아왔다.

11장

 정신 사나운 여고생들과 면담하며 아침시간을 보내는 동안 PR이라는 앤지의 친구가 며칠간 오후마다 가브리엘라를 봐주는 데 동의했다. 그리하여 아내는 거의 5년 만에 수사에 합류하게 되었다. 우리는 소피 코를리스의 부친을 만나기 위해 도시 북쪽으로 차를 몰았다.
 브라이언 코를리스는 흰색의 넓은 보도와 은행나무 가로수가 즐비한 리딩 거리에 살았다. 철저히 중산층의 동네였다. 상류층에 가깝다고 볼 수 있겠으나 그렇다고 엘리트 그룹까지는 아니었다. 차고는 4대가 아니라 2대를 수용했고 자동차 또한 렉서스나 BMW 740보다는 아우디와 4러너 리미티드였다. 집들은 모두 손이 많이 간 듯했으며 크리스마스 조명과 장식들로 화려했다. 그 중에서도 코를리스 저택이 가장 돋보였다. 식민지풍의 흰집은, 검은색 덧문과 나무 창틀, 검은색 현관문이 있고 낙수홈통, 현관기둥, 난간까지 크리스마스 장식들이 점령했다. 차고 문 위에는 태양만큼 커다란 화환이 하나 걸렸다. 앞마당 잔디의 담쟁이 앞에도 아기 구유와 동방박사 3인, 마리아, 요셉, 그리고 구유 주변에 배치된 동물들을 모사한 장식까지 나와 있었다. 오른쪽에 눈사람, 요정, 순록, 산타할아버지와 할머니, 심지어 사악한 그린치의 군상도 있었는데 그건 어딘가 생뚱맞아 보였다. 지붕 굴뚝 옆에 썰매도 하나 마련하고 조명으로 'MERRY CHRISTMAS'를 켜놓기도 했다. 우편함 기둥마저 사탕지팡이였다.

진입로에 차를 댔을 때 브라이언은 차고에 세운 인피니티 SUV에서 식료품을 내리던 참이었다. 그가 대평원만큼이나 환한 미소와 손짓으로 우리를 맞이했다. 말쑥한 인상으로, 데님 옥스퍼드의 단추는 풀어헤치고 하얀 티셔츠를 깨끗하게 다림질한 바지 안에 넣었으며 고동색 캔버스 사파리 재킷은 검은 가죽 옷깃으로 마무리했다. 40대 중반의 나이임에도 완벽한 몸매로 보였는데, 당연한 일이겠다. 지난 10년간 헬스 강사와 헬스 전도사로 이름을 날린 사람이 아닌가. 뉴잉글랜드의 중소기업들을 돌아다니며 직원들의 건강관리가 어떻게 생산성을 높일 수 있는지에 대해 강연하고 책도 하나 써냈다. 『지방을 줄여라』. 책은 몇 주간 지역 베스트셀러에 올랐지만 그의 웹사이트 세 곳과 자서전을 대충 훑어본 바로는 아직 정상과는 거리가 멀어보였다. 우리는 악수를 나누었다. 그나마 대부분의 몸짱들과 달리 손아귀 힘을 과하게 쓰지는 않았다. 그는 와줘서 감사하다는 인사와 미리 마중 나오지 못해 미안하다는 사과를 함께 했다.

"교통이 여간 아닙니다. 두 시 이후엔 아예 포기해야겠죠? 도나한테 그 얘기를 했더니 '그러다 탐정님들도 돌아가시지 않을까요?'라고 묻지 뭡니까."

"부인 말씀인가요?"

그가 끄덕였다.

"예, 아내 말이 맞습니다. 제가 마중 나갔어야 했는데."

"뵙자고 한 건 우리인 걸요." 내가 말했다.

그가 손을 저었다.

"그렇지 않습니다. 딸을 찾도록 도와주시는 분들 아닙니까. 오히려 저희가 뵙자고 사정했어야죠."

그는 차고 바닥에서 식료품 보따리들을 집었다. 그래서 내가 두 개를 들고 앤지도 손을 내밀었다.

"오, 아닙니다. 제가 할 수 있습니다." 그가 말렸다.

"그러시지 않으셔도 돼요. 별 것도 아닌데요, 뭐."

"맙소사, 너무 친절한 분들이시군요. 감사합니다."

그가 인피니티 트렁크를 닫았을 때 뒤창에, 정신 나간 자들의 '9/11 테러리스트 사냥허가증' 도안이 붙어 있는 걸 보고 가볍게 치를 떨어야 했다. 물론 빈 라덴이 들러 설탕 컵을 빌리고 브라이언 코를리스가 미국을 위해 기꺼이 저 조명들을 꺼준다면야 훨씬 마음이 놓였겠으나, 9월 11일에 죽은 수천의 인명이 저 빌어먹을 도안의 핑곗거리로 전락했다는 사실엔 분노를 금할 수가 없었다. 다행히 괜한 입방정으로 문제를 만들기 전에 브라이언 코를리스가 우리를 데리고 검은 현관문 너머 200년 묵은 집 안으로 들어갔다.

우리는 화강암 소재의 부엌카운터 옆에 서서 식료품들을 냉장고와 선반에 부렸다. 지상층은 아주 최근에 완전히 개조한 터라 아직 톱밥 냄새가 진동을 했다. 200년 전의 건축가라면, 현재의 이단식 거실, 식당의 동판 천장, 또는 부엌의 서브제로 냉장고가 건물과 어울린다고 생각지는 않았을 것 같다. 창틀은 모두 새 것에 화려한 부조로 조각되었는데 그렇다 해도 어딘가 이질적인 느낌이 강했다. 거실은 온통 흰색이었다. 하얀 벤치, 하얀 깔개, 희끄무레한 벽난로, 미색 장작 바구니 안의 회백색 장작들, 그리고 한구석에 그 모두를 능가할 만큼 크고 하얀 크리스마스트리. 그와는 반대로 부엌은 짙은 색 체리우드 선반들과 짙은 화강암 카운터, 검은 화강암 타일로 이루어졌다. 냉장고와 스토브 위의 굴뚝 덮개조차 검은색이었다. 식당은 소박한 덴마크 풍으로, 깔끔한 금색의 각진 테이블이 각진 등의자에 에워싸여 있었다. 결국 너무 많은 카탈로그로 꾸민 집이 된 것이다.

브라이언 코를리스와 금발여성, 금발 아이를 찍은 액자 사진들이 벽난로, 찬장 선반, 냉장고 위에 놓여 있었다. 그들을 담은 콜라주도 벽마다 걸렸다. 사내아이는 태어나서 네 살 정도까지 성장 과정을 모두 기록한 듯했다. 금발여성이 도나 같은데, 스포츠바 호스티스나 약국 판매원 같은 인상이었다. 아, 매력적이기는 했다. 머리카락은 위스키 색이고 숱이 많았으며 치아는 상아만큼이나 밝았다. 전체적으로 성형외과를 단축번호에 입력해 두었을 듯싶었다. 대부분의 사진에서 살갗으로 빚은 소프트볼 같은 가슴을 노골적으로 드러냈으며 이마는 최근에 방부 처리한 듯 맨들맨들하고 미소는 전기충격이라도 받은 사람 같았다. 그 중 두 장, 단

두 장만 불안한 시선과 자신감이 결여된 살찐 턱의 검은 머리 소녀를 담았다. 소피.

"마지막으로 본 게 언제입니까?" 내가 물었다.

"몇 달 전이었습니다."

앤지와 내가 카운터 너머로 그를 바라보았다.

그가 두 손을 펼쳐보였다.

"예, 예, 압니다. 하지만 우리도 할 말이……" 그가 인상을 쓰다가 다시 미소를 지었다. "부모 노릇이 쉽지 않다고 해두죠. 아이가 있습니까?"

"딸 하나."

"몇 살이죠?"

"네 살입니다."

"어리면 문제도 적습니다. 크면 문제도 크죠. 부인은 어떤가요?"

그가 앤지를 향해 물었다.

앤지가 턱으로 나를 가리켰다.

"우리는 부부예요. 역시 네 살이죠."

앤지의 대답이 재미있는지 그는 슬며시 미소 짓고는, 계란 한 줄과 탈지 우유 반 갤런을 냉장고에 넣으며 나지막이 콧노래까지 불렀다. 그리고 보따리를 비운 다음 가지런히 접어 카운터 밑에 넣었다.

"그 아이도 어릴 땐 행복했죠. 매일 웃음이 터져 나왔으니까. 솔직히 말해서 그애가 저렇게 침통한 애가 되리라고는 상상도 못했습니다."

"소피가 어쩌다가…… 그런 아이가 된 거죠?" 앤지가 물었다.

그는 다음 보따리에서 꺼낸 가지를 잠시 내려다보았다.

"그 애 엄마가…… 에, 집을 나갔어요. 지금은…… 세상을 떠난 사람이지만……"

그가 가지에서 고개를 들더니 우리가 그곳에 서 있는 게 의외라는 듯한 표정을 지었다.

"그때 소피가 몇 살이었나요?"

"에, 애 엄마는 소피까지 데리고 나갔습니다."

브라이언이 가지를 야채실에 넣었다.

"소피가 열 살 때 양육권을 되찾았어요. 소피 엄마는…… 말씀 드리기가 좀 그렇군요……. 예, 약물 의존도가 점점 심해졌죠. 처음엔 비코딘, 그 다음엔 옥시콘틴. 더 이상 책임 있는 어른이 못 됐어요. 그러다가 집을 나가 다른 사람과 살기 시작했는데, 아이들이 성장하기엔 크게 부적절한 환경이었죠. 예, 정말입니다."

그가 잠시 우리를 보았는데 흡사 동의해 달라고 애원이라도 하는 듯했다.

나는 최선을 다해 고개를 끄덕이고 공감의 눈빛을 보냈다.

"그래서 양육권 소송을 냈고 결국 이겼죠."

"그 전에 소피가 얼마 동안 엄마와 지냈나요?" 앤지가 물었다.

"3년."

"3년이라……"

"그 동안 내내 소피 모친은 진통제 중독이었습니까?"

"그런 셈이죠. 에, 나중에 끊었다고 주장은 했지만…… 3년 내내 그런 식이었으니까요."

"안전하지 못한 환경이라는 건 어떤 의미죠?"

그가 따뜻한 미소를 지었다.

"별로 이 자리에서 하고 싶은 얘기가 못 됩니다만."

"좋습니다." 내가 대답했다.

"그래서 소피가 열 살 때 이곳으로 데려오셨군요?"

앤지의 질문에 그가 고개를 끄덕였다.

"처음엔 다소 어색했습니다. 6년 동안 아이의 인생에 부재한 셈이니까요. 하지만 장담합니다. 우린 돌파구를 찾아냈고 리듬을 회복했죠. 정말입니다."

"6년? 3년이라고 하지 않으셨나요?"

"아니, 아닙니다. 소피가 7살이 되었을 때 이혼하고 그 후 3년 동안 양육권 싸움을 했어요. 내가 얘기하는 6년은 그 애가 태어난 직후의 얘기예요. 나는 대부분 해외에 있었고 소피와 애 엄마만 이곳에 남았었죠."

"결국 아이와 함께 지낸 적이 전혀 없다는 말씀이군요."

앤지의 말끝이 날카로워졌다. 나로서도 달갑지 않은 말투다.

"예?" 그의 밝은 얼굴이 닫히고 어두워졌다.

"해외라고 하셨죠? 군인처럼?"

"예."

"무슨 일을 하셨죠?"

"이 나라를 지켰죠."

"당연히 그러셨겠죠. 그 점에 대해선 진심으로 감사합니다. 다만 어디에서 복무하셨는지 여쭤본 겁니다."

그가 냉장고 문을 닫고 마지막 봉지를 접어 보관했다. 그러다가 갑자기 나를 향해 특유의 온화한 미소를 마구 날렸다.

"왜요, 조국에 대한 내 공헌도를 가늠해 보시게요?"

"그럴 리가요. 그냥 질문일 뿐입니다." 내가 말했다.

잠시 어색한 시간이 흐른 후 그가 한 손을 들고는 더 커다란 미소를 지었다.

"이런, 이런, 죄송합니다. 제가 관한 얘기를 했군요. 두바이 벡텔에서 토목기사로 있었죠."

"군대에 있다고 안 하셨어요?"

앤지가 가벼운 목소리로 물었다.

"아뇨, 군인처럼이라는 파트너분의 묘사에 답했을 뿐입니다. 에미레이트에서 우리에게 우호적인 정부를 위해 일하는 건 군대에 있는 것과 같아요. 우리를 불고기로 만들어버리려는 회교성전의 절대적 타깃이니까요. 그들에게 우리는 서방의 부패와 영향을 상징하지 않습니까? 내 딸을 그런 곳에서 키우고 싶지는 않았죠."

그는 딱히 누군가를 보지도 않고 대답했다.

"애초에 왜 그 일을 맡으셨어요?"

그가 그저 운이 나빴을 뿐이라는 식의 어깻짓을 했다.

"안젤라, 나 역시 수천 번이나 반문했던 질문입니다만, 별로 자랑할 만한 대답은 얻지 못했답니다. 솔직히 무시하기엔 아까운 액수였죠. 세금혜택도 컸고. 5년간 죽어라 일하면 거액을 들고 귀국해 풍요로운 가정을 일구고 개인 트레이닝 사업도 세울 수 있었으니까요."

"예, 크게 성공하신 듯 보이네요."

오늘 나는 착한 경찰 역이다. 아첨꾼 경찰이 될 수도 있다. 먹힐 얘기라면 뭐든 씨부려주마.

그가 부엌에서 거실을 바라보는 모습이 흡사 통치할 세상을 빼앗긴 현대판 알렉산더처럼 보였다.

"예, 솔직히 1만 킬로미터 밖에 있으면서 가족을 꾸린다는 게 현명한 생각은 아니었죠. 모두 제 불찰입니다. 진심으로. 하지만 집에 돌아왔을 때 아내는 약물중독에 (어깻짓) 가치관까지 일그러져 있지 뭡니까. 자주 싸웠습니다. 셰릴이 소피에게 얼마나 파괴적인 영향을 미치는지 깨닫게 해 주고 싶었지만 실패했어요. 진실을 드러낼수록 그녀의 반발도 점점 단단해져만 갔으니까. 어느 날 돌아왔더니 빈집이더군요. (다시 어깻짓) 그 후 3년간 아버지로서의 권리를 위해 싸웠고, 결국 이겼습니다. 제가 이겼죠."

"단독 양육권인가요?"

그는 우리를 이단식 거실의 낮은 위치로 이끌었다. 브라이언과 나는 긴 의자에 앉고 앤지는 맞은편의 2인용 소파를 차지했다. 가운데 커피 탁자 위 흰색 구리 양동이에 하얀 생수병들이 가득 담겨 있었다. 브라이언이 병을 건네 우리는 하나씩 받았다. 병 라벨에 브라이언의 살빼기 책 광고가 인쇄되어 있었다.

"셰릴이 죽은 후에는."

"부인께서 돌아가시고, 에…… 그 후에 양육권을 가져오신 건가요?"

앤지가 물었다. 두 눈이 더욱 커지고 턱은 분노를 감추기 위해 파르르 떨렸다.

"예, 맞습니다. 위암에 걸렸죠. 약물 때문일 겁니다. 그런 식으로 몸을 혹사하고 언제까지나 자체 회복되기를 바랄 수는 없는 법이죠."

나는 그의 눈가에 주름은커녕 오히려 그 밖의 얼굴 피부보다 더 하얗고 탱탱하다는 사실을 눈치챘다. 밤송이 조개만 한 구멍들이 얼굴을 뒤덮은 걸 보면, 아내와 마찬가지로 그도 얼굴에 손을 댔다는 얘기다. 물론 그의 몸도 언제까지나 저절로 회복되지는 않을 것이다.

"그래서 단독 양육권을 얻으셨군요."

그가 고개를 끄덕였다.

"다행히 둘은 뉴햄프셔에 살고 있었죠. 버몬트나 이곳이었다면 모르긴 몰라도 3년은 더 싸워야 했을 겁니다."

앤지가 나를 건너다보았다. 나도 가장 밋밋한 표정으로 답했는데 그건 목덜미 털이 바짝 설 상황에 대비하겠다는 표정이었다.

"브라이언, 죄송하지만 결론으로 넘어갈게요. 우리가 지금 동성 결혼 얘기를 하는 건가요?"

그녀가 물었다.

브라이언은 검지 끝을 커피 탁자에 대고 살갗에 핑크레모네이드 색 그림자가 질 때까지 구부렸다.

"결혼은 아닙니다. 뉴햄프셔에서는 안 되죠. 하지만 예, 그런 식의 동반관계가 내 딸 앞에서 벌어지고 있었던 겁니다. 그들이 결혼 승낙까지 받았다면 양육권 소송이 얼마나 오래갔을지 누가 알겠습니까?"

"왜요?" 내가 물었다.

"예?"

"전처의 파트너가……?"

"일레인. 일레인 머로."

"일레인. 예, 일레인이 법적으로 소피를 입양했나요?"

"아뇨."

"그럼 입양 절차를 진행 중이었던가요?"

"아뇨. 하지만 급진적인 판사한테 제대로 걸리면요? 이곳에선 어려운 일도 아닙니다. 생물학적 양육권 개념 전부를 전복하려는 시험케이스로 내 양육권 회복 시도를 호도하지 않는다고 어떻게 장담하죠?"

앤지가 다시 내게 조심스러운 시선을 보냈다.

"그건 지나친 확대 해석 같은데요, 브라이언?"

그가 병뚜껑을 비틀어 열고 한 모금 크게 들이켰다.

"그래요? 에, 나한테는 아닙니다. 난 그렇게 배웠어요."

"좋습니다. 그럼 함께 산 이후로, 따님과는 그간의 앙금을 해결하고 더 이상 아무 문제가 없었나요?"

그가 물병을 내려놓았다. 그리고 잠시 아련한 기억에 얼굴이 조금 붉어졌다.

"예, 3년 정도는 괜찮았습니다. 물론 엄마의 사망과 뉴햄프셔에서의 이사 문제로 약간 문제가 있기는 했지만 대체로 아주 좋은 편이었죠. 착한 애였어요. 매일 아침 침대를 정돈하고 도나와도 잘 지냈고 학교도 아주 잘 다녔고요."

나는 그의 따뜻한 회상을 느끼며 미소를 지었다.

"두 분이 어떤 대화를 하셨나요?"

"대화?"

"예, 딸과 나는 카메라를 좋아합니다. 내 카메라는 검은색 SLR

이고 딸은 핑크색 아기디지털이죠. 그래서……"

브라이언이 몸을 조금 뒤척였다.

"그러니까…… 대화보다는 함께 뭔가를 하는 쪽이었어요. 에, 예를 들어, 도나와 함께 조깅과 요가-필라테스를 시켰는데 덕분에 두 사람 사이가 가까워졌죠. 그리고 내가 운영하는 워번의 헬스센터에도 자주 왔어요…… 내가 사업을 시작한 곳 아시죠? 바로 그곳에서 일요아침 쇼를 방송하고 통신 사업도 한답니다. 예, 딸애가 큰 도움이 되었습니다. 정말로요."

"그러다가?"

"전쟁이 일어난 거죠. 내가 검다 하면 그 애는 희다 하고 저녁에 닭요리를 내가면 갑자기 채식주의자가 되곤 했으니까요. 할 일도 대충 하거나 아예 내팽개치더군요. BJ가 태어난 후엔 완전히 통제 불능이었어요."

"BJ?"

그가 사진 속의 어린애를 가리켰다.

"브라이언 주니어."

"아, BJ." 내가 되뇌었다.

그가 나를 돌아보았다. 두 손은 무릎 위에서 맞잡았다.

"내가 엄한 아비는 못 됩니다. 그저 집안에 몇 가지 규칙을 두었을 뿐이에요. 아시다시피 규칙은 일단 지켜야 한다는 입장이지만요."

"그러시겠죠. 아이들에겐 규칙이 있어야 합니다." 내가 말했다.

그가 손가락을 접어 규칙들을 열거하기 시작했다.

"그래서, 신성모독 금지, 흡연 금지, 아빠 부재 중 남자친구 초대 금지, 마약 및 알코올 금지. 그리고 인터넷으로 뭐 하는지 아빠가 알아야 한다는 정도죠."

"아주 합리적입니다." 내가 대답했다.

"그밖에, 짙은 립스틱 금지, 망사스타킹 금지, 문신하거나 코 뚫은 친구 금지, 정크푸드, 가공음식, 소다수 금지."

"오." 내가 탄성을 흘렸다.

그는 내가 '잘한다'고 칭찬이라도 한 듯, 상체를 조금 앞으로 내밀었다.

"정크푸드는 여드름만 키웁니다. 그런데 아무리 얘기해도 전혀 듣지 않았어요. 더군다나 성분은 과잉행동 및 학교에서의 집중력 저하를 낳게 되죠. 결국 성적은 떨어지고 체중만 분 겁니다. BJ한테도 끔찍한 예였죠."

"나이가…… 세 살?" 앤지가 물었다.

브라이언이 눈을 동그랗게 뜨고 빠르게 고개를 끄덕였다.

"아주 민감한 세 살이었어요. 그런 문제가 얼마나 조기에 시작되는지 모르시죠? 전국적 비만 위기가? 그밖에도 전국적 학습위기도 고려해야죠. 안젤라, 모두 관련이 있는 거예요. 소피의 방종과 끝없는 반항기는 아들에게 끔찍한 선례일 수밖에 없습니다."

"하지만 겨우 사춘기예요. 고등학생이고. 모든 게 머리를 엉망으로 만들 나이 아닌가요?"

앤지가 항변했다.

"그건 나도 압니다. 하지만 최근의 연구 중에, 이 나라 과잉 사춘기와 발달장애가 바로 우리가 사춘기 아이들의 응석을 받아주기 때문이라는 결론도 적지 않습니다."

"부바도 데려올 걸 그랬어. 무지 재미있었을 텐데."

내가 말했다.

"예?"

"아, 죄송, 다른 생각을 하고 있었습니다."

그 방에 증인만 없었다면 앤지는 나를 쏴 죽였을 것이다.

"계속하시죠." 내가 말했다.

"예, 소피는 사춘기를 겪고 있었죠. 그건 압니다. 알고말고요. 그래도 지켜야 할 규칙은 있어야죠, 예? 그런데 그 애는 거부했고 결국 나도 분명하게 선을 그은 겁니다……. 40일 안에 5킬로그램을 빼거나 아니면 집을 나가라."

우리 발밑에서 뭔가 우르릉거렸다. 기계가 돌아가는 소리였다. 이윽고 굽도리 널에서 온기가 새는 소리도 들려왔다.

"잠깐만요. 잘못 들은 것 같은데, 다이어트 조건으로 따님의 음식과 집을 내걸었다는 말씀인가요?"

"그렇게 간단하지만은 않습니다."

그녀가 끄덕였다.

"그럼 제가 복잡한 정보를 놓친 거군요. 좋아요, 그 정보가 뭐죠, 브라이언?"

"문제는 내가 어떤 것을 거두어들인다는 얘기가……"

"음식과 집."

"예, 그래요. 내가 그런 것들을 거두어들인다고 경고한 이유가 그 애가 다이어트를 거부했기 때문만은 아닙니다. 자신의 본분을 깨닫지 못하고 우리 기대에 부응하지 않기 때문에 조건을 내건 거죠. 궁극적인 목표는 내 딸을 훌륭한 가치와 진정한 자부심을 지닌 강하고 당당한 미국 여성으로 키우는 것입니다."

"거리에서 살면 얼마나 자부심을 기를 수 있을까요?"

앤지가 물었다.

"에, 이렇게까지 되리라는 생각은 못했어요. 물론 내 오판 탓입니다."

앤지가 부엌과 현관홀을 번갈아 보며 몇 번 눈을 끔벅였다. 그녀가 가방끈을 어깨에 둘러매고 소파에서 빠져나오며 내게 무기력한 미소를 지어보였다. 입술은 단단히 깨문 채였다.

"못하겠어. 더 이상 앉아 있을 수가 없네. 밖에 나가 기다릴게, 응?"

"오케이." 내가 대답했다.

그녀가 당혹해 하는 브라이언 코를리스에게 손을 내밀었다.

"만나서 반가웠습니다, 브라이언. 창밖에서 담배 연기가 피어올라도 소방서에 전화하지는 마세요. 진입로에 나가 피울 생각이니까요."

그녀가 떠났다. 브라이언과 나는 그녀를 지켜보았다. 온기가 집 안으로 스며들고 있었다.

"담배를 피우나요?" 그가 물었다.

내가 끄덕였다.

"치즈버거와 콜라도 좋아하죠."

"그런데도 저렇습니까?"

"저렇다뇨?"

"굉장히 몸이 좋군요. 지금…… 30대 중반?"

"마흔둘입니다."

물론 그의 얼굴에 드러나는 충격에 흐뭇해했음을 부인하지는 않겠다.

"손을 본 거겠죠?"

"맙소사, 그럴 리가요. 유전자와 강렬한 에너지 덕이죠. 자전거는 열심히 타지만 그렇다고 광적일 정도는 아닙니다."

"내가 지나치다는 뜻인가요?"

"아닙니다. 그건 선생님 일이고 인생이죠. 행운을 빕니다. 천수를 누리셔야죠. 사람들은 삶의 선택과 도덕적 선택을 종종 오인하죠."

우리는 한동안 아무 말도 하지 않고 서로의 물만 마셨다.

"돌아올 거라고 생각했습니다."

그가 부드러운 목소리로 말했다.

"소피 말인가요?"

그가 자기 두 손을 보았다.

"갓난아기를 키우는 몇 년간 그 애가 그렇게 나오니까, 그런 생각까지 들더군요. 옛날식 논리로 되돌아가야겠다는…… 아시다시피, 옛날엔 애들이 불온한 생각을 품거나 과잉행동, 주의력결핍 따위로 부모를 괴롭히지 않았습니다. 섹스를 찬양하는 음악을 듣지도, 그런 대화를 나누지도 않았죠."

그 말에는 나도 모르게 인상을 찌푸렸다.

"옛날이라고 다 그렇지는 않았죠. 가서 「깨어나라(Wake Up)」, 「어린 수지(Little Susie)」, 「하운드 독(Hound Dog)」을 듣고 난 후에 옛날에 어떤 노래를 불렀는지 다시 말씀하시죠? 과잉행동, 불온한 생각? 8학년을 기억하세요? 이봐요, 브라이언, 거론되지 않았다고 존재하지 않는 건 아닙니다."

"좋아요. 그럼 문화는 어떻죠? 멍청이와 패배자들을 부추기는 저런 잡지들과 리얼리티 TV는 없었어요. 인터넷 포르노는 물론, 채팅처럼 무미건조한 얘기들을 아무런 문맥 없이 아무렇게나 서로에게 내뱉는 경우도 없었죠. 뭐든 자신이 슈퍼스타가 될 수 있을 뿐 아니라 당연히 자격이 된다는 식의 관념에 집착하지도 않았고요. 뭔가가 뭔지도 모른다는 사실도 잊고 재능이 전혀 없다는 불편한 사실도 묵살해 버리죠. 그래서요? 그래서 뭐든 제멋대로인 겁니다." 그가 갑자기 슬픈 표정으로 나를 보았다. "따님이 있다고 하셨죠? 예, 한 가지만 말씀드리죠. 우리는 절대 이기지 못합니다."

"이기지 못하다뇨? 누구 말입니까?"

"저기, 저 바깥세상 말입니다."

그가 창문을 가리켰다.

나는 그의 시선을 따라갔다. 바깥세상이 소피를 내쫓은 게 아니라는 말을 할까 했으나 그만 두었다.

"절대 못 이겨요."

그가 다시 한숨을 있는 대로 내쉬고는 긴 의자에 등을 대고 엉덩이를 들어 지갑을 찾았다. 그리고 그 지갑을 뒤져 명함 하나를 내밀었다.

아동가족부

사회복지 담당 _ 안드레 스틸레스

"소피의 담당 복지사입니다. 최근, 그러니까 열일곱까지는 도움을 받은 걸로 아는데, 지금도 만나는지는 잘 모르겠습니다. 하지만 시도는 해볼 수 있겠죠."

"소피가 어디 있다고 생각하십니까?"

"모르겠습니다."

"그래도 막연하게나마 짐작해 본다면?"

그는 지갑을 뒷주머니에 돌려놓으며 잠시 생각하는 듯했다.

"항상 있는 곳이겠죠. 친구. 켄지 씨가 찾는 아이."

"아만다."

그가 끄덕였다.

"처음에는 그 애가 소피에게 긍정적인 영향을 미친다고 생각했죠. 그러다가 그 아이의 배경에 대해 알게 되었습니다. 아주 지저분하더군요."

"예, 그랬죠." 내가 대답했다.

"지저분한 건 싫습니다. 버젓한 삶이라면 그런 식의 일탈이 끼어들 틈이 없지 않나요?"

나는 그의 순백색 거실과 새하얀 크리스마스트리를 보았다.

"지포라는 이름을 아시나요?"

그가 몇 번 눈을 깜빡였다.

"소피가 아직 그 놈을 만납니까?"

"모릅니다. 지금은 그저 실마리를 찾기 위해 데이터를 모으는 중입니다."

"그것도 일의 일부인가요?"

"그게 제 일입니다."

그가 내게 한 손바닥을 들어보였다.

"이름은 제임스 라이터예요. 지포는 별명이죠. 내가 그 자에 대해 아는 건, 단 한 번 만났을 때 마약 냄새가 나고 불량배처럼 생겼다는 사실뿐입니다. 절대 내 딸의 인생에 끼어들지 않았으면 하는 바로 그런 부류였죠. 온몸에 문신, 트렁크를 드러낸 펑퍼짐한 바지, 눈썹에 매단 고리들, 아랫입술과 턱 사이의 염소수염……. 제대로 된 인간이 아니었습니다."

그의 얼굴이 잔뜩 일그러졌다.

"소피와 아만다, 어쩌면 지포까지 어울려 다닐 만한 곳을 아십니까? 내가 모르는 장소가?"

그는 우리가 물병을 다 비울 만큼 오랫동안 기억을 더듬었다.

"아니, 잘 모릅니다." 그가 대답했다.

나는 메모첩을 열어 학교에서 기록한 내용을 확인했다.

"아만다와 소피 학교 친구 얘깁니다. 소피와 네 친구가 한 방에 들어갔다. 그 방에서 두 사람이 죽었다. 하지만……"

"오, 맙소사."

"……네 사람이 걸어 나왔다. 무슨 뜻인지 아시겠습니까?"

"예? 아니, 그럴 리가요. 도통 이상한 소리군요." 그가 긴 의자에서 일어나 한 손으로 주머니 열쇠를 딸그랑거리며 몸을 앞뒤로 흔들었다. "딸이 죽었을까요?"

나는 그의 간절한 시선을 마주 보았다.

"저도 모릅니다."

그가 시선을 돌렸다가 다시 나와 마주했다.

"아이들에 관한 한 그게 문제죠? 모른다는 것? 어느 누구도."

12장

앤지는 담배를 피우면서 411에 전화, 뉴햄프셔 엑서터의 일레인 머로 전화번호를 알아냈다. 일레인도 우리를 만나는 데 동의했다.
 뉴햄프셔까지 가는 처음 30분 동안은 아무 말도 하지 않았다. 앤지는 내내 창밖만 바라보았다. 하이웨이의 갈색 나무들은 헐벗고 어젯밤의 눈이 얼어 도로 여기저기 작은 빙판들을 만들었다.
 "커피 탁자를 뛰어넘어 그 새끼 눈을 뽑아버리고 싶었어."
 마침내 그녀가 입을 열었다.
 "당신이 지금껏 사교 무도회에 초대받지 않았다니 정말 신기해."
 내 농담에 그녀가 차창에서 고개를 돌렸다.
 "농담 아니야. 제 딸년을 쫓아내 어느 버스 정류장 벤치에서 잠들게 해놓고 '가치'니 뭐니 나발을 불어대다니. 게다가 나를 알기나 해? 누구 멋대로 '안젤라'라고 불러? 사람들이 그럴 때마다 정말로 죽이고 싶어진단 말이야. 게다가, 맙소사, 자기도 들었지. 죽은 엄마의 '크게 부적절한 환경'이라는 얘기? 뭐, 정크푸드와 「엘워드」(레즈비언의 삶과 사랑을 다룬 TV 드라마-옮긴이)를 좋아하기 때문이라고?"

"다 끝났어?"

"뭐?"

"끝났느냐고. 우리가 거기 간 이유는 실종 소녀를 찾는 데 도움이 될 또 다른 실종 소녀에 대해 알아보기 위해서거든. 그러니까, 당신도 알다시피 난 할 일을 했을 뿐이야."

"오, 자기가 그 새끼 구두라도 핥아주려는 줄 알았지."

"나도 대안은 있었어. 도덕군자처럼 그자를 면박 주는 것."

"면박 준 적 없어."

"아무튼 전문가답지 못한 처사야. 당신이 위아래로 훑어보는 느낌은 그도 알 수 있다고."

"두하멜에서 자기한테 그런 얘기 해?"

망할. 딱 걸렸군.

"그래도 당신에 비하면 난 조족지혈에 불과했다네."

"조족지혈?"

"조족지혈."

"그래서? 그냥 물러나 앉아 정서적 자녀 학대자가 제 개똥철학에 겨워 날뛰는 모습을 지켜봐야 했다고?"

"그래."

"난 못해."

"그럴 줄 알았어."

"그러니까…… 이런 거야? 이게 그런 일이야? 차라리 내 살을 철수세미로 밀어버리는 게 나을 인간들과 대화하는 일이라는 사실을 내가 까맣게 잊기라도 한 거냐고?"

"이따금 그래." 내가 그녀를 건너다보았다. "좋아…… 대부분 그래."

뉴햄프셔 경계에 접근하면서 도로가 한산해졌다. 나는 길가의 가로수들이 뿌옇게 흐려질 정도로 속도를 올렸다.

"과속 딱지로 한 해를 마감하시게?" 앤지가 물었다.

딸이 타지 않은 경우엔 항상 가속페달을 밟았다. 그건 앤지도 오래 전에 인정한 바다. 내가 그녀의 흡연을 인정하듯……아니, 그마저 내 생각에 불과했던가?

"왜 그래, 당신? 오늘 아침 뭐 잘못 먹었어?" 내가 물었다.

그 뒤에 이어진 정적이 너무 길어진 탓에 난 창문을 내릴 생각까지 해야 했다. 그리고 그때 앤지가 의자 머리받이를 뒤통수로 박고 구두코로 글러브박스를 걷어찬 다음, "그르르르르"하는 비명을 길게 내뱉었다.

"미안해. 오케이? 정말로 미안해. 당신 말이 맞았어. 전문가답지 못했어."

"미안하지만, 그 말 내 녹음기에 다시 해 줄 수 있어?"

"농담 아냐."

"나도 농담 아냐."

그녀가 두 눈을 굴렸다.

"좋아, 알았어. 사과를 받아줄게. 너무 고맙다는 인사와 함께."

"내가 망쳐버린 거야."

"아니, 안 그랬어. 그럴 뻔했지만 내가 대충 넘겼지. 잘 끝났어."

"아니, 잘못 끝났어."

"오랫동안 손 뗐잖아. 그럼 조금 녹슬 수밖에 없어."

"조금 녹슨 게 아니라 완전히 녹을 뒤집어쓴 거겠지."

"아직 하나 남았잖아. 음, 죽이는 컴퓨터 기술."

그녀가 미소 지었다.

"그래?"

"그래. 당장 블랙베리에 올라타서 제임스 라이터를 검색해 봐."

"누구?"

"지포. 어딘가 나타날지도 모르잖아."

그녀가 몇 번 키보드를 두드렸다.

"오, 나타나긴 하네. 죽은 걸로."

"정말?"

"정말. 3주 전 올스톤에서 시체로 발견되었대."

그녀가 기사를 읽어주었다. 추수감사절 직후의 주말, 제임스 라이터(18)의 시신이 올스턴의 주류점 뒤 들판에서 발견되었다. 가슴에 두 발의 총상이 있었으나 경찰은 용의자도 증인도 확보하지 못했다.

기사 중간쯤 그의 (당연하지만) 처참한 배경이야기가 등장했다. 여섯 살 때 혼자 살던 모친 히더 라이터가 그를 친구에게 맡기고 돌아오지 않았다. 오늘 날까지 히더 라이터의 행방은 묘연했고 아들 제임스는 수양가정을 떠돌며 자랐다. 마지막 위탁모인 '쭈글녀' 캐럴 루이스는 인터뷰에서, 그가 자기 차를 훔친 열네 살부터 이미 이런 식으로 최후를 맞을 줄 알았다고 했다.

"쭈글녀의 차를 훔쳐? 가슴에 총 두 발 맞을 짓을 했구먼."
내가 중얼거렸다.
"불쌍해라. 인생이 완전히……"
그녀가 적당한 단어를 고민했다.
"쥐포 신세지." 내가 마무리해 주었다.

"소피가 완벽한 아이라고 주장할 생각은 없지만, 그 애 아빠가 모든 걸 망쳐놓았어요."
일레인 머로는 헛간을 개조한 조각 작업실 한가운데 쿠션 없는 붉은 철제 긴 의자에 앉았다. 우리는 맞은편의 붉은색 스툴의자에 앉았는데 역시 철제에 쿠션도 없는 터라, 와인 병을 세워놓고 그 위에 앉은 것만큼이나 불편했다. 헛간은 따뜻했지만 조각들 덕분에 아늑한 것과는 거리가 멀었다. 다들 금속이거나 크롬이었는데, 도대체 뭘 표현하려는 건지는 알 재간이 없었다. 굳이 얘기하자면 대부분 퍼지 없는 특대형 퍼지 주사위 같았다. 전기톱 모양의 커피 탁자도 있었다. 아무튼, 내 눈엔 커피 탁자가 분명했으나, 요는 내가 현대예술을 이해 못 하고 현대예술도 나를 이해 못 한다는 사실이다. 따라서 난 그 정도에서 더 이상 고민하지 않기로 작심했다.
"아직 어린애였잖아요. 당연히 어느 정도는 말괄량이에 자기중심적이었죠. 그 애 엄마도 낭만적인 기질이 있었는데 그 점에서는 아이도 같았어요. 하지만 브라이언은 정말로 딸에 대해 털끝만큼도 관심이 없었어요. 그러다가 셰릴이 집을 나간 거죠. 브라이언의 관심은 그녀가 집에 돌아오도록 하는 것뿐이었어요. 그래야 아내한테 채였다는 소리를 듣지 않을 테니까요."

"양육권에 집착을 보이기 시작한 게 언제였죠?" 내가 물었다.

그녀가 키득였다.

"셰릴이 자기를 버리고 누구한테 갔는지 알고 나서예요. 여섯 달 동안 까맣게 몰랐거든요. 그저 여자 친구와 살고 있다고 생각한 거죠. 여자 애인이 아니라. 내 말은…… 날 봐요. 내가 평생 한 번이라도 남자랑 살아본 여자 같아요?"

그녀는 머리에 젤을 두텁게 발라 하얀 수정액처럼 바짝 세웠고, 민소매 격자무늬 작업셔츠와 짙은 색 청바지 차림에 신은 닥터마틴이었다. 일레인 머로에 관한 한, 우리가 아무리 '묻지도 얘기하지도 말라'는 정책으로 움직인다 해도, 사실 물어볼 필요도 없을 정도였다.

"내가 보기엔…… 아닌 것 같군요." 내가 대답했다.

"고마워요. 그런데 얼간이 브라이언요? 처음엔 낌새도 못 차렸죠."

"눈치를 챈 이후엔 어떻게 나오던가요?" 앤지가 물었다.

"찾아와서 미친 듯이 화를 내더군요. 셰릴한테 이러는 거예요. '셰릴, 당신이 레즈비언일 리가 없어. 절대, 용납 못 해!'"

"당연히 용납 못 하겠죠. 그래야 사실이 아닌 게 될 테니까."

앤지의 대답이었다.

"맞아요. 셰릴이 돌아가지도 않고 실제로 나와 사랑에 빠져 있으며, 더욱이 정체성 위기 문제도 아니라는 사실을 깨닫고 난 후에는…… 세상에……" 그녀가 입으로 바람을 내뿜어 두 뺨이 불룩해졌다가 다시 꺼졌다. "브라이언의 분노, 좌절감과 자기혐

"오…… 모르겠어요. 태어날 때부터 그를 갉아먹었을 감정들이 실제로 어떤 형태로 나타났는지 아세요? 생전 알지도 못했던 딸을 부도덕한 삶의 굴레에서 구해내는 도덕적 십자군이 된 거예요. 소피를 데리러 온 그 날부터 '신은 아담과 이브를 만들었다. 아담과 스티브가 아니라'고 적거나, 아니면 '반진화(反進化)'라는 단어 밑에 남자-여자, 남자-남자, 그리고 다른 그림이 나란히 그려진 셔츠를 입었는데…… 다른 그림이 뭔지 아세요?"

"남자와 가축 종류겠죠."

그녀가 끄덕이며 눈 한 귀퉁이를 닦았다.

"양이었죠. 아이 앞에서 그런 옷을 입고 우리한테 죄에 대해 설교를 하는 거예요."

거대한 콜리 잡종개가 개조 헛간 뒷문의 개구멍을 통해 어슬렁거리며 들어오더니 조각들 사이를 헤쳐 나와 일레인의 허벅지에 턱을 얹었다. 그녀가 개의 얼굴과 귀를 긁어주었다.

"결국 닥치는 대로 집어 던지더군요. 매일매일이 치열한 전쟁이었어요. 아침에 눈을 뜰 때마다 가슴이 불안감으로 가득했죠. 정말…… 무서웠어요. 혹시 성경문구로 가득한 피켓을 들고 직장에 나타나 우리를 아동학대자라며 떠들지는 않을까? 우리가 소피에게 음주와 대마초 흡연에 대해 얘기하고, 아이 앞에서 노골적으로 섹스 행각을 벌였다며 말도 안 되는 소송이라도 거는 건 아닐까? 양육권 싸움을 학살로 탈바꿈하는 데 필요한 거라고는, 실제로 아이한테 전혀 사랑이 없는 한 남자뿐이었어. 브라이언이라면, 아무리 터무니없는 거짓말이라도 만들어 소피를 세뇌시킬 수 있었죠. 이 일이 시작되었을 때 아이는 일곱 살이었어요. 겨우 일곱 살. 법정 비용 때문에 생활도 바닥이었죠. 그 자는 처음부터 승산 없는 소송임을 알았지만, 그런 식으로 우리를……"

그녀는 개의 귀를 너무 세게 긁고 있었음을 깨닫고 얼른 손을 물렸다. 손이 파르르 떨렸다.

"괜찮아요. 천천히 하세요." 앤지가 위로했다.

일레인은 고개로 감사를 표하고 잠시 눈을 감았다.

"셰릴이 처음 역류성 식도염 얘기를 했을 때 우리는 '그럴 만도 하다'고 생각했어요. 스트레스가 장난이 아니었으니까. 위암 판정을 받았을 땐 난 진찰실 앞에 서서 브라이언의 뺀질뺀질한 얼굴을 떠올리며, '와우, 나쁜 자들이 정말로 이기나 봐.'라는 생각을 했었죠. 그렇지 않나요?"

"항상 그런 건 아닙니다."

내가 대답했다. 사실 나도 믿기 어려운 대답이다.

"셰릴이 죽던 날, 마지막 숨이 꺼질 때까지 소피와 내가 곁을 지켰어요. 마침내 병원을 나섰을 땐 새벽 3시였는데, 춥고 습했죠. 그런데 주차장에 누가 기다리고 있었는지 아세요?"

"브라이언."

그녀가 끄덕였다.

"그때 표정을 영원히 잊을 수가 없네요. 입은 처지고 이마를 잔뜩 찡그린 게 크게 후회하는 사람처럼 보였으니……. 하지만 눈은요? 세상에."

"반짝반짝했겠죠?"

"파워볼 우승이라도 한 것 같더라고요. 장례 이틀 후 경찰과 함께 다시 나타나 소피를 데려갔어요."

"연락은 했나요?"

"처음엔 아니에요. 아내를 잃고 그 다음엔 딸처럼 생각한 아이를 잃었어요. 브라이언이 소피한테 전화도 못 하게 했죠. 그 애에 관한 한 난 아무런 법적 권한이 없어요. 두 번쯤 보스턴의 아이 학교로 차를 몰고 가서 휴식시간에 만났더니 그 자가 금지명령을 때리더군요."

"마음을 바꿨어요. 그 개자식한테 더 솔직히 대할 걸 그랬나 봐요. 아까 이빨을 모조리 박살내버리는 건데."

앤지가 한숨을 내쉬었다.

일레인이 씁쓸한 미소를 지었다.

"언제든 그렇게 해 주세요."

앤지가 손을 내밀어 그녀의 손을 다독였다. 일레인은 아내의 손을 어루만지며 여러 번 고개를 끄덕였다. 눈물이 그녀의 청바지 위로 흘러내렸다.

"소피는 열네 살 때쯤 내게 다시 연락을 해왔어요. 이미 너무나 혼란스러워하는데다 분노와 상실감에 가득 찬 터라, 정말로 다른 아이와 얘기하는 기분이더군요. 위선자 아빠와 은근짜 계모, 거기에 소피를 미워하는 왕재수 이복동생과 살잖아요. 결국 내가 화풀이 대상이 된 거예요. 왜 보냈어요? 왜 엄마를 죽게 내버려둔 건대요? 다른 주로 이사해서 엄마와 정식으로 결혼할 수도 있었잖아요. 그랬다면 입양도 가능했을 것 아니에요. 애초에 왜 둘이 사귄 거죠?" 그녀가 답답한 듯 크게 숨을 삼킨 다음 파르르 떨며 내뱉었다. "너무 가혹했어요. 겨우 아문 생채기를 마구 잡아 뜯는 기분이었으니. 한참 후엔 아이 전화도 거부했어요. 저지르지도 않은 범죄에 대한 분노와 비난을 감당할 수가 없었거든요."

"자책하실 필요 없습니다." 내가 말했다.

"말은 쉽죠. 한 번 당해보세요." 그녀가 투덜댔다.

"그럼 한참 동안 소식을 못 들었나요?" 앤지가 물었다.

일레인은 앤지의 손을 마지막으로 다독인 다음 놓아주었다.

"지난 해 두 번 정도. 늘 취해 있더군요."

"취해요?"

그녀가 나를 보았다.

"말 그대로예요. 나도 끊은 지 10년이지만 취한 사람과 얘기할 때면 알 수 있어요."

"뭐에 취한 거죠?"

그녀가 어깻짓을 했다.

"상급 마약일 거예요. 수다 떠는 게 코카인중독자처럼 위태로 웠으니까. 코카인이라는 얘기는 아니지만, 약효가 강한 종류는 분명해요."

"지포 얘기도 하던가요?"

"예, 남자 친구. 잘 생긴 모양이더라고요. 또 러시아 무리와 연줄이 있다며 자랑스러워도 했어요."

"러시아 조폭들 말인가요?" 앤지가 물었다.

"내 짐작에는요."

"맙소사. 아만다 맥크레디는 어떻습니까? 그 애 얘기도 했나요?"

내가 물었다.

일레인이 휘파람을 불었다.

"여신? 우상? 소피가 원하는 모든 것? 만난 적은 없지만 마치…… 열여섯 살짜리 여신 같더군요."

"우리가 받은 인상도 그렇습니다. 소피가 지도자를 갈구하는 타입인가요?"

"누구나 그렇지 않나요? 누군가 나타나 어떻게 하고 뭐가 되라고 말해주기만 일평생 기다리죠. 사람들은 지도자를 원해요. 정치가, 배우자, 종교지도자 어느 쪽인지는 몰라도 사람들이 살면서 정말로 바라는 건 찬란한 별뿐이죠."

"그래서 소피도 자신의 별을 찾은 건가요?" 앤지가 물었다.

일레인이 자리에서 일어났다.

"예. 그건 분명해요. 그 애가 나한테 전화하지 않은 건…… 7월 경부터였어요. 조금이나마 도움이 되고 싶었건만."

우리는 당연히 그랬을 거라고 확인해 주었다.

"와주셔서 고마워요."

"대화에 응해 주셔서 감사합니다."

우리는 악수를 나누고 그녀와 개를 따라 헛간을 빠져나온 후 더러운 통로를 따라 우리 차로 돌아왔다. 헐벗은 나무 위로 어스름이 내려앉았다. 바람에선 소나무와 비, 썩어가는 낙엽 냄새가 났다.

"소피를 찾으면 어떻게 하실 거죠?"

"내 임무는 아만다를 찾는 겁니다."

"그럼 소피를 집에 데려다 줄 의무는 없는 건가요?"

내가 고개를 끄덕였다.

"소피는 벌써 열일곱입니다. 내가 원한다 해도 불가능한 일이죠."

"어쨌든 원하지 않으시죠?"

앤지와 내가 동시에 대답했다.

"당연하죠."

"그 애를 찾으면 부탁 하나 들어 주실래요?"

"말씀하세요."

"그 애가 머물 곳이 있다고 전해주세요. 언제라도. 마약을 했든 하지 않았든, 화가 났든 말든. 더 이상 내 감정 걱정은 하지 않을 거예요. 오직 그 애가 무사하기만을 원해요."

그녀와 앤지가 서로를 끌어안았다. 서로 형제처럼 끌어안는데 이골이 난 사내들조차 어색해해 하는 여성들 특유의 자연스러운 포옹이었다. 지금도 이따금 앤지에게 그 얘기를 한다. 나는 당시의 포옹을 필생의 포옹, 또는 '오프라 허그'라고 부르지만 그 포옹을 강화하는 불순한 감정 따위는 존재하지 않았다. 그건 그저 서로의 마음을 확인하고 인정하는 행위였다.

"소피도 고마워할 거예요." 앤지가 말했다.

일레인이 어깨를 들먹이며 조용히 흐느꼈다. 앤지는 그녀의 머리를 끌어안고 마치 우리 딸을 대하듯 다독여주었다.

"예, 그럴 가치가 있는 애니까요."

13장

 안드레 스틸레스를 만난 곳은 판스워스 거리의 아동가족부 사무실 앞이었다. 우리 셋은 가볍게 눈발이 흩날리는 시포트를 따라 슬리퍼 가의 선술집으로 향했다.
 자리를 잡고 종업원에게 주문을 마친 후 내가 먼저 입을 열었다.
 "갑작스러운 연락에도 만나주셔서 다시 한 번 감사드립니다, 스틸레스 선생님."
 "제발 선생님은 빼주세요. 그냥 드레라고 부르시면 됩니다."
 그가 말했다.
 "드레."
 서른일곱 아니면 서른여덟. 짧은 갈색머리에 관자놀이와 염수 수염 가장자리를 따라 희끗거리는 새치. 공무원치고는 고급 옷이었다. 검은 면크루넥, 그리고 갭 수준을 훌쩍 뛰어넘는 군청색 청바지에 붉은 안감의 검은색 캐시미어 외투를 걸쳤다.

"그래, 소피 얘기라고 하셨죠?" 그가 물었다.

"예, 소피."

"그 애 부친을 만나셨고요."

"옙." 앤지가 대답했다.

"어떻게 생각하십니까?"

종업원이 마실 것을 가져왔다. 그는 잔에서 레몬 조각을 빼내 보드카토닉을 저은 다음 레몬은 젓는 막대 옆에 내려놓았다. 섬세하고 단호한 손놀림이 마치 피아니스트 같았다.

"대단한 양반이죠?"

"대단하다는 게 단단한 대가리라는 뜻이라면 예, 딱 그렇습니다."

앤지가 웃으며 와인을 조금 들이켰다.

"미화하지 말아요, 드레." 내가 부탁했다.

"제발요." 앤지가 거들었다.

그는 술을 홀짝이고 얼음 조각을 씹었다.

"내가 다룬 아이들 중 대부분이 애들 문제가 아니었어요. 다만 아버지 로또에서 재수 없게 개자식이 걸린 거죠. 아, 엄마일 수도 있겠죠. 나야 두 분 앞에서 위선만 떨면 그만이지만 솔직히 하루 종일 그 짓만 하는걸요."

"저희도 그건 원치 않습니다. 어떤 말씀이든 크게 도움이 될 겁니다."

"사립탐정 일은 얼마나 하셨습니까?"

"전 5년 동안 안식년이었어요." 앤지의 대답이었다.

"언제까지죠?"

"오늘 아침까지." 그녀가 대답했다.

"그립던가요?"

"그랬던 것 같아요. 잘 모르긴 하지만."

"패트릭은요? 얼마나 하셨습니까?"

"너무 오래 했습니다. 스물세 살부터였으니까."

너무 오래 했다는 말에는 나조차 가슴이 아렸다.

"다른 일을 해보실 생각도 하셨나요?"

"요즘에는 점점 더 그런 생각만 하는걸요. 드레는?"

그가 고개를 저었다.

"여기가 두 번째 직업입니다."

"그 전엔 무슨 일을 하셨죠?"

그는 술을 마저 마시고 종업원의 눈을 붙들었다. 나는 아직 스카치 반이 남았고 앤지도 와인 3분의 2가 그대로였다. 그가 자기 잔을 가리키고 종업원에게 한 손가락을 들어보였다.

"그 전엔 의사였습니다. 믿기 어렵겠지만."

갑자기 그의 섬세한 손이 이해되었다.

"의사가 사람 구하는 직업이라고 생각하시겠지만 결국 다른 일과 마찬가지로 매상 문제입니다. 재화와 용역을 예로 들어 최저가에 얼마나 우수한 서비스를 제공할 수 있겠습니까? 환자들을 처방하고, 내쫓고, 기회가 있을 때마다 더 비싼 치료로 유혹하고……"

"이젠 더 이상 위선자가 아니시겠네요." 앤지였다.

그가 키득거릴 때 종업원이 술을 가져왔다

"불과 10킬로미터 반경의 병원 네 곳에서 해고당했죠. 불복종으로. 대단한 기록입니다. 갑자기 이 도시에선 어느 병원도 날 원치 않더군요. 물론 베드포드 같은 곳으로 이사할 수도 있겠지만 난 이 도시를 사랑합니다. 어느 날 깨어나니 내 인생이 역겹더라고요. 도대체 내 삶을 갖고 무슨 장난을 친 거죠? 더 이상 아무런 신념이 없더군요. (어깻짓) 이틀 후 아동가족부에서 사회복지 인력을 구한다는 광고를 보았고 덕분에 여기까지 온 겁니다."

"옛날이 그리워요?"

"가끔요. 아주 가끔. 별로 아쉽지 않습니다. 그건 역기능관계 같은 겁니다. 물론 좋은 점도 있겠죠. 아니면 애초에 왜 의사가 되려 했겠습니까? 하지만 대부분 내 인생을 좀먹었습니다. 지금은 규칙적인 시간이 있고 자랑스럽게 일하고 밤엔 아기처럼 잠도 잘 잡니다."

"소피 코를리스의 문제도 다루셨죠?"

"공개적으로는 아닙니다. 나를 찾아와 도움을 청하기에 도우려 했을 뿐이에요. 정말 불쌍한 아이였죠."

"학교를 그만 둔 이유가 뭡니까?"

그가 미안하다는 몸짓을 했다.

"죄송합니다."

"도무지 그 애의 정체를 알 수 없어서 그럽니다." 내가 말했다.

"정체가 없으니까요. 소피는 그런 아이였습니다. 특별한 능력도, 야심도, 자아에 대한 의식도 전혀 없이 사춘기에 접어들었죠. 결함이 많다는 사실을 알 만큼은 똑똑했지만 그게 뭔지 알지는 못했습니다. 사실 안다고 해도 뭘 어쩌겠습니까? 어느 대상에 열정을 쏟을지 결정하는 것도, 미래를 구상하는 것도 불가능했는걸요. 소피는 소위 주변인이에요. 경계를 떠돌며 누군가 나타나 어디로 가라고 말해주기를 기다리는 거죠."

"아만다라는 친구를 만난 적이 있어요?" 앤지가 물었다.

"아, 아만다." 그가 탄성을 흘렸다.

"만났군요."

"소피를 만나면 아만다도 만나게 됩니다."

"예, 그렇다고 들었습니다." 내가 말했다.

"아만다를 봤습니까?

"오래 전부터 알고 있었죠. 그 애가……"

그가 갑자기 의자를 살짝 뒤로 밀어냈다.

"호, 90년대에 그 애를 찾아내신 분이군요. 그렇죠? 맙소사, 어째 이름이 귀에 익다 했습니다."

"딩동댕."

그는 기가 막힌 듯 고개부터 저었다.

"그런데, 또 찾아 나서신 겁니까? 대단한 아이러니군요. 에, 그때는 어땠는지 모르겠지만 지금이라면…… 아만다는 정말로 기가 막힌 아이입니다. 지나칠 정도로요. 나이를 막론하고 그렇게 냉정한 사람은 본 적이 없습니다. 환갑이 지나도 자기 확신은 드문 경우에 속하지 않나요? 그런데 기껏 열여섯 나이에 아만다는 자신이 누구인지 정확히 알고 있어요."

"누구죠?"

"예?"

"수많은 사람들로부터 아만다가 기막히다는 얘기를 들었습니다. 지금은 또 자기 자신을 정확히 알고 있는 아이라는군요. 내 질문은…… 도대체 그 애 정체가 뭐죠?"

"필요하다면 누구든 될 수 있습니다. 적응력의 화신이죠."

"소피는요?"

"소피는…… 유순하기만 해요. 무리의 일반적인 사고에 다가갈 수 있다면 어떤 철학이든 따를 아이입니다. 아만다는 무리가 원하는 대로 얼마든지 적응할 아이죠. 그리고 무리를 떠나자마자 툴툴 털어 내버리는 겁니다."

"그 아이한테 꽤나 감탄하셨나 봅니다."

"뭐, 감탄까지는 아니라도…… 인상적인 아이임은 분명하죠. 그 애를 흔들거나, 의지를 꺾을 상대는 이 세상에 없습니다. 겨우 열여섯 살인데 말입니다."

"대단하군요. 지금껏 대화한 사람 누구든, 그 애가 얼빠졌다거나 따뜻하다거나, 아니면 산만하다는 얘기를 듣고 싶었건만."

"아만다와는 거리가 먼 얘기들이군요."

"그런 모양이네요."

"지포라는 아이는 어떤가요? 들어보셨습니까?"

"소피 남자친구. 본명이 그러니까…… 데이비드 라이터였던가요? 아니면 대니얼? 그 친구는 잘 모릅니다."

"소피를 마지막으로 본 게 언제입니까?"

"2주 전. 아니면 3주쯤 됐습니다."

"아만다는?"

"비슷합니다."

"그럼 지포는?"

모르도바의 리듬 앤 블루스 **187**

그가 술을 마셨다.
"맙소사."
"예?"
"그 아이도 3주 전이었어요. 그런데 모두……"
그가 우리를 보았다.
"증발했죠." 앤지가 대답했다.

우리 딸이 라이언 놀이터 중앙의 정글짐에 올라갔다. 해가 진 후로 눈이 내리고 있었다. 정글짐 아래는 30센티미터 깊이의 모래가 깔려 있지만 그래도 난 아이 근처에 손을 대기했다.
"이봐요, 탐정님." 앤지가 불렀다.
"왜 그러십니까, 부탐정님?"
"오, 내가 부탐정이야? 와우, 대단한 유리천장이네."
"일주일 동안만 부탐정 해. 그 다음에 진급시켜줄게."
"무슨 근거로?"
"확실한 사례조사와 소등 이후의 특별한 창의성."
"그건 성희롱이야."
"지난 주 그 성희롱 때문에 자기는 이름까지 까먹었잖아."
"엄마, 왜 이름을 까먹어? 머리를 때렸어?"
"잘 한다." 앤지가 내게 으르렁거렸다. "아냐, 엄마 머리 안 때렸어. 하지만 조심하지 않으면 너도 머리를 다칠 수 있어. 손 잘 잡고. 얼음이 얼었으니까."
딸아이가 나를 보며 눈을 굴렸다.
"대장님 말씀 잘 들어." 내가 말했다.

"그래, 오늘 뭘 알아냈지?"

가브리엘라가 다시 정글짐을 오르자 앤지가 물었다.

"소피가 경찰에 신고하고 아만다라 주장했을 가능성. 아만다는 아주 냉철하고 냉정하지만 소피는 아니야. 어떤 방에 다섯 명이 걸어 들어갔는데 둘이 죽고 넷이 나왔다는 사실도 알았지. 무슨 뜻인지는 몰라도. 그밖에는 이 세상에 지포라는 이름의 아이가 하나 있고, 아만다는 유괴당했을 가능성이 있어. 학교에 그렇게 많은 것을 남겨놓고 달아날 아이가 아니라는 게 중론이기 때문이지." 내가 앤지를 건너다보았다. "보고 끝. 당신 추워?"

그녀가 떨며 이를 딱딱 부딪쳤다.

"애초에 난 집을 나올 생각이 없었어. 어떻게 우리 아이가 에스키모인이 된 거지?"

"아일랜드 유전자."

"아빠, 나 잡아 봐." 가브리엘라가 외쳤다.

2초 후 아이가 정글짐에서 몸을 던져 나는 두 팔로 아이를 받았다. 딸은 귀마개를 했고 후드가 달린 핑크색 오리털외투를 입었다. 그 안에도 보온레깅스를 포함해 네 겹의 속옷을 껴입었기에 아이의 작은 몸은 마치 코투리 안의 완두콩 같았다.

"네 뺨도 차갑다." 내가 말했다.

"아냐, 안 차가워."

나는 아이를 어깨에 태우고 발목을 잡았다.

"음, 오케이. 그런데 엄마가 춥대."

"엄마는 맨날 추워."

"엄마가 이태리 사람이라 그래."

놀이터를 빠져나가며 앤지가 말했다.

"챠오. 챠오. 챠오. 챠오." 가브리엘라가 놀렸다.

"PR이 내일 아이를 못 봐준대. 치과 간다고. 그래도 모레, 글피는 가능하댔어."

"잘 됐네."

"그럼 내일은 뭐 할 거야? 얼음 조심해."

횡단보도에 얼음 언 곳이 있었다.

"모르는 게 좋아."

14장

현재 드러난 헬렌 맥크레디의 거주는, 최근까지 딸을 키우며 구차하게 살았던 도체스터 3층 주택건물과는 천양지차였다. 그녀와 케니 헨드릭스는 노팅엄힐의 셔우드포레스트 드라이브 133호에 살았다. 폭스보로 1번 국도에서 3킬로미터 정도 벗어난 폐쇄적인 부촌이다. 내가 폭스보로에 대해 아는 건, 패트리어트 팀이 그곳에서 매년 8회의 경기를 치르고, 또 렌담 아웃몰에서 그리 멀지 않은 위치라는 정도다. 얻을 수 있는 정보도 그 두 가지뿐이었다.

폭스보로는 또한 거창한 이름의 맨션 공동체 대여섯 곳이 몰려있는 본거지이기도 했다. 노팅엄힐로 가는 도중에도 베드포드 폭포, 주니퍼 샘터, 폭풍의 언덕, 향기 목장 등의 부촌을 지나쳐야 했다. 이미 말했듯 모두 대문으로 막아놓은 부촌들이나 대문이 왜 필요한지는 이해가 가지 않았다. 폭스보로는 범죄율이 거의 제로에 가까운 곳이다. 경기가 있는 날 주차공간이 아니라면 그 사람들이 도대체 뭘 훔치려 들겠는가. 바비큐 장비나 잔디깎기가 갑자기 품귀현상이 벌어질 것도 아닌 다음에야.

노팅엄힐의 대문은 문지기가 없는 탓에 충분히 통과가 가능했다. 수위실 표지판에 '낮 시간에는 보안을 위해 *958을 입력하세요'라고 적혀 있고 차 두 대가 수위실을 길게 막아섰다. 주도로인 로빈후드 가로수 길은 두 갈래로 갈라졌다. 왼쪽 길의 화살표 네 개가 각각 록슬리 길, 터크 테라스, 스칼렛 거리, 그리고 셔우드포레스트 드라이브를 가리켰다. 길은 곧게 뻗었는데 눈앞에 보이는 건 예상대로 쿠키커터로 똑같이 잘라놓은 중산층 구획분할처럼 보였다.

오른쪽 화살표들은 아처 애비뉴, 리틀존 길, 요크셔 가도, 그리고 하녀 마리안의 공회당을 가리켰으나 길 끝에는 모래 둔덕들만 몇 개 보였다. 그 중 하나엔 백호 굴착기까지 올라가 있었다. 노팅엄힐의 개발 붐 와중에 한 풀이 꺾인 모양이었다.

나는 왼쪽 길을 따라가다가 막다른 길에서 셔우드포레스트 드라이브 133호를 찾아냈다. 부근의 뒷마당들은 하녀 마리안의 공회당이 들어설 곳의 둔덕들과 마찬가지로 햇볕에 익은 모래였다. 131호와 129호는 아직 사람이 들지 않고 톱밥으로 얼룩진 건축허가서들만 창문에 매달려 있었다. 그래도 앞마당 잔디밭은 빈 집까지도 푸르렀다. 건축회사의 누군가가 여전히 관리를 하고 있다는 뜻이겠다. 나는 천천히 막다른 길을 돌며 헬렌과 케니의 창문에 모두 커튼이 드리워 있음을 확인했다. 북쪽, 남쪽, 서쪽. 뒷마당 모래둔덕을 향해 나 있는 동쪽 창은 아직 확인이 불가능했으나,

그곳 역시 커튼이 처져 있을 것이다. 거리로 돌아오는 길에, '매물'이라는 표지판을 두 개 더 보았다. 그 중 하나는 '급매. 가격 절충 가능'이라고 적혀 있었다.

나는 터크 테라스로 질러간 다음 또 다른 막다른 길 끝의 미완성 농장 옆에 차를 세웠다. 오른쪽과 왼쪽 집은 마무리까지 끝났지만 빈집이기는 마찬가지였다. 잔디와 관목은 최근에 심은 듯, 12월에도 토끼풀 밭처럼 푸르렀으나 진입로는 여전히 비포장 상태였다. 나는 133호 터크 테라스의 미완성 방목장을 뚫고, 나무 말뚝들과 파란 실로 모래 위에 구획표시를 해둔 뒷마당 터를 가로질러, 이내 헬렌과 케니의 집 뒤에 섰다. 이태리식 이층집. 전형적이고 획일적인 저택은 미완의 뒷마당까지도 부엌의 화강암 카운터 상판 냄새와 중앙욕실의 온수욕조 냄새가 났다.

그 집을 제대로 조사하기 위해 필요한 방법을 마흔 가지는 생략했을 것이다. 나는 고관절 기형의 바셋하운드가 덤벼들 정도로 건물 앞쪽 주변을 천천히 운전했다. 자동차를 가까운 곳에 주차했다. 한 블록 건너이긴 해도 가깝기는 마찬가지였다. 더욱이 탁 트인 공간을 통해 접근한 데다 밤도 아니지 않은가. 그러니까, '이 봐요, 현관문 열쇠 좀 빌려줘요.'라고 쓴 광고판을 들고 문 앞에 서 있는 것 빼고는 더 이상 눈에 잘 띨 수가 없었다는 얘기다.

따라서 이제 집 안의 누군가가 나를 측량기사나 내장목수로 알도록 곧바로 집을 지나쳐 재빨리 집으로 달아나는 게 상책이었을 것이다. 대신에 아직은 행운이 내 편이라고 마음을 정했다. 오후 2시이건만 단지에 들어선 이후 지금껏 한 명도 보지 못했다. 재수를 믿는 게 어리석기는 했지만, 어차피 우리는 누구나 혼잡한 거리를 건널 때마다 행운에 목숨을 걸고 있다.

다행히 내 행운은 여전히 유효했다. 유리 미닫이문 정도면 가브리엘라도 통과할 정도였다. 하물며 비록 녹슬기는 해도 가택침입 기술까지 있지 않은가. 나는 열쇠꾸러미 병따개와 신용카드로 자물쇠를 따고 부엌으로 들어갔다가 잠시 서서 경보음을 기다렸다. 소리는 없었다. 나는 뛰다시피 카펫 계단을 통해 이층으로 올라갔다. 나는 침실을 모두 훑어 아무도 없음을 확인한 후 다시 아래층으로 내려왔다.

거실에는 컴퓨터가 아홉 대나 되었다. 가장 가까운 컴퓨터에는 BCBS, HPIL이 적힌 분홍색 스티커가 붙어 있고 다음엔 BOA, CIT가 적힌 노란색 스티커였다. 첫 번째 키보드를 건드리자 모니터가 부드럽게 켜졌다. 잠시 태평양 스크린세이버가 보이더니 화면은 연두색이 되고 「개구쟁이 아놀드」 등장인물 4인의 두상으로 만든 애니메이션이 스크린 가득 춤을 추었다. 이내 윌리의 머리 옆에 말풍선이 나타나고 커서가 깜빡였다. 아놀드가 "웬 개소리냐, 월리스?"라고 묻자, 킴벌리가 두 눈을 굴리며 궐련에 불을 붙였다. "비밀번호, 짜샤!" 그리고 드루먼드 씨의 머리 위 생각풍선 안에 스톱워치가 등장하더니, 킴벌리가 스트립댄스를 추고 아놀드가 경비원 복장으로 갈아입고 월리스가 컨버터블에 올라타자마자 스톱워치와 충돌했다. 스톱워치는 불길에 휩싸이고 드루먼드의 머리 위 시계가 폭발하더니 모니터가 까맣게 변했다.

나는 앤지에게 전화했다.

"「개구쟁이 아놀드」의 등장인물 전부?"

"그 말을 들으니까 생각난 건데, 개럿 부인은 없었어."

"그럼 「삶의 현실」*이었을 거야. 거기 뭐가 있는데?"
그녀가 물었다.
"비밀번호가 필요한 컴퓨터. 모두 아홉이야."
"암호가 아홉 개라고?"
"컴퓨터 아홉 대."
"가구도 없는 거실에 웬 컴퓨터가 그렇게 많대? 아만다의 방은 찾았어?"
"아직."
"거기 컴퓨터가 있는지 확인해 봐. 아이들은 비밀번호 같은 거 잘 안 거니까."
"오케이."
"접속하면 나한테 IP주소와 받는 서버, 보내는 서버를 알려줘. 아무리 컴퓨터가 많다 해도 대개는 서버 하나만 쓰거든. 해킹은 내가 못해도 능력자를 알고 있어."
"온라인으로 바람도 피워?"
전화를 끊고 나는 위층 침실로 올라갔다. 헬렌과 케니의 침실은 기대대로였다. 밥스 가구 경대와 주름진 천으로 덮인 궤, 바닥의 박스스프링, 협탁은 없고 침대 옆에 빈 맥주 캔 몇 개, 그리고 다른 쪽엔 빈 잔들이 끈끈한 찌꺼기를 남긴 채 뒹굴었다. 재떨이도 여기저기 보이고 바닥 카펫은 얼룩 투성이였다.
나는 중앙 욕실을 지나며 욕조를 보고 씩 웃어주고는 다음 침

---

* 「개구쟁이 아놀드」의 새 가정부 개럿 부인은 후에 자신의 시리즈 「삶의 현실」에도 등장한다.

실로 들어갔다. 깔끔한 방이었다. 인조 호두나무 경대 및 장롱, 침대와 협탁이 모두 비싸지는 않아도 적절하고 모양도 좋았다. 경대에는 아무것도 없고 침대는 잘 정돈되었다. 벽장은 20여 개의 빈 옷걸이들이 가지런한 간격으로 걸려 있었다.

아만다의 방. 그녀는 옷걸이와 침대 시트 외에는 아무것도 남겨두지 않았다. 벽에는 조시 베켓의 사인이 든 레드삭스 셔츠 액자와 평범한 강아지 달력이 걸려 있었다. 그녀에게서 볼 수 있는 최초의 감상적 특징이었다. 그게 아니면 처음부터 지금까지 그녀를 추적하면서 얻었던 칼 같은 냉철함이 역시 이곳을 지배했다.

복도 맞은 편 침실은 달랐다. 그 방은 누군가 믹서기에 넣고 작동 버튼을 누른 다음 뚜껑을 열어두기라도 한 것만 같았다. 침대 밑으로 이불, 담요, 청바지, 스웨터, 셔츠, 데님 재킷, 7부 바지 등이 마구 어지러웠고, 경대는 열린 서랍과 화장거울을 자랑했다. 소피는 사진들을 거울의 왼쪽과 오른쪽, 유리 밑에 끼워 두었다. 사진 몇 개는 십대 후반의 사내로 필경 지포가 분명했다. 대개 삭스 모자를 옆으로 돌려썼는데 수염이 귀에서 귀까지 이어져 흡사 모자 턱 끈처럼 보였다. 아랫입술과 턱 사이에도 같은 색의 수염을 길렀다. 목덜미는 문신들로 덮이고 양쪽 눈썹에 은고리가 비어져 나왔다. 대부분 소피를 안은 사진인데, 그 모두에서 그는 맥주 캔이나 붉은 플라스틱 컵을 머리 위로 쳐들었다. 소피는 활짝 미소를 지었으나 가식적인 느낌이 강했다. 마치 사람들이 그 경우 그렇게 웃을 것임을 계산해서 그대로 따라 하는 것 같은. 눈이 빛에 민감한지 사진 모두 살짝 사팔뜨기처럼 보였다. 미소마다 작은 치아가 불안한 듯 드러났다. 어느 모로 보나 행복과는 거리가 멀어 보였다. 사진들 위아래로 오래 전의 클럽 엽서들도 보였다. 대부분 봄과 초여름이고 모두 21세 이상 출입 가능 클럽들이었다.

소피는 21세 이상의 표정을 개발한 듯했지만, 턱 아래쪽에 번데기처럼 매달렸거나 광대뼈를 덮은 젖살까지 어쩔 수는 없었다. 미성년자임을 알고도 클럽은 그녀를 들여보냈을 것이다. 대부분 그녀와 지포가 함께 찍힌 사진이었다. 다른 여자 친구들과 찍은 것도 두 장이 있는데 내가 아는 인물도 없고 아만다도 없었다. 다만 두 장 모두 소피의 왼쪽 어깨 일부를 잘라냈는데, 바로 누군가의 어깨에 닿았을 부위였다.

나는 방안을 뒤져 정체불명의 알약을 몇 개 찾아냈는데 라벨마다 대체의약 표시가 있었다. 나는 드로이드 휴대폰으로 찍은 후 조사를 이어갔다. 팔찌도 여러 개 보였는데 팔찌 중독증에 걸렸거나 특별한 목적이 있음을 의심케 할 정도로 많았다. 나는 팔찌들을 자세히 살폈다. 대부분이 벽장 윗 선반에 무더기로 쌓여 있지만 몇 개는 어지럽게 흩어진 채였다.

나는 침대커버를 모두 벗기고 옷가지를 닥치는 대로 밀어냈다. 마침내 랩톱이 전원 등을 깜빡이며 모습을 드러냈다. 커버를 열자 소피와 지포가 손가락 두 개로 '갱스터' 사인을 보내는 스크린 세이버가 나타났다. 그것만으로도 그들이 갱단에 속해 있지 않음을 알 수 있었다. 나는 모니터 좌측상단의 사과 아이콘을 더블클릭해 제어판으로 들어갔다. 비밀번호 요구는 없었다. 그리고 그곳에서 앤지가 요구한 IP 서버 정보를 찾아낸 후 모두 드로이드로 복사해 앤지에게 보냈다.

나는 윈도 화면으로 빠져나와 메일 아이콘을 클릭했다.

소피가 삭제를 자주 하지 않은 덕에, 받은메일함에는 1년 전부터 2871개의 메시지가, 보낸메일함엔 1673개가 들어 있었다. 역시 1년 이상의 기간이었다. 나는 앤지에게 전화해 그 얘기를 했다.

"IP 정보로 이것도 딸 수 있어?"

"누워서 떡 먹기. 거기 얼마나 오래 있었지?"

"글쎄. 20분 정도."

"규칙적인 직업이 없는 사람들 집에 있기엔 너무 길어."

"예, 대장님."

그녀가 전화를 끊었다.

나는 모든 것을 발견한 대로 돌려놓고 아래층으로 내려갔다. 식당 중앙의 카드테이블 위에 우편물이 마분지 상자에 가득 담겨 있었다. 대개는 공공요금 신청서, 신용카드 요금명세서 은행명세서 따위였으며, 특별한 건 없었다. 그런데 그때 수령인의 이름과 주소를 보았는데 이곳에 사는 사람들의 이름이 아니었다. 웨스트우드의 대릴 부스케, 프랭클린의 조제트 빙, 섀런의 미카 그릭스푸어, 데드햄의 버질 크리들린. 나는 우편물을 뒤져 이름 아홉 개를 더 찾아냈다. 모두 월폴, 노우드, 맨스필드, 플레인빌 등 인근 마을에 사는 사람들이었다. 나는 주랑현관을 지나 컴퓨터들이 있는 거실로 들어갔다. 가구도 거의 없었지만 있어봐야 할인매장에서 구입한 것들이었다. 누구든 이곳에서 10년을 살 생각이 없었다는 얘기다. 컴퓨터 아홉 대. 훔친 우편물. 한 시간만 더 있다면 수십 년 전에 죽은 아기들의 출생증명서도 찾을 것만 같았다. 아니, 전 재산을 걸어도 좋다.

나는 다시 우편물을 보았다. 그런데 왜 이렇게 허술한 거지? 컴퓨터는 비밀번호로 막아놓고 경보장치를 잊다니? 이런 식의 수작을 부리면서 왜 더 안전한 곳을 고르지 않았을까? 택지 조성단지의 막다른 골목 끝 집? 게다가 훔친 우편물을 상자 안에 담아?

부엌을 둘러보았지만, 텅 빈 캐비닛 몇 개와 냉장고 하나가 전부였다. 냉장고 안은 스티로폼 배달그릇, 맥주, 12들이 팩 콜라로 가득했다. 캐비닛을 닫는데 문득 아만다의 급우가 얘기한 전자오븐 생각이 떠올랐다.

오븐 문을 열고 들여다봤다. 보통 전자오븐이었다. 하얀색 내벽, 노란 등, 회전식 가열판. 그리고 막 문을 닫으려는데 뭔가 자극적인 냄새가 냈다. 나는 다시 벽을 살폈다. 하얀색 벽. 그건 분명했다. 그런데 하얀색 층이 하나 더 있었다. 고개를 기울이고 자세히 살피니 노란 전구에도 같은 막이 덮여 있었다. 나는 버터 칼을 가지고 와 내벽 한쪽을 살짝 긁었다. 아주 미세한 분말이 벗겨졌다. 활석처럼 하얗고 가벼운 가루.

나는 오븐의 문을 닫고 버터 칼을 서랍에 돌려놓은 다음 거실로 돌아왔다. 현관문 고리 돌아가는 소리를 들은 건 바로 그때였다.

그녀를 만난 건 11년 만이다. 차라리 만나지 않기를 바랐건만 갑자기 내 앞에 서 있는 것이다. 그녀는 거실로 네 걸음 들어와서야 나를 보았다. 전보다 체중이 분 듯했다. 특히 엉덩이와 얼굴, 목덜미 쪽이었다. 피부는 주근깨가 더 많아졌으나 그녀의 최대 매력 포인트인 선옹초 같은 눈은 여전했다. 붉은색 머리는 짧게 깎았으며 정수리의 모근이 희끗거렸다. 그녀가 눈을 동그랗게 뜨고 입을 타원형으로 벌렸는데, 그러다가 머뭇머뭇 'ㅍ'음을 만들어냈다.

음식물처리기를 수리하러 왔다고 할 만한 상황도 못 되었다. 나는 운 없이 걸렸다는 미소를 짓고는 두 팔을 내밀고 어깨를 으쓱했다.
"패트릭?"
"잘 지냈소, 헬렌?"

15장

케니가 곧바로 따라 들어왔다. 그는 순간 당혹해했으나 곧바로 등 뒤로 손을 가져갔다. 나도 손을 허리춤으로 돌렸다.

"호."

"헤이." 내가 대답했다.

그 뒤로도 어린 소녀가 들어왔다. 그녀도 입을 벌렸으나 소리는 나오지 않았다. 그녀는 내가 지켜보는 동안, 끊어진 전깃줄을 밟기라도 한 듯 양 허리춤의 두 손을 비틀더니, 머뭇머뭇 우리 사격선에서 벗어났다. 소피 코를리스. 아버지 요구대로 살을 뺀 모양이었다. 아니, 그 이상이었다. 무척 수척하고 땀을 많이 흘렸다. 이윽고 그녀가 경련 비슷한 행동을 그치더니 두 손을 뒤로 돌려 머리카락을 잡아당겼다.

내가 케니에게 한 손을 내밀었다.

"이럴 필요 없잖아."

"이런 게 뭔데?" 케니가 되물었다.

"우리 둘이 총을 빼드는 것."

"그래서? 아니면 어쩔 건데?"

"에, 난 총에서 손을 뗄 수 있다."

"그래도 당신을 쏠지 몰라. 가택 침입했잖아."

"그렇겠지." 내가 동의했다.

그가 인상을 찌푸렸다.

"게다가 내가 손을 떼면? 결과는 같고 희생자가 바뀌겠지?"

"동시에 손을 떼면?" 내가 제안했다.

"당신이 속일 거야." 그가 말했다.

내가 고개를 끄덕이는데 그가 총을 꺼내 나를 겨누었다.

"배신자." 내가 말했다.

"그 손, 앞으로 꺼내."

내가 등 뒤에서 손을 꺼내 휴대폰을 들어보였다.

"멋진 총이군. 그래도 실탄은 내 총이 더 많을 거다."

"인정. 하지만 당신 총으로 전화는 걸지 못할걸?"

그가 한 걸음, 다시 한 걸음 내디뎠다. 내 휴대폰 화면에 '집. 통화시간 39초'라고 적혀 나왔다.

"오." 그가 탄성을 흘렸다.

"미안."

"망할." 헬렌이 속삭이듯 내뱉었다.

"총을 내려놔. 아니면 아내가 경찰에 전화해 위치를 알려줄 거야."

"이봐……."

"똑딱 똑딱. 여러분이 이곳에서 신분을 위조하고 수천 가지 사기를 꾸미고 있다는 것만은 분명하니까. 더군다나 코카인을 만드는 것도 모자라 마지막까지 짜내기 위해 전자오븐에 다 쓴 필터까지 굽는 것도 안다. 경찰 출동을 원해? 오, 30초만 더 그 총을 겨눠라, 케니."

"하이, 케니. 하이, 헬렌."

앤지의 목소리가 휴대폰에서 흘러나왔다.

"앤지?" 헬렌이 물었다.

"그래, 잘 지내지?" 앤지가 대답했다.

"이런, 잘 알잖아요." 헬렌의 대답이었다.

케니가 인상을 찡그렸는데 갑자기 너무도 피곤한 표정이었다. 그가 안전장치를 앞으로 밀고 내게 총을 건넸다.

"당신, 정말 못 말리는 개자식이야."

나는 S&W 시그마 9밀리를 받아 재킷 주머니에 넣었다.

"고마워." 나는 입술을 휴대폰에 갖다 댔다. "이따가 봐, 자기."

"집에 올 때 생수 좀 사올래? 오, 아침에 먹을 우유도."

"알았어. 또 다른 건?"

케니가 두 눈을 굴렸다.

"응, 지금 당장은 생각나는 게 없네."

"나중에 기억나면 전화 해."

"그래. 사랑해."

"나도 사랑해."

내가 전화를 끊었다.

"소피?" 내가 물었다.

그녀가 나를 보았다. 이름을 안다는 사실에 놀란 모양이었다.

"너도 있냐?"

"예?"

"총 말이야. 소피, 너도 총 갖고 다니니?"

"아뇨, 전 총 싫어해요."

"나도 그래."

"하지만 아저씨 주머니에 하나 있잖아요."

"그런 걸 아이러니라고 하는 거야. 요즘 어떻게 지내니?"

"오, 나쁘지 않아요." 소피의 대답이었다.

"나빠 보여."

"아저씨는 누구예요?"

"저 사람이 패트릭 켄지야. 그때 아만다를 찾아준."

헬렌이 담뱃불을 붙였다.

소피가 자기 몸을 감쌌는데 이마에 땀방울이 송글거렸다.

"헬렌?" 내가 불렀다.

"예?"

"자기가 가져온 가방을 저 긴 의자에 내려놓고 한 발짝 물러나면 기분이 훨씬 좋겠어."

헬렌이 가방을 긴 의자에 놓고 케니 옆으로 건너갔다.

"자, 이제 모두 식당으로 건너갑시다."

우리는 카드테이블에 앉았다. 내가 소피를 자세히 살펴보는 동안 케니가 담뱃불을 붙였다. 그녀는 윗입술을 계속 앞뒤로 핥았다. 두 눈은 베어링처럼 좌우로 연신 굴러다녔다. 밖은 기껏 5,

6도인데도 땀을 비 오듯 쏟기도 했다.

"신경 끄기로 한 것 아니었나?" 케니가 물었다.

"헛다리 잡은 거야."

"돈도 안 줄 텐데?"

"누가?"

"베아."

"아만다도. 그년도 돈을 손에 넣으려면 1년은 더 있어야 해요." 헬렌이었다.

"에, 그 문제는 끝났어. 나도 손 뗐고. 아무튼 얘기가 나왔으니…… 아만다 지금 어디 있지?"

"아빠 만나러 캘리포니아에 갔어요." 헬렌이 대답했다.

"캘리포니아에 아빠가 있다고?"

"그럼 그 애가 과자봉지에서 나온 줄 알아요? 당연히 엄마도 있고 아빠도 있죠."

헬렌이 말했다.

"아빠 이름이 뭐지?"

"알잖아요."

"벌써 12년 전 사건이야, 헬렌. 아니, 몰라."

"브루스 콤."

"친구들은 찌질이라고 부르겠지?"

"예?"

"아니, 그냥 해본 소리야. 그래, 브루스는 어디 사는데?"

"살리나스."

"아만다가 거기 갔다고?"

"예."

"어느 공항?"

"살리나스 공항."

"살리나스는 상용공항이 없어. 산타크루즈나 몬트레이겠지."

"예."

"어디?"

"산타크루즈."

"거기도 공항이 없어. 그러니 그놈의 살리나스는 개소리야, 헬렌."

케니가 담배 연기를 내뿜으며 시계를 보았다.

"갈 데 있나?"

그가 고개를 저었다.

그의 뒤에서 소피가 꼼지락거리며 내 이마를 노려보았다. 나는 벽시계를 보았다. 헬렌도 시계를 보다가 내게 걸렸다.

"갈 데가 없다고?" 케니한테 물었다.

"없어."

"그럼 여기서 만나기로 한 건가?" 내가 물었다.

"이제 감이 잡히나보군."

"손님이 올 거예요."

헬렌이 고개를 끄덕이는 순간 등 뒤에서 미닫이문을 두드리는 소리가 들렸다.

유리문 밖에 남자 둘이 있었다. 그다지 거한은 아니지만 대단한 근육질들이었다. 둘 다 검은색 가죽 반코트 차림이었다. 왼쪽 사내는 허리를 묶고 다른 친구는 단추를 모두 풀어두었다. 둘 다

터틀넥이지만 왼쪽은 흰색, 파트너는 연한 하늘색이었으며, 왼쪽은 턱수염이 검은색, 오른쪽은 노란색이었다. 두 사람 다 머리숱이 많고 눈썹이 짙었으며 손가방을 넣고 다녀도 될 만큼 콧수염이 짙었다. 왼쪽의 사내가 다시 노크를 하고 가볍게 손짓을 하며 씩 웃어보였다. 이윽고 그가 문을 건드리더니 고개를 갸웃했다. 문을 열 수 없는 게 이해 안 가는 표정이었다. 우리를 들여다보는 눈에서 미소가 걷히고 있었다.

헬렌이 의자에서 벌떡 일어나 빗장을 풀었다. 검은 머리가 문을 당겨 열고는 두 손으로 그녀의 얼굴을 잡고 이마에 키스했다.

"헬렌, 잘 지냈나?"

그리고 그가 포환을 던지듯 그녀의 얼굴을 밀쳐내는 바람에 헬렌이 비틀거리며 한 걸음 뒤로 물러났다. 그는 커다란 손으로 손뼉을 치며 거실로 들어와 우리 모두에게 커다란 미소를 선보였다. 그의 동료가 문을 닫은 후 담뱃불을 붙이며 성큼성큼 방안으로 들어섰다. 둘 다 장발에 가운데 가르마를 탄 모습이 영락없이 1981년의 실베스타 스탤론이었다. 검은 머리가 입을 열기 전부터 나는 그들이 동유럽 출신임을 확신했다. 체코, 러시아, 그루지야, 우크라이나, 슬로베니아, 어디인지는 몰라도 억양은 분명 두 사람의 턱수염만큼이나 짙었다.

"안녕하쇼." 검은머리가 내게 물었다.

"뭐, 어영부영."

"어영부영? 좋은 뜻이지?"

그는 그 말이 맘에 드는 모양이었다.

"당신은?" 내가 물었다.

그가 내 질문에 기분 좋게 눈썹을 찡긋했다.

"나야 좋지. 완전 짱이야."

그는 헬렌의 의자에 앉아 내 어깨를 살짝 때리고 엄지로 케니를 가리켰다.

"이 친구와 거래하나?"

"이따금." 내가 대답했다.

"멀리 하는 게 좋아. 골칫거리에 아주 나쁜 놈이거든."

"헛소리." 케니가 투덜댔다.

검은머리가 나를 향해 열심히 고개를 끄덕였다.

"내 말 믿어. 이 불쌍한 애한테 해놓은 짓을 봐. 어린애를 진짜 마약쟁이로 만들었잖아. 정말 개자식이다."

"그런 것 같군." 내가 말했다.

그가 두 눈을 크게 떴다.

"이봐, 날 믿어야 해. 정말 개자식이야. 말도 안 듣고 거래도 어긴다."

"키릴한테 찾는 중이라고 전해. 찾는 중이야. 정말 열심히."

검은머리가 손등으로 내 가슴을 가볍게 때렸다.

"키릴한테 전해? 저런 개소리 들어봤어? 키릴한테 전하라고? 어떤 미친놈이 키릴한테 전해? 키릴한테 요청하고 사정하면 그 앞에 무릎부터 꿇는다. 그런데 키릴한테 전해?" 그가 내게서 고개를 돌려 케니를 노려보았다. "뭘 전해, 병신아? 네가 찾고 있다고? 조사 중이라고? 나가서 울타리라도 뒤지나? 키릴 물건 찾느라?" 그가 손을 내밀더니 테이블 위의 담뱃갑에서 한 개비를 빼내 케니의 라이터로 불을 붙였다. 라이터는 자기 무릎 위에 내려놓았다. "오늘 아침, 키릴이 나한테 뭐라고 했는지 알아? '예핌, 마무리해. 더 이상 기다릴 필요도, 개소리도 필요 없다.'"

"거의 다 끝났다. 그 애가 어디 있는지 곧 알 수 있어."

예핌이 탁자를 노크했다. 그의 팔이 움직이는 것도 몰랐건만 탁자는 어느 틈에 우리 앞에서 사라졌다. 더 심각한 건, 예핌과 케니 사이에도 없다는 것이다.

"말했잖아. 망치지 말라고. 네놈이 돈은 벌어준다. 그건 좋다. 배달도 잘한다. 그것도 좋아. 하지만 키릴 물건을 배달하지 못했다. 키릴 사모님 물건도 배달 못했다. 얼마나 기대하고 있는지 알면서. 그녀는……" 그가 손가락 관절을 두 번 꺾더니 어깨너머로 나를 보았다. "이봐, 사는 게 재미없는데 아무도 그런 상황을 바꿀 수 없을 때를 뭐라고 하지?"

"통탄지경?"

내 말에 그의 얼굴에 미소가 번졌다. 영화배우들이 레드카펫에서 보여주는 그런 미소였다. 그만큼 짜릿하고 그만큼 매혹적인.

"통탄지경! 바로 그거야, 고맙네, 친구." 그가 케니를 돌아보다가 다시 마음을 바꾸었는지 나를 보며 아주 조용히 덧붙였다. "아니, 정말이야. 정말 고마워."

"천만의 말씀."

"당신, 정말 똑똑해." 그가 내 무릎을 두드리고 다시 고개를 돌렸다. "비올레타가 그래, 케니. 통탄지경이라고. 정말이야. 정말로 통탄하더라니까. 그런데 키릴이 무지 사랑하잖아. 당연히 그도 통탄지경이지. 네가 그걸 고쳐주겠다고 해놓고 안 해서 그래."

"노력 중이야."

예핌이 상체를 내밀었다.

목소리는 부드럽고 친절하기까지 했다.

"하지만 안 했잖아."

"이봐, 누구한테든 알아봐."

"누구한테?"

"누구한테든. 정말로 찾고 있단 말이야. 정말로 열심히."

"하지만 안 했잖아."

"이틀만 더 줘." 케니가 애원했다.

예핌이 고개를 저었다.

"이틀이래. 파벨, 얘 말 들었어?"

"들었다." 케니 옆에 서 있던 금발이 대답했다.

예핌이 케니 곁으로 의자를 끌어당겼다.

"네가 아만다를 가르쳤다. 그런데 어떻게 너를 엿 먹이지?"

"내가 가르치기는 했지만 모두 가르친 건 아냐."

"너보다 똑똑해서 그런가?"

"오, 정말 똑똑한 아이예요. 학교에서도 올 에이에 작년에 심지어……"

헬렌이 문가에서 끼어들었다.

"닥쳐, 헬렌." 케니가 으르렁거렸다.

"왜 그런 식으로 말해? 네 여자잖아. 좀 더 존중해야지." 예핌이 헬렌을 돌아보았다. "나한테 말해봐. 작년에 아만다가 어쨌다고? 상이라도 받았나?"

"예에, 삼각법, 영어, 컴퓨터과학에서 황금리본을 받았어요."

예핌이 손등으로 케니의 무릎을 때렸다.

"황금리본을 세 개나 받았대. 넌 뭘 받았지?"

예핌이 일어나 담배를 깔개 위에 던져 작업부츠 끝으로 짓이기고는 탁자를 들어 제자리에 돌려놓았다. 그리고 그와 파벨이 거의 1분간 서로를 보았는데 눈 하나 깜짝 않고 코 숨만 거칠게 몰아쉬었다.

"이틀이다. 그 후엔 골로 간다. 알았나?"

"알지. 물론 알고말고."

케니는 크게 안도한 표정을 지었다.

예핌이 고개를 끄덕였다. 그가 돌아서서 손을 내밀었고 우리는 악수를 했다. 그가 내 눈을 들여다보았다. 연한 사파이어 눈이, 녹아내리는 촛농 아래 꺼져가는 촛불 빛을 연상케 했다.

"친구, 이름이 뭐지?"

"패트릭."

그가 한 손을 자기 가슴에 댔다.

"패트릭. 나는 예핌 몰케프스키. 여기는 파벨 레시네프. 키릴이 누군지 아나?"

차라리 몰랐으면 좋을 이름.

"키릴 보르자코프?"

그가 끄덕였다.

"맞다, 친구. 그럼 키릴 보르자코프가 누구지?"

"체첸 출신의 사업가로 알고 있다."

다시 끄덕임.

"사업가. 맞다. 아주 좋아. 하지만 체첸은 아니다. 이 나라에선 슬라브 사업가는 모조리 체첸이 아니면 (바닥에 침을 뱉으며) 그루지야다. 하지만 키릴은 나와 파벨처럼 모르도비아 사람이지. 우리가 저 애 데려간다."

"뭐?" 내가 물었다.

파벨이 거실을 가로지르더니 소피를 벽에서 떼어냈다. 아이는 비명을 지르지 않았으나 계속 울어댔다. 마치 말벌을 쫓기라도 하듯 귀 옆에 두 손을 대고 하릴없이 떨기도 했다. 파벨의 한 손은 반코트 주머니 안에 들어가 있었다.

예핌이 우두둑 소리가 나게 손을 꺾고는 내 쪽으로 내밀었다.

"내놔."

"뭐라고?"

그의 두 눈에서 빛이 모두 꺼졌다.

"패트릭, 멋쟁이. 지금까지 잘 해왔으니까 계속 잘 해야지. 자, 왼쪽주머니 총을 내놔."

그가 손을 흔들었다.

"이거 놔요."

소피가 애원했지만 힘없는 목소리였다. 오직 체념과 눈물뿐.

파벨이 내게 완전히 돌아서서 손을 주머니에 넣은 채 지시를 기다렸다. 예핌이 재채기라도 하는 날엔 누군가 "감기 조심하세요!"라고 노래 부르기 전에 내 머리에 총알을 박을 기세였다.

예핌이 다시 손을 흔들었다.

나는 재킷 주머니에서 두 손가락을 방아쇠 울에 걸고 총을 꺼내 예핌에게 주었다. 그는 총을 자기 코트주머니에 넣고 가볍게 절을 했다.

"고맙다, 멋쟁이. (케니를 보며) 저 애를 데려간다. 어쩌면 또 하나 만들 수도 있고 어쩌면 파벨의 새 총을 실험할 수도 있다. 씨받이가 아니라 총알받이가 된다는 말이다."

소피가 울면서 비명을 질렀다. 목이라도 졸린 듯 먹먹하기만 한 비명소리. 파벨이 그녀를 바짝 끌어안았지만 불쌍해하는 기색은 없었다.

"어쨌든 이 애는 우리 거야. 다시 돌아오지 못하니까 다른 아이를 구해. 키릴의 물건을 찾아서 금요일까지 데려와라. 이번엔 절대 망치지 마. 절대."

예핌이 케니와 헬렌에게 경고했다.

그가 손 관절을 꺾자 파벨이 소피를 데리고 헬렌과 나를 지나쳐 문 쪽으로 향했다.

"잘 있어라, 친구."

예핌이 주먹으로 내 어깨를 건드렸다. 그리고 식당에서 나가면서 두 손으로 헬렌의 얼굴을 감싸더니 이마에 진한 키스를 하고 다시 밀어버렸다. 이번엔 헬렌이 엉덩방아를 찧었다.

그가 우리를 등진 채 손가락 하나를 들었다.

"날 엿 먹이지 마라, 케니. 까불다 깨진다."

셋은 그렇게 사라졌다. 잠시 후 트럭 엔진소리가 들렸다. 나는 재빨리 부엌 창문으로 달려갔다. 닷지램 한 대가 집 뒤의 울퉁불퉁한 흙길을 덜컹거리며 빠져나가고 있었다.

"총 또 있나?" 내가 물었다.

"뭐?"

내가 케니를 보았다.

"총."

"없다. 총은 왜?"

물론 거짓말이지만 따질 시간은 없었다.

"넌 진짜 개자식이다, 케니."

그가 어깻짓을 하고 담뱃불을 붙였다. 나는 부엌 카운터에서 자동차 열쇠를 낚아채 현관문을 빠져나왔다.

"야, 인마!"

등 뒤에서 케니의 목소리가 들렸다.

노란색 허머가 원형진입로에 서 있었다. 디트로이트 역사상 최악의 실패작. 브루나이 황제조차 당황해 할 만큼 형편없는 주행거리에 완전한 쓰레기 괴물. 그런데도 GM은 기업구제를 신청했고 우리 모두 아연했다.

허머에 오른 지 1킬로미터 정도에서 닷지램에 따라붙었다. 트럭은 덜컹거리며 흙길 위에 바퀴 자국을 그렸다. 운전대를 잡은 건 파벨이었다. 그의 금발이 선명하게 보였다. 셋은 흙길을 벗어난 다음 동쪽의 대문을 향해 달렸다. 이내 그들을 시야에서 놓쳤지만, 틀림없이 1번 도로 방향일 것이리라 판단했다. 셔우드포레스트 드라이브에서 빠져나와 로빈 훗 불레바드에 올라타니 타이어 자국은 오른쪽 입구를 지나 1번 도로를 향했다. 나는 있는 힘껏 가속페달을 밟았다. 물론 바짝 따라가 엉덩이를 받을 생각은 없다.

어쨌든 그럴 뻔하기는 했다. 빠른 속도로 시골 언덕길을 넘는데 트럭이 언덕 아래 붉은 신호등 앞에 서 있었다. 바로 옆은 야채가게와 우편취급소를 겸한 가게였다. 나는 가급적 자연스럽게 속도를 줄이고, 고개를 숙인 채 시트의 지도를 확인하는 시늉을 했다. 하지만 노란색 허머를 타고 눈에 띄지 않는 건, 교회 앞을 알몸으로 걸으면서 눈에 띄지 않기를 바라는 것에 진배없다. 내가 다시 고개를 들었을 때 신호등이 녹색으로 바뀌며, 파벨이 힘껏 페달을 밟았다. 타이어가 비명을 지르지는 않아도 꽤나 빠른 속도였다.

다시 1킬로미터쯤에서 그들은 1번 도로에 다다라 북쪽으로 향했다. 나는 30초를 기다렸다가 뒤를 쫓았다. 도로가 막히지는 않았지만 그렇다고 한산한 편도 아니었다. 덕분에 차 몇 대와 차선 둘을 사이에 두고 손쉽게 미행할 수 있었다. 노란 허머로 들키지 않고 추적하려면 뭐든 조심해야 한다.

러시아 총잡이들에게 달려드는 건 자살행위다. 그리고 난 살고 싶었다. 너무나도. 따라서 그들을 얌전히 쫓아가 소피를 어디로 데려가는지 확인하고 주소를 알아낸 다음 911에 전화만 걸 생각이었다.

아내한테도 그렇게 말했다.

"빠져나와, 당장." 그녀가 윽박질렀다.

"걱정할 필요 없어. 앞에 자동차가 다섯 대에 차선도 두 개나 떨어져 있어. 내가 미행 귀신인 거 당신도 알지?"

"알아. 하지만 놈들이 더 귀신일지 모르잖아. 게다가 노란색 허머라며? 그냥 번호판만 확인하고 경찰한테 넘겨."

"저 자들이 등록된 차를 몰 것 같아? 말도 안 돼."

"당장 빠져나와. 그 자들은 위험한 차원이 달라. 부바도 러시아 조폭들이 완전히 통제 불능의 미친놈들이라고 했잖아."

"말했듯이, 지켜보고 신고만 할게. 앤지, 십대 소녀를 납치해갔어."

그때 전화기에서 딸의 목소리가 들렸다.

"안녕, 아빠."

"딸하고 얘기하고 싶지?" 앤지가 물었다.

"이건 비열해."

"공정하게 싸우겠다고 한 적 없어."

나는 오른쪽으로 질렛 스타디움을 지나갔다. 경기가 없으니 너무도 크고 쓸쓸해 보였다. 그 옆에 쇼핑몰이 하나 있고 주차장에 차도 몇 대 서 있었다. 앞쪽에서는 파벨이 오른쪽 깜빡이를 켜고 오른쪽 가장자리 차선으로 빠져나왔다.

"곧 집에 갈게. 사랑해." 내가 전화를 끊었다.

나는 차선 두 개를 갈아탔다. 허머와 램 사이엔 빨간 PT 크루저 한 대뿐이었다. 별 수 없이 거리를 100미터쯤 벌여야 했다.

다음 교차로에서 트럭은 노스 가로 우회전했다가 곧바로 오른쪽 주차장으로 들어갔다. 길고 하얀 유통기지 본부까지 화물 트레일러들이 잔뜩 서 있는 곳이다. 도로에서 보니, 닷지램은 트레일러들을 따라가다가 좌회전해 건물 뒤로 돌아갔다.

나는 주차장으로 따라 들어갔다. 우측 1번 도로 육교 옆에 옹벽이 서 있었다. 화물 선로와 통근기차 선로가 육교 아래를 지나 북쪽의 도시와 남쪽의 지방으로 이어졌다. 왼쪽엔 트레일러들이 하역장까지 길게 늘어섰다. 그 중 한 곳에는 건장한 사내 몇이 두꺼운 플라스틱 제품을 헤치며 코네티컷 번호판의 트레일러에 상자들을 싣고 있었다.

더러운 통로 끝에서 선로가 오른쪽으로 빗겨나가고 도로는 왼쪽으로 굽어졌다. 나는 기지를 왼쪽으로 돌았다. 픽업트럭은 15미터 떨어진 곳의 통로 한가운데 서 있었다. 주차등이 켜 있고 엔진도 툴툴거렸다. 조수석은 활짝 열린 채였다.

예폄이 조수석에서 뛰어내렸는데 반자동 권총 끝에 소음기를 달고 있었다. 내가 상황을 계산하는 동안 그가 다섯 걸음을 걸어와 팔을 뻗었다. 첫 번째 총알은 앞창에 거미집을 만들었다. 다음 네 발은 앞쪽 타이어를 날렸다. 타이어에서 쉭 소리가 나는 순간 여섯 번째 총알이 다시 앞창에 구멍을 냈다. 구멍의 핏줄이 거미줄처럼 번져나가더니, 이내 전자오븐의 팝콘처럼 차창이 터지면서 내려앉았다. 두 발이 후드를 날렸다. 하지만 난 총알의 숫자도 위치도 알지 못했다. 앞좌석 차창 뒤에 잔뜩 웅크리고 있었기 때문이다.

"어이, 이봐. 어이." 예폄이 불렀다.

나는 머리카락과 두 뺨에서 유리조각 일부를 털어냈다.

예폄이 허머 안에 상체를 디밀었다. 그가 손목을 창틀에 걸었는데 피스톨과 소음기가 오른손에서 대롱거렸다.

"면허증과 등록증."

"좋은 물건이군." 내가 피스톨을 보았다.

"좋은 총 아니다. 장난도 아니고. 면허증과 등록증. 당장."

그가 소음기로 창틀 옆을 두드렸다.

나는 일어나 앉아 등록증을 찾았다. 등록증은 차양 판에 끼워져 있었다. 나는 내 운전면허증과 함께 그에게 건넸다. 그가 한참을 살피더니 등록증을 돌려주었다.

"얼간이 케니 차로군. 얼간이 케니니까 이런 허섭스레기 황색 허머를 몰지. 당신 게 아닌 줄 알았다. 그러기엔 너무 쌈박하잖아,

응?"

나는 코트에서 유리 조각을 털어냈다.

"고맙군."

그가 내 운전면허증을 흔들다가 자기 주머니에 넣었다.

"이건 내가 보관한다. 태프트 가의 패트릭 켄지. 기억해라. 당신이 누구고 당신 가족이 어디 사는지 내가 알고 있다는 사실을. 가족이 있지, 응?"

내가 끄덕였다.

"그럼 가족한테 돌아가. 가서 꼭 안아줘라." 그가 말했다.

그가 총으로 다시 한 번 문을 때리고 픽업트럭으로 돌아갔다. 그리고 차에 올라가 문을 닫자 차가 출발했다.

16장

허머한테도 좋은 점이 있다면 앞 타이어가 모두 날아가도 그럭저럭 굴러간다는 사실이다. 몇몇 용감한 화물운전사와 하역부들이 인근 하역장에서 일을 하고 있었다. 나는 허머를 20미터쯤 후진했다가 겨우 바퀴를 돌려 선로를 향해 몰기 시작했다. 앞바퀴가 철썩, 철썩 소리를 내며 움직였다. 인부들이 소리를 질렀지만 쫓아오는 사람은 없었다. 총알구멍이 여덟 개나 있는 SUV 주인과 맞서고 싶은 사람은 별로 없을 것이다.

아, 이 경우는 운전사겠다. 주인은 케니니까. 경찰이 차를 발견하고 누가 주인인지 알아냈을 때 고생할 사람도 케니일 터이니 그것도 내 알 바 아니다. 나는 화물차 선로를 따라 200미터쯤 가다가 질렛 스타디움의 주차장으로 이어진 정거장에 닿았다. 근처의 차들은 모두 원 패트리오트 플레이스 집행부사무실 옆에 주차되어 있었다. 200미터 정도 방문자용 주차지역을 지나자 바로 옆 쇼핑센터였다. 나는 그곳에서 황색 허머를 운전하며 지문을 닦아 냈다. 시트, 운전대, 계기반 모두. 완전히 없애지는 못했겠지만 사실 그럴 필요도 없었다. 스타디움에서 3킬로미터 이내에 사는 전과자 이름으로 등록된 허머 차 안을 조사한답시고 과학수사대를 불러들일 멍청이가 어디 있겠는가.

    나는 쇼핑몰 주차장 외곽에 차를 세우고 에스컬레이터를 통해 극장으로 들어갔다. 시네마 디럭스. 평소라면 발코니에서 호화로운 식사를 하고 석 달 후면 1달러에 DVD로 대여될 영화에 20달러를 지불할 수도 있겠지만 내 마음은 다른 곳에 가 있었다. 나는 장애자용 칸막이와 싱크대가 있는 화장실을 찾아냈다. 나는 문을 닫고 재킷을 벗어 유리조각을 모두 털어냈다. 그리고 셔츠도 같은 식으로 털어낸 후 화장지 뭉치를 이용해 유리를 칸막이 한 구석으로 모았다. 셔츠는 다시 입었다. 애써 외면하려 했으나 사실 단추도 채우지 못할 정도로 손가락이 심하게 떨렸다. 나는 싱크대를 잡고 허리를 숙인 다음 길고도 느린 심호흡을 여남은 회 시도했다. 눈을 감을 때마다 예핌이 보였다. 아무렇지도 않게 팔을 뻗고 아무렇지도 않게 차창을 향해 방아쇠를 당기며 필요하다면 아무렇지도 않게 내 목숨을 빼앗아 갈 예핌. 나는 눈을 뜨고 거울에 비친 내 모습을 멍하니 바라보았다. 그리고 얼굴에 물을 끼얹고 다시 보았다. 거울 속의 내가 어느 정도 진정을 찾고 있었다. 나는 목덜미에도 물을 끼얹고 단추를 다시 채우기 시작했다. 두 손이 떨리기는 했지만 감당 못할 정도는 아니었다. 15분 후쯤엔 처음 들어갔을 때보다 어느 정도 나은 모습으로 화장실을 나섰다.

나는 에스컬레이터로 돌아갔다. 암녹색의 택시가 극장 앞에 서 있었다. 나는 얼른 차에 올라타 내 차를 놓아둔 곳에서 두 집 건너의 주소를 알려주었다. 경비 차량이 허머 뒤에서 경광등을 번쩍였다. 우리가 주차장을 나오는데 폭스보로 경찰차가 우리를 지나갔다. 케니, 똥줄 타게 생겼군.

택시는 나를 터크 테라스의 건물 앞에 내려주었다. 운전사에게 상당한 팁을 주었지만 그래도 용의자 대열에서 나를 골라낼 정도는 아니었다. 택시가 도로 위로 후진하는 동안 나는 건물로 다가가 현관문에 열쇠를 끼우는 척했다. 택시가 거리 저쪽으로 사라졌다. 나는 지프를 남겨둔 건물로 걸어가, 미완성 목장을 통과하고 모래 들판을 가로질러 다시 케니와 헬렌의 미닫이문 앞에 섰다. 문은 잠겨 있지 않았다. 안으로 들어가니 케니가 랩톱들을 바닥의 잡낭에 넣고 헬렌은 케이블 모뎀을 싸고 있었다.

케니가 나를 보았다.
"내 열쇠 어디 있지?"
주머니를 두드려보니 놀랍게도 아직 열쇠가 들어 있었다.
"여기." 내가 그에게 열쇠를 던져주었다.
그가 지퍼를 닫고 잡낭을 들었다.
"어디에 주차되어 있지?"
"에, 그 점에 대해서는 할 얘기가 있다."
내가 천천히 대답했다.

"차를 날려버리다니 믿을 수가 없군."

내 지프를 타고 텅 빈 노팅엄힐 경비원실을 지나며 케니가 투덜댔다.

"내가 날린 게 아냐. 예핌이 그랬지."

"게다가 차를 버려두고 와?"

"케니, 당신 허머는 포탄 맞은 버스 꼴이다. 당신 집으로 끌고 오려면 유엔 공수팀이 필요하다니까."

예핌과 파벨의 트럭과 부딪칠 뻔한 신호등에 다다랐을 때 폭스보로 경찰차 몇 대가 반대 방향에서 쏜살같이 달려오고 있었다. 케니와 헬렌은 의자 밑으로 숨었다. 순찰차들은 사이렌을 울리며 붉은 신호등을 무시하고 지나가고 15초 후엔 처음부터 나타나지 않았다는 듯 등 뒤의 언덕 너머로 사라져버렸다. 나는 글러브박스 밑에 웅크린 케니를 보았다.

"대단하군."

"관심을 끌고 싶지 않을 뿐이에요."

뒷좌석의 헬렌이 대신 대답했다.

"그래서 노란색 허머를 몰아?"

내가 투덜대는데 신호등이 녹색으로 바뀌었다.

1번 도로에서 우리는 다시 스타디움을 지나쳤다. 허머는 지역 및 주 경찰, 검은색의 CSI 트럭, 그리고 방송 밴 두 대에 에워싸여 있었다. 케니도 허머를 보았다. 펑크 난 타이어, 박살난 차창, 열린 후드. 뉴스 밴 한 대가 또 주차장에 들어서고 머리 위로는 헬리콥터 한 대가 날아다녔다.

"이런, 케니. 당신 큰일 났나 봐."

"망할, 그냥 조용히 애도도 못하게 하나?" 케니가 투덜댔다.

우리는 데드햄 1번 도로와 1A 교차로의 홀리데이인 뒤쪽에 차를 세웠다.

"오케이. 아직 모를까 봐 하는 얘긴데 당신 둘은 끝이야. 컴퓨터를 챙기기야 했겠지만 이 모든 사기행각과 신분도용이 두 사람과 관계 있음을 밝힐 꼬리표는 그 집에 얼마든지 남아 있어. 전자오븐의 필로폰은 가루지만, 이런 일이야 경찰이 나보다 훨씬 똑똑하지 않겠어? 그러니 오늘 한낮이면 두 사람을 잡고 저녁쯤이면 불고지 영장을 들고 설칠 거란 말이야."

"빌어먹을 뺑쟁이 같으니." 헬렌이 담뱃불을 붙였다.

"그렇게 생각해?" 나는 뒷좌석으로 손을 뻗어 그녀의 입에서 담배를 빼앗아 케니의 얼굴 너머 창밖으로 던져버렸다. "네 살짜리 애가 있어. 이건 그 애가 타는 차고."

"그래서?"

"아이가 놀이터에서 노는데 담배 냄새 풀풀 풍길 수는 없잖아."

"호, 감동적이군요."

내가 그녀에게 손을 내밀었다.

"뭐죠?"

"담뱃갑."

"오, 이런."

"담뱃갑 내놔." 내가 되뇌었다.

"그냥 줘, 헬렌." 케니는 지친 목소리였다.

그녀가 담뱃갑을 넘겨 나는 주머니에 넣었다.

"그래서, 해결책이 있다?" 케니가 물었다.

"몰라. 키릴 보르자코프가 아만다를 원하는 이유가 뭐지?"
"그가 아만다를 원한다고 누가 말했지?"
"예핌."
"오, 그렇군."
"아만다한테 뭐가 있기라도 한 건가?"
"물건을 빼돌려 지금 도망 중이다."

나는 공격 제한시간이 끝날 때의 NBA 호각소리를 흉내 냈다.
"개소리."
"아니, 진짜예요." 헬렌이 눈을 크게 떴다.
"차에서 내려."
"아니, 내 얘기 들어봐."

나는 케니 너머로 손을 내밀어 조수석 문을 열었다.
"또 보지."
"안 돼, 이건."
"아니 돼. 소피의 목숨과 바꿀 물건이 뭔지 모르지만 아만다를 찾아낼 시간은 이틀도 남지 않았다. 당신들한테야 한 십대 소녀의 목숨 따위 좆도 아니겠지만 난 그런 점에선 공룡이나 다름없다. 정말이야."
"그럼 경찰서로 가."

나는 그 말이 정말 말이 되기라도 하는 양 고개를 끄덕이고 턱을 긁었다.

"공개 법정에서 러시아 조폭을 상대로 반대 증언을 하라고? 그럼 내 딸이 증인보호를 벗어나려면 쉰다섯 살은 되어야 할 거다. 아니, 경찰엔 아무도 안 가."

내가 케니를 보며 으르렁거렸다.

"담배 좀 돌려줘요. 제발." 헬렌이 애원했다.

"내 차에서 피우겠다고?"

"문을 열게요."

나는 담뱃갑을 시트 너머로 던져주었다.

"그래서 우리보고 어쩌라는 건가?" 케니가 물었다.

"내 말은…… 거래를 하자. 저 자들이 아만다를 찾은 이유가 정확히 뭔지 알려주지 않고 이런 식으로 뜬구름만 잡는다면 금요일이 올 때쯤 소피는 서너 토막으로 돌아올 가능성만 더 커져."

"그래서 말했잖아. 아만다가 그자들의……"

"보물 나부랭이예요."

헬렌이었다. 그녀가 뒷문을 활짝 열더니 한 발로 땅을 딛고 담뱃불을 붙였다. 그리고 문 밖으로 연기를 내뿜고는 이제 막 섹스를 끝낸 듯한 표정을 지었다.

"보물?"

그녀가 끄덕이자, 케니는 눈을 감고 시트에 머리를 기댔다.

"예. 어떻게 생겼고 어떻게 개 손에 들어갔는지는 몰라요. 훔친 건 분명한데…… 에, 십자가라던가?"

"교회 십자가는 아니야. 내 생각엔. 저놈들이 '십자가'라고 부르기는 하지…… 우리가 아는 건 여기까지다."

케니가 어깻짓을 했다.

"그래서, 십자가가 어떻게 아만다 손에 들어갔는지는 모르고?"

케니가 다시 고개를 저었다.

"몰라."

"아만다가 어떻게 십자가에 손에 넣었는지도 모르고, 왜 러시아 조폭들과 어울리게 되었는지도 모른다? 그러고도 거래를 하자고?"

"우린 그 애를 못 이겨요." 헬렌이었다.

"뭐?"

"아만다. 우린 그 애가 스스로 알아서 결정하게 내버려둬요. 내내 꽁무니를 쫓아다니지도 않고. 한 인간으로 존중해 주는 거죠."

나는 잠시 창밖을 내다보았다.

침묵이 다소 길게 이어지자 헬렌이 참다못해 입을 열었다.

"무슨 생각해요?"

나는 시트 너머로 그녀를 돌아보았다.

"어떻게 평생 여자를 때리고 싶은 충동이 없었는지 의아해하는 중이야. 지금 같아서는 아이크 터너(가수. 전처 티나 터너를 폭행한 사실로 유명-옮긴이)라도 될 수 있을 텐데."

그녀가 담배를 주차장에 내던졌다.

"그게 무슨 개소리래요?"

"어디 있지, 아만다?"

"몰라요, 우리도."

헬렌이 역겨운 열두 살 아이처럼 내게 눈을 부라렸다. 정신 연령이라면 사실 그보다 많아 보이지도 않았다.

"개소리."

케니가 끼어들었다.

"이봐, 그 애한테 CIA에라도 들어갈 만큼 확실한 신분증 만드는 방법을 가르친 게 나야. 당연히 내가 모르는 신분증도 몇 개

만들었을 테고 지금도 위조 신분으로 돌아다니고 있을 거다. 흠 하나 없는 사회보장 번호와 출생증명도 있고. 4시간이면 10년짜리 신용거래 만드는 건 일도 아니라는 뜻이다. 그러고 나면? 니미럴, 나라 전체가 대형 ATM 기계가 되는 거야."

"예쁜한테 거의 다 잡았다고 했잖나."

"그 독사 같은 놈을 부엌에서 내보낼 수만 있다면 뭐든 말할 수 있다."

"말인즉슨, 전혀 거리가 멀다?"

그가 고개를 끄덕였다.

나는 백미러로 헬렌을 보았다. 그녀도 고개를 끄덕였다.

우리는 다시 아무 말 없이 앉아있기만 했다.

"그럼, 어차피 쓰레기들이군. 내 차에서 내려."

내가 지프의 시동을 걸며 내뱉었다.

마이크 콜레트와 만날 약속이 있었다. 유통창고를 운영 중인 친구로, 직원 중에 횡령자를 색출해 내라고 나를 고용했지만 내가 찾은 대답은 그가 좋아할 만한 종류가 아니었다. 약속을 취소할까 하는 생각도 들었다. 나를 향해 발사한 여덟 발의 총탄에 아직 손발이 떨렸기 때문이다. 어쨌든 우리는 웨스트 록스베리에서 만나기로 하고 이미 그쪽으로 가는 중이었다. 나는 그에게 휴대전화를 걸어 지금 가는 중이라고 전했다.

그는 웨스트온 센터의 창가 바에 앉아 있다가 내가 문을 들어서자 손을 흔들어주었다. 어쨌든 술집엔 그 혼자뿐이었다. 유매스에서 처음 만난 이후 늘 그랬다. 안정된 품위와 열정을 지닌 믿음

직한 사내. 내가 아는 한 그를 좋아하지 않는 사람은 없다. 친구들 사이의 전제는, 누군가 마이크를 싫어한다면 정작 우리가 싫어하는 건 그가 아니라 말한 당사자가 된다.

그는 작은 체구에 검은색 곱슬머리를 짧게 깎았다. 그는 또 뼈마디 구석구석까지 진심을 느낄 법한 악수로도 유명했는데, 내가 다가가자 아니나 다를까 그가 손을 불쑥 내밀었다. 사실 혼란 상태인지라 그런 악수를 미처 예상하지 못했었다. 덕분에 하마터면 두 무릎을 꿇고 수근관증후군이라도 걸리는 줄 알았다.

그가 내 의자 앞의 맥주를 가리켰다.

"미리 주문해 두었지."

"고마워."

"뭐 먹을까? 애피타이저 같은 거라도?"

"아니, 아냐, 이거면 돼."

"그래? 안색이 조금 안돼 보이는데?"

내가 맥주를 조금 들이켰다.

"러시아 놈 몇과 붙어서 그래."

그가 눈을 크게 뜨곤 자신의 성에 낀 머그잔 맥주를 들이켰다.

"그자들, 화물사업에서도 무법자들이야. 러시아인 모두는 아니지만 키릴 보르자코프의 졸개들? 휴, 그 놈들과는 상종을 말라고."

"이미 늦었어."

그가 맥주를 쟁반 위에 내려놓았다.

"맙소사, 보르자코프 애들하고 붙었다고?"

"그래."

"키릴은 그냥 악당이 아니야. 완전히 맛이 간 악당이라고. 이번에도 음주운전에 걸렸다는 얘기 들었어?"

"그래, 지난 주."

"아니, 어젯밤. 게다가 이번이 최악이야."

마이크가 테이블 너머 접은 《헤럴드》를 밀어 주었다.

기사는 6면에 있었다.

'망나니 보르자코프 베제르코 폭발.' 키릴은 타르가를 타고 댄버스 세차장에 들어갔는데, 순서를 기다리는 게 짜증이 났다. 당연히 먼저 세차를 받고 있는 자동차로서는 매우 안타까운 상황이었다. 키릴은 앞차를 들이받았다. 차는 세차장에서 강제로 밀려났지만 그 바람에 보르자코프의 타르가 엔진이 멈추었다. 경찰은 주차장에서 그를 찾아냈다. 비누거품을 뒤집어 쓴 채 자기 차에서 뜯어낸 와이퍼를 들고 파나마인 주유 담당자를 공격하는 참이었다. 그는 전기총에 맞고 주 경찰 네 명에게 진압당했다. 음주측정기로 NBA 제1쿼터 득점수를 기록했는데 시트 사물함에선 코카인 0.5그램까지 발견되었다. 보석으로 풀려난 건 저녁때나 되어서였다. 신문은 또한 그가 올해 살해를 명령한 것으로 의심되는 4인의 피해자 이름도 거론했다.

나는 신문을 접었다.

"그래서, 나를 괴롭히는 게 그냥 살인자가 아니라, 일종의 정신붕괴 증세가 있는 살인자라는 얘긴가?"

그가 검지를 코에 갖다 댔다.

"지금 당장은, 열심히 자기 코카인이나 빨고 있을 거야."

내가 어깻짓을 했다. 망할, 이런 얘기는 정말.

"패트릭, 기분 상하게 할 생각은 없네만 다른 일을 해보는 게 어때?"

"오늘 그 얘기만 두 번 듣는군."

"에, 오늘 점심 후에 새 매니저를 구해야 할지도 모르잖나. 내 기억이 맞는다면 자네는 대학 내내 화물 일을 했어."

내가 고개를 저었다.

"고맙지만 지금이 좋아, 마이크."

"그래도 생각은 해봐. 내 부탁은 그게 전부야." 그가 말했다.

"어쨌든 고맙네. 이제 업무 얘기를 하지."

그가 두 손을 맞잡고 테이블 쪽으로 상체를 내밀었다.

"자네 돈을 횡령하는 게 누구라고 생각하나?"

"야간 매니저, 스킵 피니."

"아니야."

그가 눈썹을 치켜떴다.

"나도 처음엔 그 친구인 줄 알았지. 그렇다고 100퍼센트 믿을 만하다는 얘기는 아니야. 이따금 트럭에서 한 박스 정도 빼 가는 것 같으니까. 그 집에 가보면 잃어버린 물건하고 똑같은 스테레오 시스템이 갖춰져 있을지도 모르지. 하지만 그 친구가 할 수 있는 건 적하목록으로 장난치는 정도지, 송장은 능력부족이라네. 그리고 마이크, 문제는 송장이야. 이따금 자네가 허락하지 않은 화물이 두 번, 세 번 청구되는데, 목적지엔 도착하지도 않아. 물론 존재하지 않기 때문이지."

"오케이." 그가 천천히 대답했다.

"누군가 플로마스터 머플러를 다섯 트럭분 구입했어. 그 상황은 알고 있지?"

"그래, 정상 거래니까. 7월까지는 모두 처분할 생각인데, 4월까지 주문을 미룰 경우 가격이 6~7퍼센트 상승하거든. 약간의 공간을 잡아먹는다 해도 이쪽이 남는 장사야."

"하지만 창고엔 네 트럭분밖에 없어. 송장에도 '4'라고 적혀 있고. 하지만 지불은 '5'로 되어 있고 확인해 봤더니 선적도 '5'였네." 나는 랩톱 가방에서 메모첩을 꺼내 펼쳤다. "미셸 맥케이브에 대해선 어떻게 생각하나?"

그가 심각한 얼굴로 의자에 등을 기댔다.

"외상 매출 담당매니저야. 친구 배우자이기도 하고. 좋은 친구지."

"유감이야, 정말로."

"분명한가?"

나는 랩톱 가방에서 사건파일을 꺼내 그에게 넘겼다.

"상위 20개 송장을 확인해 봐. 위조송장들이야. 자네가 비교할 수 있도록 회사 발행 송장도 첨부했네."

"20개?"

"더 있을지도 모르지. 하지만 여자가 자넬 이용했다면 그 정도만으로도 어떤 법정에서든 통할 거야. 노동위원회에 불만을 접수하거나 자네한테 온갖 중상모략을 뒤집어씌우려 할 때도 마찬가지고. 그녀의 체포를 원한다면……"

"오, 안 돼."

물론 그 친구가 그렇게 나올 줄 알았다.

"알아, 알아. 하지만 자네가 원하면 필요한 증거는 모두 그곳에 있네. 마이크, 적어도 손해배상은 고려해 보게나."

"얼마나?"

"이번 회계연도만? 최소 2만 달러."

"맙소사."

"그것도 내가 밝혀낸 것만 그래. 진짜 회계사라면 어디를 뒤질지 알 테니 또 뭐가 나올지 누가 알겠나."

"이런 경제 상황에, 외상매출 매니저와 창고 감독을 내쫓으라는 건가?"

"이유는 다르겠지만, 그래."

"빌어먹을."

우리는 맥주 두 잔을 더 주문했다. 손님들도 많아지고 창밖 센터 가의 교통도 혼잡해지기 시작했다. 거리 맞은편 사람들이 콘티넨탈 애견샵 앞에 차를 대고 맡겨놓은 개들을 데려가고 있었다. 그곳에 앉아 있는 동안, 내가 본 것만 해도 푸들 둘, 비글 하나, 콜리 하나, 그리고 잡종개 세 마리였다. 나는 아만다를 생각했다. 그 애도 개를 좋아했다. 그녀에 대해 들은 얘기 중 인간적인 속성은 그게 전부였다.

마이크는 누군가한테 몽둥이로 배를 얻어맞고 덤으로 뺨까지 맞은 사람처럼 보였다.

"2만 달러. 지난주에 그 집에서 저녁을 먹고 지난여름엔 삭스 경기에도 두 번 같이 갔어. 맙소사, 그녀가 내 일을 도와준 게 불과 2년이야. 차를 압류당한다는 얘기를 듣고 크리스마스 보너스로 1000달러를 주기도 했는데……" 그가 두 손을 머리 위로 들더니 맥없이 두개골 뒤로 떨어뜨렸다. "내 나이 겨우 마흔둘이네. 그래서 사람들에 대해서도 아는 게 없어. 정말 모르겠군. 도무지 왜 그런 거지?"

그가 두 손을 다시 테이블 위에 내려놓았다.

정말, 이 직업이 싫다.

17장

 예핌과 만난 후 몇 시간이 흘렀건만 충격을 떨쳐낼 수가 없었다. 옛날이라면 술 한 잔에 툴툴 털어냈을 것이다. 어쩌면 오스카와 데빈을 무허가 술집으로 불러내 그런 건 협박 축에도 못 낀다는 식으로 너스레를 떨었을지도 모른다.
 오스카와 데빈은 몇 년 전에 보스턴 경찰을 은퇴하고, 오스카의 고향 미시시피 그린우드의 망해가는 술집을 공동 명의로 사들였다. 술집 거리 맞은편이 로버트 존슨의 무덤 터라는 소문이 있어 두 사람은 술집을 블루스 클럽으로 개조했지만 마지막 소식을 들었을 때는 여전히 망해간다고 했다. 하지만 오스카와 데빈은 늘 너무 취해 있었기에 그런 일에 신경 쓸 여력이 없었다. 게다가 주차장에서 벌이는 금요일 오후 바비큐 이벤트는 이미 그 지방의 전설로 통한다니 그들이 돌아올 가능성은 제로다.

그래도 배출구가 없는 건 아니었다. 그다지 배출구답지는 않지만, 내 바람은 집에 돌아가 딸을 안고 아내를 안은 다음 샤워로 두려움의 냄새를 씻어 내리는 것뿐이었다. 실제로 그럴 생각으로 아버웨이를 따라 프랭클린 공원으로 건너갔다. 내가 사는 동네 지름길이기 때문이다. 그런데 그때 휴대폰이 울렸다. 발신자는 제레미 덴트였다.

"망할!"

내가 큰소리로 투덜댔다. 시디플레이어엔 스티키 핑거스를 크게 틀어둔 터였다. 스티키 핑거스는 늘 그렇게 볼륨을 높였다. 마침 「시든 꽃(Dead Flowers)」이 흘러나왔는데 더욱이 칙 재거의 맛 간 목소리에 맞춰 한참 클라이맥스를 따라 부르던 바로 그 순간이었다.

나는 음악을 줄이고 전화를 받았다.

"미리 크리스마스." 제레미 덴트의 인사였다.

"미리 장례식처럼 들리네요." 내가 투덜댔다.

"잠시 사무실에 들를 수 있나?"

"지금요?"

"지금. 크리스마스 선물이 있어."

"정말입니까?"

"그래. 정식 채용이라는 선물인데, 얘기해 보자고."

건강보험. 탁아소. 유치원. 대학펀드. 새 머플러.

"지금 가죠."

"그때 봄세." 그가 전화를 끊었다.

프랭클린 고원을 반쯤 지났다. 오른쪽 콜롬비아 로드를 탔다면

10분 후면 집에 도착할 것이다. 나는 대신 왼쪽의 블루힐 애비뉴로 꺾고 다운타운으로 돌아갔다.

제레미 덴트는 자기 의자에 편히 등을 기댔다.
"리타 베르나르도가 자카르타에 자리를 잡았어. 다른 곳도 아니고. 요즘 보안 사업이 한창이거든. 기막힌 지하드 출신들이 넘쳐나니까, 뭐. 세상으로서는 안 된 일이지만 우리한테야 큰 이득이지. (어깻짓) 그래, 아무튼, 리타가 인도네시아 디스코클럽들의 폭발 사태를 막기 위해 떠났기에, 자네한테 제안할 자리가 하나 생긴 셈이야."
"조건은요?"
그가 자기 잔에 두 번째 스카치를 따르고 내 잔을 향해 병을 기울였다. 나는 손짓으로 거절했다.
"조건 없어. 다시 점검해 본 결과, 자네의 수사 능력은 물론 현장 경험까지 그냥 모른 척하기엔 가치가 너무 크다는 결론에 이르렀지. 지금 당장 시작할 수 있네."
그가 책상 너머로 폴더를 밀어주었다. 폴더는 가장자리를 이탈해 내 무릎 위로 떨어졌다. 속표지에 젊은 남자의 사진이 클립 되어 있었다. 서른 살 정도? 어딘가 낯도 익었다. 날씬한 몸매, 지독한 곱슬에 검은 머리, 매부리처럼 생긴 코, 카페오레만큼이나 짙은 얼굴색. 남자는 흰 셔츠에 얇고 붉은 타이를 맸으며 마이크를 들었다.
"아슈라프 비타. 베이비 버락이라고도 부르지."
제레미의 설명에 나도 기억이 났다.

"마타판의 사회운동가. 스타디움 계획에 반대해서 싸웠죠."
"싸움이야 수도 없이 했지."
"카메라를 사랑하기도 하고." 내가 덧붙였다.
"정치가야. 그게 그 자를 올림픽 수준의 나르시시스트로 만들고 있지. 마타판 출신과 마타판 주소 때문에 현혹되지 말라고. 쇼핑은 루이스에서 하니까."
"무슨 돈으로요? 1년에 6만 달러라도 번답니까?"
제레미가 어깻짓을 했다.
"그래서 뭐가 필요합니까?"
"그의 생활 전부. 세세하게."
"의뢰인이 누구죠?"
그가 스카치를 홀짝였다.
"임무와 상관없는 질문이야."
"좋아요. 언제 시작하길 원하십니까?"
"지금. 어제. 하지만 의뢰인한테는 내일이라고 말했네."
나도 스카치 잔을 기울였다.
"그건 안 됩니다."
"지금 막 회사의 영구직을 제안했어. 그런데 벌써부터 앙탈을 부리긴가?"
"이렇게 될 줄 몰랐습니다. 그래도 식탁에 먹거리를 제공한 일은 처리해야죠. 도중에 빠져나올 수는 없잖습니까."
그가 내 알 바 아니라는 듯 천천히 눈을 끔벅였다.
"언제쯤 홀가분해지는데?"
"이틀 정도 더 필요합니다."

"그럼, 크리스마스야."

"예, 그렇죠."

"그럼 크리스마스까지 자유를 준다고 하지. 의뢰인한테는 새해가 가기 전에 마감해 주겠다고 전해도 되겠나?"

그가 폴더를 가리키며 물었다.

"크리스마스 전까지 지금 일을 끝내면요."

그가 한숨을 내쉬었다.

"도대체 얼마를 주던가. 지금 의뢰인이."

"상당한 거액입니다."

나는 거짓말을 했다.

나는 능력 밖의 꽃다발과 능력 밖의 중국 음식을 사 들고 집에 돌아갔다. 그리고 오후 내내 꿈을 꾸었던 샤워를 하고 청바지와 펠라의 콘서트 투어에서 산 티셔츠로 갈아입고 저녁식사를 위해 가족과 합류했다.

식사를 마친 후에는 딸과 놀고, 내가 책을 읽어주며 재웠다. 그리고 거실로 돌아와 아내에게 하루 일과를 보고했다.

얘기를 마치자, 앤지는 곧바로 현관으로 나가 아메리칸 스피릿 라이트를 물었다.

"그래서 러시아 조폭이 당신 면허증을 가져갔다고?"

"응."

"그럼 우리 주소를 안다는 얘기네."

"일반적으로 그런 정보가 운전면허증에 기재되기는 하지."

"그래서 그자들이 어린 소녀를 납치했다고 신고하면……"

"나를 괴롭히려 들 거야…… 그런데 두하멜이 정식 채용을 제안했다는 얘기 했던가?"

"수천 번이나. 이 건은 그만 두는 거지? 지금 당장?"

"아니."

"그만 둬."

"안 돼. 놈들이 열일곱 살짜리……"

"……여자애. 그래, 그 얘기도 들었어. 당신이 몰던 차를 총으로 박살냈다는 얘기도, 당신 면허증을 빼앗아 가서 내키기만 하면 우리 애도 납치할 수 있다는 얘기도 들었고. 열일곱 살 소녀는 안됐어. 하지만 여기도 내가 보호해야 할 네 살배기 소녀가 있단 말이야."

"다른 생명을 희생해야 하는 일이야."

"그래, 맞아."

"말도 안 돼."

"말 돼."

"아니, 말 안 돼. 이 사건을 맡으라고 한 건 당신이야."

"목소리 낮춰. 좋아, 맞아, 내가 당신한테……"

"지난번에 아만다를 찾았을 때 나한테…… 우리한테 어떤 일이 있었는지 알잖아. 그때 당신은 더 나은 선택 얘기만 했어. 그래 이제 그 선택이 우리를 물고 있고 다른 아이가 위험에 처해 있는데…… 그냥 이대로 짐 싸라고?"

"우리 딸 안전에 대한 얘기야."

"아니, 그 얘기 아니야. 우린 이미 이 사건에 끼어들었어. 개비를 데리고 장모님한테 간다면, 그래, 좋은 생각이야. 서로 보고 싶어 하니까. 하지만 난 아만다를 찾고 소피도 데려오겠어."
"이 사건은 넘길 수도……"
"아니, 제발 이러지 마. 제발."
"목소리 낮춰, 제발."
"내가 어떤 놈인지 알잖아. 베아의 요청을 받아들이라고 한 순간, 아만다를 다시 찾을 때까지 포기하지 않으리라는 걸 알았잖아. 그런데 다 끝난 일이라고? 아니, 안 끝났어. 내가 찾아낼 때까지는 아니야."
"누굴 찾아? 아만다? 소피? 자기는 심지어 구분조차 못 해."
우리 둘 다 거의 폭발 수위였다. 그리고 둘 다 그 사실을 알고 있었다. 한 단계만 더 치고 오를 경우 걷잡을 수 없는 상황이 되리라는 사실도 알았다. 아일랜드 기질과 이태리 기질이 결혼하면, 접시 몇 개 깨지는 일쯤은 아무것도 아니다. 딸이 태어나기 직전에는 상담을 받은 적도 있었다. 격납고 내부의 공기 밀도가 너무 높을 경우에도 핵 버튼을 누르지 않도록 하기 위해서였는데 대부분 도움이 되었다.

내가 심호흡을 했다. 아내도 심호흡을 하고 담배를 빼물었다. 현관 바람은 혹독할 정도로 차가웠지만, 옷을 단단히 껴입은 데다 폐부를 찌르는 기분도 좋았다. 나는 길고 긴 숨을 내쉬었다. 20년의 큰 숨.

앤지가 내 품으로 파고들었다. 나는 두 팔로 끌어안았다. 그녀는 내 턱 밑에 머리를 넣고 내 목 아래쪽에 키스했다.
"자기와 싸우기 싫어." 그녀가 말했다.
"당신과 싸우기 싫어."

"그런데 자꾸 의견이 달라."
"그만큼 우리가 싸움 후의 화해를 좋아하기 때문이야."
"난 화해를 사랑해." 그녀가 말했다.
"당신과 나 둘 다."

"우리 때문에 아기가 깼을까?"
나는 두 침실을 나눈 문으로 가서 빼꼼 열어보았다. 딸은 자고 있었다. 배가 아니라 상체를 침대에 대고 고개는 오른쪽으로 돌린 채 엉덩이를 하늘로 들어 올린 자세였다. 두 시간만 더 지켜본다면 옆으로 돌아눕겠지만, 초저녁엔 늘 저렇게 참회자처럼 잠을 잤다.
나는 문을 닫고 침대로 돌아갔다.
"완전히 잠들었어."
"아무래도 보내야겠어."
"뭐? 어디로?"
"할머니한테. 부바가 맡아준다면."
"전화해. 부바가 뭐라고 할지 알잖아."
그녀가 끄덕였다. 사실 질문도 아니었다. 앤지가 부바에게 전화해 당장 카투만두에서 보자고 한다면, 이미 그곳에 와 있다고 대답할 친구니까 말이다.
"도대체 어떻게 무기를 비행기에 싣는 거지?"
"사바나잖아. 그곳에 연줄이 있을 거야."
"개비도 할머니를 보면 기뻐할 거야. 분명히. 여름부터 쉬지도 않고 그 얘기만 한걸. 에, 그 얘기에 나무 얘기까지 더해서. 그래도 괜찮겠어?"

그녀가 내게 고개를 돌려 나도 그녀를 보았다.

"내가 처리하려는 놈들은 아주 나빠. 그리고 당신이 말했듯 우리가 어디 사는지도 알고. 가능하다면 내일 비행기에 태우자고. 하지만 당신은? 다시 박차를 차고 나와 함께 마차 길을 달릴 생각이야?"

"응. 그럼 빨리 끝날 수도 있잖아."

"그렇겠지. 하지만 개비를 낳은 후로 가장 오래 떨어져 있는 것 아닌가?"

"3일."

"그래. 메인에 갔을 때에도 내내 보고 싶다고 징징댔었지."

"징징 안 댔어. 몇 번 사실을 언급했을 뿐이지."

"그리고 다시 언급하고. 그런 걸 징징댄다고 그러더라."

그녀가 베개로 내 머리를 때렸다.

"아무튼! 그건 작년이었어. 나도 어른이 되었고 우리 딸도 이번 여행은 좋아할 거야. 부바 아저씨와 할머니 보러 가는 모험? 오늘 밤 얘기했으면 잠도 못 들었을걸?" 그녀가 내 위로 올라왔다. "그래, 지금 계획은 뭐야?"

"아만다를 찾아야지."

"또다시."

"또다시. 그 애가 훔친 십자가와 소피를 교환한 다음 모두 집으로 돌아가는 거야."

"아만다가 포기한대?"

"소피는 친구야."

"내가 듣기로, 소피는 아만다 아바타야."

내가 머리를 긁었다.

"그렇게 나쁜지는 모르겠어. 아니 사실 아는 게 별로 없기도 해. 아만다를 찾아야 하는 이유도 그래서니까."

"하지만 어떻게?"

"그게 문제지."

그녀가 내 몸 너머로 손을 내밀어 바닥의 랩톱 가방을 집었다. 그리고 가방 안에서 'A. 맥크레디'라는 파일을 꺼내 내 머리 오른쪽 베개에 펼쳐놓았다.

"자기가 아만다 방을 찍은 사진들이지?"

"응. 아니, 그것 말고…… 그건 소피 방이야. 계속 가봐. 그래, 그거."

"호텔 방 같은데?"

"무척 인상적이지, 응?"

"삭스 셔츠는 깬다."

내가 끄덕였다.

"웃기는 게 뭔지 알아? 그 애는 팬도 아냐. 팀에 대해 얘기해본 적도, 펜웨이에 가본 적도 없어. 훌리오 루고와 계약하거나 케이슨 가버드를 에릭 가녜와 트레이드했을 때 테오 단장이 도대체 제정신인지 묻지도 않았으니까."

"어쩌면 베켓 때문인지도 몰라."

"응?"

"그냥 조시 베켓한테 꽂혀서 그런지도 모른다고."

"그건 또 무슨 말이야?"

"에, 이게 그의 셔츠 맞지? 19번. 당신, 왜 갑자기 그렇게 창백해지는 건데?"

"앤지."

"응?"

"아만다가 꽂힌 건 레드삭스가 아냐."

"아냐?"

"조시 베켓도 아니고."

"그래, 그 친구는 내 타입도 아니야. 그런데 왜 셔츠지?"

"12년 전, 우리가 어디서 그 애를 찾았지?"

"잭 도일의 집."

"그럼 그 집은 어디에 있지?"

"버크셔의 어느 작은 시골 읍내. 그러니까 뉴욕 변경에서 30킬로미터 정도 거리? 아니면 40? 아무튼 커피숍 하나 없는 곳이었어."

"이름이 뭐였게?"

"마을?"

내가 끄덕였다.

그녀가 어깨를 으쓱였다.

"뭐였는데?"

"베켓."

"아빠 안아줘." 내가 다시 애원했다.

"싫어."

"안아줘, 응?"

"싫다고 했잖아."

우리는 우울 모드였다. 로건의 C 터미널, 부바와 개비는 티켓을 들고 서 있었는데 줄 선 사람들이 놀랍도록 적었다. 개비는 네 살 배기답게 내게 삐친 터였다. 팔짱을 하고, 발을 구르고.

나는 무릎을 꿇었지만 아이는 고개까지 돌렸다.

"개비, 얘기 충분히 했잖아. 집에서 화를 내면 뭐지?"

"우리 문제." 아이가 마침내 대답했다.

"그럼 집 밖에서 화를 내는 건?"

아이가 고개를 저었다.

"개비."

"우리 창피."

"맞아. 그러니까 아빠 안아줘. 아무리 아빠한테 화가 나도 안아는 줘야 하는 거야. 그게 우리 규칙이잖아, 맞지?"

아이가 루블 아저씨를 놓고 내게 뛰어올랐다. 개비는 엄지 마디로 내 등을 힘껏 찌르고 턱을 내 목덜미에 걸었다.

"금방 만날 거야." 내가 말했다.

"오늘 밤?"

내가 앤지를 보았다. 맙소사.

"오늘 밤은 아니지만, 금방 만나."

"아빠는 맨날 달아나잖아."

"아냐, 안 달아나."

"아냐, 달아나. 밤에 달아나서 아침 시간에 일어나면 아빤 없는 걸. 그런데 엄마까지 데려가잖아."

"아빠도 일해야지."

"너무 많이 해."

목소리가 울먹이는 걸 보니 아무래도 다시 한바탕 시작할 모양이다.

나는 아이를 떼어냈다. 아이가 내 눈을 보았다. 엄마의 작은 인형 버전.

"이게 마지막이야, 응? 내가 달아나는 마지막. 너를 멀리 보내는 마지막."

그녀가 나를 보았다. 두 눈과 입술이 파르르 떨렸다.

"약속."

내가 새끼손가락을 내밀었다.

"약속."

앤지도 우리 옆에 무릎을 꿇고 딸에게 키스했다. 나는 물러나 두 사람의 시간을 만들어주었다. 나보다도 훨씬 애처로운 광경이었다.

부바가 내게 다가왔다.

"비행기에서도 울까? 기내에서 울고불고 하면 어쩌지, 응?"

"그렇지는 않을 거야. 하지만 저 애가 우는데 어떤 놈이 노려보잖아? 그럼 물어버려도 좋아. 아니, 그냥 으르렁거리기만 해도 되겠다. 그리고 우리 딸한테 인상 쓰는 러시아 놈이 있으면……"

"이런, 어떤 놈이 인상을 써? 그럼, 그놈 눈은 바닥을 구르며 자기 몸을 구경해야 할 거다. 내가 그 새끼 목을 끊어낼 거니까."

탑승구 안에서 승무원들이 우리를 보았다. 부바가 가브리엘라를 어깨에 태우고 컨베이어 벨트의 가방을 들었다. 두 사람이 손을 저었다.
 우리도 손을 저었다. 두 사람이 떠났다.

3부

벨라루스 십자가

18장

창백한 하늘에 구름이 낮게 걸렸다. 우리는 매스 도로를 빠져나와 지도를 따라 베켓으로 가는 참이었다. 마을은 뉴욕 변경에서 40킬로미터 떨어진 버크셔 한가운데 있었다. 때가 때인지라 언덕은 눈발이 흩어지고 도로는 어디나 검고 축축하고 미끄러웠다. 베켓에도 주도로는 있었으나 대도시 같은 대로는 아니었다. 타운센터도 보이지 않고, 상점, 미용실, 세탁소, 지역부동산 등을 포함한 상가도 없었다. 앤지가 지적했듯, 심지어 커피숍 하나 찾을 수가 없었다. 그런 게 필요하다면 스톡브리지나 레녹스로 가야 한다. 베켓은 주택과 언덕, 나무, 그리고 숲뿐이다. 크림소다 색깔에 아메바 모양의 연못 하나. 그리고 다시 숲. 숲의 위쪽 일부가 낮은 구름에 반쯤 덮였다.

우리는 오전 내내 베켓과 웨스트베켓을 위, 아래, 사방으로 돌아다녔다. 언덕 대부분의 도로가 막다른 길인지라 누군가의 사유지에 차를 세우고 자갈길을 밟으며 되돌아 나올 때마다 호기심과 적대감의 눈총을 받아야 했다. 하지만 그 얼굴 중 아만다는 없었다.

그러기를 세 시간, 점심시간이 되었다. 우리는 몇 킬로미터 떨어진 체스터에서 식당 하나를 발견했다. 나는 마요네즈 없는 터키 클럽 샌드위치, 앤지는 치즈버거와 콜라를 주문했다. 나는 병에 든 생수를 홀짝이며 치즈버거 따위는 관심도 없는 척했다. 앤지는 음식을 거의 가리지 않는데도 콜레스테롤 수치가 신생아 수준이다. 나는 90퍼센트 이상 생선과 치킨을 먹고도 은퇴한 스모 선수와 맞먹는다. 인생이란, 그런 식으로 공평하다. 식당에는 다른 손님이 여덟이나 되었고 부츠를 신지 않은 건 우리뿐이었다. 격자무늬 셔츠도 마찬가지다. 남자들은 모두 야구모자를 쓰고 청바지를 입었으며 여자 둘은 크리스마스에 늙은 고모한테서 받았을 듯한 스웨터 차림이었다. 파카 조끼도 많았다.

"지역 상황을 확인하는 방법이 또 뭐가 있지?"

"지방신문."

나는 신문을 찾아보았지만 보이지 않았다. 그래서 나는 카운터를 지키는 소녀의 시선을 끌기 위해 애를 써야 했다.

예쁘장한 얼굴을 여드름 상처로 망친 열아홉 살 정도의 아가씨였다. 적정 체중보다 20킬로그램은 살이 찐 듯했으며 무감각으로 위장한 분노로 두 눈이 멍해 보였다. 지금처럼 이어간다면 아이들에게 아침 대신 또띠아칩을 먹이고 느낌표를 덕지덕지 붙인 심통 범퍼스티커를 구입할 부류로 자랄 것이다. 하지만 지금 당장은 미래가 꽉 막힌 답답한 시골 처녀에 불과했다. 내가 마침내 그녀의 시선을 잡고 카운터 뒤에 신문이 있는지 물었다.

"뭐요?" 소녀가 되물었다.

"신문."

멍한 표정.

"신문. 스크롤버튼 없는 홈페이지 같은 건데?" 내 농담에도 여전히 어벙한 표정. "첫 페이지엔 대개 그림이 나와. 알겠지만 그림 밑에 글도 적혀 있고. 그리고 때때로? 하단 좌측에 파이도표가 보일 때도 있지."

"여긴 식당이에요." 그녀가 대답했다.

마치 그 말로 모든 의문이 해결하기라도 했다는 투였다. 그녀가 자리를 옮겨 커피메이커 옆 카운터에 기대고는 휴대폰으로 문자질을 시작했다.

바로 옆 사내를 건너다보았으나 그 역시 미트로프와 사랑에 빠진 듯 보였다. 앤지가 어깨를 으쓱했다. 이윽고 스툴의자를 돌리다가 문 옆에 철망장식장을 보았는데 그 위에 프린트물 같은 게 보였다. 나는 그곳으로 건너갔다. 꼭대기 선반엔 월간 부동산 잡지가, 그 아래에 그 지역 팸플릿들이 담겨 있었다. 특별한 표지 장식은 없고 대개가 지역 광고였다. 그런데 책을 펼치자 반갑게도 컬러 지도가 나타났다. 주유소 표시는 물론, 극장들과 골동품 가게들, 리 거리의 아웃렛몰, 레녹스의 유리가게, 아디론댁 의자를 파는 상점, 누비와 실꾸릿대 따위를 파는 상점들이 표시되어 있었다.

베켓과 웨스트베켓도 손쉽게 찾을 수 있었다. 오늘 아침 지나친 언덕 위 학교는 제이콥스 필로댄스 학교였고 십여 번이나 지난 연못은 실제로도 이름이 나와 있지 않았다. 그밖에 베켓에서 눈여겨 볼 곳은 미들필드 스테이트 숲과 맥밀란 공원이었는데, 후자는 그 반경 내에 포프린츠 펫 공원도 있었다.

"애견 공원이야. 어둠 속에 찔러볼 가치는 있겠어."

나도 그렇게 생각하던 참이었다.

카운터 소녀가 앤지의 치즈버거를 카운터에 툭 하고 던진 다음, 내 샌드위치는 손의 땀 한 방울과 함께 내 앞에 내려놓고 다시 카운터 안으로 들어갔다. 마요네즈 빼달라는 주문 못 들었느냐고 따질 틈도 없었다. 우리가 지도를 확인하는 동안 손님들도 대부분 떠나고 중년 커플만 남았다. 두 사람은 대부분 서로를 외면하고 하릴없이 창밖만 바라보았다. 나는 스툴의자 두 개를 건너가 종이 냅킨으로 감싼 나이프와 포크를 찾아 나이프로 빵의 마요네즈를 대충 걷어냈다. 앤지가 어이없다는 표정으로 지켜보다가 다시 치즈버거로 돌아갔다. 내가 샌드위치를 물 때 패스트푸드 요리사가 부엌 뒤에서 사라지더니 뒤쪽 어딘가의 문이 열렸다. 그리고 잠시 후 담배 냄새가 나고 카운터 소녀와 얘기하는 나지막한 목소리도 들려왔다.

샌드위치 맛은 최악이었다. 칠면조가 어찌나 퍽퍽한지 분필을 씹는 것만 같았다. 베이컨은 고무 같았고 상추는 지켜보는 동안 갈색으로 변색되었다. 나는 샌드위치를 접시 위에 내려놓았다.

"버거는 어때?"

"죽겠어." 앤지의 대답이었다.

"그러면서 왜 먹어?"

"심심해서."

나는 미스 매력덩어리께서 두고 간 청구서를 보았다. 쓰레기 같은 서비스로 배달된 더 쓰레기 같은 점심 2인분에 16달러. 나는 접시 밑에 20달러를 놓았다.

"설마 저 애한테 팁을 주려는 건 아니지?"

"당연히 줘야지."

"하지만 팁을 받을 자격이 없잖아."

"그야, 없지."

"그런데……?"

"사립탐정이 되기 전에 내가 얼마나 서빙을 많이 한 줄 알지? 아무리 스탈린이라도 팁은 줄 거야."

"그러면야 스탈린 손녀한테 못 줄 것도 없겠지."

우리는 돈을 두고 지도를 집어 식당을 빠져나갔다.

맥밀란 공원에는 야구장 하나와 테니스 코트 세 개가 있었다. 학생들을 위한 넓은 놀이터와 영아용의 보다 작고 밝은 색의 놀이터도 있었다. 바로 그 옆에 애견공원도 두 개 있었는데, 덩치 큰 개들을 위한 공원 내에 작은 개들을 위해 타원형의 울타리를 세워둔 형식이다. 누군가 애견공원에 신경을 많이 쓰는지 바닥엔 테니스공들이 잔뜩 뿌려졌고, 네 개의 분수가 그 아래 대형 개밥그릇들에 물을 공급해 주었다. 보트를 매는 데 쓰는 두꺼운 밧줄도 바닥에 늘어져 있었다. 베켓에서는 개 팔자가 정말로 상팔자로 보였다.

한낮이라 사람도 개도 많지는 않았다. 남자 둘, 중년 여인 하나,

그리고 초로의 부부가 바이마라너 두 마리, 라브라두들과 예쁘고 오만한 코기를 돌보았고, 다른 세 마리의 개가 코기를 졸졸 쫓아 다녔다.

우리가 건네준 사진의 아만다를 알아보는 사람은 없었다. 어쩌면 개입하고 싶지 않은 건지도 모르겠다. 사립탐정들이 불신의 유예 덕을 보는 시대는 지났다. 그보다는 프라이버시 침해의 상징 중 하나로 여기는 쪽이었다. 어쨌거나, 뭐, 틀린 말은 아니다.

바이마라너 두 마리를 데리고 있는 두 사내는, 머리카락과 턱은 아니지만 코와 이마, 좁은 눈이 영화 「트와일라잇」에 나오는 여자 닮았다고 하다가 끝내 그 여배우 이름이 크리스틴인지 아니면 커스틴인지를 놓고 다투기 시작했다. 나는 그 싸움이 팀 에드워드 대 팀 제이콥의 분란으로 번지기 전에 슬그머니 중년여인에게 건너갔다.

중년여인은 옷차림은 깔끔했으나 눈 아래 가벼운 다크서클을 볼 수 있었다. 오른손 검지와 중지 윗부분도 니코틴에 누렇게 변색되었다. 그녀는 자신의 개 라브라두들을 개줄에 묶어둔 유일한 사람이었다. 개가 달아나려고 할 때마다 이를 갈았는데, 세 마리의 다른 개가 그녀의 개를 놀려대고 있었다.

"내가 안다고 해도 왜 당신들한테 말해야 하지? 모르는 사람들인데?"

그녀의 반응은 그랬다.

"절 아신다면 톰 크루즈보다 좋아하실 겁니다."

내가 자신했다.

그녀는 눈 하나 깜짝하지 않고 나를 바라보았는데, 적대적인 표정이 전혀 드러나지 않았기에 두 배나 적대적으로 느껴야 했다.

"이 아이가 뭘 했기에?"

"아무것도요. 집에서 가출했는데 겨우 열여섯이에요."

앤지의 대답이었다.

"나도 열여섯에 달아났어. 한 달 후에 돌아갔지만 오늘날까지 왜 그랬는지 모르겠더군. 차라리 저 바깥이 좋았어."

그녀는 '저 바깥'을 언급하며 턱으로 아득히 먼 곳을 가리켰다. 엄마와 아기들이 모여 있는 소형놀이터를 지나고, 주차장을 지나고, 버크셔의 푸른 신록 속으로 꺼져간 언덕들을 지난 곳이다. 그녀의 행동은 거대한 산맥 저편에 보다 나은 삶이 기다리고 있었다고 말하는 듯했다.

"이 아이는 가출을 크게 후회할 거예요. 하버드와 예일이든, 원하는 대로 갈 아이거든요."

앤지가 말했다.

여자가 개줄을 잡아당겼다.

"그래서? 월급 조금 더 받으면서 어느 칸막이에 갇히는 거잖아. 하버드 졸업장은 파티션 벽에 걸고? 그 다음엔 30~40년 동안 주가 조작하고 사람들의 직장과 집과 사회보장을 빼앗으면서 살겠지? 그래도 하버드 졸업생이니 다 용서될 거야. 밤에는 아기처럼 잘 자고 스스로 아무 죄가 없다며 자위할 테고. 그게 시스템이니까. 그러다가 어느 날 가슴에 종양을 발견하게 되는 거야. 더 이상 행복하지도 않겠지만 누가 관심이나 준대? 다 제 년이 싸지른 일인데? 그러니, 우리 모두를 위해서라도 죽어버리라 그래."

그녀는 말을 마칠 때쯤 눈까지 빨개졌다. 그녀가 떨리는 손을 손가방에 넣어 담배를 꺼냈다. 공원의 공기가 썰렁해졌다. 앤지도 다소 충격을 받은 표정이었다. 나는 여자한테서 한 걸음 물러섰다. 게이 커플과 초로의 커플도 우리를 바라보았다. 목소리 한 번 높이지 않았으나 대기 속으로 뿜어낸 분노가 너무도 처절하고 처참한 터라 우리 모두 크게 흔들릴 수밖에 없었다. 그렇다고 특별한 경우도 아니었다. 오히려, 최근에 누군가에게 질문을 하거나, 대수롭지 않게 농담을 던질 경우, 불현듯 상실감과 분노의 폭격에 당황하곤 했다. 우리는 어떻게 여기까지 왔는지 이해하지 못한다. 우리한테 어떤 일이 일어났는지도 모른다. 다만 어느 날 깨어보면 도로 이정표가 모두 사라지고 내비게이션 시스템도 오작동을 일으키는 것이다. 자동차엔 연료가 떨어지고 거실엔 가구가 없으며 우리 옆 침대의 흔적도 깨끗하게 지워지고 만다.

"죄송합니다." 내가 생각할 수 있는 말은 그게 다였다.

그녀는 떨리는 손으로 담배를 입으로 가져가 불을 붙였다.

"당신이 왜 죄송해?"

"어쨌든 죄송합니다."

그녀는 고개를 끄덕이더니 나와 앤지를 번갈아 돌아보았다. 너무도 부드럽고 무기력한 시선.

"그냥 화가 나서 그래. 알아? 사람을 아예 개똥으로 알잖아."

그녀는 아랫입술을 깨물고 시선을 떨구었더니, 잠시 후엔 라브라두들을 데리고 공원 후문을 향해 걸어갔다.

앤지가 담뱃불을 붙이는 동안 나는 아만다의 사진을 들고 초로 부부에게 접근했다. 남자는 힐끗 사진을 보았으나 여자는 아예 눈조차 마주치려 하지 않았다.

나는 남자에게 아만다를 본 적이 있는지 물었다.

그가 사진을 다시 훑어보곤 고개를 저었다.

"이름이 아만다입니다." 내가 말했다.

"이곳에선 이름을 거의 모르오. 애견 공원이니까. 지금 막 떠난 여자? 우린 럭키 주인이라고 불렀지. 그 밖의 이름은 몰라요. 예전엔 남편도 가족도 있었다는데 지금은 아무도 없다더군. 이유는 정확히 모르겠소. 불쌍한 사람이오. 내 아내와 나? 우린 달리아 주인이오. 저기 두 신사양반은 리누스와 슈뢰더의 주인이고. 하지만 당신들은? 그냥 럭키 주인을 더 슬프게 만든 두 머저리일 뿐이라오. 안녕히들 가시오."

그들도 떠났다. 그들은 옆문을 통해 공원으로 나가 보도에 모인 다음 차 문을 열어 개를 태웠다. 우리는 개 없는 애견 공원에 남았다. 정말 머저리라도 된 기분이었다. 할 말도 없었다. 그래서 우린 그 자리에 서 있었고 앤지는 담배를 피웠다.

"우리도 가야겠지?" 내가 입을 열었다.

앤지가 고개를 끄덕였다.

"저 문으로 가자, 응?"

그녀가 애견공원 반대편 입구를 가리켜 우리는 그쪽으로 향했다. 갑자기 적대적으로 돌변한 사람들과 다시 마주치고 싶지 않아서다. 반대편 입구는 아이들 놀이터와 그 너머 보도와 이어졌다. 우리 차도 그곳에 주차되어 있었다.

이곳에도 다른 그룹이 모여 있었다. 엄마들과 아이들. 그리고 유모차와 빨대컵과 젖병과 기저귀 가방들. 어른은 여자 여섯에 남자 하나였다. 남자는 조깅복 차림으로 조깅 유모차 옆에 서서 내다리만 한 생수병을 계속 빨아댔다. 여자들과는 조금 떨어진 위치였다. 아마도 여자들에게 잘 보이려 잔뜩 폼을 잡는 모양인데 여자들도 싫은 기색은 아니었다.

단 한 명은 예외였다. 여자는 몇 걸음 떨어진 곳, 그러니까 어린이놀이터와 애견공원의 경계가 되는 짧은 울타리 근처에 있었다. 아기띠를 이용해 아기를 가슴에 안았는데 아기가 세상을 볼 수 있도록 등을 가슴에 붙였다. 하지만 아기는 세상이 아니라 빽빽거리며 우는 데 관심이 더 많았다. 엄마가 엄지를 입에 물려주자 잠시 조용해지는가 싶더니, 자기가 원하는 젖꼭지나 고무젖꼭지, 젖병이 아님을 깨닫고는 다시 울기 시작했다. 잠시 후엔 아예 감전이라도 된 듯 경련을 일으키기까지 했다. 가브리엘라가 저렇게 나왔을 때 얼마나 무기력했는지 나도 잘 알고 있었다. 머리가 온통 땀투성이가 되지 않았던가.

12년 동안 만나지 못했건만 그녀는 그렇게 내 앞에 나타났다.

아만다.

그리고 그녀의 딸.

19장

아만다는 달아나지도 못했다. 아기를 가슴에 안은 데다 유모차에 기저귀 가방까지 딸린 마당이니, 행여 달리기선수에 앤지와 내가 십자인대를 다쳤다 해도, 동시에 차에 타고 시동을 걸고 아기를 시트에 묶는 건 불가능했다.

"안녕, 아만다."

그녀는 다가서는 나를 지켜보기만 했다. 잡히기를 원치 않는 사람들 특유의 겁먹은 표정도 없었다. 그저 평온하고 담담한 눈빛. 아기가 엄마 엄지를 빨기 시작한 걸 보니 없는 것보다 낫다고 생각한 모양이었다. 아만다가 다른 손으로 아이 머리를 다독여주었다. 아기는 연갈색 고수머리였다.

"안녕, 아저씨. 안녕, 아줌마."

12년.

"어떻게 지내니?" 우리는 울타리를 사이에 두고 마주 섰다.

"오, 보시는 대로예요."

내가 아기를 보며 고개를 끄덕였다.

"예쁜 아이구나."

아만다가 부드러운 눈으로 아기를 보았다.

"정말 그렇죠?"

아만다도 예쁜 편이지만 모델이나 미인대회에 나갈 정도는 아니었다. 얼굴은 개성이 너무 뚜렷하고 눈 역시 너무 많은 지식을 드러냈다. 살짝 굽은 코는 살짝 비틀린 입과 완벽한 조화를 이루었다. 스트레이트퍼머의 갈색머리가 작은 얼굴을 덮은 탓에 전체적으로도 원래보다 훨씬 더 작아 보였다.

아이가 꿈틀거리며 징징거리다가 다시 엄마 엄지를 빠는 데 몰두했다.

"얼마나 되었니?" 앤지가 물었다.

"4주 다 돼가요. 이렇게 오래 밖에 나온 것도 오늘이 처음인 걸요. 밖에 나오는 걸 좋아해 아예 비명까지 질러요."

"그래, 그 나이엔 원래 잘 울어."

"아이 있어요?" 그녀는 아이를 보며 엄지를 조금 더 먹였다.

"응, 딸. 이제 네 살이야."

"이름은요?"

"가브리엘라, 그 애는?"

아기가 두 눈을 감았다. 2분도 채 못 되어 아마겟돈에서 고요의 바다로 이동한 것이다.

"클레어."

"예쁜 이름이구나." 내가 말했다.

"그래요? 맘에 드세요?"

그녀가 내게 미소를 지었다. 진솔한 동시에 멋쩍은 미소였는데, 그 바람에 두 배나 더 매력적으로 보였다.

"그래. 튀는 이름이 아니라 좋아."

"그런 이름 싫어요. 퍼시벌이나 콜레튼 같은 아이 이름들."

"아일랜드 이름은 어떻고?" 앤지가 거들었다.

고갯짓과 웃음.

"데브루, 피오나."

"나도 두 명 정도 알아. 윗동네 사는 꼬마는 이름이 보노라더라."

아이가 경기할 만큼 커다란 웃음.

"설마요."

"사실은 아니다. 내가 꾸며냈어." 내가 인정했다.

말이 끊기자 우리 얼굴의 미소도 조금씩 죽어갔다. 엄마들과 조깅남은 우리에게 관심이 없었지만 놀이터와 도로 사이 중간쯤에도 한 남자가 서 있었다. 고개를 숙인 채 천천히 맴을 돌고 있는데 우리 쪽을 보지 않으려고 무진 애를 쓰는 게 분명했다.

"저쪽이 아빠인가 보지?" 내가 물었다.

그녀가 어깨 너머를 보고 다시 나를 보았다.

"아마 그럴 거예요."

앤지도 곁눈질을 했다.

"나이가 많아 보이는데?"

"애들한테는 관심 가져본 적도 없는걸요."

"아, 사람들한테 뭐라고 하냐? 네 아빠라고?"

"가끔요. 가끔은 삼촌이나 큰오빠도 돼요. (어깻짓) 대개는 사람들이 지레짐작해서 말할 필요도 없지만요."

"남편은 시내에 직장이 없나?" 앤지가 물었다.

"지금은 휴가예요."

그녀가 남자에게 손짓하자 그가 두 손을 재킷 주머니에 찔러 넣고 우리 쪽으로 터덜터덜 걸어오기 시작했다.

"휴가가 끝나면 어떻게 할 건데?"

다시 어깻짓.

"저 다리에서 뛰어내려야죠."

"네가 원하는 게 이거야? 여기 버크셔스에서 살림 차리는 거?"

그녀가 주변을 둘러보았다.

"어느 곳보다 좋은 곳이에요."

"네 살 때 기억을 다 잊은 건 아닌 모양이군." 내가 말했다.

그녀의 눈이 반짝였다.

"모두 기억하는 걸요."

그럼 고함소리, 울음소리도 기억할 것이다. 그녀를 무척이나 사랑했던 두 사람의 체포, 그들의 품에서 그녀를 떼어낸 공무원들, 그리고 그곳에 서서 지켜보던 나까지 모두. 그 모든 소란의 원흉.

원흉.

그녀의 애인이 다가와 그녀에게 고무젖꼭지를 건네주었다.

"고마워요." 그녀가 대답했다.

"고맙기는." 그가 우리에게 돌아섰다. "패트릭. 앤지."

"안녕하시오, 드레?"

두 사람이 사는 곳은 애견공원에서 불과 1.5킬로미터 떨어진 주도로 부근으로, 오늘 아침 여남은 번은 지나쳤던 집이었다. 19세기 후반에서 20세기 초반에 유행했던 정방형 이층집의 짙은 황갈색 벽이 회백색 목조부 및 납빛의 돌기둥과도 멋지게 어울렸다. 건물은 도로에서 몇 미터 들어가 있고 넓은 보도가 도로가의 집들을 에워싼 터라, 마을이라기보다는 작은 촌락처럼 느껴졌다. 거리 맞은편에 일반 잔디와 작은 접근로, 그리고 뒤쪽으로 개울이 흐르고 흰 첨탑의 교회도 하나 보였다.

"정말 조용하네요. 밤에 개울 소리 때문에 잠들기도 어렵겠어요."

앤지가 차에서 나와 인도에 오르며 말했다.

"끔찍해라." 내가 동의했다.

"자연을 싫어하시는군요." 드레가 말했다.

"자연은 좋아해요. 단지 가까이 하고 싶지 않을 뿐이지."

아만다가 자동차 시트에서 클레어를 안아 "잠깐만요." 하며 내게 건넸다. 그녀는 기저귀 가방을 들고 돌아왔다. 드레도 바로 뒤에서 유모차를 꺼내 우리는 함께 집으로 향했다.

"손이 모자라요." 아만다가 말했다.

"내가 잠시 데리고 있을게. 괜찮다면."

"그럼요."

신생아가 얼마나 조그마한지 깜빡 잊었다. 아기는 기껏해야 4킬로그램 정도였다. 구름 사이로 해가 비치자, 클레어는 양배추처럼 얼굴을 찌푸리고 단단히 쥔 두 손으로 두 눈을 가렸다. 잠시 후 아기가 주먹을 치우고 인상을 풀고 두 눈을 떴다. 고급 스카치 색의 눈. 아기가 그 눈으로 나를 보고는 놀란 표정을 지었다. '아저씨는 누구예요?'가 아니라, '이 괴물은 뭐지? 여기가 어디야?'라고 묻는 눈이었다.

개비도 그런 표정을 지었었다. 모든 게 낯설고 생소했다. 익숙한 것도 비교할 준거도 없고, 언어도 자각도 없으며 심지어 개념의 개념도 알지 못했다.

우리는 문지방을 건너서 집 안으로 들어갔다. 빛이 바뀌면서 아이의 놀라움은 다시 당혹감으로 바뀌었으며, 그에 따라 표정도 더 어두워졌다. 예쁜 얼굴이다. 하트 모양에 오동통한 뺨. 버터빵 같은 눈과 장미 봉오리 같은 입. 분명 굉장한 미인으로 자라 수많은 남자의 머리를 비우고 심장을 멎게 할 것이다.

하지만 꼼지락거리는 아이를 아만다가 데려가면서, 문득 그 아이가 어떻게 자라든 간에, 아만다도 드레도 전혀 닮지 않았다는 생각이 들었다.

우리는 거실의 부드러운 회색 돌난로 옆에 앉았다.

"자, 아무튼……" 내가 운을 뗐다.

"예, 아무튼."

드레는 암갈색 청바지에 짙은 감색 스웨터 옷깃을 세우고, 안에는 진줏빛 헨리셔츠를 받쳐 입었으며 머리엔 짙은 회색 중절모를 썼다. 그는 이곳 버크셔스에 불가사리만큼이나 완벽히 어울렸다. 지금은 재킷 주머니에서 백랍술통을 꺼내 조금씩 홀짝이고 있었다. 아만다는 그가 술병을 집어넣는 모습을 지켜보며 잔뜩 마뜩치 않은 표정을 지었다. 그녀는 긴 의자 맞은편에 앉아 아이를 품에 안고 가볍게 흔들었다.

"망할, 도대체 아동가족부 사무실엔 어떻게 돌아갈 생각이오? 여기 당신네 가족이 완전히 불법인데?"

내가 투덜댔다.

"제발, 아기 앞에서 욕하지 말아요." 아만다가 애원했다.

"겨우 삼 주입니다. 아기 앞에서 욕하는 건 싫어요. 누구도. 당신 딸 앞에서도 욕합니까, 패트릭?"

드레도 거들었다.

"아기였을 땐 했어요. 지금은 아니지만."

"그때 앤지 기분은 어땠죠?"

내가 아내를 돌아보았다. 우리는 가벼운 미소를 교환했다.

"화를 냈지. 약간."

"예, 화를 냈어요. 무지." 앤지의 대답이었다.

아만다가 우리를 보며 눈을 빛냈다. 맞아요.

"좋아, 내가 사과하겠소. 다시는 험한 소리 않으리다."

"고마워요."

"자, 드레."

"예, 예. 그러니까 묻고 싶은 얘기가, 내가 십대와 동거하면서 어떻게 아동가족과 일을 계속할 수 있느냐 이거죠?"

"아, 대충 그렇소."

그가 상체를 내밀며 손뼉을 쳤다.

"그걸 꼭 누가 알아야 하나요?"

나는 그 대답에 씩 웃어 보였다.

"지금 내 머릿속이 어떤지 설명해 보겠소, 드레. 내게 네 살배기 딸이 있소. 그런데 그 애가 열두 살이 되었을 때 나이가 두 배인 어떤 아동복지부 공무원 개자식과 동거를 하는 거요. 리얼리티 TV 프로듀서의 도덕관념에다가 정오가 되기도 전에 술병을 까는 인간인데 말이요."

"정오는 지났습니다."

"하지만 그것도 당신 기준은 아니잖소, 드레?"

그가 대답하기도 전에 아만다가 나섰다.

"지금쯤 우유병이 따뜻해졌을 거예요. 싱크대 그릇 안에 있어요."

드레가 긴 의자에서 일어나 부엌으로 갔다.

"도덕적 분노는 별 의미가 없어요, 패트릭 아저씨. 내가 보기엔 우리 모두 그 정도는 알지 않나요?"

"우리가 도덕 위에 있다는 얘기냐, 아만다? 기껏 열여섯 나이에?"

"도덕 위에 있다는 얘기가 아니에요. 이 방에 있는 사람들의 과거를 고려한다면 도덕적 분노가 다소 이기적이라고 했죠. 다시 말해, 아저씨가 나를 무능한 엄마한테 돌려주고 12년 후 내 명예에 두 번째 기회를 주겠다고 생각하신다면 그만두세요. 아저씨가 원하는 건 면죄부예요. 그래서 스스로 양심이 깨끗한 성직자를 찾는 거죠. 그런 성직자가 남아 있는지는 모르겠지만."

앤지가 나를 보았다. 자승자박이야.

드레가 우유병을 들고 돌아왔다. 아만다는 그에게 부드럽지만 피곤한 미소를 짓고는 병을 받아 젖꼭지를 클레어의 입에 물렸다. 클레어는 즉시 빨기 시작했고 아만다는 딸의 뺨을 가볍게 애무해

주었다. 이 방에 누가 어른이고 누가 아이인지 당혹스럽기만 했다.

"그래서, 임신 사실은 언제 안 거야?" 앤지가 물었다.

"5월에요." 아만다가 대답했다.

드레도 아만다와 아이 옆에 다가가 앉았다.

"3개월이었을 테고." 앤지가 말했다.

"음흠."

내가 드레를 보았다.

"충격이 컸겠군."

"약간." 그가 대답했다.

"네 엄마가 무심해서 다행이었겠구나."

이번에는 내가 아만다에게 말했다.

"무슨 뜻이에요?"

"임신 사실을 숨기는 게 어렵지 않았을 테니까."

"언제나 그랬는걸요."

"그래, 안다. 고등학교 다닐 때 임신한 여학생이 둘 있었지. 하나는 원래 과체중이었으니 별 문제가 없었어. 다른 학생은 큰 옷을 입고 사람들 앞에서 정크푸드만 먹어대는 통에 아무도 눈치를 채지 못했는데. 그러다 3학년 5교시에 화장실 변기에서 출산을 한 거야. 학교 수위가 모르고 들어갔다가 비명을 지르며 나와서는 도중에 기절까지 했지. 실화야. 그래서 너도 쉽게 속였을 줄 알았지."

내가 상체를 내밀었다.

"그래요."

"하지만 아만다, 전혀 살이 찌지 않았구나."

"운동하니까요." 그녀가 앤지를 돌아보았다. "얼마나 느신 거예요?"

"아주 많이." 앤지의 대답이었다.

"필라테스를 좋아하더군요." 드레가 말했다.

나는 그의 말에 고개를 끄덕였다.

"내가 아기 앞에서 욕하는 건 원치 않으면서 우유를 먹이는 거냐?"

"예. 왜요, 뭐가 잘못 됐나요?"

"대부분의 여자들이야 상관없겠지. 하지만 너? 넌 호랑이야. 네 눈에 나타나 있다. 누군가 더러운 눈으로 그 아이를 보면 그 자들 목을 딸 애야." 그녀가 주저 없이 고개를 끄덕였다. "젖이 얼마나 아이 건강에 좋은지 알면서 아기한테 우유를 먹일 여자가 아니라는 뜻이다."

그녀가 눈을 굴렸다.

"어쩌면……"

"게다가, 그 아기…… 기분 상하게 하자는 건 아니지만 전혀 너와 닮지 않았어. 드레와도."

드레가 긴 의자에서 내려섰다.

"이제 그만 하고 가요, 패트릭."

"아니, 아직 아니야. 어서 자리에 앉아요."

내가 그를 노려보았다.

"클레어는 내 아이에요." 아만다가 주장했다.

"그걸 의심하는 게 아니야. 하지만 처음부터 그랬던 건 아니지?"

"앉아요, 드레." 아만다가 아기를 바꿔 안고 우유병을 조정한 다음 앤지와 나를 번갈아 보았다. "여기서 어떤 일이 있는 것 같아요?"

드레가 자리에 앉아 다시 플라스크를 홀짝였다. 아만다도 다시 경멸의 눈총을 쏘아 보냈다.

"미친 러시아 놈들이 따라붙은 거지?" 앤지가 물었다.

"아, 앤지 아줌마도 만났어요?" 아만다가 되물었다.

앤지가 고개를 젓고 나를 가리켰다.

"그중 둘을 만났다." 내가 대답했다.

"어디 보자…… 예핌과 파벨?"

내가 고개를 끄덕이자 드레의 얼굴이 딱딱하게 굳었다. 한편 아만다는 여전히 차분했다.

"그 사람들이 누구 밑에 있는지는 알죠?"

"키릴 보르자코프."

"보르시치 망나니. 별명 중 하나예요."

아만다가 클레어의 얼굴을 쓰다듬으며 말했다.

"도대체 넌 그 나이에 어떻게……"

"키릴의 아내. 그 여자에 대해 알아요?"

"비올레타? 몇 가지 얘기는 들었다."

"비올레타 아빠가 멕시코 마약 카르텔 두목이에요. 동물 제물을 바치는 일종의 밀교를 믿는데, 소문이 사실이라면 그 이상도 하나 봐요. 멕시코에서 몇 번 정신장애 진단을 받기도 했죠. 그래서 가족이 의사를 살해했다더군요. 키릴이 그녀와 결혼한 이유는 안정적인 마약 공급원을 확보하기 위해서이기도 하지만, 그자야

말로 비올레타보다 더 미쳤어요. 그래서 둘은 서로 사랑하죠."

"그런데 네가 그 자들의 아기를 훔친 게로군."

앤지가 말했다. 그 말이 그녀의 입에서 나오는 순간 우리는 그 말이 사실임을 확신했다.

우유병이 클레어의 입에서 빠져나왔다.

"내가…… 뭘 해요?"

"러시아 갱단이 널 쫓고 있어. 네가 신분도용의 귀재라 그자들이 놓치고 싶지 않아서가 아니야. 예픾이 소피를 데려갔다."

"뭘 어째요?"

"소피를 데려갔어. 그러면서 '어쩌면 하나 더 만들게 할 수도 있다'고 했다." 나는 고개를 갸웃하고 클레어를 자세히 보았다. 저 입술. 저 머리. 전에 본 적이 있다. "소피의 아기야. 네가 아니라."

"내 아기예요. 소피는 원치 않았어요. 포기했다고요."

아만다의 대답이었다.

내가 드레를 돌아보았다.

"그럼 누군가 그 절차를 도와줬겠군."

"낙태보다는 나으니까."

"오, 그래? 그래서 퍽이나 대단한 삶을 살겠군. 클레어도 벌써부터 온갖 호사를 누리고 있으니. 두 사람은 도망자 신세에, 무시무시한 조폭 무리가 눈에 불을 켜고 찾아다니지. 이때까지 수입이라고는 신분도용과 마약제조 약간이 전부에…… 오, 불법 아기 중개업도 하시나? 그래요, 드레? 그게 당신 부업이요? 당연히 미혼모 전문이시겠지? 내 말이 틀렸소?"

그가 당혹스러운 미소를 흘렸다.

"대단하군."

"두 분이 지금 상황을 정확히 이해하신 것 같네요."

"합법적인 입양 단체와 다를 게 뭐죠? 아기를 원치 않는 여인들을 위해 부모를 찾아주는 건데?"

드레가 항변했다.

"감독 하나 없이? 지금 러시아 조폭들한테 아기를 사는 사람들을 감독하겠다는 말인가요? 지금 농담해요?"

앤지가 따져 물었다.

"에, 항상은 아니지만…… 그래도……"

"아만다, 훔칠 수 있는 아이가 얼마든지 있는데, 이 도시에서 가장 미친 두 괴물한테 갈 아기를 훔친 이유가 뭐지?"

앤지가 물었다.

클레어는 아만다의 가슴에서 잠들었다. 그녀는 우유병을 커피 탁자에 놓고 일어섰다.

"아줌마 질문이 곧 대답이에요. 드레가 중개하는 아이들이 대개 어떻게 되는지는 짐작만 가능해요. (드레를 노려보며) 예, 그렇다고 대단한 곳에 간다는 말은 하지 않을게요. 하지만 이 경우요? 난 그곳이 나쁜 곳임을 알아요. 소피는 마약에 취했었죠. 임신 중에는 그 애도 마약을 끊었어요. 내가 데리고 있으면서 꼼짝도 못하게 한 덕이었죠. 어차피 클레어가 태어난 후 곧바로 손을 대기는 했지만."

그녀가 클레어를 난로 옆의 등나무 요람에 눕혔다.

"어, 소피한테도 이유는 있었어." 드레가 끼어들었다.

"시끄러워요, 드레." 그녀가 나를 돌아보고는 내 옆으로 넘어와 커피 탁자 가장자리에 앉았다. 무릎이 거의 닿을 정도의 거리였다. "소피는 클레어를 키울 생각이 없었고 키릴과 그의 사이코 여편네는 있었죠. 그들이 저 아이를 원했어요. 예, 돌려주는 게 제일 쉬운 일이겠죠. 예핌과 파벨이 나를 방안에 가둘 경우 어떤 일이 일어날지는 생각도 하기 싫으니까요. 예핌은 트럭 뒤에 아세틸린 토치를 늘 갖고 다녀요. 공사현장에 쓰는 종류인데, 후드 같은 것도 있더라고요. (고갯짓) 그게 예핌이에요. 게다가 무리 중 가장 제정신이기도 하죠. 그래서 겁먹었느냐고요? 아뇨, 무서워 죽을 지경이에요. 그런 사람들한테서 클레어를 훔치는 게 자살행위라 하셨죠? 어쩌면요. 하지만 두 분도 딸이 있잖아요. 그 아이가 키릴과 비올레타 보르자코프한테서 자라기를 원하세요?"

"물론 아니야." 앤지가 말했다.

"그래서요?"

"이건 단순히 아기가 보르자코프 부부와 살거나 네가 그 아기를 납치한 문제가 아니다. 다른 대안도 있었잖아."

"아뇨, 없었어요." 그녀가 단언했다.

"왜?"

"아줌마도 그 자리에 있어야 했어요."

"어디?"

그녀가 고개를 젓고는 요람으로 돌아가 안을 들여다보며 팔짱을 했다.

"앤지 아줌마, 여기 좀 봐주실래요?"

"뭐든."

앤지가 요람 옆으로 가 아만다와 함께 클레어를 보았다.

"저 다리에 붉은 자국 보이죠? 물린 자국일까요?"

앤지가 허리를 굽혀 들여다보았다.

"그런 것 같지는 않아. 그냥 뾰루지? 드레한테 묻지 그래? 의사였잖아."

"별로 실력이 없어요. 뾰루지?"

아만다의 말에 드레가 두 눈을 감고 고개를 떨어뜨렸다.

"그래, 아이들은 뾰루지가 많이 나." 앤지가 대답했다.

"그럼 어떻게 해요?"

"심해 보이지는 않지만 기분은 이해해. 다음에 소아과 언제 가기로 했지?"

아만다가 한동안 멍한 표정을 지었다.

"정기 검진이 내일이에요. 그러니까 내 말은 그때까지 괜찮은 거죠?"

앤지가 부드러운 미소를 지으며 그녀의 어깨를 다독였다.

"물론."

그때 등 뒤에서 날카로운 소음이 들려 우리 모두 펄쩍 뛰었다. 입구 우편구멍으로 우편물이 투입되는 소리였다. 우편물들이 바닥에 떨어졌다. 광고지 두 장, 봉투 몇 통.

아만다와 내가 동시에 움직였지만 내가 더 빨랐다. 봉투 세 통을 집었더니 모두 모린 스탠리가 수신인이었다. 하나는 국가전력망, 두 번째는 아메리칸 익스프레스, 그리고 마지막이 사회보장국이었다.

"스탠리 양."

내가 메일을 넘기자 아만다가 내 손에서 낚아챘다.

아기한테 돌아가며 보니 드레가 플라스크를 재킷 안에 밀어 넣고 있었다.

앤지는 요람 옆에 서서 아기를 보고 있었다. 그녀의 표정이 부드러워지며 열 살은 더 젊어보였다. 하지만 요람에서 돌아서면서는 표정이 다시 딱딱해졌다. 그녀가 드레와 아만다를 보았다.

"우리가 저 문을 걸어들어 온 후 당신들이 떠들어댄 모든 거짓말과 개소리 중에서 가장 아귀가 맞지 않는 의문이 바로 이거예요. 왜 아직 여기 있는 거죠?"

"여기, 지구 말인가요?" 아만다가 되물었다.

"아니, 여기 뉴잉글랜드."

"내 집이에요. 고향이기도 하고."

"그래. 하지만 넌 신분도용 귀신이잖아." 내가 따졌다.

"겨우 통할 정도에 불과해요."

"러시아 깡패들이 토치로 태우겠다는데 겨우 150킬로미터 밖에 숨어? 지금쯤 벨리즈나 케냐에 갈 수도 있었지만 떠나지 않은 거야. 이 문제에 관한 한 아내와 생각이 같다. 이유가 뭐지?"

클레어가 꼼지락거리더니 갑자기 울기 시작했다.

"봐요, 두 분이 아기를 깨웠잖아요."

아만다가 투덜댔다.

20장

그녀는 아기를 거실에서 침실로 옮겼다. 잠시 둘의 목소리가 들려왔다. 아만다는 달래고 아기는 울고…… 이윽고 아만다가 문을 닫았다.
"아기들은 언제 울음을 그칩니까?"
드레가 우리에게 물었다.
앤지와 내가 웃었다.
"의사는 드레예요."
"난 분만만 합니다. 자궁을 떠나는 순간 내게서도 떠나요."
"의과대학에서 아동발달에 대해 배우지 않아요?"
"배우기는 해도 옛날 얘기예요. 게다가 그땐 학문이지만 지금은 현실인 걸요."
내가 어깻짓을 했다.

"아이들마다 다르지만, 대개 5, 6주쯤 되면 규칙적으로 자는 것 같더군."

"두 분 따님은?"

"넉 달 반 정도 지나니까 잠이 안정됐소."

"넉 달 반? 망할."

"예, 그 후 얼마 지나지 않아 젖니가 나기 시작해요. 아기 우는 게 어떤 뜻인지 알 것 같죠? 아뇨, 몰라요. 상상도 못해요. 그리고 아기 중이염에 대해서는 말도 꺼내지 말아요."

앤지였다.

"귀에 염증도 나고 젖니도 나올 때 기억나?" 내가 물었다.

"지금 날 놀리는 거죠?" 드레가 되물었다.

앤지와 나는 그를 건너다보며 천천히 고개를 저었다.

"TV쇼나 영화에서 봤을 때도 이 정도는 아니었어요."

그가 투덜댔다.

"그렇죠? 주인공들이 아기를 원치 않을 땐 언제나 누군가 맡아 주잖아요. 편리하게도."

"얼마 전에 그런 드라마를 봤습니다. 아빠는 FBI 요원이고 엄마는 의사인데 아이가…… 여섯 살? 어느 에피소드에선 함께 휴가를 떠나는데, 아이가 없더라고요. 그래요, 유모하고 같이 있을 수 있겠죠, 그런데 다음 장면에서 유모가 엄마 병원에서 일하고 있는 거예요. 아이요? 글쎄요, 중형차를 몰고 반찬거리를 사러 갔겠죠? 아니면 고속도로에서 사방놀이를 하거나."

"할리우드 논리예요. 병원이나 시청 주차장에 항상 주차공간이 남아 있는 것과 마찬가지죠."

앤지가 대답했다.

"왜 신경 쓰는 거요? 당신 아이도 아닌데?" 내가 물었다.

"예, 하지만……"

"하지만? 좋소이다, 아이 부모 따지는 일은 끝냈으니 하나만 물어봅시다. 아만다하고 잡니까?"

내 말에 그가 상체를 기울이고 오른쪽 발꿈치를 왼쪽 무릎 위에 기댔다.

"그랬다면요?"

"그건 이미 알고 있소. 지금 현재를 묻는 거요."

"도대체 왜……"

"이봐요, 당신은 아만다한테 맞지 않아."

"아만다는 열일곱 살……"

"열여섯."

"다음 주면 열일곱이에요."

"그럼 다음 주에 열일곱이라고 인정해 주지."

"내 말은…… 그 나이에 맞는 남자가 따로 있다는 얘긴가요?"

내가 두 손을 펼쳐 보였다.

"적어도 당신은 아니야. 미안하지만 솔직한 얘기요. 당신이 저 애를 보는 시선을 알고 있소. 어서 열일곱 살이 되어 양심의 갈고리에서 벗어나기만을 기다리는 남자. 하지만 저 아이가 당신을 바라볼 땐 전혀 그런 눈빛이 아니요."

"사람들은 변합니다."

"물론, 그래도 매력은 안 변하지."

"오, 이런" 그가 투덜댔다. 갑자기 너무도 외롭고 상처받은 표정이었다. "이런, 나도 모르겠습니다. 정말로."

"뭘 모른다는 얘긴가요?" 아만다가 물었다.

그녀를 올려다보는 드레의 눈빛은 더욱 더 무기력해 보였다. 두 눈을 우윳빛 막이 덮고 있었다.

"내가 왜 이 지랄을 하는지 모르겠어요. 아예 정상적인 삶을 거부하겠다고 각오라도 한 듯 매년 이런 짓을 반복하고 있으니. 예, 정신과의사도 강박관념 얘기를 하고, 나도 부모님의 이혼까지 거슬러 올라가 어떻게든 다른 결말을 도출해내려 애쓰고는 있습니다. 이해도 합니다. 그런데도 이 빌어먹을 짓을 그만두지 못하고 있는 겁니다. 그러니까…… 내가 어떻게 해서 의사면허를 잃고 러시아 조폭과 얽혔는지 아십니까?"

우리는 고개를 저었다.

"마약?"

"에, 비슷해요. 그렇다고 중독자는 아닙니다. 입에도 대지 않았으니까. 여자가 있었죠. 러시아…… 아니, 그루지야 여자였어요. 스베틀라나. 그 여자는…… 휴, 내 모든 것이었죠. 침대에서도 죽였고 침대 밖에서도 마찬가지였어요. 어찌나 아름다웠던지 그녀를 보는 것만으로도 온몸이 녹아버릴 것 같았으니까요. 정말로……" 그는 오른발을 바닥에 내려놓고 앉은 채로 잠시 내려다보았다. "어느 날, 딜라우디드를 처방해 달라더군요. 물론 안 된다고 했죠. 히포크라테스 선서 얘기도 하고, 진단결과와 무관한 어떠한 처방도 금하는 매사추세츠 협정 등도 들먹였어요. 결론만 얘기하면, 한 주도 채 안 되어 지고 말았습니다. 이유요? 모르겠습니다. 배알이 없었기 때문이겠죠. 어쨌거나 여자가 이겼습니다.

그리고 3주 후, 옥시콘에 망할 펜타닐까지…… 여자가 원하는 건 거의 뭐든지 써주었어요. 처방전이 너무 많아지면서는, 아예 병원 약국에서 직접 빼돌리기 시작했고, 급기야는 약 때문에 포크너 병원에서 부업까지 떠맡았습니다. 모르고 있었지만 그 즈음엔 이미 수사가 시작되었죠. 폭스우즈에 두어 번 갔을 때 스베틀라나는 내가 블랙잭을 좋아한다는 사실을 파악하고 앨리스턴에서 노름에 끌어들였습니다. 우크라니아 제과점 골방이었어요. 첫 게임에선 내가 큰돈을 땄죠. 예, 유머 감각 좋은 사내들, 기막힌 미인들이 살랑거렸는데, 물론 내 혼을 빼놓기 위해서였을 겁니다. 다음에 갔을 때도 내가 돈을 따요. 훨씬 액수는 적지만 그래도 이겼죠. 돈을 잃기 시작했을 때에도 다들 잘 대해주더군요. 돈 대신에 옥시콘도 받아줬는데 그건 다행이었죠. 스베틀라나가 내 돈 싹을 말렸으니까. 그자들이 목록을 주더군요. 비코딘 HP, 팔라돈, 펜토라, 액틱, 고리타분한 퍼코단 등등 뭐든지. 의료위원회가 나를 고발했을 때 키릴의 늑대들에게 2만 6000달러를 잃은 후였지만 실제에 비하면 그 액수는 커피숍 팁에 불과했어요. 매사추세츠 교도소에서 3~6년 살고 싶지 않으면 거액의 변호 비용도 만들어야 했죠. 덕분에 로펌에 25만 달러를 빚졌지만 그래도 면허 취소로 끝날 수 있었습니다. 감옥에도 들어가지 않고 전과도 남지 않았어요. 2주 후 키릴이 자기 레스토랑으로 나를 부르더니 '별 안 달았지?' 예, 그의 말이 그랬습니다. 그게 또 25만 달러였죠. 판사한테 힘을 썼는지 증명할 수는 없지만, 설령 한다고 해도 키릴 보르자코프가 52만 6000달러를 빚졌다고 하면 그렇게 되는 겁니다. 그럼 그한테 얼마를 갚아야 하는지 압니까?"

"52만 6000달러."

"맞아요."

그때 휴대폰이 울려 꺼내보니 모르는 번호였다. 나는 주머니에 다시 집어넣었다.

"얼마 후 파벨이 찾아와 (둘은 만났죠?) 아동가족부 일자리에 응모하라고 했습니다. 알고 보니 인사과에 사람을 심어두었더군요. 예, 그 사람도 빚이었죠. 그래서 응모했고 그가 신분조회를 생략했어요. 나로서는 터무니없는 직장을 얻은 셈이었죠. 몇 주 후 아주 매력적인 14세 임산부가 다녀간 후 전화벨이 울리더니, 그녀에게 제안을 하나 하라더군요."

"아기 대가로 뭘 받은 거죠?"

앤지의 목소리가 경멸로 일그러졌다.

"빚 1000달러 변제."

"그래서 자유가 되려면 526명의 아기를 가져다줘야 하는 건가요?"

그가 체념한 듯 고개를 끄덕였다.

"얼마 남았죠?"

"아직 많이 남았어요."

전화가 다시 진동했다. 같은 번호. 나는 다시 주머니에 집어넣었다.

"이봐요, 놈들이 암시장에 팔아넘길 아기 525명을 넘겨준다 해도……"

아내가 짜증을 냈다.

"예, 나를 놔주지 않을 거라는 정도는 압니다."

그가 대답을 마무리했다.

"절대로."

전화가 세 번째로 진동했다. 이번엔 문자메시지. 나는 폴더를 열었다.

이봐 전화받으란 말이야.
예핌

드레가 다시 플라스크를 빨았다.

"그 문제라면 당신은 아무것도 모릅니다."

"예, 그래요, 그거야 어디 두고보죠."

전화가 다시 울렸다. 나는 긴 의자를 빠져나와 현관으로 나갔다. 아만다 말이 맞았다. 이곳에선 시냇물 졸졸대는 소리가 들렸다.

"여보세요."

"어이, 친구. 허머는 어떻게 했나?"

"스타디움으로 몰고 가 세워뒀다."

"하, 그거 비싼 차인데. 조만간 푸틴이 후드를 뒤집어쓰고 끌고 갈 거야."

나도 모르게 씩 웃고 말았다.

"무슨 일인가, 예핌?"

"지금 어디야."

"여기저기, 왜?"

"얘기 좀 할까 해서. 어쩌면 서로 도울 수 있지 않겠어?"

"내 전화번호는 어떻게 알았지?"

그가 웃었다. 길고도 깊은 낄낄 웃음.

"오늘이 무슨 요일인지 알아?"

"목요일."

"그래, 친구, 목요일이야. 금요일은 대박 날이고."

"케니와 헬렌이 금요일까지 뭔가 찾아내야 하니까."

전화에서 콧방귀 소리가 들렸다.

"이봐, 케니와 헬렌은 어항에서 금붕어도 못 찾아. 하지만 당신은? 내가 그 기똥찬 차를 쏜 다음에 당신 눈을 봤잖아? 잔뜩 겁을 먹기는 했지. 아니라면 그게 어디 인간인가? 근데 말이야? 그 눈에 호기심도 있더라고. 거기 앉아서 궁리까지 하는 거야. 저 미친 모르도비아 놈이 방아쇠만 당기지 않으면 왜 나한테 총질을 해대는지 알아내야겠어! 어이 친구, 당신 눈이 정말로 그렇게 말하더라니까. 그래, 당신은 그럴 인간이야."

"그럴 인간이라니?"

"포기하지 않을 인간. 개 크기 얘기 아나?"

"중요한 건, 싸우는 개의 크기가 아니라……"

"그래, 그거야……. 개가 생각하는 싸움의 크기다."

"대충 비슷해."

"그래서, 미친 아만다 년이 어디 있는지 당신이 이미 알아냈을 것 같은데?"

"아만다가 미쳤다고 하는 이유가 뭔가?"

"우리 물건을 훔쳤으니까. 죽고 싶어 환장한 거 아냐? 이봐 친구, 당신이 아직 모른다고 해도 얼추 다 찾았을 거야."

"얼추?"

"우리 고향에서 쓰는 표현이다."
"아."
"그래, 어디 있나, 그년?"
"우선 하나만 물어보지."
"얼마든지."
"그 애가 뭘 가져갔기에 그렇게들 난리야?"
"나하고 놀자는 건가, 친구?"
"아니."
"예쁨이 우습게 보여?"
"그럴 리가 있나?"
"그런데 왜 그런 개똥 같은 질문을 하는 거야? 우리가 뭘 원하는지 알잖아."
"솔직히 모른다. 당신네가 아만다를 찾는다는 건 알아. 그리고……"
"아만다를 찾는 게 아냐. 그 년이 갖고 있는 물건을 찾는 거지. 키릴이 완전히 꼭지가 돌았어. 자기 물건을 훔쳐간 꼬마 년 하나 못 찾는다고 해봐. 윗동네 체첸 놈들? 씨발, 졸라 비웃을 거 아냐, 응? 그럼 입막음하려고 우리도 몇 명 죽여야 하지. 그 새끼들 썩은 이빨 볼 생각 없거든?"
"그래서, 그 애가 뭘……"
"애새끼지 뭐긴 뭐야! 십자가도 있고! 둘 다 필요하다. 아니면 그 망할 놈의 도박쟁이 의사 놈이 복귀해서 다른 아기라도 주든가……. 키릴이야 그 차이를 모를 테니까. 하지만 주말까지 십자가와 아기를 찾지 못하면? 완전 피바다가 되고 마는 거야, 엉?"

"그럼 대신 소피를 돌려줄 텐가?"

"소피 같은 소리 하고 자빠졌네. 망할, 지금 거래하자는 게 아냐. 예쁨이 애새끼와 십자가를 원한다고 하면 당신은 그냥 가져오면 돼. 아니면 흑해를 따라 작은 마을마다 깡통 수프를 팔게 된다. 작은 마을에서만 구할 수 있는 빨간색 캔인데 네 고기가 거기 들어가. 네 가족도 들어가고."

1분 정도 우리 둘 다 아무 말도 하지 않았다. 휴대폰을 어찌나 단단히 움켜쥐었던지 오른손 바닥이 암적색으로 변하고 새끼손가락이 마비되었다.

"듣고 있나, 친구?"

"웃기지 마, 예쁨."

그가 부드럽고 나지막한 웃음을 흘렸다.

"아니, 네놈이나 웃기지 마. 네놈과 여편네, 사바나에 있는 딸년까지 모조리 먹어주겠다."

도로를 내다보니 타르가 칠흑처럼 까맸다. 교회 옆의 나무줄기들도 어두웠다. 구름이 산 아래로 낮게 떨어져 도로를 따라 이어진 전선 바로 위를 부유했다. 공기가 습했다.

"우리가 지켜본다는 생각 안 드냐? 사바나에 우리 친구가 없을 것 같아? 이봐, 우린 어디에나 친구가 있어. 그래, 그 사이코 폴락 괴물 놈이 네 딸을 지키니까 우리 애들 둘 정도가 죽을 수야 있겠지. 하지만 상관없어. 애들은 얼마든지 있으니까."

나는 현관에 서서 도로를 내다보았다. 다시 말을 하는데 목이 메었다. 목소리도 생각보다 딱딱하기만 했다.

"십자가에 대해 얘기해 봐."

"벨라루스 십자가야. 천 년 묵은 보물이다. 바랑 십자가라고도 하고 야로슬라브 십자가라고도 하는데 난 벨라루스 십자가가 좋아. 가격을 매길 수 없는 물건이다. 1010년인가 1011년의 통일전쟁에서 야로슬라브가 동생 보리스를 죽이기 위해 바랑 군대에 돈 대신 지불한 거야. 그런데 키예프 공국 지배자가 된 후에 그놈의 십자가가 졸라 아까웠어. 그래서 다른 바랑인들을 보내 죄다 죽이고 십자가를 가져오게 했다는군. 1917년에 차르 호주머니에 있었는데 폭도들이 그를 지하실에 가두고 대가리를 날려버렸어. 그 후엔 트로츠키가 가지고 멕시코로 토꼈다가 역시 얼음도끼에 박살냈지. 그리고 여기저기 떠돌다가 이제 키릴 손에 들어온 거라고. 그걸 토요일 파티에서 자랑할 생각이야. 거물들이 모두 오거든. 진짜 거물들. 그런데 니미, 십자가가 없잖아."

나는 간신히 진정하고 입을 열었다.

"그래서, 네 생각에……"

"생각이 아니야. 아는 거지. 그 꼬마 년이 가지고 있어. 아니면 망할 노름꾼 의사겠지. 오, 그 새끼한테도 복귀하라고 전해. 아직 쓸모가 많아서 손가락까지는 건드리지 않을 테니까. 대신 발가락 하나는 내놔야 해. 손가락보다는 쓸모없잖아? 찐따야 되겠지만 세상에 찐따 아닌 놈 있나? 십자가를 가져와. 애새끼도 데려오고. 그럼……"

"그런데 거래는 없다?"

"말했잖아."

"무슨 말 했는지는 안다, 이 로스케 건달 자식아. 네놈이 내 아내를 협박해? 내 딸을? 둘에게 무슨 일이 있거나, 너희 호랑말코 개망나니들이 상가 주변을 알짱댄다는 얘기만 들려봐라. 네놈 불알을 태워서 불구덩이에……"
 그의 웃음이 어찌나 요란하던지 나는 수화기를 귀에서 떼어내야 했다.
 "오우케이! 오우케이! 미스터 켄지. 진짜 웃기는 친구로군. 진짜로 웃겨. 십자가가 어디 있는지는 알지?"
 "어쩌면. 소피가 어디 있는지는 아나?"
 "지금은 모른다. 하지만 찾을 수 있어……. 그런데 이봐, 호랑말코 개망나니는 어디서 나온 거야? 그런 욕은 처음 들어본다."
 그가 다시 키득거렸다.
 "나도 몰라. 옛날 영화겠지." 내가 대답했다.
 "맘에 들어. 내가 써먹어도 될까?"
 "좋으실 대로."
 "어떤 놈한테 이렇게 말하는 거야. '돈 갚아, 아니면 끝장이다, 이 호랑말코 개망나니야.'"
 "마음대로."
 "내가 소피를 찾겠다. 넌 십자가를 찾아. 나중에 전화하지."
 그가 다시 한 번 웃더니 전화를 끊었다.

 집안으로 돌아갔을 때 난 여전히 몸을 떨어야 했다. 아드레날린이 뒤통수를 휘저어 머리가 지끈거릴 정도였다.
 "벨라루스 십자가가 뭐지?"
 내가 밖에 있는 동안 드레는 플라스크를 몇 번 더 비운 모양이었다. 앤지는 난로 옆의 팔걸이의자에 앉았는데, 이유는 몰라도 다소 왜소해 보이는 데다 뭔가에 몰두해 있었다. 나를 바라보는 시선을 읽을 수는 없었지만 고통스럽고 심지어 쓸쓸해 보이기까지 했다. 아만다는 긴 의자 끝에 자리를 잡았다. 바로 옆 테이블엔 비디오 아기 모니터가 보였다. 지금은 『어젯밤 랍스터 식당에서(Last Night at the Lobster)』를 읽다가 커피 탁자에 내려놓고 나를 보며 상체를 숙였다.

"누구랑 통화했어요?"

"벨라루스 십자가."

"십자가와 통화했다고요?"

"아만다."

그녀가 어깻짓을 했다.

"무슨 얘기를 하는지 모르겠어요. 뭐라고요?"

이럴 시간이 없었다. 내게는 두 가지 선택뿐이었다. 협박 아니면 약속.

"너한테 아기를 넘길 수도 있다고 했다."

그녀가 상체를 세웠다.

"예?"

내가 턱으로 드레를 가리켰다.

"들었잖아. 여기 이 천재 의사께서 다른 아기를 데려오면 너한테 클레어를 넘기겠다고 했어."

그녀가 긴 의자에서 돌아앉았다.

"할 수 있어요?"

"어쩌면."

"망할, 할 수 있다 없다만 얘기해요." 그녀가 다그쳤다.

"몰라. 산달이 다 된 여자애가 있긴 해. 조기진통일 수도 가진통일 수도 있는데, 내 장비로는 정확한 판단이 어려워."

아만다가 이를 악물었다 풀었다 했다. 그녀는 두 손으로 뒤통수의 머리채를 잡아당기더니 천천히 머리카락을 땋고 협탁의 고무줄로 묶기 시작했다.

"예핌과 통화한 거죠?" 내가 끄덕였다. "꿍꿍이는 없었나요?"

"그보다 분명할 수는 없었다. 십자가와 아기 하나. 그럼 너에 대해 모두 잊을 거야."

그녀는 몸을 최대한 웅크려 두 무릎을 가슴에 대고 맨발로는 긴 의자 쿠션을 움켜잡았다. 머리를 땋고 보니 인상이 더 날카롭고 강인해 보였으나 역효과도 분명 있었다. 다시 어린애처럼 보인 것이다. 혼란에 빠진 아이.

"그 자 말을 믿었어요?"

"그의 말이 진심이라고는 믿는다. 키릴이나 그의 여편네를 속일 수 있는지 여부는 물론 다른 문제겠지."

내가 대답했다.

"이 모든 게 키릴이 소피 사진을 봤기 때문이에요. 드레가 제공하는 서비스 중 하나거든요. 사진 제공. 키릴과 비올레타가 소피를 봤어요. 소피가 비올레타의 여동생 닮았나 봐요. 그때부터 소피의 아기를 원했죠. 다른 아기가 아니라."

그녀가 긴 의자를 내려다보았다.

"결국 예핌이 원하는 것보다 복잡해질 수도 있겠군."

"일은 항상 복잡해져요. 아저씨, 몇 살이죠?"

난 그 질문에 여린 미소로 답했다.

아만다가 드레를 보았다. 그는 그녀의 입에서 '산책'이나 '식사'라는 단어가 떨어지기를 기다리는 개처럼 앉아 있었다.

"다른 아기를 마련한다 해도, 우리는 결국 같은 짓을 저지르게 되겠죠? 두 정신병자한테 넘기는 일?"

내가 끄덕였다.

"감당할 수 있겠어요?"

"내가 이곳에 온 건 너를 찾고 소피를 놈들 손에서 구해내기 위해서다. 내가 생각한 건 거기까지야."

내 대답이었다.

"편리하군요."

"이봐, 아만다. 납치된 아기들을 데리고 온실에 사는 사람들이 누구한테 돌을 던지는 거야?"

"알아요. 그냥 12년 전 나를 헬렌한테 돌려준 논리하고 너무 똑같아서 그래요."

"지금 당장 가타부타 할 생각 없다. 따지고 싶다면, 조용한 시간에 얼마든지 네 허클베리가 되어주마. 하지만 지금은 벨라루스 십자가가 필요해. 가능하다면 다른 아기를 가져다줄 수 있다고 놈들이 믿게 만들고."

"그게 안 되면요?"

"놈들한테 아기를 가져가는 거?"

그녀가 고개를 끄덕였다.

"나도 모르지만 십자가가 시간을 벌어줄 거야. 토요일 밤까지는 키릴의 집 전시대에 있어야 해. 그렇지 못하면, 틀림없이 우리 모두 죽일 거다. 내 가족까지 포함해서. 하지만 십자가를 돌려주면 아기 문제는 이틀 정도 늦출 수 있어."

앤지가 눈을 크게 뜨고 나를 노려보았다.

"괜찮은 얘기 같군요." 드레가 말했다.

"나도 좋아요. 그런데 그자들이 보복하면 어쩌죠? 예핌이 나를 찾아내기만 하면 되는데, 솔직히 숨을 곳이 별로 없어요. 아저씨도 하루아침에 찾아냈잖아요. 그자가 십자가만 갖고 아기를 빼앗으려 저 도로를 올라오지 못하게 할 방법은요?"

"예핌의 약속뿐이다."

"그런데 그 말을 믿겠다고요? 모스크바의 솔른체프스카야 브라트바 조직 출신의 암살자 말을?"

"그건 또 무슨 뜻이냐?" 내가 투덜댔다.

"조폭이에요. 형제라는 뜻의. 크립스나 블러즈 같이 군기와 연줄로 무장한 조직이 러시아 돈줄의 꼭대기를 장악했다고 생각하시면 돼요."

"오."

"예, 바로 예핌의 기반이죠. 그런데 그자 말을 믿겠다고요?"

"아니, 안 믿어. 하지만 대안이 있나?" 내가 되물었다.

아기가 한두 번 앵앵대다가 목청껏 울기 시작했다. 울음소리가 모니터와 문틈으로 들려왔다. 아만다가 긴 의자에서 내려가 맨발로 미끄러져 갔다. 그녀는 모니터를 들고 침실로 들어갔다.

드레가 다시 플라스크를 뺐다.

"망할 러시아 놈들."

"술 좀 자제하지 그래?" 내가 경고했다.

"당신 말이 맞았어요. 아까 한 말."

그가 다시 한 모금을 들이켰다.

"무슨 말?"

그가 뒤통수를 긴 의자에 기대고 침실을 향해 두 눈을 굴렸다.

"저 애. 날 좋아하지 않아요. 내가 보기에도."

"왜 아만다가 당신하고 있는 거죠?" 앤지가 물었다.

그가 자기 눈을 향해 숨을 내쉬었다.

"아만다가 아무리 영리해도 신생아는 혼자서 무리예요. 처음 두 주요? 5분마다 슈퍼마켓에 달려가야 했죠. 기저귀, 젖병, 기저귀, 또 젖병...... 아이는 한 시간 반마다 일어나 울어대고. 잠이든 자유든 날샌 얘기죠."

"심부름꾼이 필요했다는 얘기로 들리는군요."

그가 끄덕이고는 나지막이 쓰디쓴 웃음을 흘렸다.

"하지만, 저 애도 이제 요령을 익혔어요. 처음 만났을 때 내 느낌은 그랬어요. 순진한 소녀. 불타는 지성과 때 묻지 않은 순결함을 지닌 소녀. 그러니까 저 아이는 버나드 쇼와 스티븐 호킹을 읽었고, 『영 프랑켄슈타인』을 인용할 만큼 재치있고, 양자물리학과 「몽키맨」 가사에 대한 논쟁을 동시에 벌일 수도 있어요. 랭보와 액슬 로즈를 좋아하고, 루신다 윌리엄스와......"

"언제까지 계속할 거죠?" 앤지가 불쑥 물었다.

"예?"

"내가 보기에, 지금 고등학교 시절 당신한테 잘 대해준 여학생들 모두의 이미지로 아만다를 그리고 있소."

대답은 내 입에서 나왔다.

"아니, 그렇지 않아요."

"정확히 그래. 이런 버전이 당신을 배신할 리야 없겠지. 아만다도 당신을 흠모할 테고, 당신은 밤새도록 앉아 시규어로스(아이슬랜드의 대표적인 록밴드-옮긴이)나, 「도니 다코」의 토끼의 은유에 대해 지껄여댈 수도 있을 거요. 물론 저 애는 눈을 깜빡이며 당신이 지금껏 어디에 있다가 이제 나타났는지 묻겠지."

"그래, 너 잘났다."

드레가 무릎을 내려다보며 조용히 중얼거렸다.

"칭찬 고맙소."

7개월의 실종 끝에 아이를 찾아냈을 때를 떠올려보았다. 아이는 어느 자애로운 여인과 함께 이곳에서 멀지 않은 현관에서 놀고 있었다. 래리라는 이름의 불도그도 한 마리 있었다. 그때 아이를 그곳에 두었다면 지금은 어떤 모습으로 변했을까? 어쩌면 무심한 친모로부터 납치되기 전의 삶을 잊지 못한 채 잭과 패트리시아 도일과의 생활이 가짜임을 알고 늘 초조해할 수도 있다. 아니면 카펫과 뉴포츠 담배 악취가 진동하는 도체스터 삼층집과 백인 쓰레기 알코올중독자와의 연을 잊고 이 작은 마을에 잘 적응했을 수도 있겠다. 그렇게 되었다면 신분도용과 신용카드 사기, 솔른체프스카야 브라타의 러시아 살인마들에 대해 알게 된다 해도 기껏 TV 속 범죄 다큐를 시청한 덕분이리라. 애초에 납치되지 않았다면, 헬렌이 엄마인 이상, 건전하고 안정된 아이로 성장할 가능성은 거의 없었을 것이다. 따라서 납치는 다른 차원의 삶이 존재한다는 사실을 비정상적인 방식으로 그녀에게 가르쳐주었다. 패스트푸드와 더러운 재떨이, 독촉장과 전과자 남친들로 상징되는 엄마의 삶과는 또 다른 차원의 삶. 이 작은 산골마을을 힐끔 본 후 그녀는 어떻게든 이곳으로 돌아올 생각을 했다. 어쩌면 그 순간부터 의지가 그녀의 특성이 되었을 것이다.

"놈들이 그렇게 쉽게 끝낼 리가 없어요. 예핌이 무슨 말을 했든 간에."

드레가 말했다.

"이유는?"

"우선 누군가 티무르의 대가를 치러야 하니까."

"티무르가 누구죠?" 앤지가 긴 의자로 다가오며 물었다.

"러시아인입니다."

"그래서요?"

"우리가 죽였죠."

21

"그러니까 벨라루스 십자가를 얻기 위해 티무르라는 러시아 놈을 죽였다?"

"그건 아닙니다." 그가 대답했다.

"죽이지 않았다는 거요?"

"아니, 그건 맞아요. 하지만 벨라루스 십자가 때문은 아니예요. 가방을 열 때까지 벨라루스 십자가에 대해선 아무도 몰랐으니까."

"가방이라니?" 앤지가 긴 의자 끄트머리에 걸터앉았다.

"서류 가방. 티무르의 손목에 수갑으로 묶여 있었죠."

내가 새우 눈을 했다.

"도대체 그게 무슨 소리요?"

드레는 플라스크를 보기만 하고 주머니에 그냥 넣었다. 그리고 이번엔 열쇠고리를 꺼내 장식을 잡고는 아무렇게나 돌리기 시작했다. 클레어의 사진을 박은 장식이었다.

"지포가 누군지 알죠?"

"소피의 남자친구." 앤지가 대답했다.

"그래요. 그가 증발한 지 꽤 되었다는 건 압니까?"

"우리도 그 생각을 했어요."

그가 정신과 상담이라도 받는 듯 긴 의자에 등을 기댔다. 머리 위에서 열쇠고리를 흔든 탓에 클레어의 사진이 얼굴 앞뒤로 왔다 갔다 하고 그림자가 코를 가로질렀다.

"브라이튼에 옛 영화 기념관이 있어요. 매스 고속도로 바로 옆이죠. 그 안에 들어가면 층 전체가 포스터로 덮였는데 절반이 커다란 유럽영화들이에요. 이층은 소품과 의상들이고, 스웨이즈가 「로드하우스」 집 벽에 걸었던 뉴욕대 철학과 학위증도 그곳에 있어요. LA가 아니라. 러시아인들이 온갖 종류의 희귀 소품들을 그곳에 모아둔 겁니다. 「퀵 앤 데드」에서 샤론 스톤이 입었던 가죽 바지, 「해리와 핸더슨」의 모피 정장. 삼층도 있지만 그곳엔 아무도 가지 못해요. 분만실과 산욕(産褥)실이 있으니까요. 다시 말하지만 난 의사이고 그 아이들은 기록이 남아서는 안 됩니다. 병원 시스템에 들어가는 순간 추적이 가능해지기에 브라이튼의 영화 기념관에서 처리하는 거예요. 아이들은 보통 3일 후에 비행기로 실어 내보내는데, 특별한 경우엔 탯줄을 끊자마자 문밖으로 나가기도 하죠."

그가 손가락을 비비 꼬며 설명했다.

"클레어의 경우로군요."

앤지가 상체를 숙이고 손으로 턱을 괴었다.

그가 손가락 하나를 들었다.

"클레어가 그 경우이긴 했지만 분만실에 나와 소피만 있는 게 아니었어요. 아만다도 지포도 마찬가지였죠. 난 강력하게 반대했습니다. 태어난 걸 보지도 못한 채 자기 아이를 빼앗기는 게 쉬운 일은 아니니까요. 하지만 아만다의 고집을 이겨낼 수가 없어, 결국 소피가 아기를 낳을 때 우리 모두 함께 있었던 겁니다. (한숨) 믿기 어려운 정도의 순산이었죠. 이따금 젊은 산모들한테 그런 경우가 있기는 해요. 아주 드물게…… (어깻짓) 소피도 그런 경우였어요. 그래서 우리는 아기를 돌려 안아도 보고, 웃고, 울고, 서로를 안으면서 한동안을 보냈죠. 예, 실생활에선 끔찍한 자였지만 나도 지포를 안기까진 했습니다. 그런데 그때 문이 열리더니 티무르가 나타난 겁니다. 티무르는 대머리 거인에 귀가 크고 얼굴은 체르노빌 사고에 흉측하게 일그러진 자였어요. 농담이라고 생각하겠지만 정말입니다. 정말로 80년대 중반 체르노빌에서 태어났으니까. 예, 티무르는 돌연변이 괴물이었죠. 알코올중독에 크랭크 중독인데 모두 심각한 지경이었어요. 그런 그가 아기를 접수하기 위해 문을 열고 들어온 겁니다. 예정보다 이른 등장인 데다 완전히 취해 있더군요. 손목에 서류가방까지 매달았고."

이제 그림이 보이기 시작했다. 다섯 사람이 한 방에 들어가 둘이 죽고 넷이 걸어 나왔다.

"물론 '안 돼'라는 대답을 원치 않았을 테지?"

드레가 일어나 앉아 열쇠고리를 청바지에 찼다.

"대답? 티무르는 무조건 밀고 들어와 '아기를 데려간다'고 하고 탯줄을 자르려했어요. 맹세코, 그런 놈은 처음입니다. 수술가위를 들더니 성큼성큼 다가왔는데 아기는 내가 안고 있었죠. 지금 막 모두 웃고 울고 안고 그러고 있는데 갑자기 체르노빌 돌연변이가 수술가위를 들고는 탯줄을 자르겠다고 설치는 겁니다. 한 눈을 감고 있었는데 워낙에 약에 취해 세상이 이중으로 보이기 때문이었죠. 예, 지포가 그자의 등 위로 뛰어올라 메스로 목을 벤 게 그 순간이었어요. 그냥 좌우로 길게 그어버린 겁니다. 내 생전 그런 끔찍한 일은 처음이었죠. 인디애나 개리의 응급실 인턴십에서 그런 환자를 보긴 했지만요."

그가 잠시 두 손으로 얼굴을 감쌌다.

뒷방에서 아무 소리도 들리지 않은 지가 꽤 오래되었다. 나는 자리에서 일어났다.

드레는 눈치조차 못 챈 듯했다.

"이 부분이 정점이에요. 체르노빌 돌연변이 티무르? 그 친구, 목을 베었음에도 불구하고 지포를 등에서 털어내더니 그가 땅에 떨어지자마자 가슴에 세 방을 쏘더군요."

나는 침실 문가에 서서 귀를 기울였다.

"괴물은 목이 잘린 채 우리에게도 총을 겨누었어요. 결국 모두 죽나보다 했는데, 마침내 놈의 눈이 흰자위만 남더니 무너지고 말더군요. 바닥에 닿을 때쯤엔 이미 숨이 끊어진 후였죠."

나는 가볍게 침실 문을 두드렸다.

"처음엔 어찌할 바를 몰랐어요. 그러다가 상황이야 어쨌든 결국 놈들한테 죽게 된다는 사실을 깨달았죠. 키릴은 티무르를 사랑했어요. 마치 애견처럼 다뤘는데, 가만히 생각해 보면 틀린 말은 아니에요."

내가 다시 노크하고 문고리를 돌렸다. 문은 열려 있었다. 나는 문을 밀고 안을 들여다보았다. 빈 방. 아기도 아만다도 없었다.

드레를 돌아보았으나 놀란 것 같지도 않았다.

"없어요?"

"그렇소. 사라졌군." 내가 대답했다.

"툭 하면 달아난답니다."

그가 앤지에게 말했다.

우리는 뒷마당으로 나가 작은 마당과 마당 가장자리를 따라 이어진 자갈길을 바라보았다. 길은 경사로를 내려가 좁고 더러운 샛길로 이어졌다. 샛길 건너 훨씬 넓은 공터가 있고, 녹색 장식을 한 빅토리아풍의 흰색 집이 보였다.

"결국 이곳에 차가 또 한 대 있었군." 내가 중얼거렸다.

"두 분이 사립탐정 아니었던가요? 이런 것도 확인 안 합니까?" 그가 깨끗한 산 공기를 들이마셨다. "스틱입니다."

"응?"

그가 비탈길 아래를 가리켰다.

"아만다의 차. 소형 혼다죠. 비상 브레이크만 풀고 샛길로 내려가 우회전했어요. 그리고 10초 정도 그 길을 가다가 시동을 걸고 기어를 1단에 놓은 다음 그대로 슝!"

그가 아랫니 사이로 휘파람을 불었다.

"똑똑하군." 내가 투덜댔다.

"자주 하는 짓이니까요. 아만다는 잭래빗입니다. 뭔가 께름칙

하면 그냥 떠나버려요. 어쨌든 돌아올 겁니다."

"돌아오지 않으면?"

그가 다시 긴 의자 위에 털썩 주저앉았다.

"갈 곳이 어디 있어야죠."

"천재 십대 사기꾼이요. 어디든 갈 수 있겠지."

그가 검지를 들어보였다.

"맞습니다. 하지만 안 가요. 나도 도피 생활 중엔 패트릭과 마찬가지였죠. 낯선 고장, 섬만 찾았으니까. 아만다는 그 짓 못합니다. 여기가 한 때 행복했던 곳이고 계속 살고 싶은 곳이거든요."

"기막힌 감수성이네요. 하지만 목숨이 경각이면 아무도 그런 감성 유지 못해요. 더군다나 아만다는 그 누구보다 감수성과 거리가 먼 애 같은데?"

앤지가 말했다.

"하지만, 결과가 말해 주잖나요? 춥네요. 안으로 들어가죠."

드레가 두 손을 하늘 위로 들어보이곤 자기 몸을 감싸 안았다.

그가 안으로 들어갔다.

나도 뒤를 따르려 했으나 앤지가 말렸다.

"잠깐만."

그녀가 담뱃불을 붙이는데 두 손이 떨렸다.

"예퓜이 우리 딸을 위협했다고?"

"당신을 흔들기 위해 한 얘기야."

"어쨌든 사실이지, 응?"

잠시 후 내가 고개를 끄덕였다.

"그래, 그럼 성공했어. 내가 흔들렸으니까." 그녀는 황급히 담배

몇 모금을 빨고는 한동안 내 눈을 피했다. "자기는 아만다를 찾아주겠다고 베아한테 약속했어. 그리고…… 약속을 깨뜨리느니 자기 자신을 깨뜨릴 사람이고. 내가 그래서 사랑하는 거겠지. 그건 알지?"

"알아."

"내가 얼마나 사랑하는지 알아?"

내가 끄덕였다.

"물론. 당신이 아는 이상으로 느낄 수 있으니까. 정말이야."

"나도 그래." 그녀가 떨리는 미소를 짓고 다시 떨리는 입으로 황급히 담배를 빨아들였다. "그래, 자기는 약속을 중요시 해. 그걸 뭐라지는 않겠어."

나는 그녀의 의도를 짐작했다.

"하지만 당신이 지킬 필요는 없어."

"맞아. 약속한 건 자기니까."

그녀가 미소 지었다. 두 눈에 눈물이 그렁그렁했다.

"당신이 「와일드번치」를 인용할 때 얼마나 짜릿한지 알아?"

그녀가 새침데기처럼 절을 했으나 표정만은 너무도 심각하고 혼란스러웠다.

"저 자들은 어떻게 되든 상관없어. 얘기 들었지? 저 인간은 그냥 쓰레기가 아니야. 괴물이지. 아기를 팔다니. 세상이 제대로 되었다면, 감옥에 들어가 강간이나 당할 놈이, 이 예쁜 마을 안락한 거실에 앉아 있다니! 그런데 내 딸은 위험에 빠져 있어? 저런 인간들 때문에? 이건 너무 불공평해."

그녀가 건물을 가리키며 열을 올렸다.

"알아."

"우리 딸이 사바나에 있다는 사실을 놈들이 아는 것도 알아? 오늘 밤엔 엄마도 없이 자야 하잖아."

그 사실은 이미 부바에게 경고해 두었다. 부바도 남쪽으로 데려온 지원군이 있으니 걱정 말라고 했지만, 그런 얘기에도 그녀의 두려움이 가시는 것 같지는 않았다.

"다행이야. 정말로. 부바니까 목숨을 걸고 우리 아기를 지켜주겠지. 당연히. 하지만 우리 아기는? 난 그 애 엄마야. 아이한테 돌아갈래. 오늘 밤에. 무슨 일이 있어도."

나는 그녀의 손을 잡았다. 담배를 들지 않은 손.

"그래서 내가 당신을 사랑한다니까. 당신은 개비 엄마고 개비한테는 당신이 필요해."

그녀가 웃었으나 그건 아픔에 젖은 웃음이었다. 그녀가 손바닥으로 양쪽 눈 밑을 훔쳤다.

"엄마도 개비가 필요해."

그녀가 두 팔로 내 어깨를 둘러 우리는 차가운 공기 속에서 키스했다. 날씨 때문인지 따뜻하고 부드러운 혀가 훨씬 더 따뜻하고 부드럽게 느껴졌다.

키스가 끝난 후 그녀가 말했다.

"레녹스에 버스정류장이 있어."

내가 고개를 저었다.

"바보 같은 소리. 지프를 가져가. 공항에 장기주차 해두고 필요할 때 가지러 가면 돼."

"자기는 어떻게 집에 올 거야?"

나는 한 손으로 잠시 그녀의 뺨을 어루만졌다. 이 여자를 만나 결혼하고 함께 부모가 된 건 그야말로 행운이 아닐 수 없다.

"내가 가고 싶은 곳에 못 가서 헤맨 적이 한 번이라도 있던가?"

"잘난 척은 거의 왕자라니까. 언젠가 우리가 그 환상을 깨뜨려 줄 거야. 나하고 자기 딸이."

"오, 알고 있어."

"안다고?"

"그래."

그녀의 포옹은 격렬했다. 두 손으로 내 뒤통수와 목을 끌어안았는데 마치 대서양에 빠지지 않기 위해 붙잡을 물건이 나뿐이기라도 한 사람 같았다.

우리는 건물을 돌아 지프로 향했다. 나는 그녀에게 열쇠를 주었다. 그리고 그녀가 차에 올라탄 후에도, 1분 정도 부적절한 애정 공세를 과시하고 나서야 운전석 창에서 물러났.

앤지가 시동을 걸고 창밖을 내다보았다.

"조지아에 있는 우리 딸은 찾아내면서 매사추세츠의 열여섯 살 소녀를 못 찾는 이유가 도대체 뭐지?"

"좋은 질문이야."

"그것도 인구 2만은 되는 마을 주변을 아기와 함께 어슬렁거리는 열여섯 살 소녀잖아."

"등잔 밑이 어둡다?"

"그보다는 아니 땐 굴뚝에 연기나랴가 더 맞지 않겠어?"

내가 끄덕였다.

그녀가 내게 키스를 날렸다.

"우리 딸 만나는 대로 사진 한 장 날려줘."

"그래. 지난 15년 동안 어떻게 이 짓을 했는지도 모르겠지만, 자기가 어떻게 여태껏 이 짓을 하는지도 모르겠어."

그녀가 건물을 되돌아보며 말했다.

"지금은 그런 생각 안 해."

그녀가 미소 지었다.

"아니, 하고 있잖아."

집 안으로 들어갔더니 드레가 긴 의자에 앉아 「더 뷰」를 시청 중이었다. 뱁스와 여자들이 앨 고어와 함께 지구 온난화에 대해 잡담을 늘어놓고 있었다. 앙상한 쇄골을 드러낸 얼간이 금발여자가 자신이 읽은 논문에 대해 설명해 줄 것을 고어에게 요청했다. 지구온난화와 소 방귀가 관계있다는 내용이라는데 고어는 차라리 근관치료에 결장 내시경까지 받는 게 낫겠다는 표정을 지었다. 그때 휴대폰이 울렸다. 다시 미확인 번호.

"예핌이요." 내가 말했다.

드레가 일어나 앉았다.

"나한테 있어요."

"뭐가?"

그가 어린 소년처럼 씩 웃었다. 그러고는 작업복과 헨리셔츠 안에 손을 넣어 목에 걸린 가죽끈을 끌어냈다. 그 안에 십자가가 매달려 있었다. 검은색의 두터운 십자가.

"이거요, 십자가. 예핌한테 내가……"

내가 손가락 하나를 들어 보이고 전화를 받았다.

"안녕, 패트릭, 호랑말코 개망나니."

내가 미소 지었다.

"안녕, 예쁨."

"맘에 들어? 당신도 호랑말코 개망나니야."

"맘에 들어."

"내 십자가 갖고 있나?"

십자가는 드레의 목에 걸려 있었다.

검은색이고 내 손 크기였다.

"그래, 나한테 있다."

드레가 엄지 두 개를 세우며 예의 멍청한 미소를 흘렸다.

"그럼 만난다. 그레이트우즈로 가라."

"뭐라고?"

"그레이트우즈. 트위터 센터. 오, 잠깐만." 그가 손으로 송화기를 막고 누군가와 얘기했다. "지금 그러는데, 이제 그레이트우즈나 트위터 센터로 불리지 않는다네. 지금은…… 뭐라고? 패트릭, 잠깐만."

"콤캐스트 센터." 내가 대신 대답했다.

"콤캐스트 센터. 당신도 알고 있는 거야?" 그가 물었다.

"알아. 지금은 시즌이 아니라 닫혀 있다."

"덕분에 우리를 귀찮게 할 놈도 없는 거야. 동문으로 가. 그럼 입구가 있다. 나랑은 중앙무대에서 만나기로 하고."

"언제."

"4시간. 십자가 가져와."

"소피를 데려와라."

"아기도 데려오나?"

"지금 가진 건 십자가뿐이다."

"이런, 망할. 그런 거래가 어디 있나?"

"토요일 밤까지 키릴의 집에 십자가를 가져가고 싶다면 내가 가진 물건은 그것뿐이야."

"그럼 의사도 데려와."

드레를 보았다. 눈을 크게 뜬 채 어린애처럼 경박한 표정으로 나를 보았는데 아마도 약을 복용한 모양이었다.

"그가 어디 있는지 내가 어떻게 아나?"

예핌이 한숨을 내쉬었다.

"당신은 너무 똑똑해서 우리가 안다고 말하는 것보다 더 많은 것을 알 거야."

그 문장을 이해하는 데 약간의 시간이 필요했다.

"우리?"

"나. 파벨. 우리. 이봐, 당신도 일부야. 아직 모르고 있을 뿐이지."

"그래?"

"그래. 난 여자애 게임을 하고 당신은 내 게임을 하는 중이다. 의사도 데려와."

"이유는?"

"직접 전할 메시지가 있다."

"음, 모르겠군. 내가 꼭 그래야 하는지."

"걱정 마라, 친구. 그 친구 해칠 생각 없으니까. 그냥 직접 만나서 일자리에 복귀했으면 좋겠다는 얘기만 전할 거야. 그러니 꼭 데려와."

"물어는 보지."

"오케이. 조금 후에 보자고." 그가 전화를 끊었다.

드레는 십자가를 작업복 안으로 집어넣었지만 나도 이미 본 후였다. 골동품가게에 가져간다 해도 50달러는 받겠지만, 그 이상은 아니다. 검은색 마노 소재의 러시아정교 풍 십자가였으며 앞면 위 아래에 라틴어를 새겨넣었다. 가운데 골고다로 보이는 작은 둔덕, 그리고 그 위에 또 다른 십자가뿐 아니라 창과 스펀지도 보였다.

"수 세기 동안 수많은 사람을 죽음으로 몰아넣을 가치가 있어 보이지 않죠?"

드레가 옷깃 안으로 밀어 넣으며 물었다.

"사람들을 죽게 한 물건들이 대개 가치가 없소."

"살인하는 개자식들한텐 있습니다."

내가 한 손을 내밀었다.

"나한테 넘기지 그래?"

그가 이를 온통 드러내며 웃었다.

"개소리."

"정말이요?"

"정말." 그가 두 눈을 부라렸다.

"그 십자가로 맞교환을 할 생각이요. 당신이 저런 자와 목숨을 걸고 맞설 필요는 없잖겠소? 당신 물건도 아닌데."

그의 웃음이 더 커졌다.

"다른 사람들이야 패트릭이 좋은 편이라고 믿을지 모르겠지만 내가 보기엔 다 똑같아. 당신이 이걸 차지한다고? 이 물건은……
글쎄 반 고흐 그림만큼이나 비싼 거요. 당신은 옳은 일을 한다고
생각하겠지만 결국 죽어라 달아나서 장물아비를 찾고 말 겁니
다."

"당신은 왜 안 그랬지?"

"예?"

"훔쳐놓고 왜 팔지 않은 거요?"

"아는 장물아비가 없으니까. 나야 타락한 마약쟁이 노름꾼이
지 「히트」의 발 킬머가 아니란 말입니다. 설령 믿는 사람이 있다
해도 내가 등을 돌리자마자 이 뒤통수에 총알을 박고 말겠죠. 하
지만 패트릭, 당신은 장물아비를 알겠죠? 이 범죄세계에서 믿을
만한 친구들도 있을 테니 원한다면야 이 물건을 가지고 멕시코에
라도 달아날 거 아닙니까?"

"음, 오케이."

"아무리 착한 척해도 안 속아."

"당연히 그러시겠지. 망할, 하나 물어봅시다. 예핌이 우리에 대
해 모든 걸 알고 있으면서 왜 우리를 찾지 못하는 거요?"

"그자가 뭘 안다고?"

"우리가 함께 있다는 것도 알고 이게 아만다의 게임이라는 얘
기까지 했소. 우리 모두 그 게임에 얽혀 있다는 말도."

"아닌 것 같아요?"

한 시간 후, 우리는 맨스필드 그레이트우즈의 콤캐스트 센터를
향해 출발했다. 드레의 사브가 있는 곳으로 걸으며 그가 열쇠고리

를 꺼내 내게 넘겼다.

"당신 차요." 내가 말했다.

"약물 남용 환자입니다. 내가 운전대 잡기를 바랍니까?"

내가 사브를 몰았다. 드레는 옆자리에 앉아 멍하니 창밖만 내다보았다.

"많이 취한 것 같지 않은데?"

"자낙스를 두어 알 복용했어요. 알다시피……"

그가 다시 창밖을 보았다.

"두 알? 세 알?"

"세 알. 거기에 팍실 하나 더."

"알약 세 개에 물약 한 병. 그게 러시아 조폭을 다루는 당신 처방이요?"

"그보다는 그 덕분에 이 꼴이 된 거겠죠."

그가 그렇게 말하고는 클레어 사진이 든 열쇠고리 장식을 뿌연 눈앞에서 흔들었다.

"도대체 그 아이 사진은 왜 갖고 있는 거요?" 내가 물었다.

그가 나를 보았다.

"사랑하니까."

"진짜요?"

그가 어깻짓을 했다.

"아니면, 정이 들었거나."

30초 후 그가 코를 골기 시작했다.

불법 물물교환을 하는 경우 마지막 순간 힘 있는 상대가 거래

장소를 바꾸지 않는 경우는 거의 없다. 불시에 도청장치를 설치하는 일이 쉽지 않은 데다, 검은 유니폼의 연방요원들도 확성기, 카메라 가방, 적외선 망원렌즈 따위로 무장한 터라 아무리 숨어 움직인다 해도 쉽게 드러날 수밖에 없기에, 그 편이 경찰 감시망을 피하기 용이하다.

그래서 마지막 순간 예쁨이 전화를 하리라 생각은 했지만 그래도 의외의 경우에 대비해 그 지역의 지형을 파악해 둘 필요가 있었다. 콤캐스트 센터는 지금껏 20번은 다녀왔을 것이다. 매사추세츠 맨스필드 숲을 깎아 만든 야외 투기장으로 그곳에서 나인 인치 네일즈와 데이빗 보위의 합동공연도 보고, 스프링스틴과 라디오헤드도 보았다. 1년 전에는 그린데이 공연 오프닝에서 더 내셔널을 보고는 죽어서 얼터너티브 록의 천국에 왔다는 생각도 했었다. 말인즉슨 그곳 지형에는 빠삭했다. 투기장은 그릇 모양이며 길고 높은 경사로 둘러싸였다. 보다 작고 넓은 경사들이 완만한 소용돌이를 이루며 굽이치기 때문에 한 방향으로 원을 그리며 걷다 보면 결국 투기장에 다다르게 된다. 반대 방향으로 맴을 돌면 주차장이다. 경사는 어느 곳이나 티셔츠 가판대는 물론, 맥주와 솜사탕, 구운 과자, 대형 핫도그 등의 부스들이 점령하고 있다.

드레와 함께 걷는 동안 짙어가는 어스름 속에 머뭇머뭇 눈발이 날리기 시작했다. 흐린 하늘에 눈송이들이 흡사 불꽃놀이처럼 보였다. 눈은 나무 부스, 땅, 내 코 어디든 닿는 즉시 녹아버렸다. 좌우를 둘러보니 드레가 보이지 않았다. 나는 축축해져 가는 포장도로에 어렴풋이 남은 발자국을 따라 경사를 오르고 다시 반대편 경사를 내려갔다. 그리고 그의 발자국이 끊긴 곳으로 돌아,

마지막 발자국을 화살표로 삼아 그를 추적하기 시작했다. 잠시 후 VIP석을 지나 무대로 향하는데 전화벨이 울렸다.

"여보세요."

아만다였다.

"지금 어디들 있는 거죠?"

"나도 그렇게 묻고 싶다."

"지금 내 위치가 중요한 게 아니에요. 지금 막 거래장소가 바뀌었다는 전화를 받았어요. 그런데 무슨 거래죠?"

"지금 콤캐스트 센터에 있다. 누가 전화했더냐?"

"러시아 억양을 쓰는 남자였어요. 멍청한 질문 또 남았어요? 아저씨 전화가 잘 안 된다고 예핌이 투덜댄댔어요."

"놈들이 어떻게 네 전화번호를 아는 거냐?"

"아저씨 번호는 어떻게 아는데요?"

그 질문엔 할 말이 없었다.

"장소는 기차역이에요." 그녀가 말했다.

"어느 역?"

"닷지빌."

"닷지빌? 그게 어딘데?"

대학에서 화물 아르바이트를 할 때 수화물에서 이름을 보기는 했지만 정확히 어디인지는 알지 못했다.

"지금 지도를 보고 있는데 152번 도로 남쪽이에요. 멀지는 않네요. 단 한 사람만 십자가를 갖고 차에서 내려야 한대요. 결국 십자가는 아저씨한테 있는 모양이죠?"

"그래, 드레한테 있다."

"십자가를 가져오지 않으면 아저씨 눈앞에서 소피를 죽일 거랬어요. 그 다음엔 아저씨도요."

"넌 지금 어디……"

그녀가 전화를 끊었다.

통로 아래로 내려가니 드레가 무대 끄트머리에 앉아 관중석을 바라보고 있었다.

"접선 장소가 바뀌었군."

그는 담담하게 받아들였다.

"당신이 예견한 대로군요." 내가 어깻짓을 했다. "좋겠습니다. 판단이 항상 맞아 떨어지니."

"내 성공비결 아니겠소?"

그가 나를 바라보았다.

"당신 같은 사람들의 독선이란……"

"당신 인생을 말아먹었다고 날 비난할 필요는 없소. 나도 그런 걸로 당신을 판단할 생각 없으니까."

"그럼 나를 뭐로 판단하죠?"

"열여섯 살 소녀의 바지 속을 노리는 개자식."

"대부분의 문화에서 그건 잘못된 게 아닙니다."

"그럼 그런 나라로 가든지. 이곳에서 당신은 개자식일 뿐이오. 자신이 혐오스럽소? 그야말로 번데기 앞에서 주름 잡는 얘기요. 꼬인 삶이 맘에 안 들겠지? 좋소, 망할 인생 클럽에 오신 걸 환영하리다."

그가 관중석을 내다보는데 갑자기 동경에 찬 표정이었다.

"고등학교 때 밴드에서 베이스를 맡았어요. 형편없었지만." 난

코웃음이라도 치고 싶었지만 관두기로 했다. "옛날엔 뭐든 될 것 같았어요. 아무튼 길을 선택해야 하고 그래서 선택했죠. 어느덧 의대 문을 나설 때 확실한 것 하나는 있었어요. 찌질이 의사가 될 거라는 사실. 자신이 찌질하다는 사실을 어떻게 포용하죠? 어떤 경주에서든 평생 무리 끄트머리에 묻어 들어온다면 받아들이겠어요?"

나는 그와 함께 무대에 기댔지만 말은 하지 않았다. 멋진 풍경이었다. 넓게 펼쳐진 좌석들, 그 너머 일반 관객을 위한 널따란 잔디밭, 그리고 어두운 하늘에서 부드럽게 떨어지는 눈발. 7월의 밤이면 거의 언제나 사람들이 가득한 곳이다. 2만의 관중이 모여 떠들고 고함치고 흔들고 하늘을 향해 주먹을 내지르는 광경. 누군들 무대 위에 올라 그 장관을 만끽하고 싶지 않겠는가?

물론 드레를 향한 동정심이 없지는 않았다. 엄마든 누구든, 그도 특별하다는 얘기를 들으며 컸으리라. 어쩌면 그 말이 선의의 거짓이라는 증거가 쌓여가는 도중에도 매일 그 얘기를 들었고, 그리하여 여기까지 왔으리라. 첫 번째 직업은 난장판이 되고 두 번째 역시 붕괴될 참이었다. 마약 없이 지낸 날이 언제였는 지나 기억할까?

"아기 인신매매에 대해 내가 왜 거리낌이 없는 줄 압니까?"

"아니, 모르오."

"아무도 모르기 때문입니다. 나라에서는 입양에 대해 잘 안다고 생각해요? 아니면 누구라도? 우린 쥐뿔도 모릅니다. 우리 모두 말입니다. 다들 똑같이 반정장 차림으로 나타나, 다른 사람들이 어떻게든 옷차림대로 봐주기를 바랄 뿐이죠. 그런 식으로 수십 년이 지나면 어떻게 될 것 같습니까? 아무것도. 아무것도 없습니다. 우리는 아무것도 배우지 못하고 변하지도 않아요. 그러다 죽는 거죠. 그럼 다음 세대의 사기꾼들이 우리를 대신하고, 그 다음엔? 예, 그렇게 또 되돌이표가 찍히는 거예요."

내가 그의 등을 찰싹 때렸다.

"그 자조 속에서 당신 미래가 보이는군. 드레, 차나 타러 갑시다."

"어디죠?"

"기차역. 닷지빌."

그가 무대에서 뛰어내려 나를 따라왔다.

"하나만 물어볼게요, 패트릭."

"뭐요?"

"그놈의 닷지빌이 어딥니까?"

22장

닷지빌은 아주 작은 마을이다. 너무도 작아 다른 마을의 일부라고 생각했던 그런 곳인데 이 경우엔 사우스 애틀보로겠다. 내가 아는 한 신호등조차 없었다. 기껏 로드아일랜드 경계에서 10킬로미터쯤 떨어진 곳의 정지신호가 고작이었다. 거리에서 헤매다가 왼쪽에서 기차역 표지판을 보고 152번 도로 옆길에서 좌회전을 했다. 이윽고 마치 하늘에서 떨어지기라도 한 듯 몇 백 미터 앞에 기차역이 나타났다. 그렇지 않았다면 숲 지역이 끝도 없이 이어졌을 것처럼 보였다. 선로는 곧바로 숲속으로 들어가 붉은 은행나무들 사이로 사라졌다. 우리는 주차장에 차를 세웠다. 12월의 삭풍을 막아줄 역사는 보이지도 않았다. 자판기나 화장실도 없이, 입구 계단 옆에 신문가판대 두 개만 썰렁하게 놓여 있었다. 선로 반대편으로는 울창한 숲이고, 이쪽은 선로와 같은 높이의 플랫폼,

그리고 우리가 차를 세워둔 주차장이었다. 주차장엔 창백한 조명을 밝혀 두었는데 전구 아래 눈송이가 나방처럼 어지러웠다.

휴대폰이 진동을 했다. 문자 메시지.

하나는 십자가를 들고 플랫폼으로. 하나는 차 안에 대기.

드레가 목을 빼물고 메시지를 보더니, 내가 문고리를 잡기도 전에 먼저 차에서 내렸다.

"십자가는 나한테 있어요."

"안 돼, 당신은……"

하지만 벌써 움직이기 시작했다. 드레는 주차장을 빠져나가 짧은 계단을 통해 플랫폼에 오른 다음 중앙에서 기다렸다. 밝은 황색 페인트로 가장자리를 칠한 검은 경화고무가 그가 서 있는 곳에서 선로 너머까지 이어졌다.

잠시 서 있는 동안 눈발이 더욱 거세졌다. 드레는 오른쪽으로 두세 걸음, 그리고 왼쪽으로 네다섯 걸음 이동하다가 다시 오른쪽으로 돌아왔다.

빛을 본 것은 내가 먼저였다. 황색 원 모양의 빛이 숲속을 뛰어다녔다. 플래시 불빛. 빛은 위아래를 오르내리다 다시 반쯤 올라가더니 왼쪽으로 미끄러졌다가 다시 오른쪽으로 이동했다. 두 번째도 같은 동작이었는데 물론 십자가를 나타내는 신호였다. 이번에는 드레도 그쪽으로 고개를 돌렸다. 그가 한 손을 들고 흔들었다. 빛도 움직임을 그치고 드레 맞은편의 숲속을 떠돌기만 했다. 거기서 기다리겠다는 뜻이다.

창문을 내리는데 드레의 목소리가 들렸다.
"괜찮아요."
그리고 그가 선로를 건너갔다. 눈발은 더욱 거세져 눈송이 중에는 목화꼬투리만 한 것도 보였다.
드레가 숲으로 들어가 더 이상 보이지 않았다. 플래시 불빛도 사라졌다.
내가 문을 향해 손을 내미는데 다시 휴대폰이 진동했다.

   차 안에 대기.

나는 전화를 열어둔 채 무릎에 놓고 기다렸다. 드레의 머리를 때리고 십자가를 갈취한 다음, 소피와 십자가는 물론 내 마음의 평정까지 빼앗아 숲속으로 달아나는 건 일도 아니었다. 나는 왼손으로 문고리를 단단히 잡고 손가락을 쥐락펴락했다. 10초 후, 나도 모르게 잡은 손에 힘이 들어갔다.
휴대폰에 불이 들어왔다.

   인내, 인내.

숲속에서 노란 불빛이 다시 나타나더니 지상에서 1미터 높이에서 안정적으로 떠다녔다.
휴대폰이 울렸지만 이번엔 문자가 아니었다. 미확인 번호.
"여보세요."
"헤이, 친…… 당신 어……"

예픔의 목소리가 중간 중간 끊겼다.

"여보세요?"

"어디냐고……"

전화가 끊어졌다.

플랫폼 이쪽의 자갈에서 둔탁한 소음이 들렸다. 차창을 내다보았지만 사브의 후드에 막혀 아무것도 보이지 않았다. 어쨌든 나는 계속 밖을 살폈다. 할 일이 그것밖에 없었다. 와이퍼를 돌려 눈을 걷어냈다. 몇 초 후 드레가 숲속에서 나왔다. 처음에 사라졌던 바로 그 지점으로 발걸음이 빨랐고 혼자였다.

휴대폰이 진동했다. 경적소리도 들렸다. 역시 미확인 번호였다.

"여보세요?"

"어디?"

"예픔?"

차창 위로 진흙이 쏟아지더니 사브의 계기반이 덜거덕거릴 정도로 크게 요동쳤다. 엉덩이 밑의 좌석도 흔들리고 컵홀더의 빈 커피 잔은 아예 조수석의 바닥 매트 위로 떨어져 내렸다.

"패트리? ……당신 떠나…… 난 아니…… 무대……"

나는 와이퍼를 돌려 진흙을 좌우로 걷어냈다. 아니, 그건 진흙보다 더 묽었다. 아셀라 급행열차가 역을 관통했다.

"예픔? 통화가 자꾸 끊긴다."

"들리…… 친구?"

나는 차에서 내렸다. 드레는 더 이상 보이지 않았다. 후드 역시 차창을 때린 물질로 잔뜩 얼룩져 있었다.

"안 들린다. 내 목소리는 들리나?"

드레는 플랫폼에 없었다.

어디에도 없었다.

"나…… 니미……"

전화가 끊겼다. 나는 폴더를 덮고 플랫폼 좌우를 살폈다. 드레는 여전히 보이지 않았다.

나는 뒤로 돌아서서 내 차 옆에 자동차들을 보았다. 여섯 대의 차량이 늘어섰는데, 희미한 조명 아래 어느 차나 후드와 차창에 같은 액체가 흩뿌려진 터였다. 아셀라는 숲속으로 사라졌다. 거의 제트기에 버금가는 속도였다. 젖은 차와 젖은 플랫폼이 녹아가는 눈 아래 번득였다.

나는 고개를 돌려 플랫폼을 본 후 다시 자동차들을 살폈다.

드레는 어디에도 없었다.

어디에나 있기 때문에.

드레의 자동차 트렁크에서 플래시와 슈퍼마켓용 비닐봉지 두 개를 찾았다. 그리고 비닐봉지로 구두를 덮고 손잡이를 발목에 묶은 다음 핏물을 통과해 플랫폼으로 향했다. 선로 안쪽에 그의 구두 한 짝이 끼어 있었다. 플랫폼을 따라 몇 걸음 앞에서 귀의 잔해도 보였다. 아니 어쩌면 코일 수도 있겠다. 최고 속도의 아셀라는 사람을 치는 게 아니라, 아예 날려버린다.

선로를 따라 올라가다가 선로와 숲 사이에서 어깨 한 쪽을 찾았는데 내가 본 드레의 마지막 부위였다.

나는 그가 숲속을 드나든 지점으로 향했다. 그 안으로 플래시를 비춰보았으나 보이는 건, 낙엽이 두텁게 깔린 어두운 숲뿐이었다. 더 깊이 들어갈 수도 있었지만, 첫째, 숲을 좋아하지도 않고, 둘째, 시간도 부족했다. 아셀라가 5킬로미터 떨어진 맨스필드 역을 통과할 때면 누군가 기관차 앞이나 옆의 핏자국을 보게 될 것이다.

예핌이 떠난 것만은 분명했다. 소피와 십자가를 챙겨서.

나는 다시 선로를 건너왔다. 처음엔 그곳의 광경이 이해되지 않았다. 부분적으로는 플래시 불빛을 비출 만큼 판단이 가능했지만 다른 한 편으로는 전혀 의미가 통하지 않았던 것이다.

나는 주차장을 에워싼 울타리와 선로 사이의 자갈밭 옆에 무릎을 꿇었다. 탁 하고 땅에 떨어지는 소리는 들었었다. 이유는 모르겠지만 숲속에서 누군가 선로 건너편으로 집어던진 것이다. 그리고 드레가 뒤따라오다가 600톤짜리 강철 덩어리가 시속 250킬로미터로 달리는 길목에 들어서고 만 것이다.

벨라루스 십자가.

나는 십자가 왼쪽 모퉁이 끝을 잡고 자갈밭에서 빼냈다. 십자가는 녹는 눈으로 얼룩졌는데 눈 또한 주차장의 차창만큼이나 시뻘겋다. 플랫폼과 숲과 계단만큼이나 시뻘겋다. 나는 계단을 내려가 드레의 차 트렁크를 열고는 끄트머리에 앉아 비닐 가방을 벗겨 세 번째 비닐가방에 집어넣고 손잡이를 묶었다. 그리고 가방과 십자가는 조수석에 내려놓고 죽어라 닷지빌을 탈출했다.

23장

　베켓 반경 25킬로미터 내에는 소아과병원이 하나뿐이었다. 히밀레프스키 박사 헌팅턴, 마을 두 개를 지나 도착한 곳이다. 다음 날 오전 10시, 아만다가 병원 앞에 차를 세웠을 때 그녀만 올려 보내 아기 진료를 받게 하고 나는 드레의 차 밖에서 대기했다. 그리고 닷지빌에서 나오는 길에 예핌과 나눈 대화를 되새김질했다. 기차역을 떠나고 10분 후에 그가 전화했지만, 아직 그 어느 내용도 의미가 닿지 않았다.
　20분 후, 아만다가 돌아왔을 때 나는 마분지 컵 커피를 사놓고 있다가 그녀에게 건넸다.
　"크림 넣고 설탕은 안 넣지?"
　"커피 안 마셔요. 궤양이 있거든요. 아무튼 고마워요."
　그녀의 대답이었다.

아만다는 리모컨으로 문을 열고 아기를 시트에 뉘었다. 내가 그녀에게 문을 열어주었다.

"궤양이 있을 리가 없잖아. 겨우 열여섯에."

그녀가 아기 시트를 뒷좌석의 시트베이스에 끼웠다.

"내 궤양한테 얘기해 봐요. 열세 살 때부터 그랬으니까."

내가 물러서자 그녀가 문을 닫았다.

"괜찮대?"

그녀가 창문을 통해 아기를 보았다.

"예, 그냥 발진이래요. 이유는 모르고. 앤지 아줌마 말대로 그냥 없어진다나 봐요. 아기들은 늘 발진에 걸린다나 뭐라나."

"애 키우기 힘들지? 정말로 중병이라고 생각해도 결국 대수롭지 않은 경우가 대부분이지만 그래도 모르니까 계속 진료는 받아야 한다."

그녀가 미소를 지어보였다. 여리고 지친 미소.

"다음엔 의사들도 나를 내쫓아버릴 것 같아요."

"아기 걱정이 지나치다고 쫓아낼 의사는 없어."

"그야 그렇지만, 비웃기는 할 거예요. 틀림없이."

"비웃으라 그래."

그녀는 운전석으로 돌아가서는 지붕 위로 나를 보았다.

"따라와도 좋고, 아니면 집에서 봐요. 도망 안 가니까."

"그런 것 같더라."

나는 돌아서서 드레의 사브로 향했다.

"드레는 어디 있죠?"

내가 돌아서서 그녀의 눈을 보았다.

"돌아오지 못했다."

그녀가 살짝 고개를 갸웃했다.

"그…… 러시아놈들인가요?"

나는 말없이 그녀의 시선을 받아주었다. 그녀의 눈을 통해 어떤 식으로든 이 상황에서 그녀가 어느 편인지 짐작이라도 하고 싶었다. 아니면, 양쪽 편 모두인가?

"패트릭 아저씨?"

"집에 돌아가서 보자."

부엌에서 그녀는 자신이 마실 녹차를 만든 다음 컵과 작은 주전자를 식당으로 들고 왔다. 클레어는 거실 테이블 가운데 베이비시트에 앉혀두었다. 차 안에서 깊이 잠들었기에 아만다는 베이비시트에서 빼낼 필요가 없다며 곧바로 요람으로 옮겼다. 아기가 잠든 그대로 두는 게 제일 편하고 또 안전했다.

"앤지 아줌마는 무사히 도착하셨대요?"

"그래. 한밤중에 사바나에 도착해서 30분 후 친정집에 도착했어."

"남부 출신 같지 않던데요?"

"아니야. 장모님이 60대에 재혼했는데 사바나에 사는 남자였지. 10년 전쯤 장인께서 돌아가셨지만 그때쯤 이미 사바나에 푹 빠지셨거든."

그녀는 받침접시에 찻주전자를 내려놓고 식탁에 앉았다.

"그래서 기차역에선 어떻게 된 거예요?"

나는 아만다 맞은편에 앉았다.

"먼저 우리가 어떻게 기차역까지 갔는지 말해라."

"예? 접선장소가 바뀌었다는 전화를 받았죠."

"누가 전화했지?"

"파벨 아니면 스파르타크라는 자일 거예요. 솔직히 생각해 보면 목소리가 그 자 같기는 했어요. 다른 둘보다 목소리가 앙칼졌거든요. 확신은 못해요. 그 사람들 목소리가 다 같아 보이니까."

그녀가 어깻짓을 했다.

"스파르타크든 누구든……"

"이런 식으로 말했어요. '우리, 콤캐스트 센터 안 좋다. 닷지빌에서 만나자고 전해. 30분.'"

"왜 너한테 전화한 거냐?"

그녀가 차를 홀짝였다.

"모르죠. 예핌이 아저씨 전화번호를 까먹……"

내가 고개를 저었다.

"예핌은 아니야."

"스파르타크한테 시켰겠죠."

"아니, 그것도 아니다. 드레가 아셀라에 박살 날 때 예핌은 콤캐스트 센터에서 기다리고 있었어."

찻잔이 입가에서 우뚝 멈춰 섰다.

"그 얘기를 다시 하고 싶으세요?"

"드레는 초고속 열차에 부딪쳐서 말 그대로 증발해 버렸다. 지금쯤 법의학 팀이 와서 드레의 조각들을 담고 있겠지만, 정말로 쪼가리에 불과해."

"도대체 왜 달리는 기차 앞으로……"

"이걸 쫓고 있었기 때문이야."

내가 식탁 위에 벨라루스 십자가를 내려놓았다.

아만다가 입을 연 것은 20초는 족히 지나서였다.

"쫓아요? 말이 안 돼요. 집에서 나갈 때 목에 걸고 있지 않았어요?"

아만다가 되물었다.

"내 추측엔 그가 누군가에게 넘겼는데 그 누군가가 다시 선로 너머로 던진 것 같다."

"설마 아저씨 생각에……" 그녀가 두 눈을 질끈 감고 고개를 저었다. "아니, 아저씨가 무슨 생각하는지도 모르겠군요."

"나도 마찬가지야. 내가 아는 내용은 이렇다. 드레가 선로를 건너 숲속으로 들어갔다. 그리고 한참 후 누군가 선로 너머로 이 십자가를 던졌어. 드레는 쫓아오다가 급행열차에 치인 게고. 예핌은 기차역에 없었다고 주장하더군. 약속장소를 바꾼 적도 없고. 거짓말이든 아니든, 확률은 50대 50이다. 우리는 소피를 받지 못했고 그쪽에서도 벨라루스 십자가를 받지 못했는데, 벌써 크리스마스이브이자 금요일이야. 드레는 키릴과 비올레타에게 다른 아기를 가져다줄 예핌의 마지막 기회였지. 예핌은 원래의 거래를 회복하겠단다. 이 십자가. 그리고 아기. 그렇지 않으면, 소피의 목숨, 내 목숨, 내 가족의 목숨, 그리고 네 목숨을 대신 가져갈 거야."

그녀가 십자가를 두어 번 건드려보다가 몇 센티미터 밀쳐냈다.

"여기 새긴 글씨가 무슨 뜻인지 아세요? 러시아어는 몰라요."

"알아도 소용없어. 러시아어가 아니라 라틴어니까."

내가 대답했다.

"잘났어, 정말. 아저씨는 라틴어 아세요?"

"고등학교에서 4년을 배웠지만 기억하는 거라곤 건물 기초를 읽는 정도다."

"그래서, 모르세요?"

나는 십자가를 들었다.

"조금은 가능해. 꼭대기 문구는 '독생자, 예수께서 이기시도 다.'"

아만다가 인상을 찌푸렸다.

나는 어깻짓을 하고 조금 더 머리를 쥐어짰다.

"아니, 잠깐. 이기는 게 아니라 무찌르다…… 아니, 정복하다야. 그래. 독생자 예수께서 정복하시도다."

"아래쪽은요?"

"해골과 천국 얘기 같은데?"

"그게 다예요?"

"네가 태어나기 10년 전에 마지막 라틴어 수업을 들었다. 이 정도면 준수한 거 아냐?"

그녀는 차를 좀 더 따르고 두 손으로 잔을 들고는 호호 불었다. 그리고 조심스레 한 모금 마신 다음 잔을 다시 내려놓고 의자에 등을 기댔다. 두 눈은 나를 향했는데 언제나처럼 차분했다. 정말로 신중하고 냉정한 아이였다.

"대단한 목걸이 같지는 않네요, 그죠?"

"가치를 부여하는 건 역사야. 아니면 누군가가 그냥 가치 있다고 결정해 버리거나. 황금처럼."

"그게 영 이해가 안 돼요." 그녀가 말했다.

"사실은 나도 그래."

"하지만 이건 말씀드릴 수 있어요. 키릴은 이것 때문에 체면을 크게 구긴 터라 어차피 우리를 살려두지 않을 거예요. 특히 나는."

"최근에 신문 읽은 적이 있냐?" 그녀가 찻잔 너머로 나를 보며 고개를 저었다. "키릴은 자기 약에 너무 많이 취해 있어. 아니면 그냥 완전히 신경쇠약 지경일 수도 있고. 아마 너한테 오기 전에 시속 150킬로미터로 전봇대를 들이받게 될 게다."

그녀가 나를 보며 인상을 찌푸렸다.

"그럼, 그냥 그 날을 기다리면 되는 거네요. 하지만 만사가 아저씨 동화대로 이루어진다면요? 아니, 예핌…… 예핌이 그려준 동화라고 했죠?"

"그래, 예핌."

"그래, 좋아요. 우리도 살고 소피도 살고 아저씨 가족도 살아요. 그럼 저 애는 어쩌죠?" 그녀가 식탁을 가리켰다. 그곳엔 클레어가 베이비시트에 앉아 있었다. 분홍색의 앙증맞은 니트후드와 똑같은 분홍색 바지 차림이다. 두 눈은 실눈에 가까웠다. "그 집으로 데려가겠죠. 키릴과 비올레타한테? 저 애는 겉모습만 아기가 아니라 진짜 아기예요. 아무 때나 떼를 쓰고 악을 쓰고 기저귀가 젖으면 울기도 하죠. 얼굴 가리는 것도 싫어해요. 그래서 윗도리를 벗기고 갈아입힐 때마다 정말로 감전 당한 악다구니처럼 울어대는데, 특히 여기 내 손에 든 이 옷을 제일 싫어해요. 좋아요, 어쨌거나 그 자들한테 이 아이를 넘긴다고 쳐요. 어른 몸뚱이를 한 사이코 악동들한테. 그래서 그 인간들이 그 모든 불편을 감내한다고 하죠, 뭐. 하루 24시간, 일주일 내내 아기 보느라 생긴 수

면부족도 참는다고 해요. 뭐든 좋게 생각하자고요. 하지만 아기를 빼앗긴 것 때문에 체면도 구기고 권력과 존경심도 잃었는데, 저 아이한테 복수하지 않을 것 같아요? 아저씨 말마따나, 요즘에 정신까지 헤까닥했다면서요? 어느 날 밤, 폴란드 보드카와 멕시코 코카인에 잔뜩 취해 배고파 우는 아이를 몽둥이로 때려죽이지 않을 거라고요? 설마 내 아기를 그런 놈들한테 내줄 거라고 생각하는 건 아니겠죠?"

아만다는 찻잔을 위스키 잔처럼 집어던졌다.

"네 아기가 아니야."

"아저씨가 어제 본 사회보장 카드요? 그건 내 카드가 아니에요. 저 애 거지. 나와 같은 성으로 하나 만들었거든요. 그러니까 내 아기예요."

"넌 그 애를 납치했어."

"아저씨도 날 납치했잖아요."

목소리 하나 높이지 않았지만 그런데도 사방 벽이 흔들리는 것 같았다. 그녀의 입술이 떨리고 눈이 붉어지고 전율이 두 손을 훑었다. 극도로 통제된 분노 외에 내 앞에서 감정을 드러낸 건 처음이었다.

내가 고개를 저었다.

"아니, 납치했어요, 패트릭 아저씨. 정말로요." 그녀가 코로 습한 공기를 빨아들이고 한동안 천장을 올려다보았다. "아저씨가 무슨 자격으로 내 집이 어디인지 결정하죠? 도체스터는 내가 태어난 곳이에요. 나를 낳은 건 헬렌이지만 난 분명 잭과 트리시아 도일의 아이였어요. 납치당했을 때에 대해 내가 뭘 기억하는지 알아요? 그 7개월 동안, 난 초조하지도 불안하지도 않았어요. 악몽도 꾸지 않고 아프지도 않았죠. 이유가 뭔지 알아요? 엄마라는 여자가 한 번도 청소를 하지 않아 사방에 바퀴벌레와 박테리아가 꿈틀거리고 싱크대에 곰팡이가 슬어가던 집이에요. 그런 집을 떠나 마음이 편했기 때문이죠. 하루에 세 끼를 먹고 트리시아와 함께 우리 개와 놀았어요. 매일 밤, 저녁을 먹고 나면, 트리시아는 내게 잠옷을 입히고 난롯가에 앉히고 정각 일곱 시부터 책도 읽어주셨어요." 그녀가 한동안 식탁을 내려다보며 혼자 고개를 끄덕였다. 자신도 의식하지 못한 행동이었다. 이윽고 그녀가 고개를 들었다. "그러다가 아저씨가 온 거예요. 나를 도체스터에 돌려주고 2주 후, 사회복지사가 헬렌한테 내 양육을 맡기기로 결정했는데, 그리고 저녁 7시에 뭘 했는지 알아요?"

나는 아무 말도 못했다.

"헬렌은 하루 종일 술을 마셨어요. 전날 밤 바람을 맞았기 때문인데, 너무 취한 탓에 귀찮다며 다섯 시부터 나를 침대로 보내버렸죠. 그리고 정각 일곱 시에 내 침실로 들어와서는 자기가 나쁜 엄마라 미안하다며 사과하더군요. 온통 자신에 대한 연민뿐인데도, 그걸 타인을 향한 감정이입과 혼동하는 거예요. 결국 사과를 하다 말고 내 온몸에 토악질을 해놓았죠."

아만다가 손을 내밀어 작은 찻주전자를 끌어당긴 다음 남은 차를 모두 찻잔에 부었다. 이번엔 별로 입김을 불지도 않았다.

"그건……"

"아니, 미안하다는 얘기 하지 말아요, 아저씨. 제발, 제발 부탁해요."

기나 긴 죽음의 1분이 흘렀다. 내가 먼저 입을 열었다.
"그 후로 보지 못했니? 도일 부부?"
"나와 어떠한 접촉도 금지했으니까요. 집행유예 조건이었죠."
"그래도 어디 사는지는 알지?"
그녀가 잠시 나를 보다가 고개를 끄덕였다.
"트리시아는 교도소에서 1년 있다가 15개월 집행유예를 받았어요. 잭은 2년 전에 나왔죠. 내가 잠들도록 동화를 읽어주고 적절한 양육을 해 준 대가로 10년 징역을 산 다음에요. 지금은 두 분이 함께 계세요. 믿겨지세요? 트리시아가 그를 기다렸다는 게? 지금은 노스 캐롤라이나, 채플힐 근처에 사세요." 그녀가 나를 향해 반감어린 두 눈을 번뜩이고는, 땋은 머리를 풀고 크게 흔들어 다시 얼굴 옆으로 흘러내리도록 했다. 그녀가 다시 나를 보았다.
"왜 그랬어요?"
"널 왜 집에 데려다줬냐고?"
"왜 돌려보냈냐고요."
"그건 상황 윤리냐 사회 윤리냐의 문제야. 내가 사회 윤리를 택한 거겠지."
"고맙군요."
"지금이라고 달리 판단할지는 모르겠다. 내가 죄의식을 느끼는지 묻는 거라면 그래, 미안하다. 하지만 그렇다고 잘못했다는 뜻은 아니야. 클레어를 붙들고 있을 경우 너 역시 저 애의 미움을 받을 일을 하겠지만 그래도 넌 할 거야. 저 애를 위해 옳은 일이라 믿으니까. 예를 들어 클레어한텐 '안 돼'라고 말하고 이따금 그 때문에 마음이 불편하겠지. 하지만 그건 감정적인 반응이지 이

성적인 게 아니야. 이성적으로 볼 때, 아무리 부모가 잘못했다 해도, 제멋대로 아기를 훔쳐 제멋대로 키울 수는 없다. 그런 세상에서 살고 싶은 생각도 없고."

"왜 안 되죠? 아동가족부가 하는 일이 그거 아닌가요? 정부가 나쁜 부모한테서 아이들을 데려가는 것도 그렇고."

"먼저 적절한 절차가 따른다. 고발 내용에 대한 확인은 물론 균형 있고 정확한 조사가 필요한 거야. 넌 어땠는지 알지? 어느 날 오후 네 엄마가 술에 취해 너를 햇볕에 방치했다고 라이어넬 삼촌이 덥석 데려갔다. 응급실로 데려가야 했는데도 네 엄마가 너를 그냥 집으로 데려왔기 때문이지. 그래서 라이어넬이 네 울음을 달래야 했다. 그리고 불안한 환경에 방치된 아이들을 납치하는 것으로 유명한 경찰한테 전화를 걸어 너를 납치하게 한 거야. 네 엄마를 위해 그 어떤 적절한 조처도……"

"제발 그 여자를 내 엄마라고 하지 말아줄래요?"

"알았다. 헬렌을 위해 어떤 조처도 없었다. 변론의 기회도 아무 것도 없었어."

"라이어넬 삼촌은 그 여자가 나를 '키우는' 행태를 지켜봤어요. 4년 동안이나. 그 배려 자체가 적절한 절차와 적절한 노력이었다고요."

"그럼, 아동가족부에 고발해 법원으로부터 양육권을 받아냈어야지. 커트 코베인의 여동생도 그 방법으로 돈 많은 스타와 싸워 이겼어.*"

---

* 2009년, 가수 코트니 러브는 딸 프란시스 빈의 양육권을, 커트 코베인의 여동생 킴벌리 오코너에게 빼앗겼다.

그녀가 고개를 끄덕였다.

"멋지군요. 그게 뭐라고 했죠? 사회 윤리냐 대 상황 윤리냐의 문제에 대해, 패트릭 켄지는 국가의 이해를 대변하기 위해 커트 코베인의 기억에 호소하도다."

이런, 한 방 먹었군.

아만다가 상체를 내밀었다.

"오래 전에 아저씨에 대해 들은 게 있거든요. 나를 찾는 와중에 죽인 아동성추행범 있었죠? 그 자 이름이 뭐죠?"

"코르윈 얼리."

그녀가 차를 홀짝였다.

"맞아요. 정확한 소식통에 의하면 아저씨가 쐈을 때 그에겐 무기도 없었어요. 아저씨한테 직접적인 위협도 없었고. 그런데도 아저씨는 그를 쏴죽였죠. 그것도 뒤에서. 아닌가요?"

"정확히는 목덜미였지. 게다가 엄밀하게 말하면 그의 손도 무기에 가 있었다."

"엄밀하게죠. 어쨌든 아저씨는 아동성추행범을 만나요. 엄격한 수사를 했다면 당연히 큰 위험이 없다는 판단이 내려졌겠지만 아저씨는 그 자의 뒤통수에 상황 윤리를 발사하는 것으로 사건을 처리하죠." 그녀가 내게 컵을 들어보였다. "잘하셨어요. 박수라도 쳐 드리고 싶지만 아기가 깰까 봐 참을래요."

우리는 잠시 아무 말 없이 앉아만 있었다. 아만다는 내게서 시선을 떼지 않았다. 솔직히 말해 그녀의 냉정함이 조금 무섭기도 했다. 온기를 전혀 느낄 수가 없었다. 그리고 그럼에도 불구하고 난 아만다가 맘에 들었다. 세상이 그렇게도 학대했지만 그녀는 세상의 게임에 응하는 식으로 맞섰다. 이 뭣 같은 아수라장에 가운 뎃손가락을 먹이며 당당히 걸어 나갔다는 사실도 마음에 들었다. 자기 연민 속에 뒹굴지 않아 좋고, 그 누구의 동의도 구할 필요가 없어서 좋았다.

"저 아이를 포기할 생각이 없지?"

"놈들이 내 몸의 뼈를 산산조각낸다 해도 끝까지 싸울 거예요. 혀를 잘라내면 잘린 혀로 비명을 지르고, 한눈을 파는 놈이 있으면 눈을 물어버릴 거예요."

"그래도, 저 아이를 포기하지 않을 거지, 아만다?"

그녀가 미소 지었다.

"아저씨는요? 나 혼자 싸우게 내버려두지 않을 거죠?"

"어쩌면. 적어도 소피가 그곳에서 죽거나, 두바이 족장 후궁으로 팔려가도록 보고만 있을 생각은 없다."

"좋아요."

"예핌은 아기를 원할 거야."

"잘하면 십자가로 시간을 끌 수 있을 거예요."

"그래. 하지만 그렇다고 소피를 돌려주지는 않아. 목숨을 연장하는 것도 하루뿐이겠지."

"멍청한 년."

"누구?"

"소피요. 제가 걔를 밴쿠버로 보냈더랬죠. 그러니까 그 일이 있고 바로……"

"분만실에서 티무르 피로 목욕했다는 얘기는 드레한테서 들었다."

"아, 예. 그러고 나서 소피한테 완벽한 신분서류를 줘서 밴쿠버에 보냈어요. 사람들이 몇 백만 달러라도 낼 정도로 깨끗한 서류라, 다시 태어난 거나 마찬가지였는데."

"그런데 새로운 산도(産道) 때문에 곧바로 러시아 조폭한테 돌아간 거로군."

"예."

나는 잠시 그녀를 바라보았다. 저 평온한 두 눈에서 일말이나마 불안한 기색을 볼 수 있을까 했지만 그런 일은 일어나지 않았다.

"각오는 되어 있냐? 그러니까 네가 포기하려는 모든 것을 정말 잃을 각오 말이다."

"내가 뭘 포기하죠? 하버드니 뭐니 하는 것들이요?"

그녀가 되물었다.

"우선은."

그녀가 눈을 크게 떴다.

"나한테는 철벽 같은 신분이 다섯 개나 돼요. 그 중 하나는 이미 내년 하버드에 등록했고 다른 하나는 브라운에 들어가죠. 내가 원하는 게 뭔지 아직 결정하지 못했을 뿐이에요. 두 학교이든, 두 학교의 진짜 졸업장이든, 가짜보다 나을 건 또 뭐죠? 어쩌면 호환성이 부족해 더 나쁠 수도 있어요. 지금은 여덟 번째 대륙이 있어요. 키보드로 입국하는 곳이죠. 하늘을 색칠하거나 여행 규칙을 다시 쓸 수도 있고, 뭐든 원하는 바를 이룰 수도 있어요. 그 대륙을 어떻게 찾는지 아는 사람이 거의 없는 덕에 국경도 없고 영토전쟁도 없죠. 난 알아요. 내가 만난 사람들 몇 명도 그곳을 알고…… 아저씨 같은 분들은 이곳에 남으세요." 그녀가 상체를 기울였다. "좋아요. 아저씨 규칙대로라면 난 아만다 맥크레디, 열일곱 살짜리 여고 자퇴생이에요. 하지만 내 규칙에 따르면, 아만다 맥크레디는 수많은 카드 중 한 패에 불과해요. 그걸 이런 식으로……"

그때 그녀가 거리에 접한 창으로 시선을 돌리더니, 의자를 뒤로 밀어내고 발밑의 가방을 집어 식탁 위에 던졌다. 그녀의 시선을 따라가자 앞마당에 차가 한 대 서 있었다. 1분 전만 해도 없었건만…….

"누구지?"

아만다는 대답하지 않았다. 그리고 식탁 위의 가죽가방에서 내가 본 가장 기괴한 모양의 수갑 두 세트를 끄집어냈다. 체인 대신 밑면이 붙는 식으로 연결된 수갑은 검은색의 딱딱한 플라스틱 용기에 담겨 있었는데, 하나는 보통 크기였지만 다른 쪽은 작았다. 새 발이라도 묶을 만큼.

아니면 아기 손을 채우거나.

"망할, 도대체 그게 뭐냐?"

나는 거실을 가로질러가 현관문부터 잠갔다.

"애 앞에서 욕하지 말라니까요."

누군가의 머리통이 거실 창 아래쪽을 지나갔다.

"좋아. 아무튼 그게 뭐하는 물건이야?"

"고성능 철제수갑이요. 테러리스트를 비행기에 태울 때 쓰는 건데 개조했어요. 죽이죠?"

그녀가 낑낑거리며 아기띠를 맸다.

"그래. 이 집에 문이 몇 개 있지?"

"지하실까지 하면 세 개예요."

그녀는 자동차 시트에서 클레어를 풀었다. 아기는 끙 하고 신음을 흘리고 칭얼대기 시작했다. 아만다는 아기 다리를 띠 구멍에 넣고 멜빵 한쪽을 어깨에 걸고 버클을 채웠다. 그때 누군가가 뒷문을 걷어찼다.

아만다는 수갑 한쪽을 자기 왼쪽 손목에 차고 다른 쪽도 오른쪽에 걸었다.

나는 45구경을 꺼내 식당 현관을 겨누었다.

아만다가 작은 수갑 하나를 클레어의 왼쪽 손목에 채웠다.

거실 창문이 깨지더니 2, 3초 후 누군가 기어 들어오는 소리가 이어졌다. 나는 현관에서 눈을 떼지 않았으나 어느 모로 보나 열세일 수밖에 없었다.

"이것 좀 도와줘요." 아만다가 물었다.

내가 다가가자 그녀가 오른팔을 들었다. 작은 수갑이 클레어의 왼쪽 손목 옆에서 맴돌았다.

"게임 하고 싶어?" 나는 수갑을 클레어 손목에 채웠다.

"시작했으면 끝을 봐야죠."

케니가 방 끝의 주랑 현관을 뚫고 나타나 우리에게 샷건을 겨누었다.

나도 45구경으로 그의 머리를 겨누었지만 의미 없는 동작이었다. 그가 그 거리에서 방아쇠를 당겼다면 우리 셋은 이미 죽은 목숨이다.

왼쪽에서 다른 샷건이 철컥거리는 소리도 들렸다. 고개를 돌려 보니 계단 아래 거실과 식당 중간지점에 타데오가 서 있었다.

"그냥 멋진 소리 한 번 내보려 탄피를 내보내는 건가?"

내 비난에 그의 얼굴이 다소 붉어졌다.

"아직 당신 가슴에 박을 총알은 남아 있어."

"이런, 그 총은 거의 너만 하군그래."

"당신을 두 조각 낼 만큼은 된다."

"반동 때문에 네놈도 앞마당까지 날아갈 게다."

"총 내려라, 패트릭." 케니가 말했다.

나는 총을 그대로 두었다.

"멕시코인이냐, 타데오?"

그가 샷건 개머리를 어깨에 깊이 박았다.

"그래, 잘 봤다."

"진짜 멕시코 사람과 멕시코식 결투를 벌인 적은 처음이야. 어딘가 낭만적인 것 같은데…… 그렇게 생각 안 해?"

"인종차별적 발언이다."

"그게 왜? 넌 멕시코인이고 이건 멕시코식 결투인데? 암스테르담 사람과 더치페이 하는 것과 마찬가지야. 내가 아일랜드인이라고, 내 거시기가 고추만 하고 또 술주정뱅이라고 한다면 그게 인종차별이지. 하지만 고리타분하고 진부한 결투에 반하는 개념으로 멕시코식 결투라고 묘사한다면 그야 완전히 악의 없는 인종 개념이지, 안 그래?"

"시간을 끌고 있군." 케니가 경고했다.

"다들 진정할 시간을 갖자는 거야."

헬렌이 케니를 따라 현관을 빠져나왔다. 그녀는 총 세 자루를 보고 한숨을 내쉬었지만 그대로 식당으로 들어왔다.

"얘야, 우린 아기만 있으면 돼."

그녀가 달콤한 목소리로 속삭였다.

"그렇게 부르지 마." 아만다가 경고했다.

"그럼 뭐라고 부르냐?"

"우린 남이야."

"그냥 아기만 데려와." 케니가 헬렌을 재촉했다.

"알았어."

아만다가 손을 들자 케니와 헬렌이 수갑을 보았다.

"클레어와 나? 우린 하나랍니다."

케니의 얼굴이 일그러졌다.

"열쇠는 어디 있지?"

아만다가 눈을 굴렸다.

"아저씨 뒤, 수갑 열쇠 단지에요. 정말 이러기에요, 케니?"

"너를 죽일 수도 있다. 그리고 쇠톱으로 수갑을 끊어내면 돼."

케니가 위협했다.

"지금이 1968년이고 「폭력 탈옥(Cool Hand Luke)」이라면 가능하겠죠. 이 수갑에 체인이 보이나요? 뭘 자르게요?"

"이봐, 아무도 죽일 필요는 없어."

헬렌이 외쳤다. 마치 자신이 유일하게 이성적인 존재라도 된다는 투였다.

"어이쿠, 그러셔? 그럼 키릴 보르자코프가 나를 어떻게 할 거라고 생각하는데?"

아만다가 빈정거렸다.

"널 죽이지는 않아. 약속도 했다."

헬렌이 손으로 허공을 휘저으며 장담했다.

"오, 아만다, 넌 좋겠구나." 내가 장단을 맞춰주었다.

"그렇죠?"

"패트릭." 케니가 불렀다.

"응?"

"당신은 못 이겨. 그걸 잊지 말라고."

"우린 그냥 아기만 데려가면 돼요." 헬렌이 되뇌었다.

"저 식탁에 십자가하고. 헬렌, 뭐 해? 챙기지 않고?"

"뭐?"

"식탁에 있는 거. 러시아 십자가."

"오."

헬렌이 십자가를 향해 손을 내밀었다. 그때 아만다가 가죽가방에서 쏟아낸 잡동사니 속에서 뭔가 특별한 게 눈에 띄었다. 드레의 열쇠고리. 순간 온몸에 전율이 일어났다. 당혹스러운 마음에 곧바로 아만다에게 뭔가 얘기할 참이었으나 케니가 샷건의 총구로 벽을 두드리는 바람에 나도 황급히 그쪽으로 시선을 돌려야 했다.

"총 내려놔, 패트릭. 진심이다."

나는 아만다를 보고, 그녀의 품에 안긴 아기를 보았다. 클레어는 두 번째 수갑을 찬 이후로 오로지 아만다만 바라보았는데, 마치 자의식 있는 존재가 드러내는 경외의 시선 같았다.

"그 총 때문에 나도 심란해요. 어차피 아무 도움도 못 되지 않나요?"

아만다가 속삭였다.

나는 안전장치를 걸고 손을 들었다. 총은 내 엄지에 매달려 대롱거렸다.

"총 받아와, 헬렌."

헬렌이 다가와 난 그녀에게 총을 건넸다. 그녀가 어설프게 총을 손가방에 넣고 내 어깨 너머로 클레어를 보았다.

"오, 정말 예쁘네. 당신도 봐, 케니. 내 눈을 쏙 빼닮았잖아."

그녀가 케니를 돌아보았다.

몇 초 동안 아무도 입을 열지 않았다.

"어떻게 너 같은 년한테 투표권도 주고 운전면허증도 내주는지 모르겠다."

케니가 비웃었다.

"여긴 미국이니까." 헬렌이 자랑스럽게 대답했다.

케니가 눈을 감았다 떴다.

"만져 봐도 돼지?" 헬렌이 아만다한테 물었다.

"건드릴 생각도 마."

그래도 헬렌은 손을 내밀어 클레어의 뺨을 꼬집었다.

클레어가 울기 시작했다.

"망할, 보스턴으로 가는 내내 저 울음소리를 들어야겠어?"

케니가 투덜댔다.

"부탁이 있어." 아만다가 헬렌에게 말했다.

"응?"

"저기 기저귀 가방하고 젖병소독기 좀 챙겨줘."

"나는 어쩔 셈인가? 의자에 묶을 거야, 아니면 쏠 거야?"

내가 케니에게 물었다.

케니가 난감한 표정을 짓더니 세 손가락으로 우리를 가리켰다.
"둘 다 아냐. 러시아 놈들이 셋 다 원하거든. 고기값은 두둑하게 쳐주겠다더군."

24장

보스턴 시내의 트레일러 공원은 웨스트 록스베리 데드햄 변두리가 유일하다. 1번 국도의 레스토랑과 자동차 대리점 사이에 옹기종기 모여 있는데, 원래 상업 및 산업용지로 지정되었으나 수십 년간 개발자와 대리점의 매수 세력과 싸운 끝에, 갈색의 늘쩍지근한 찰스 강가에 가까스로 입지를 확보할 수 있었다. 나로 말하자면 항상 그곳을 지지했으며 상가지역보다는 그곳의 활력에 더 큰 대리만족을 느끼곤 했다. 어느 날 자동차로 그곳을 지나는데 맥도날드나 아웃백이 들어서 있다면 난 가슴이 찢어지고 말 것이다. 물론 누군가 나를 맥도날드로 데려가 죽일 이야 없겠지만 트레일러 공원에서 숨을 거두게 될 가능성은 매우 농후해 보였다.

케니는 1번 도로를 나와 고속도로로 갈아탄 후 강이 있는 동쪽으로 향했다. 아직 허머 때문에 화가 풀리지 않은 터라 그곳까지 오는 동안 절반은 그의 욕을 들어주어야 했다. 경찰이 차를 보스턴 남부에 처박았는데 그게 말이나 돼? 아무리 도난당한 차라고 해도 씨도 먹히지 않더라니까. 그날 아침 그 근방에 있었다는 사실이 들통 나기라도 하는 날엔 가석방까지 취소할 기세더라고…… 하지만 무엇보다 그를 화나게 만든 건, 그가 그 차를 사랑했다는 사실이다.

"허머를 사랑한다는 게 말이 안 돼."

"오, 난 사랑해."

"또 하나, 왜 나한테 신경질인데? 그 멍청한 차를 쏜 건 내가 아니라 예쁨이야."

"애초에 훔친 건 당신이잖아."

"하지만 내가 '총알 세차하고 올게'라고 한 건 아니야. 그저 소피를 어디로 데려가는지 알아낼 생각이었지. 그런데 예쁨이 그 추물 차를 더 추물로 만들어버린 거야."

"추물 차 아니다."

"무시무시하긴 했어." 아만다가 끼어들었다.

"진짜 게이처럼 생기긴 했어. 케니, 어쩌겠어? 어떻게든 잊어야지, 응?"

타데오가 놀리자 헬렌이 그의 팔을 건드렸다.

"그 말 웃겼어, 타데오."

"다들 아가리 좀 닥쳐줄래, 제발?"

우리는 남은 40분 동안 아무 말 하지 않았다. 케니는 90년대 말의 쉐보레 서버번을 몰았는데 주행거리는 허머만큼이나 최악이었지만 외모는 용케 봐줄 만했다. 아만다, 아기, 나는 뒷좌석에 타데오를 사이에 두고 앉았다. 놈들은 노끈으로 내 양손을 등 뒤로 묶어 놓았다. 두 시간 달리는 자동차에 앉아 있기도 불편했거니와, 목 근육 경련이 어깨까지 내려와 아무래도 며칠 동안 고생해야 할 판이었다. 늙는 건 엿 같은 일이다.

우리는 고속도로를 빠져나와 95번을 타고 남쪽으로 15킬로미터 이상을 달린 후에 109번으로 갈아타 10킬로미터를 달렸다. 그리고 다시 1번 도로로 우회전, 트레일러 공원으로 우회전했다.

"이 일로 얼마나 받는 거지?"

내가 케니에게 물었다.

"내 목숨은 어때? 그거면 괜찮은 대가 아냐? 왜 목숨 하나 더 붙여주게?"

"아니."

"그럴 줄 알았다." 그가 백미러로 시선을 돌렸다. "아만다."

"왜요?"

"난 네가 착한 애인 줄 알았다. 착한 게 좋은 건지는 모르겠다만."

"그럼 죽어도 여한이 없겠네요."

케니가 콧방귀를 뀌었다.

"알고 보니 엉덩이 뾰루지 같은 년이었어."

"아저씬 엉덩이에 뾰루지까지 달고 다녀요? 주접은 다 떠시네."

타데오가 그녀를 보며 웃었다.

"얘 정말 짱이다. 어, 이거 칭찬이야."

"당연히 칭찬이겠죠."

케니는 주도로 끝까지 차를 몰았다. 숲과 강이 똑같이 연한 갈색이었다. 눈 덮인 낙엽들이 삼라만상을 뒤덮었다. 마당, 자동차, 트레일러 지붕, 트레일러 위의 위성안테나, 간이 차고 등등. 하늘은 흠집 하나 없는 파란 대리석 같았다. 매 한 마리가 강 위를 저공비행했다. 트레일러마다 화환과 색등으로 장식했는데 심지어 어느 지붕엔 골프 카트를 타고 있는 산타 형상을 조명으로 만들어놓기도 했다.

여전히 춥기는 하지만, 지난 넉 달 동안 우리를 괴롭혔던 찌뿌듯한 혹한을 보상하고도 남을 만큼 밝고 청명한 날이 며칠째 이어졌다. 상쾌한 바람에선 상큼한 사과 냄새가 났다. 피부에 닿는 햇살이 따갑고도 따뜻했다. 케니는 서버번을 세운 다음 뒷문을 열고 나를 끌어냈다.

아만다, 아기, 타데오는 반대편으로 내렸다. 강둑을 따라 길게 세워둔 초대형 트레일러 바로 옆이었다. 공원은 한산했다. 인근 트레일러들 앞에도 차가 없는 걸 보면 다들 일하러 갔거나 마지막 크리스마스 쇼핑을 나간 모양이었다.

그때 트레일러 문이 열리고 예핌이 등장했다. 미소 띤 표정으로 뭔가를 씹었는데 한 손에 샌드위치를 들고 허리엔 스피링필드 XD 40구경을 찼다.

"어서 오게나 친구들, 어서, 어서."

그가 우리를 손짓으로 불러들였다.

아만다가 지나칠 때는 그녀의 수갑을 보며 눈썹을 치켜떴다.

"괜찮은데?" 모두 안으로 들어가자 그가 문을 닫고 내게 먼저 인사했다. "잘 지냈나, 친구?"

"나야 잘 지냈지. 당신은?"

"좋아, 아주 좋아."

트레일러 내부는 생각보다 훨씬 넓었다. 뒷벽 가운데는 60인치 TV 스크린까지 설치했는데 사내 둘이 그 앞에서 닌텐도 WII 테니스를 치고 있었다. 두 사람이 팔을 앞뒤로 흔들고 제자리에서 깡충거리는 동안 난쟁이 아바타들이 스크린 앞뒤로 뛰어다녔다. TV 오른쪽에 하늘색 가죽 벤치와 동색의 팔걸이의자 두 개, 그리고 유리로 된 커피 탁자가 놓여 있었다. 그 너머로 검고 두꺼운 커튼이 내부 전체를 덮었다. 하늘색 벤치에 소피가 앉아 있었지만 입은 절연테이프로 막고 두 손은 번지코드로 묶은 채였다. 그녀가 힐끗 우리를 돌아보다가 아만다를 알아보고는 눈을 번뜩였다.

아만다도 그녀에게 미소로 답해주었다.

왼쪽은 작은 부엌, 그 너머는 작은 화장실과 넓은 침실이었다. 마분지상자들이 공간을 빼곡히 차지했는데 선반을 채우고 바닥에 쌓고 부엌 찬장 위 빈 공간까지 꾸역꾸역 메웠다. 침실 안에도 가득한 걸 보면 검은 커튼 뒤쪽 공간도 다를 바 없을 것 같았다. DVD 플레이어, 블루레이 플레이어, 위, 플레이스테이션, 엑스박스, 보스 홈시어터, 아이팟, 아이패드, 킨들, 거기에 GPS 시스템까지.

우리는 입구에 서서 잠시 두 사람의 가상 테니스 게임을 지켜보았다. 소피는 계속 우리를 지켜보았는데 전보다 훨씬 좋아보이기는 했다. 어쩌면 코카인을 얻지 못한 덕에 몸이 반응을 시작하는지도 모르겠다.

예쁨이 나를 보며 고개를 갸웃했다.

"이봐, 왜 묶인 거야?"

"당신 친구, 케니."

"친구는 개뿔. 돌아서 봐."

케니는 그 말에 상처받았는지, 헬렌을 돌아보며 이게 웬 개소리냐는 표정을 지었다.

예핌에게 등을 돌리자 그가 손목의 노끈을 끊어주었다. 그 동안에도 계속 샌드위치를 먹는 통에 코털이 빽빽한 코로 씩씩거렸다.

"좋아 보이는군, 친구. 건강해 보여."

"고마워. 당신도 그래."

그가 오른손으로 자신의 커다란 배를 때리며 웃었는데 목소리가 갑자기 커졌다.

"하하, 웃기는 호랑말코 개망나니 같으니. 파벨!"

파벨이 백핸드를 휘두르다 말고 예핌을 돌아보았다. 그의 아바타도 돌아보다가 코트에 넘어지고 테니스공은 그대로 튀어 나갔다.

"시간 됐다. 무기들 챙겨."

파벨이 한숨을 내쉬며 리모컨을 의자 위로 집어던졌다. 그의 동료도 따라 했다. 송장만큼이나 마른 자였다. 두 뺨이 홀쭉하고 머리는 빡빡 밀었는데 러시아어로 된 문신이 목을 뒤덮었다. 흑색과 황색 줄무늬 운동바지 차림으로 러닝셔츠가 가슴에 착 달라붙었다.

"스파르타크예요." 아만다가 내게 속삭였다.

스파르타크는 타데오의 샷건을, 파벨이 케니의 총을 잡았다.

"다른 총도 내놔. 어서."

파벨이 손가락을 꺾으며 위협했다. 목소리와 시선은 호수만큼이나 평온했다.

케니가 타우러스 38구경을 넘기고 타데오도 FNP-9을 꺼냈다. 파벨이 샷건 두 정과 권총 두 정을 바닥의 검은색 캔버스가방에 넣었다.

예핌이 샌드위치를 마저 해치우고 손수건으로 두 손을 닦았다. 그가 트림을 하는 통에 우리 모두 후추와 식초와 햄 비슷한 악취 폭풍에 시달려야 했다.

"나도 체육관에 다녀야 할까 봐."

파벨이 가방 지퍼를 채우며 올려다보았다.

"좋아 보이는데, 뭘."

"아냐, 아무래도 운동 부족이야."

파벨이 가방을 부엌으로 가져가 난로 옆 작은 카운터에 내려놓았다.

"좋아 보여, 예핌. 아가씨들도 모두 좋아할 거야."

예핌이 그 말에 활짝 웃어보였다. 그러고는 눈썹을 찡긋하며 머리를 빗는 척했다.

"내가 조지 클루니다, 응? 하하."

"러시아 불알을 매단 조지 클루니."

"그래서 더 잘난 조지 클루니라니까!"

예핌이 외쳤다. 그리고 그와 파벨, 스파르타크가 모두 웃음을 터뜨렸다.

예핌이 웃음을 그치고 두 눈을 훔치고는 한숨을 내쉬며 손뼉을 쳤다.

"자, 이제 키릴을 만나러 가자. 스파르타크, 넌 남아서 소피를 지켜."

스파르타크는 고개를 끄덕이며 다른 거실의 검은색 커튼을 거두었다. 이 거실은 우리가 있던 곳보다 더 넓었다. 5×6미터 넓이에 사방 벽이 모두 거울이었다. U자 형의 기다란 보라색 소파가 있는데 일부러 맞추었는지 양끝이 방에 딱 들어맞았다. 방 중앙에는 아무것도 없었다. 거울로 보니 머리 위에도 TV가 있는데 지금은 멕시코 미니시리즈를 방영 중이었다. 가구 위로는 선반들이 있었다. 여남은의 선반마다 블루레이 플레이어, 아이팟, 킨들, 노트북컴퓨터들이 빽빽했다.

소파 중앙에 비쩍 마른 대두의 남자와 검은 머리의 여자가 나란히 앉아 있었다. 여자는 사람들의 병적 호기심을 자극할 만큼 병적인 광기를 그대로 얼굴에 드러냈다. 비올레타 콘체자 보르자코프. 한때는 미인이었으나 지금은 무언가에 갉아 먹힌 인상이었다. 기껏해야 서른이나 서른둘 정도의 나이겠건만…… 가무잡잡한 피부는 살짝 곰보인지라 가랑비가 내리기 시작한 연못을 보는 듯했다. 머리카락은 믿기 어려울 정도로 새까맸다. 눈 역시 머리카락 못지않게 검었는데 그 안에는 크게 겁먹은 동시에 위협적인 뭔가가 살고 있었다. 난자당한 채 버림받고 동요하는 존재. 지금은 검은색 빵떡 모자를 쓰고, 회색 비단 숄 아래 검은색 비단 크루넥 스웨터, 검은색 레깅스를 입었으며 무릎 높이의 검은색 부츠를 신었다. 우리를 지켜보는 눈초리가, 흡사 레스토랑에서 카트에 실려 나오는 살코기를 보는 듯했다.

한편, 키릴 보르자코프는 흰색 캐시미어 스포츠코트 아래 헐거운 흰색 실크 스웨터, 황갈색 카고바지를 입고 흰색 테니스화를 신었다. 은발은 아주 짧게 깎았다. 눈 밑에 검은 그림자가 3층이나 되었다. 담배 빨아대는 소리가 어찌나 쪽쪽거리는지, 앤지가 봤다면 당장이라도 금연을 선언했을 것이다. 그는 오른손 옆에 수북이 쌓인 재떨이에 재를 떨었다. 재떨이 옆의 손거울에는 작은 코카인 무덤이 몇 군데 쌓여 있었다. 시선은 더할 나위 없이 비정했다. 그 안에서 동정심이 꿈틀대다가 죽은 지도 적어도 30년은 된 듯싶었다. 지금 당장 내 가슴이 폭발해 그 속에서 레닌이 걸어 나온다 해도 키릴은 계속해서 담배를 피우며 멕시코 드라마를 힐끔거릴 것 같았다.

"신사 숙녀 여러분, 키릴과 비올레타 보르자코프를 소개합니다."

예핌이 먼저 입을 열었다.

키릴이 일어나 노예들을 품평이라도 하듯 우리 주위를 돌았다. 그는 케니와 헬렌을 보고 파벨을 건너다보았다.

파벨이 케니와 헬렌의 어깨를 잡더니 왼쪽 소파 발치에 꿇어 앉혔다. 키릴이 다시 파벨에게 고개를 갸웃해 보였다. 그리고 1, 2초 후, 타데오도 헬렌 옆 소파 위에 주저앉아야 했다.

키릴이 천천히 내 주변을 맴돌았다.

"넌 누구?"

"사립탐정이오."

그가 담배를 쪽쪽 빨다가 인조 오크 바닥에 재를 털었다.

"날 위해서 저 애를 찾아준 사립탐정?"

"당신을 위한 일이 아니오."

그는 내가 명언이라도 말한 듯 고개를 끄덕이더니 내 왼손을 잡았다.

"날 위해 찾아준 게 아니야?"

"그렇소."

그의 손길은 부드러웠다. 섬세하다 싶을 정도로.

"그럼 누군데?"

"그 아이 숙모."

"나는 아니고?"

내가 고개를 저었다.

"아니오."

그가 다시 고개를 끄덕이더니 내 손목을 잡고 손바닥에 담배를 짓이겼다.

어떻게 비명을 지르지 않았는지 모르겠다. 30초 동안은 커다란 불덩이가 살갗을 파고드는 느낌밖에는 없었다. 냄새도 났다. 이윽고 머릿속이 까매지다가 다시 빨갛게 타오르며 손바닥 신경을 포도송이처럼 주렁주렁 매단 그림이 떠올랐다. 송이마다 연기가 모락거렸다.

키릴 보르자코프는 손을 태우는 동시에 내 눈을 들여다보았다. 그의 눈에는 아무것도 없었다. 분노도 기쁨도, 심지어 폭력에 수반되는 전율이나, 절대 권력의 짜릿함도 보이지 않았다. 공허. 그건 바위 위에서 일광욕을 하는 파충류의 눈이었다.

나는 몇 차례 끙끙거리다가 앙 다문 입으로 숨을 몰아쉬었다. 불에 탄 손바닥 이미지를 차단하기 위해서는 대신 딸을 떠올렸다. 한동안 가라앉는 듯싶었으나 문득 딸을 이런 상황에 끌어들였다는 죄책감이 들었다. 이 추악한 폭력과 질병의 순간으로. 나는 다시 딸아이를 끌어내 타락의 현장에서 멀리 떼어놓았다. 그러자 통증도 두 배로 욱신거렸다. 키릴이 내 손을 놓고 뒤로 물러났다.

"숙모라는 여자가 네 살도 돌려줄 거야."

꺼진 담배꽁초를 손바닥에서 털어내는데 비올레타 보르자코프의 목소리가 들렸다.

"키릴, 비켜. TV 막아섰잖아."

담뱃불이 까맣게 식어 재가 되자 손바닥은 화산 꼭대기처럼 보였다. 시뻘건 주름 덩어리. 불탄 자리가 벗겨지기 시작했다.

멕시코 드라마 음악이 커지더니 흰색 실크블라우스 차림의 라틴 미녀가 한 바퀴 돌아 황토색 방을 빠져나갔다. 조명도 꺼졌다. 다음 화면은 안토니오 사바토 주니어가 스킨크림을 파는 광고였다.

그 스킨크림만 얻을 수 있다면 천 달러라도 내겠다. 얼음 한 조각 추가하면 2000달러.

비올레타가 TV에서 시선을 돌렸다.

"저 여자앤 왜 아직 아가야랑 같이 있는 거지?"

아만다가 살짝 몸을 틀어 수갑을 드러냈다.

"어떻게 된 거야, 예핌?"

비올레타가 일어나 앉아 상체를 내밀었다.

예핌의 눈이 커졌다. 여자한테 겁을 먹은 게 분명했다.

"보르자코프 부인, 약속대로 아기를 데려왔습니다."

"약속대로? 몇 주나 늦었잖아, 멍청아. 몇 주나. 게다가, 예핌, 아가야를 데려온 거야 아니면 저 인간들을 끌고 온 거야?"

그녀가 케니, 헬렌, 타데오 등을 향해 대충 손을 내저었다.

"우리입니다. 우리 모두."

케니가 끼어들었다. 비올레타에게 손까지 흔들었지만, 그녀는 못 본 척했다.

키릴이 새 담배를 물고 불을 붙였다.

"이제 아기를 받았잖아. 그러니 어서 일을 마무리 짓자."

비올레타가 물뱀처럼 아만다를 향해 미끄러졌다. 그녀는 클레어를 보고 냄새도 맡아보았다.

"아가야가 똑똑해?"

"태어난 지 겨우 4주예요." 아만다가 대답했다.

"말은 해?"

"겨우 4주 됐어요."

비올레타가 아기의 이마를 건드렸다.

"엄마 해봐. 엄마."

클레어가 울기 시작했다.

"쉬잇." 비올레타가 얼렀다.

클레어가 더 크게 울었다.

비올레타는 노래를 부르기 시작했다.

"잘 자라 우리 아가. 앞뜰과 뒷동산에 새들도……"

그녀가 우리를 돌아보았다.

"아가 양도?" 내가 가르쳐주었다.

그녀는 제안을 받아들이겠다는 듯 아랫입술을 삐죽 내밀었다.

"아가 양도 다들 잘 자는데 달님은……"

그녀가 다시 방을 돌아보았다. 클레어는 계속 울부짖었다.

"감방으로?" 타데오였다.

그녀가 얼굴을 찌푸렸다.

"영창으로." 예핌이었다.
"운율이 안 맞아."
"그래도 그게 맞습니다."
클레어의 울음이 한 단계 높아졌다. 아만다가 언급했던 악다구니 울음이었다.
키릴이 소파에 앉아 손거울의 코카인 한 줄을 흡입하다가 끼어들었다.
"울음 좀 그쳐봐."
"하고 있잖아. 쉬이이. 쉬이이이잇! 쉬이이이이이이잇!"
비올레타는 클레어의 머리를 건드리며 끊임없이 쉿 소리만 반복했다.
상황은 나아지지 않았다.
키릴이 움찔하더니 코카인 한 줄을 더 빨아들였다. 그리고 한 손을 귀에 대고 다시 한 번 움찔했다.
"잘 좀 달래!"
"쉬이이이이이이이! 쉬이이이이이이이이이잇! 어떻게야 할지 모르겠어. 유모를 데려올 거라고 안 했어?"
"유모를 쓴다고 여기로 데려 오냐? 울음 좀 그쳐봐!"
"쉬이이이이이이!"
그때쯤 타데오와 케니도 두 귀를 막았고 파벨과 예핌은 오만상을 찡그렸다. 헬렌만이 개의치 않는 듯, DVD 플레이어와 아이팟들을 보느라 여념이 없었다.
내가 아만다를 불렀다.
"고무젖꼭지?"

"오른쪽 주머니에요."

나는 그녀의 주머니 옆에 손을 내밀고 예쁨을 보았다.

"꺼내도 돼?"

"망할, 물론이다, 친구."

나는 아만다의 주머니에 손을 넣고 고무젖꼭지를 꺼냈다.

"쉬이이이이이이이이이이이이!"

비올레타는 아예 비명을 질러댔다.

고무젖꼭지 보관함을 벗기는데 불에 탄 손바닥에 통증이 밀려들었다. 누군가 못이라도 박는 기분이었다. 나는 눈을 부릅뜬 채 아만다의 어깨 너머로 아기 입에 젖꼭지를 물렸다.

방안의 소음이 즉시 가라앉았다. 클레어는 젖꼭지를 열심히 오물거렸다.

"이제 살겠군." 키릴이 중얼거렸다.

비올레타가 손바닥으로 자기 양 볼을 쓸었다.

"네년이 아기 버릇을 망쳤구나."

"뭐라고요?" 아만다가 눈을 부라렸다.

"애 버릇을 망쳤잖아. 아니면 왜 이렇게 울어? 다시는 그러지 못하게 가르쳐야겠어."

"태어난 지 겨우 4주잖아, 이 미친 여편네야."

"아기 앞에서 상소리하면 안 되지." 내가 상기시켜주었다.

아만다가 내 눈을 보았다. 밝고 따뜻한 눈.

"앗, 실수."

"지금 뭐라고 불렀어? 자기도 들었지?"

비올레타가 남편을 돌아보았다.

키릴이 자기 손등에 대고 하품을 했다.

비올레타가 아만다에게 다가가 특유의 황폐한 시선으로 노려보았다.

"끊어버려." 비올레타가 명령했다.

"예?" 예핌이 되물었다.

"끊으라고."

"수갑을 자르는 건 불가능합니다. 태우는 건 몰라도."

예핌이 말했다.

키릴이 피우던 담뱃불을 새 담배에 옮겨 붙이며 연기에 눈살을 찌푸렸다.

"그럼 태워버려."

"그럼, 아기까지 탈 텐데요?"

"이년 손을 끊으면 되잖아." 비올레타가 말했다.

"예, 사모님?" 예핌이 되물었다.

비올레타는 계속 아만다를 노려보았다. 둘의 얼굴은 코가 닿을 정도로 가까웠다.

"먼저 이년을 쏜 다음 두 손을 잘라. 그럼 아기 수갑을 벗길 방법도 알아낼 수 있을 거야. 안 그래, 자기?"

그녀가 다시 남편을 돌아보았다.

키릴은 TV를 올려다보던 참이었다.

"뭐라고?"

비올레타가 손바닥으로 자기 가슴을 때렸다.

"내 말 안 듣고 뭐해? 나 여기 있어, 키릴. 여기 있다고. 자기 삶 속에."

그녀가 가슴을 연거푸 때렸다.

"알았어, 알았어. 뭔데 그래?"

"저 년을 쏘고 두 손을 잘라."

키릴이 트레일러 맞은편을 가리켰다.

"알았어. 저기 뒷방에 데려가서 해."

예핌이 아만다를 향해 손을 뻗었지만 그녀는 전혀 위축된 표정이 아니었다.

"내가 할 거야." 비올레타였다.

예핌이 눈썹을 치켜떴다.

"예?"

"내가 하고 싶어. 이년도 여자가 해 주는 걸 좋아할 거야. 내가 알아."

비올레타가 단언했다. 여전히 아만다의 얼굴에서 눈을 떼지 않은 채였다.

"원하는 대로 해 줘라."

키릴이 예핌한테 말하며 귀찮다는 듯 손을 저었다.

자신을 죽이는 얘기가 오가고 있음에도 아만다는 우는 소리 한 마디 흘리지 않았다. 몸을 떨지도 않고 얼굴이 창백해지지도 않았다. 그저 눈 하나 깜짝 않고 그들 둘을 바라볼 뿐이었다.

"뭐라고? 잠깐만. 지금 뭐라고 한 거죠?"

그제야 헬렌이 끼어들었다.

헬렌의 가방은 여전히 그녀의 발밑에 있었다. 러시아인들은 그녀의 무기를 확인해 보지도 않았다. 내 45구경도 그 안에 들어 있었다. 가방에 손을 대려면 네 걸음 정도면 충분했다. 그럼 안에 손을 넣어 안전장치를 풀고 누군가를 겨냥할 수 있다. 문제는 아무리 낙관적인 시나리오를 쓴다 해도, 가방에서 총을 꺼내기도 전에 파벨과 예핌이 내 몸에 10여 발은 박아 넣을 거라는 데 있었다.

나는 꿈쩍도 하지 않았다.

"무슨 일이에요?"

헬렌이 다시 물었으나 아무도 그녀를 개의치 않았다.

비올레타가 아만다의 뺨에 키스하고 클레어의 머리를 쓰다듬었다.

"보르자코프 부인? 전에 총을 쏴보셨습니까?" 예핌이 물었다.

그녀가 예핌에게 건너갔다.

"어떤 총?"

"이 총입니다. 40구경 자동이죠."

"난 리볼버가 좋아."

"지금은 리볼버가 없습니다."

"좋아. 그 총이라도 보여줘."

그녀가 한숨을 내쉬며 어깨의 머리카락을 뒤로 젖혔다.

예핌이 비올레타의 두 손에 총을 건네고 안전장치를 확인해 주었다.

"이걸 왼쪽으로 살짝 당기세요. 이 안에선 소리가 엄청 클 겁니다."

그가 설명했다.

"아무도 다치지 않을 거라고 했잖아."

헬렌이 케니한테 따졌다.

케니가 키릴을 보았다.

"예, 미스터 보르자코프, 그렇게 합의했는뎁쇼?"

키릴이 손을 저었다.

"네놈이랑 무슨 합의? 파벨."

파벨이 마카로프 피스톨로 헬렌과 케니를 겨누었다.

"이 자들도 뒤로 데려갈까요, 키릴?"

"그래. 다른 여자앤 어떻게 했지?" 키릴이 물었다.

파벨이 아기를 가리켰다.

"애 엄마 말씀입니까?"

"그래."

"신경 안 쓰셔도 됩니다. 지금 거실에 있는데, 스파르타크가 지키고 있습니다."

"좋아, 좋아."

예핌이 비올레타에게 총 사용법을 가르쳤다.

"아시겠습니까?"

"알았어."

"자신 있습니까, 보르자코프 부인?"

그녀가 총을 놓았다.

"자신 있어. 자신 있다고. 내가 바보 같아, 예핌?"

"예, 조금은요."

예핌이 총구를 기울이며 방아쇠를 당겼다. 총알은 비올레타의 턱으로 들어가 입천장 아래쪽 부드러운 살갗을 뚫고 정수리로 빠져나갔다. 곧이어 피와 뼈가 천장으로 솟구쳤다. 빵떡 모자는 소파 뒤로 사라졌다. 그녀의 무릎이 왼쪽, 다시 오른쪽으로 꺾였다.

그리고 먼저 소파 위로 쓰러졌다가 그곳에서 바닥까지 미끄러져 내렸다.

키릴이 소파에서 내려오려 했지만 예핌이 그의 배를 쏘았다. 키릴은 자동차에 치인 개처럼 깽 하는 소리를 질렀다.

스파르타크가 리볼버를 내밀고 커튼 사이로 성큼성큼 걸어 나왔으나 파벨이 그의 관자놀이를 쏘았다. 스파르타크는 걸음을 내딛다 말고 내 발 옆에 얼굴부터 곤두박질 쳤다. 진홍빛의 뇌수가 거울 벽을 흘러내렸다. 그의 입에서 숨이 헐떡거렸다.

몇 초 후 숨소리가 멎었다.

파벨이 손을 돌려 케니의 가슴을 겨누었다.

"잠깐, 제발." 케니가 파벨에게 사정했다.

파벨이 예핌을 돌아보았다. 예핌은 아만다를 보았다. 그리고 1, 2초 후 그가 파벨을 돌아보며 눈을 한 번 깜빡였다.

파벨이 케니의 가슴에 한 방을 쏘자 케니가 인두에라도 지진 양 그 자리에서 벌러덩 자빠졌다.

헬렌이 비명을 질렀다.

"안 돼, 안 돼, 안 돼, 안 돼!"

타데오가 두 눈을 질끈 감은 채 소리쳤다.

케니가 한 팔을 들고 주변을 둘러보았는데 잔뜩 겁에 질려 있었다. 파벨이 한 걸음 다가가 이마에 다시 한 발을 쏘자 케니는 더 이상 움직이지 않았다.

헬렌은 소파 위에 태아처럼 웅크리고 앉아 소리 없는 비명만 질러댔다. 입을 벌리고 턱 아래로 침을 질질 흘렸으나 아무 말도 못하고 죽은 케니를 바라보기만 했다. 카펫 바로 옆에는 스파르타크도 쓰러져 있었다. 파벨이 그녀를 겨누었지만 방아쇠를 당기지는 않았다. 타데오가 소파에서 내려와 무릎을 꿇고 기도를 시작했다.

키릴은 어둠 속에서 낑낑거리며 리모컨이라도 찾듯 소파를 더듬었다. 하얀 스웨터와 황갈색 바지가 온통 피 범벅이었다. 예핌이 바로 옆에 한 무릎을 꿇더니 스피링필드 XD 총구를 그의 심장에 댔다.

"당신을 아버지처럼 사랑했지만 요즘 완전히 맛이 갔잖아, 씨발. 약을 너무 빨아 대서 그래, 응? 보드카도 그렇고."

"두목을 죽이면 누가 널 봐 주냐? 누가 믿어 주기나 한대?"

키릴의 불평에 예핌이 미소를 지었다.

"모두한테 허락을 받았다. 체첸, 그루지야, 심지어 브라이튼 해안의 사이코 모스크바까지 모두. 당신이 그랬지? 그자는 절대 보스가 못 된다고? 지금은 그가 대장이야, 키릴. 이건 그의 지시다. 당신은 끝났어."

키릴이 두 손으로 배의 구멍을 누르며 끔찍한 고통에 등을 휘었다.

예핌이 이를 간 다음 양 입술을 빨았다.

"예핌, 내 말 좀……"

예핌이 두 번 방아쇠를 당겼다. 키릴의 눈이 순식간에 까물어졌다. 헉 하고 내뱉은 숨소리가 상상 이상으로 고음이었다. 두 눈이 말려들더니 이내 흰자위를 드러냈다. 예핌이 소파에서 떨어져 나올 때쯤 키릴의 입과 가슴에서 동시에 연기가 새어나왔다.

예핌이 아만다에게 건너갔다.

"엄마는 살려둘 거냐?"

"오, 맙소사."

헬렌이 긴 의자에 웅크린 채 비명을 질렀다.

아만다는 한참 동안 헬렌을 보았다.

"어쩌면. 그런데 엄마라고 부르지 말아요."

"스페인 꼬마 놈은 어쩌지?"

"저 사람도 일자리가 필요할 거예요."

"어이, 땅꼬마, 일자리 필요하냐?"

"아니, 싫어요. 이런 일은 이제 질색입니다. 삼촌 일이나 도우며 살래요."

타데오가 징징거렸다.

"뭐 하는데?"

"장사하세요. 보험 같은……"

타데오의 목소리가 기어들어갔다.

예핌이 미소 지었다.

"우리 일보다 형편없잖아. 안 그래, 파벨?" 파벨이 웃었다. 놀라울 정도의 고음이었다. 키득키득. "오케이, 땅꼬마. 넌 나가서 보험이나 팔아라. 오늘 살상은 끝난 것 같으니까. 파벨?"

파벨이 고개를 끄덕였다.

"니미, 귀가 아파서 더 못하겠어."

예핌이 천장을 올려다보았다.

"집 구조가 병신 같아서 그래. 온통 양철판이잖아. 웅, 웅. 이제 내가 왕이니까, 파벨? 더 이상 트레일러는 사양이야."

"조지 클루니 왕이 말이 되냐?" 파벨이 빈정댔다.

예픰이 손뼉을 쳤다.

"하! 그래, 그 말이 정답이다. 조지 클루니는 집어치울까? 언젠가 그 놈도 왕 연기를 하겠지만 예픰 같은 왕은 영원히 불가능할 거야."

"그야, 당근입죠, 두목."

예픰이 재킷 주머니에 손을 넣어 작고 검은 열쇠를 꺼내더니, 아만다에게 다가갔다.

"손 내밀어."

아만다가 손을 내밀었다.

예픰이 오른쪽 수갑을 풀고 아기 수갑도 풀었다.

"맙소사, 애 좀 봐. 자고 있잖아."

"소음은 신경도 안 쓰는 것 같아요. 이 아이, 매일매일 날 놀라게 해요."

아만다가 말했다.

"아이 잘 안았어?" 예픰이 왼쪽 수갑도 풀었다.

"안았어요."

"놓치지 마."

"잘 안았어요. 그리고 아기띠가 있잖아요, 예픰."

"그래, 그걸 몰랐군."

예픰이 수갑을 가운데로 몬 다음 아만다와 아기한테서 동시에 빼냈다.

아만다가 손목을 문지르며 살육현장을 둘러보았다.

"에······"

예픰이 손을 내밀었다.

"만나서 영광입니다, 아만다 양."

그녀가 악수를 받았다.

"멋진 솜씨였어요, 예핌. 오, 십자가는 헬렌 손가방에 있어요."

예핌이 손 관절을 꺾었다. 파벨이 그에게 가방을 던져주었다. 예핌이 십자가를 꺼내며 씩 웃더니 내게 눈썹을 치켜떠 보였다.

"200년 전, 우리 가문이 모르도비아에 처박히기 전에 키예프에서 살았지. 그때 아버지 말이 우리가 애로슬라프 왕자 후손이라는 거야. 이게 가문의 보물이라는 거다, 친구."

"왕자가 왕에게 준 선물." 파벨이었다.

"오, 그래, 고맙다." 그가 가방을 뒤지더니 나를 보았다. "누구 총?"

"내 총."

"내내 여기 들어 있었던 거야? 파벨?"

파벨이 두 손을 들어보였다.

"스파르타크가 여자를 점검하기로 했어."

두 사람이 스파르타크를 내려다보았다. 그의 피가 소파 아래로 흘러내렸다. 몇 초 후 둘이 서로를 보며 어깨를 으쓱했다.

예핌이 내게 총을 돌려주었다. 마치 소다 캔을 건네는 투였다. 나는 총을 허리춤 총지갑에 끼웠다. 네 사람이 내 앞에서 죽었건만 아무 느낌도 없었다. 그저 멍한 기분. 20년을 똥통에서 구른 대가인 셈이다.

"오, 잠깐만." 예핌이 뒷주머니에 손을 넣더니 검고 두꺼운 지갑을 꺼냈다. 그리고 한참을 뒤적거리다가 내 운전면허증을 돌려주었다. "뭐든 필요한 게 있으면 전화해."

"그럴 일 없어." 내가 대답했다.

그가 새우 눈으로 나를 보았다.

"당신도 저 꼬마처럼 보험을 파나?"

"아니."

"그럼, 뭘 하지?"

"학교에 돌아갈 생각이다." 내가 말했다.

그런데 말하고 보니 정말 그러고 싶었다.

그가 그 말에 눈썹을 찡긋하고 고개를 끄덕였다.

"좋은 생각이다. 여긴 더 이상 당신 놀 데가 못 돼."

"그래."

"당신은 늙었다."

"그래."

"자식, 여편네도 있잖아."

"맞아."

"늙기도 했고."

"그 얘긴 이미 했다."

그가 십자가를 보여주었다.

"아름답지, 응? 이놈 때문에 사람들이 죽을 때마다 더 아름다워지는 것 같아."

내가 아래쪽 라틴어를 가리켰다.

"이게 무슨 뜻이지?"

"무슨 뜻 같아?"

"천국이나 낙원 어쩌고 같은데. 에덴이나. 아무튼 모르겠다."

예쁨이 소파와 바닥의 시체들을 보더니 낄낄거리며 웃었다.

"당신 맘에 들 거야. '해골이 있는 곳이 낙원이 되었다.'라고 적혔으니까."

"그게 무슨 뜻이지?"

"내 생각은, 죽는 게 죽음은 아니다 쪽이야. 저기 해골 있지? 저 친구 벌써 낙원에 가 있는 거야. 영원히, 응?" 그가 총 가늠쇠로 자기 관자놀이를 긁었다. "블루레이 있나?"

"응?"

"블루레이 플레이어 있어?"

"아니."

"오, 이런, 바보 아냐? 파벨, 가르쳐줘라."

"블루레이가 아니면 영화도 아니야. 픽셀이 죽이지. 1080dpi. 돌비 서라운드 HD 사운드. 인생이 달라진다니까."

예핌이 키릴의 시체 위에 쌓인 상자들을 향해 두 손을 저어 보였다.

"난 소니가 좋아. 파벨은 JVC에 꽂혔고. 두 개 다 가져가. 와이프, 딸하고 함께 보고 어떤 게 나은지 얘기해 줘, 응?"

"그러지."

"플레이스테이션3 갖고 싶어?"

"아니, 괜찮다."

"아이팟?"

"두 개 있어. 고맙네."

"킨들은 어때, 친구?"

"아니 됐어."

"정말?"

"정말."

그가 고개를 몇 번 저었다.

"저 망할 물건들을 그냥 내버릴 수는 없잖아."

내가 성한 손을 내밀었다.

"몸조심하게, 예픔."

그가 내 양어깨를 때리고 두 뺨에 입을 맞추었다. 여전히 식초와 햄 냄새가 났다. 그러고 나서도 나를 끌어안고 두 주먹으로 등을 두드린 후에야 내 악수를 받았다.

"당신도. 내 친구 호랑말코 개망나니."

25장

대체로 재미있는 크리스마스이브였다.

트레일러 공원을 빠져나온 건 한참 후였다. 예핌과 파벨이 눈 깜짝할 사이에 네 사람을 쏴 죽였을 때 헬렌과 타데오가 오줌을 지렸기 때문이다. 타데오는 기절까지 했는데 예핌과 내가 블루레이와 킨들 논쟁을 벌인 직후였다. 우리가 러시아식 포옹을 할 때 쿵 소리가 들리더니 타데오가 트레일러 바닥에 드러누웠다. 그가 마치 파도를 타고 해변으로 나왔다가 돌아가지 못한 물고기처럼 숨을 헐떡였다.

"솔직히 말해, 이 꼬마 놈이 보험 일을 할 것 같지 않은데?"

예핌이 투덜댔다.

우리는 1분간 서버번 옆에 서 있었다. 아만다, 아기, 소피, 그리고 나. 소피는 덜덜 떠는 몸으로 담배를 피우며 죄지은 사람처럼 나를 보았다. 잘못이 흡연인지 몸을 떠는 건지는 모르겠지만. 파벨은 기다리라고 하고는 트레일러 안으로 돌아가 블루레이 플레이어 두 개를 들고 다시 나왔다.

안에서는 누군가 전기톱을 돌렸다.

파벨이 내게 플레이어를 건넸다.

"맘에 들 거야. 도 스비다냐(Do svidanya. 잘 가게)."

"도 스비다냐."

나는 서버번 뒤로 돌아가다가 이제 막 트레일러 문을 열려는 파벨을 불렀다.

"자동차 열쇠가 없어."

그가 나를 돌아보았다.

"케니가 압수했는데 아직 주머니에 있을 거야."

"잠깐 기다려."

"어이, 파벨?"

그가 돌아보았다. 한 손은 문고리를 잡고 있었다.

"안에 얼음 같은 게 있을까?"

내가 불에 탄 손바닥을 들어보였다.

"찾아보지." 그가 트레일러 안으로 들어갔다.

블루레이 플레이어들을 서버번 뒷바닥에 넣는데 전화가 울렸다. 발신자. 앤지 휴대폰. 나는 황급히 폴더를 열고 강 쪽으로 걷기 시작했다.

"안녕, 자기."

"안녕. 보스턴은 어때?" 그녀가 물었다.

나는 강둑에 올라가 갈색의 찰스강이 출렁거리며 흐르는 광경

을 지켜보았다. 이따금 얼음덩어리가 떠내려가기도 했다

"지금은 끝내줘. 3~4도 정도에 푸르른 하늘. 날씨가 추수감사절 같아. 거긴 어때?"

"13도. 개비는 여기가 좋대. 사각형 집들, 마차, 나무들. 아주 신났어."

"그래서, 계속 있을 거야?"

"아니, 말도 안 돼. 크리스마스이브잖아. 지금 공항이야. 한 시간 후에 출발."

"내가 언제 다 해결했다고 했던가?"

"아니, 부바가 했어."

"오, 이런."

"보스턴에서 러시아놈들 쏘는 건 누워서 떡 먹기래."

"정곡이야. 좋아, 그럼, 집에 와."

"다 끝났어?"

"끝났어. 잠깐만."

"왜?"

"잠깐만 기다려." 나는 휴대폰을 귀와 어깨 사이에 끼운 다음 허리춤에서 45콜트 커맨더를 빼냈다. 집 전화보다 훨씬 고난도의 자세였다. "여보세요?"

"듣고 있어."

나는 클립을 빼낸 다음 약실의 총알을 밀어냈다. 그리고 슬라이드를 당겨 그립에서 분리하고 슬라이드는 강물에 던져버렸다.

"뭐 하는 거야?" 앤지가 물었다.

"총을 찰스 강에 버리고 있어."

"설마, 말도 안 돼."

"말 돼."

나는 클립도 던져 느린 강물 속에 가라앉는 모습을 지켜보았다. 그 다음은 그립이었다. 이제 총알 하나와 껍데기만 남았다. 나는 그 둘을 말없이 내려다보았다.

"그냥 던져버린다고? 45구경을?"

"예, 마님."

나는 하늘 높이 빈 총을 던졌다. 총은 물에 닿으며 커다란 파문을 일으켰다.

"당신, 일할 때 필요하지 않겠어?"

"아니, 다시는 이 짓 안 해. 마이크 콜레트가 화물회사 일자리를 제안했어. 그 일을 맡을 생각이야."

내가 말했다.

"진심이야?"

나는 트레일러를 돌아보았다.

"당신 알아? 이 일을 시작할 땐 정말 끔찍한 짓거리만 아니면 이겨낼 수 있다고 생각했어. 98년 욕조에 들어 있던 불쌍한 아이, 게리 글린의 술집에서 있던 일, 플리머스의 벙커…… 맙소사." 나는 숨을 들이마셨다가 천천히 내뱉었다. "아냐, 그게 아니었어. 그보다 사소한 일들이 더 힘들었던 거야. 정말로 괴로운 건 백만 달러에 사람들이 서로 못 할 짓을 하기 때문이 아니었어. 불과 10달러에도 그런다는 사실이지. 이제 더 이상 누구누구 여편네가 바람을 피우든 말든 관심 없어. 남편도 다 그렇고 그런 놈들이더라고. 그리고 보험회사들? 난 놈들을 도와 한 놈팡이의 목 부상이

가짜라는 사실을 밝혀냈어. 그런데 불경기가 오니까 마을 절반의 보상금을 깎잖아. 지난 3년 동안 매일 아침 매트리스 귀퉁이에 앉아 구두를 신으면서 다시 침대로 기어들고 싶은 마음뿐이었어. 밖에 나가 내 일을 하기가 죽기만큼 싫었거든."

"하지만 좋은 일도 많이 했어. 당신도 그건 알지?"

아니, 모른다.

"정말이야. 내가 아는 사람들은 누구나 거짓말하고 약속을 어기고, 자기들 행동에 대해 완벽히 합법적인 변명을 마련해 뒀어. 자기 빼고는 모두가. 몰랐어? 12년 동안 자기는 두 번이나 목숨을 걸고 그 여자애를 구해내겠다고 했고 또 구해냈어. 왜지? 약속했기 때문이야. 다른 사람들한테는 그게 아무것도 아닐지 몰라도 자기한테는 모든 것이었으니까. 오늘 어떤 일이 있었는지는 몰라도 자기는 그 애를 두 번째 찾아낸 거야, 패트릭. 아무도 시도조차 하려 들지 않았는데도."

나는 강물을 보며 온몸에 끼얹고 싶다는 생각을 했다.

"그래서 자기가 왜 더 이상 할 수 없는지 이해해. 하지만 아무 의미도 없었다는 말은 듣지 않을래."

내 아내가 말했다.

나는 잠시 강물을 내려다보았다.

"의미 있는 일도 있기는 했지."

"그래, 분명히." 아내가 말했다.

나는 헐벗은 숲과 그 뒤로 석판처럼 펼쳐진 하늘을 보았다.

"하지만 완전히 지쳤어. 그건 괜찮아?"

"당근이지." 그녀의 대답이었다.

"마이크 콜레트는 전성기야. 유통창고도 잘 나가고 다음 달엔 프리포트 쪽에 새 가게를 열 거래."

"자기는 화물 아르바이트로 대학을 졸업했고…… 그래서 그게 10년 후의 자기 모습이네?"

"응? 아냐, 아냐, 아냐. 그런 모습을 보고 싶어?"

"아니, 전혀."

"석사학위를 받고 싶어. 어떤 식으로든 재정지원을 받을 수 있을 거야. 장학금 같은…… 당시엔 내 학점도 빛이 났거든."

그녀가 낄낄거렸다.

"빛이 나? 자기 전문대 출신 아냐?"

"냉정하군. 그래도 성적은 빛났단 말이야."

"그래서? 내 남편은 두 번째 직업으로 뭘 생각하시나?"

"선생이 되고 싶어. 역사 쪽으로." 나는 냉소적인 반응이나, 장난 섞인 조롱을 기대했지만 그렇지는 않았다. 내가 물었다. "내 생각이 맘에 들어?"

"자기는 최고가 될 거야. 두하멜 스탠디포드한테는 뭐라고 얘기하게?"

너무도 부드러운 목소리.

"이번 사건이 마지막 실패작이라고 해두지, 뭐. 공항에서 기다릴게."

매 한 마리가 물 위를 빠르게 지나쳤지만 아무 소리도 내지 않았다.

"당신 덕분에 올 한 해가 빛났어."

"자기는 내 인생을 빛나게 해 줬어."

전화를 끊은 후 다시 강을 내다보았다. 전화를 받는 사이에 빛도 바뀌어 지금은 강물도 구릿빛이었다. 나는 마지막 남은 총알을 엄지 끝에 올렸다. 그러고는 총알이 강둑을 따라 세운 높다란 타워로 보일 때까지 노려보다가 마침내 중지로 엄지를 퉁겨 구릿빛 강물 속으로 발사했다.

"메리 크리스마스. 자선 사업은 다 끝냈나?"
비서가 전화를 연결해 주자 제레미 덴트가 인사부터 했다.
"예." 내가 대답했다.
"그래서 내일모레부터 출근하는 거지?"
"아뇨."
"응?"
"거기에서 일하지 않기로 했어요, 제레미."
"하겠다고 했잖아."
"에, 그땐 내가 너무 죽는 소리를 한 모양이에요. 별로 나를 원치도 않는 분들한테."
내가 전화를 끊었을 때 그가 마구 욕설을 퍼붓고 있었다.

트레일러 공원의 남서부 끄트머리에 누군가 벤치 몇 개와 화분들을 배열해 휴식장소로 만든 곳이 있다. 나는 그곳으로 건너가 벤치 하나를 차지했다. 브레이커스 호텔의 뒤뜰만 하지는 않아도 그럭저럭 맘에 들었다. 잠시 후 아만다가 찾아와 내게 자동차 열쇠와 얼음을 담은 비닐 가방을 건넸다.
"DVD 플레이어는 파벨이 차 뒤에 넣었어요."

아만다가 오른쪽에 앉아 강을 내다보았다.

내가 손을 뻗어 서버번의 열쇠를 그녀 옆 벤치에 놓았다.

"운전할 생각 없어."

"예? 블루레이는 어쩌고요?"

"네가 가져. 고화질이 끝내준다더라."

그녀가 끄덕였다.

"고마워요. 집에는 어떻게 가시게요?"

"내 기억이 맞는다면 스프링 가에 버스정류장이 있어. 1번 도로 맞은편에. 우선 포리스트힐에 가서 지하철을 타고 로건으로 가면 돼. 가족을 만나러."

"멋진 계획이네요."

"넌?"

"저요?"

그녀가 어깻짓을 하고 잠시 강을 내다보았다.

정적이 너무 오래 이어지는 통에 내가 다시 물었다.

"클레어는 어디 있지?"

그녀가 고개를 꺾어 서버번을 가리켰다.

"소피가 데리고 있어요."

"헬렌과 타데오는?"

"나오기 전에 보니까, 예쁨이 타데오한테 청바지 값을 내라는 것 같았어요. 타데오가 아직 덜덜 떨면서 '그냥 리바이스 줘요.'라고 하니까, 예쁨은 '왜, 리바이스를 입는 건데? 넌 그보다 세련된 놈이었잖아.'라는 것 같더라고요."

"헬렌은?"

"예쁨이 메이드웰스 바지를 줬어요. 옷값도 안 받고."

"아니, 내 말은…… 아직 구토해?"

"5분 전에 그쳤어요. 10분만 있으면 차를 타도 될 거예요."

나는 어깨 너머로 트레일러를 돌아보았다. 갈색 강물과 파란 하늘을 배경으로 투명하고 평화롭게만 보였다. 강 건너 아일랜드 식당에서는 손님들이 식사를 하며 멍하니 창밖을 내다보았다. 저 트레일러 안에 뭐가 있으며, 전기톱이 무슨 일을 하는지 모르는 사람들.

"그래서 저 안은……"

그녀가 내 시선을 따라왔다. 눈이 크고 번들거리는 걸 보니 아직 충격이 남은 모양이었다. 저 안이 어떤 참상일지 안다고 생각할지 모르겠지만 실제로는 아닐 것이다. 기이하게 일그러진 미소와 고통이 그녀의 입 꼬투리를 잡아당겼다.

"예, 그렇죠?"

"전에 사람 죽는 걸 본 적 있니?"

"티무르와 지포."

"그럼 폭력적인 죽음에 문외한은 아니겠구나."

"전문가도 아니지만 어린 나이치고는 꽤 경험이 많은 편이에요."

나는 코트 지퍼를 조금 올리고 옷깃을 세웠다. 12월 말의 삭풍이 강을 건너와 트레일러 공원으로 스며들었다.

"드레가 눈앞에서 날아갔을 때 기분이 어땠어?"

그녀는 아무 대답도 않은 채 그저 상체만 조금 숙이고 팔꿈치를 무릎에 기댔다.

"열쇠고리, 예 맞아요."

"그래, 열쇠고리."

"생사를 불문하고……, 내 딸 사진을 주머니에 넣고 다녔다니 영 마뜩치가 않더군요. (어깻짓) 오, 이런."

"아셀라 운행시간을 알았지? 그 시간을 노려 선로 너머로 십자가를 던진 거야."

그녀가 웃었다.

"농담하세요? 그 숲속에서 어떤 일이 있었다고 생각하시는지 모르겠지만, 정말로 사람들이 언제나 동기를 의식하고 움직일까요? 삶이라는 게 항상 동기를 벗어나지 않나요? 예, 충동이야 있었죠. 십자가는 내가 던졌어요. 그는 멍청하게 쫓아가다가 죽은 거고요."

"십자가는 왜 던진 거냐?"

"술을 끊겠다더군요. 나한테 필요한 사람이 되겠다고. 끔찍한 얘기였지만 그래도 나한테 남자가 필요 없다는 얘기까지 하고 싶지는 않았어요. 그래서 망할 십자가를 던진 거죠."

"나쁘지 않은 시나리오야. 하지만 그렇다고 첫 번째 질문이 해결되지는 않는다. 애초에 왜 우리가 그곳에 있었지? 그날 밤 우린 거래도 하지 못했어. 소피는 그 숲에 오지도 않았고."

아만다의 침묵은 어색할 정도로 길었다. 마침내 그녀가 입을 열었다.

"드레는 떠나야 했어요. 어쨌든 더 이상 쓸모가 없었으니까. 알아서 걸어 나갔다면 지금도 살아 있을 거예요."

"그 끔찍한 아셀라에 당하지 않을 수도 있었다는 얘기냐?"

"예, 맞아요."

"내가 드레와 함께 갔다면?"

"하지만 아니죠. 그건 우연이 아니었어요. 티무르와 지포가 죽은 후, 클레어와 십자가가 내 수중에 들어왔어요. 세상에 우연은 없어요."

그녀가 느린 속도로 고개를 저으며 말했다.

"하지만 상황이 계획대로 움직이지 않았다면?"

그녀가 무릎 위에서 손바닥을 뒤집었다.

"어쨌든 계획대로 됐잖아요. 이런 난장판을 만들고 모든 상황이 아귀가 맞아 떨어지지 않았다면 키릴도 절대 이런 곳에 나타나지 않았을 거예요. 모두가 자기 역할을 정확히 수행해야 했죠. 내 경험에, 이런 작전이 성공하려면 사람들이 자기 역할을 알지 못해야 해요."

"나처럼."

그녀가 키득거렸다.

"그만하세요. 그나마 의심하셨잖아요. 나를 쉽게 찾아낸 이유가 뭔지 집요하게 따지셨죠? 예, 쉬울 수밖에 없었어요. 케니, 헬렌, 타데오 셋이 머리를 합쳐봐야 《TV 가이드》 낱말풀이도 맞추지 못하거든요. 결국 맞난 빵조각을 흘려두어야 했죠."

"티무르가 죽은 후, 얼마 뒤에 예핌이 찾아왔지?"

"여섯 시간 정도."

"그래서?"

"내가 물었죠. 벨라루스 십자가 같은 엄청난 보물을 회수하는 데 티무르처럼 얼빠진 자를 보내는 두목을 모시는 기분이 어떠냐고. 그 후로는 모든 게 신속하게 진행됐어요."

"그래서 계획은 외부로부터의 체제전복이 불가피하게 보일 정도로 키릴을 절박하고 당황하게 만드는 것이었군."

"시간이 흐르면서 수정은 했지만 그게 최종 목표였죠. 나한테는 아기와 소피가 있고 예핌이 그 밖의 모든 것을 확보했어요."

"소피는 어떻게 되지? 다음엔 또 어떤 일이 기다리는 거냐?"

"우선은 재활치료예요. 그리고 어쩌면 그 애 엄마를 만날 거예요."

"일레인 말인가?"

그녀가 끄덕였다.

"예, 일레인이 엄마예요. 키웠으니까요. 낳는 건 의미 없어요, 패트릭 아저씨."

"너를 키워준 엄마는?"

"베아요? 물론 숙모를 만날 거예요. 내일은 아니라도 곧. 숙모도 조카 손녀를 만나야죠. 어쨌든 걱정하실 필요 없어요. 숙모 걱정은 자신의 여생뿐이니까. 이미 라이어넬 삼촌의 조기 석방을 위해 변호사도 고용했으니, 두 분 다 괜찮을 거예요."

그녀가 등을 기댔다.

나는 잠시 그녀를 바라보았다. 아직 열일곱 살도 되지 않는 소녀이건만 속은 여든처럼 느껴졌다.

"이 모든 일에 대해 가책 같은 건 없니?"

아만다가 한 무릎을 벤치 위로 끌어올리고 턱을 괴고는 우리 사이의 공간을 들여다보았다.

"그러면 편안하시겠어요? 내가 가책을 느끼면요? 분명히 말씀

드리지만, 제 심장도 돌은 아니에요. 개자식들한테만 돌이 될 뿐이죠. 악어의 눈물을 원하신다면 그런 건 나한테 없어요. 케니와 강간 재킷? 드레와 아기 공장? 키릴과 사이코 와이프? 티무르와……"

"네 자신은?"

"예?"

"네 자신은 어떤지 물었다."

그녀가 나를 보았다. 턱이 씰룩이기는 했지만 소리는 나오지 않았다. 한참 후 그녀의 턱이 멈췄다.

"헬렌의 엄마가 어땠는지 아세요?"

내가 고개를 저었다.

"술에 찌들어 살았어요. 20년 동안 같은 술집을 드나들며 담배를 피우고 술을 마신 덕에 일찍 무덤에 들었죠. 장례식 때 술집 친구들은 아무도 참석하지 않았어요. 그녀를 싫어해서가 아니라 성을 몰랐기 때문이죠." 그녀의 시선이 어두워졌다. 아니 어쩌면 그저 강물이 비쳤기 때문일지도 모르겠다. "증조할머니? 역시 마찬가지였어요. 내가 아는 맥크레디 여자 중에 고등학교를 졸업한 사람은 아무도 없었죠. 다들 평생을 남자와 술병에 의지해 살았고요. 지금부터 20년 후 클레어가 대학원에 들어갔을 때, 바퀴벌레 경주가 유일한 소일거리에, 툭 하면 전기가 끊기거나 매일 저녁 6시에 세무요원들이 전화를 거는 그런 집에서 살 생각은 없어요. 나중에 그렇게 된 후에, 잃어버린 젊음에 대해 내가 얼마나 많이 억울해 했는지 물어보세요. 하지만 그때까지는, 괜찮으시다면 전 아기처럼 잘 거예요."

그녀가 무릎 위에서 두 손을 모았다. 멀리서 보면 기도라도 하는 줄 알 것이다.

"아기들도 두 시간마다 깨어나 운다."

아만다가 가볍게 웃어보였다.

"그럼 두 시간마다 일어나 울죠, 뭐."

우리는 아무 말 없이 몇 분간 조용히 강물을 지켜보았다. 그리고 코트를 걸치고 일어나 다른 사람들에게 돌아갔다.

헬렌과 타데오는 SUV 앞쪽에 서 있었다. 여전히 충격에서 헤어나지 못한 표정이었다. 소피는 클레어를 안고 계속 아만다만 바라보았다. 그녀의 이름에서 종교라도 찾아낸 사람 같았다.

아만다는 소피에게서 클레어를 받아들고 잡다한 동료들을 보았다.

"패트릭 아저씨는 대중교통을 타고 가신대요. 인사들 해요."

세 사람이 내게 손짓했다. 소피는 다시 겸연쩍은 미소를 곁들였다.

"타데오, 브롬리 헬스에 간다고 했죠?" 아만다가 물었다.

"응."

"먼저 타데오를 내려주고 그 다음에 헬렌을 데려다 줄게요. 소피, 네가 운전해. 안 취한 거 맞지?"

"맨정신이야."

"좋아, 그럼. 먼저 한 군데 들를 데가 있어. 1번 도로 3킬로미터 밖에 코스트코가 있는데 아기용품을 좀 살 거야."

"장난감이 남아 있기나 할까? 크리스마스이브에?"

타데오의 말에 그녀가 인상을 찌푸렸다.

"장난감 사자는 게 아니에요. 유아용 자동차시트 세트를 사야 겠어요. 시트 없이 버크셔까지 가라고요? 내가 그렇게 매정한 엄마로 보여요?"

그녀가 한 손으로 클레어의 고운 머릿결을 쓰다듬었다.

나는 버스정류장으로 걸어가 버스를 타고 지하철역으로 갔고, 다시 지하철을 타고 로건 공항에 도착했다. 그 후 아만다는 보지 못했다.

로건 C 터미널에서 아내와 딸을 만났다. 상상이야 했지만, 딸이 슬로모션으로 내 품 안으로 달려오는 일은 없었다. 아이는 엄마 다리 뒤에 숨어, 특유의 수줍은 표정으로 나를 엿보았다. 내가 앤지에게 다가가 입을 맞추는데 문득 누군가 내 청바지를 잡아당겼다. 내려다보니 개비가 올려다보고 있었다. 두 눈은 비행기의 선잠에서 덜 깬 터라 살짝 부어 있었다. 그녀가 두 팔을 들었다.

"안아줘, 아빠."

나는 개비를 안고 뺨에 키스했다. 개비도 내 뺨에 입을 맞추었다. 다른 뺨에 하자 아이도 내 반대쪽 뺨에 키스했다. 우리는 서로 이마를 기댔다.

"아빠 보고 싶었어?" 내가 물었다.

"아빠 보고 싶었어."

"말투가 딱딱해졌네? '아빠 보고 싶었어.' 할머니가 얌전한 숙녀가 되라고 가르치디?"

"할머니가 똑바로 앉아야 한댔어."

"끔찍해라."

"늘 그래야 한대."

"잠잘 때도?"

"잘 때는 아냐. 왠지 알아?"

"왜?"

"그건 바보들이나 하잖아."

"그래, 바보짓이지." 내가 인정했다.

"그놈의 닭살 멘트 놀이는 언제까지 할 거냐?"

갑자기 부바가 나타났다. 두 발로 서 있는 코뿔소 덩치인지라, 사람들 사이를 숨어다니는 능력엔 언제나 놀랄 수밖에 없었다.

"어디 있었어?"

"올 때 맡긴 물건이 있어서 나갈 때 찾아야 했지."

"보안 검색을 통과하지 않았다니 놀랍군."

"누가 안 했대? 앤지한테 짐이 조금 있다."

그가 앤지에게 엄지 하나를 추어주었다.

"작은 가방 하나. 거기에 비슷한 가방 하나 더. 어제 쇼핑을 좀 했거든."

앤지가 두 손을 빵 덩어리 길이만큼 벌렸다.

"수화물 찾으러나 가자고." 내가 말했다.

로건 공항이 수화물 회수 지점을 두 번이나 변경한 탓에 우리는 수화물 전 지역을 이리저리 돌아다녀야 했다. 잠시 후 우리는 다른 무리와 함께 서 있었다. 다들 옆 사람들까지 밀치며 컨베이어 벨트 가까이 붙었지만 벨트는 움직이지도 않았다. 작은 신호등도 돌아가지 않고 수화물이 나오기 시작했다는 낭랑한 벨소리도 없었다.

개비는 내 목에 타고 머리나 양쪽 귀를 잡아당겼다. 앤지는 평소보다 단단히 내 팔을 안았다. 부바는 신문가판대로 가더니 카운터에 상체를 기울인 채 무슨 얘기인가를 했다. 미소까지 띤 표정이었다. 여자는 30대 중반에 피부가 화산 같았는데, 작고 날씬했지만 멀리서 보기엔 누군가 시비를 걸기라도 하면 기관단총이라도 꺼낼 인상이었다. 하지만 부바의 관심을 받자, 5년은 더 젊어 보였고 부바의 미소에도 미소로 응했다.

"무슨 얘기하는 것 같아?" 앤지가 물었다.

"무기."

"얘기가 나왔으니 말인데, 정말로 찰스 강에 버린 거야?"

"응."

"그거 불법 쓰레기 투기 아냐?"

내가 끄덕였다.

"하지만 평소에 재활용을 잘 해서, 이따금 환경 훼손 정도는 용서해 준댔어."

그녀가 내 팔을 꼭 안고 잠시 내 가슴에 머리를 기댔다. 나는 한 팔로 그녀를 꼭 끌어안았다. 다른 손으로는 목마 탄 딸을 안전하게 받쳐 주었다.

"쓰레기 버리면 안 돼." 개비가 말했다.

위아래가 뒤집어진 아이 얼굴이 불쑥 눈앞으로 들어왔다.

"그래, 안 돼."

"그런데, 왜 버렸어?"

"때때로 사람들은 실수를 한단다."

그 대답에 만족했는지 얼굴은 사라지고 아이는 다시 머리카락을 갖고 놀기 시작했다.

"그래서 어떻게 됐어?"

"당신하고 통화한 후에? 특별한 일은 없었어."

"아만다는 어디 있지?"

"내가 알아?"

"맙소사, 그 애를 찾아내려고 목숨까지 걸었으면서 그냥 보내줘?"

"뭐, 그런 셈이지."

"대단한 탐정 나셨어."

"전 탐정. 이제 손 뗐어." 내가 대답했다.

공항에서 자동차로 돌아오는 길에 여자들이 부바가 점원과 재잘댄 일을 갖고 들볶았다. 여자 이름은 애니타였고 에콰도르 출신이란다. 두 아들, 개, 어머니와 함께 이스트 보스턴에 살지만 남편은 없었다.

"끔찍한데." 내가 말했다.

"모르겠다. 에콰도르 여자들이 요리는 끝내준다더라." 부바가 말했다.

"벌써 부모들과 저녁식사 할 얘기까지 나온 거야? 첫 아이 이름도 지었겠네?"

앤지가 놀렸다.

"부바 아찌 결혼하는 거야?" 그 말에 개비가 비명을 질렀다.

"부바 아찌 결혼 안 해. 이제 겨우 전화번호 받았을 뿐이다."
"너도 이제 함께 놀 친구가 생기는 거야, 개비." 앤지가 말했다.
"아기는 낳지 않는다." 부바가 말했다.
"옷도 예쁘게 입혀."
"몇 번이나 말해야 되는 거야. 아기는……"
"내가 봐줘도 돼?" 개비가 물었다.
"개비가 봐줘도 되지? 물론 좀 더 자란 후에."
부바가 백미러로 나를 보았다.
"제발, 이 분들 조용히 좀 시켜다오."
"그건 불가능해. 몰라서 나한테 묻는 거야?"
우리는 테드 윌리엄스 터널을 빠져나와 93번 남쪽으로 달렸다. 앤지가 노래를 불렀다.
"부우우바 하고 애니이이타가 나아아무 아래 앉았더래요."
그때 내 딸이 끼어들었다.
"키스, 키스, 키스……"
"내가 총을 줄 테니 제발 나를 죽여주라." 부바가 사정했다.
"얼마든지. 줘봐."

어두운 터널을 빠져나와 늦은 오후의 도로에 접어드는데 여자들이 박자에 맞춰 노래를 부르고 손뼉을 쳤다. 차는 많지 않았다. 크리스마스이브라 대부분의 사람들이 출근하지 않았거나 일찍 귀가한 덕분이다. 하늘은 보라색 양철판 같았다. 눈발이 날리긴 했으나 쌓일 정도는 아니었다. 개비가 다시 비명을 질러 부바와 내가 움찔했다. 사실 매력적인 소리는 아니다. 뜨거운 유리조각처럼 귓속을 파고드는 고음. 내 딸을 아무리 사랑한다 해도 그 비명까지는 도저히 적응이 되지 않았다.

그마저 사랑하게 될까?

어쩌면······

93번 도로 남쪽으로 달리는 동안, 문득 나를 초조하게 만든 일들을 사랑한다는 사실을 깨달았다. 커다란 벽돌처럼 내 심장을 짓누르고 처절한 스트레스로 나를 괴롭혔던 일들. 깨어져 회복이 불가능한 일들, 잃어버렸기에 되돌릴 수 없는 일들을 사랑한다.

나는 내 짐들을 사랑한다.

평생 처음으로 아버지가 불쌍해졌다. 너무도 기이한 감정이라 잠시 중앙선을 넘기까지 했다. 아버지는 운이 좋지 못했다. 그는 분노와 증오와 소모적인 자기애 때문에 가족을 잃었다. 사후 25년이 지난 지금까지도 도무지 뜬금없기만 한 감정들. 자동차 뒷좌석에서 개비처럼 비명을 질렀다면 아버지는 손등으로 나를 후려갈겼을 것이다. 그것도 두 번씩이나. 아니면 길가에 차를 세우고 뒷좌석으로 올라타 흠씬 두들겨 팼을 것이다. 누나한테도 마찬가지였다. 우리가 없을 땐 어머니가 제물이 되었다. 그리고 그 덕분에 그는 혼자서 죽었다. 어머니를 천대해 일찍 무덤에 들게 했고 누나는 아버지가 아팠을 때조차 보스턴으로 돌아오지 않았다. 죽기 직전 병원침대 너머 손을 내밀었을 때 나는 그 손을 잡아주지 않았다. 결국 그 손은 시트 위로 떨어지고 홍채는 대리석처럼 굳어갔다.

아버지는 자신의 짐을 사랑해 본 적이 없었다. 그 어느 것도 사랑해 본 적이 없었다.

나는 상처 많은 여인을 사랑하는 상처 많은 남자다. 그리하여 우리는 아름다운 딸을 낳았다. 끊임없이 수다를 떨고 비명을 지르는 아이. 내 죽마고우는 경계성 정신병자로, 길거리 조폭과 몇몇 정부를 모두 더한 것보다 더 많은 죄를 저질렀으며, 지금도 마찬가지다.

고속도로를 빠져나와 콜롬비아 로에 접어들었을 때쯤 하루가 자두 빛 하늘 속으로 빠르게 접혀들었다. 가벼운 눈발도 주저하듯 계속 흩날렸다. 도트 애비뉴에서 좌회전하는데, 삼층집과 주점과 양로원과 구멍가게들에 조명이 들어왔다. 사실 그 모든 것에서 숭고한 아름다움을 보았다고 말하고 싶으나 그건 아니었다.

아직은.

우리가 세운 삶은 기껏 이 차 안을 채웠을 뿐이다.

멀리 우리 동네가 보였다. 차를 세우고 싶지 않았다. 이 순간이 차에서 빠져나가는 게 싫었다. 계속 운전하고 싶었다. 모든 것이 정확히 지금 이대로 지속되기를 바랐다.

하지만 난 핸들을 꺾었다.

차에서 내리자, 개비가 부바의 손을 이끌고 집으로 들어갔다. 아무래도 지하실로 데려갈 모양이다. 지난 해 산타할아버지가 어떻게 굴뚝 없는 집에 들어오는지 집요하게 물었을 때, 도체스터의 산타는 지하실로 들어온다는 대답으로 무마했었다. 때문에 개비는 우유와 과자들을 배열할 도우미로 부바를 점찍어둔 터였다.

"맥주도. 산타는 맥주를 좋아한다. 보드카도 마다하지 않지만."

부바가 집으로 끌려가며 말했다.

"말조심 해. 내 아이를 타락시키고 있잖아."

앤지가 짐을 챙기러 지프 뒤로 돌아가며 투덜댔다.

눈송이 하나가 광대뼈에 떨어졌다가 곧바로 녹아내렸다. 앤지가 손가락으로 닦아주고는 내 코에 키스했다.

"다시 보니 너무 좋다."

"당신도."

그녀는 화상 입은 손을 잡고 손바닥에 길게 붙은 대형 일회용 반창고를 내려다보았다.

"괜찮아?"

"물론. 괜찮아 보이지 않아?"

그녀가 내 눈을 들여다보았다. 찬란하고 쾌활한 열정으로 똘똘 뭉친 여인. 2학년 이후로 내내 사랑했던 여자.

"좋아 보여. 어쩐지, 우울해 보이기도 하고."

"우울?"

"그래."

나는 트렁크에서 앤지의 가방들을 빼냈다.

"오늘 강가에 앉아 싸구려 권총을 집어던질 때, 내게 무슨 일인가 일어났어."

"그게 뭔데?"

내가 덮개를 닫았다.

"내가 받은 축복이 불행보다 크다는 깨달음."

그녀가 고개를 갸웃하며 묘한 미소를 지었다. 눈 한 송이가 그녀의 머리에 내려앉았다.

"정말?"

"정말."

"그럼, 자기가 이긴 거야."

나는 눈과 서늘한 공기를 들이마셨다.

"지금은."

"그래, 지금은." 그녀가 내 눈을 보았다.

나는 가방 하나를 어깨에 걸치고, 다른 가방은 오른손으로 들었다. 부상당한 왼손으로는 아내의 손을 잡았다. 그리고 함께 좁은 벽돌 길을 따라 집을 향해 걷기 시작했다.

〈끝〉

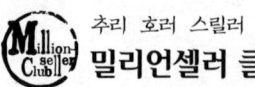

추리 호러 스릴러
밀리언셀러 클럽

1	리타 헤이워드와 쇼생크 탈출 사계 봄·여름	스티븐 킹
2	스탠 바이 미 사계 가을·겨울	스티븐 킹
3	살인자들의 섬	데니스 루헤인
4	전쟁 전 한 잔	데니스 루헤인
5	쇠못 살인자	로베르트 반 훌릭
6	경찰 혐오자	에드 맥베인
7·8	고스트 스토리 (상) (하)	피터 스트라우브
10	어둠이여, 내 손을 잡아라	데니스 루헤인
11·12	미스틱 리버 (상) (하)	데니스 루헤인
13	800만 가지 죽는 방법	로렌스 블록
14	신성한 관계	데니스 루헤인
15·16	아메리칸 사이코 (상) (하)	브렛 이스턴 엘리스
17	벤슨 살인사건	S. S. 반다인
18	나는 전설이다	리처드 매트슨
19·20·21	세계 서스펜스 걸작선 1·2·3	제프리 디버 외
22	로마의 명탐정 팔코 1 실버피그	린지 데이비스
25	쇠종 살인자	로베르트 반 훌릭
26·27	나이트 워치 (상) (하)	세르게이 루키야넨코
29	13 계단	다카노 가즈아키
30	마이크 해머 시리즈 1 내가 심판한다	미키 스 레인
31	마이크 해머 시리즈 2 내총이 빠르다	미키 스 레인
32	마이크 해머 시리즈 3 복수는 나의 것	미키 스 레인
33·34	애완동물 공동묘지 (상) (하)	스티븐 킹
35	아이거 빙벽	트레비니언
36	뱀파이어 헌터 아니타 블레이크 1 달콤한 죄악	로렐 K. 해밀턴
37	뱀파이어 헌터 아니타 블레이크 2 웃는 시체	로렐 K. 해밀턴
38	뱀파이어 헌터 아니타 블레이크 3 저주받은 자들의 서커스	로렐 K. 해밀턴
39·40·41	제 1의 대죄 1·2·3	로렌스 샌더스
42·43	스티븐 킹 단편집 스켈레톤 크루 (상) (하)	스티븐 킹
44	아임 소리 마마	기리노 나쓰오
45	링	스즈키 고지
46·47	가라, 아이야, 가라 1·2	데니스 루헤인
48	비를 바라는 기도	데니스 루헤인
49	두번째 기회	제임스 패터슨
50	톰 고든을 사랑한 소녀	스티븐 킹
51·52	셀 1·2	스티븐 킹
53·54	블랙 달리아 1·2	제임스 엘로이
55·56	데이 워치 (상) (하)	세르게이 루키야넨코
57	로즈메리의 아기	아이라 레빈
58	데릭 스트레인지 시리즈 1 살인자에게 정의는 없다	조지 펠레카노스
59	데릭 스트레인지 시리즈 2 지옥에서 온 심판자	조지 펠레카노스
60·61	무죄추정 1·2	스콧 터로
62	암보스 문도스	기리노 나쓰오
63	잔학기	기리노 나쓰오
64·65	아웃 1·2	기리노 나쓰오
66	그레이브 디거	다카노 가즈아키
67·68	리시 이야기 1·2	스티븐 킹
69	코로나도	데니스 루헤인
70·71·74·75·77·78	스탠드 1·2·3·4·5·6	스티븐 킹
72	머더리스 브루클린	조나단 레덤
76	줄어드는 남자	리처드 매드슨
79	러시아 추리작가 10인 단편선	엘레나 아르세네바 외
80	블러드 더 라스트 뱀파이어	오시이 마모루
83	18초	조지 D. 슈먼
84	세계대전 Z	맥스 브룩스
85	문라이트 마일	데니스 루헤인
86·87	듀마 키 1·2	스티븐 킹
88·89	얼터드 카본 1·2	리처드 모건
92·93	더스크 워치 1·2	세르게이 루키야넨코
94·95·96	21세기 서스펜스 컬렉션 1·2·3	에드 맥베인 엮음
97	무덤으로 향하다	로렌스 블록
98	천사의 나이프	야쿠마루 가쿠
99	6시간 후 너는 죽는다	다카노 가즈아키
100·101	스티븐 킹 단편집 모든 일은 결국 벌어진다 (상) (하)	스티븐 킹
102	엑사바이트	하토리 마스미
103	내 안의 살인마	짐 톰슨
104	반환	리 밴스
105	하루하루가 세상의 종말	J. L. 본
106	부드러운 볼	기리노 나쓰오
107	메타볼라	기리노 나쓰오
108	황금 살인자	로베르트 반 훌릭
109	호수 살인자	로베르트 반 훌릭
110	칼날은 스스로를 상처 입힌다	마커스 세이키
111·112·113	언더 더 돔 1·2·3	스티븐 킹
114	폭파범	리사 마르클룬드
115	비트 더 리퍼	조시 베이젤
116·117	스튜디오 69 (상) (하)	리사 마르클룬드
118	하루하루가 세상의 종말 2	J. L. 본
119	도쿄섬	기리노 나쓰오
120	지하에 부는 서늘한 바람	돈 윈슬로
121	이노센트	스콧 터로
122·123	최면전문의 (상) (하)	라슈 케플러르
124·125	개의 힘 1·2	돈 윈슬로
126	해가 저문 이후	스티븐 킹
127	아버지들의 죄	로렌스 블록
128·129	존은 끝에 가서 죽는다 1·2	데이비드 웡
130·131	이지 머니 1·2	옌스 라피두스

한국편

번호	제목	저자
1	몸	김종일
2·3·4	팔란티어 1·2·3	김민영 (옥스타칼니스의 아이들 개정판)
5	이프	이종호
8·10·12·14·16	한국 공포 문학 단편선	이종호 외
9	B컷	최혁곤
11·13·18·22	한국 추리 스릴러 단편선	최혁곤 외
15	섬 그리고 좀비	백상준 외 4인
17	무녀굴	신진오
19	모녀귀	이종호
20	사건번호 113	류성희
21	옥상으로 가는 길, 좀비를 만나다	황태환 외
23	10개월, 종말이 오다	최경빈 외
24	B파일	최혁곤

옮긴이 | 조영학

장르소설 전문 번역가. 한양대 영문학 박사 수료. 현재 상상마당에서 번역 강좌를 맡고 있다. 역서로는 『나는 전설이다』, 『스켈레톤 크루』, 『듀마 키』, 『모든 일은 결국 벌어진다』, 『가라, 아이야, 가라』, 『히스토리언』, 『임페리움』 등 60여 편이 있다.

문라이트 마일

1판 1쇄 펴냄 2013년 2월 14일
1판 2쇄 펴냄 2021년 4월 7일

지은이 | 데니스 루헤인
옮긴이 | 조영학
발행인 | 박근섭
편집인 | 김준혁
펴낸곳 | 황금가지

출판등록 | 2009. 10. 8 (제2009-000273호)
주소 | 135-887 서울 강남구 신사동 506 강남출판문화센터 5층
전화 | 영업부 515-2000 편집부 3446-8774 팩시밀리 515-2007
홈페이지 | www.goldenbough.co.kr

© ㈜민음인, 2013. Printed in Seoul, Korea

ISBN 978-89-6017-516-7 03840

㈜민음인은 민음사 출판 그룹의 자회사입니다.
황금가지는 ㈜민음인의 픽션 전문 출간 브랜드입니다.